AF301789

Natascha Kribbeler wurde 1965 in Hamburg geboren. Ihr Herz gehörte schon früh der Sehnsucht nach der weiten Welt. Interessiert an Geschichte, Fotografie und fremden Kulturen, arbeitete sie in ihrem erlernten Beruf als Rechtsanwaltsgehilfin – bis die Familienplanung sie nach Bayern verschlug, wo sie heute noch mit Mann und Sohn lebt. Getrieben von Heim- und Fernweh begann sie mit dem Schreiben.
Bisher wurden vier Teile ihrer Fantasy-Reihe über Jandor, den ersten Vampir, bei Forever by Ullstein veröffentlicht.

NATASCHA KRIBBELER

Nordsee geflüster

Liebe in den Dünen

ROMAN

Erstausgabe Juli 2020

© 2020 dp DIGITAL PUBLISHERS GmbH

Made in Stuttgart with ♥
Alle Rechte vorbehalten

Nordseegeflüster

ISBN 978-3-96087-165-4
E-Book-ISBN 978-3-96087-178-4

Covergestaltung: Rose & Chili Design
Umschlaggestaltung: ARTC.ore Design
Unter Verwendung von Abbildungen von
depositphotos.com: © ZZzarifa
shutterstock.com: © ShutterProductions, © Jo Ann Snover
Lektorat: Claudia Steinke
Satz: dp DIGITAL PUBLISHERS
Druck und Bindung: Books on Demand GmbH, Norderstedt

Kapitel 1

Mit klopfendem Herzen betrachtete Emma den Monitor des Ultraschallgeräts. Auch wenn sie es klar und deutlich vor sich sah, konnte sie kaum fassen, was sie dort erkannte. Ihr Baby!

„Herzlichen Glückwunsch", sagte ihr Frauenarzt und lächelte sie über den Rand seiner Brille hinweg an. „Sie sind schwanger, in der neunten Woche."

Emma fühlte sich wie in einem Traum. Voll Aufregung und Glück sah sie zu, wie der Gynäkologe mit dem Schallkopf über ihren noch flachen Bauch glitt.

„Es sieht aus wie ein Alien", rief sie und lachte unter Tränen. Tatsächlich war der Kopf noch ungewöhnlich groß für den winzigen Körper.

„Das gibt sich bald. Ihr Baby ist jetzt zwei Zentimeter groß, Sie werden staunen, wie rasch es sich in den folgenden Wochen entwickeln wird. Aber angesichts Ihrer Vorgeschichte sollten Sie vorsichtig sein. Schonen Sie sich, machen Sie Spaziergänge, schlafen Sie viel. Und keine Aufregung!" Mahnend sah er sie an. „Weder Ärger noch Stress. Leider scheint Ihr Körper besonders dazu zu neigen, die Frucht abzustoßen, sobald Sie in Stresssituationen Cortisol ausschütten, das hat die Vergangenheit gezeigt." Nun lächelte er. „Also immer schön gelassen bleiben. Machen Sie Yoga. Und buchen

Sie übers Wochenende ruhig einmal einen oder zwei Wellnesstage. Es wird Ihnen und dem Baby guttun."

Wie eine Traumwandlerin ging Emma kurz darauf nach Hause. Wieder und wieder betrachtete sie das Sonografiebild, als hätte sie Angst, ihr Baby könnte verschwinden, wenn sie es nicht pausenlos ansah.

Und tatsächlich war mit dieser Schwangerschaft ein kleines Wunder geschehen. Nein, ein großes sogar. Zwei Fehlgeburten hatte sie schon hinter sich, beide während des ersten Trimesters. Nach dem Verlust ihres ersten Babys war sie wochenlang in eine depressive Phase verfallen, hatte dann jedoch Hoffnung geschöpft, erneut schwanger zu werden. Als sie das zweite Baby verlor, stürzte sie in ein tiefes, schwarzes Loch. Über ein halbes Jahr hatte es gedauert, bis sie neuen Lebensmut fasste.

Als dieses Mal ihre Regel ausblieb, hatte sie Tobias nichts gesagt. Zu groß war die Angst, dass sie doch noch kam, dass alles doch nur blinder Alarm war.

Oh, wie er sich freuen würde, wenn sie ihm heute Abend das Bild auf den Tisch legte. Nein, direkt auf seinen Teller, damit er es auch bloß nicht übersehen konnte. Die freudige Nachricht würde ihn aus seinem Stress herausreißen, was sicher auch ihrer Beziehung guttun würde. Die fand nämlich seit einiger Zeit kaum noch statt.

Emma erreichte ihr Haus und betrat die Wohnung. Schon bald wäre es hier nicht mehr so leise. Babygeschrei würde die Räume erfüllen, später Kinderlachen. Überall würde Spielzeug herumliegen, selbstgemalte Bilder die Wände zieren, und das dreckige Geschirr würde sich türmen, weil sie kaum noch Zeit für ihren

Haushalt hätte, sondern voll damit beschäftigt sein würde, ihr Kleines zu herzen.

Der Haushalt war ein gutes Stichwort. Es war bereits später Vormittag, und sie hatte noch nichts erledigt. Der Arzttermin hatte ziemlich viel Zeit in Anspruch genommen. Dabei sollte heute alles blitzen und blinken, wenn Tobias nach Hause kam. Für ihre freudige Überraschung sollte die bestmögliche Atmosphäre vorherrschen. Wenn sie mit dem Putzen fertig war, würde sie sich daranmachen, ein fürstliches Abendessen vorzubereiten. Sie würde nachher noch Blumen besorgen und den Tisch damit dekorieren. Bei der Vorstellung daran lächelte sie. Wer konnte schon sagen, ob der heutige Abend nicht der perfekte Zeitpunkt wäre, endlich Nägel mit Köpfen in Form eines konkreten Hochzeitsplans zu machen?

Emma machte sich daran, das Frühstücksgeschirr abzuwaschen und die Küche aufzuräumen. Während sie arbeitete, stellte sie sich vor, wie Tobias' Augen vor Freude glitzern würden, wie er sie in die Arme reißen und küssen würde. Was wäre ein besserer Anlass für eine baldige Hochzeit als dieses Baby? Anschließend würde sie ihn ins Kinderzimmer führen und ihm die erste Wand zeigen, die sie bereits fertiggestellt hatte. Sie hatte das Zimmer stets abgeschlossen und Tobias daran gehindert, es zu betreten. Er ahnte ja nicht, was sie dort zauberte. Ein weißes Einhorn inmitten eines farbenfrohen Dschungels voller Paradiesvögel, im Hintergrund eine Burg, umrandet von dornigen Rosen, und links erkannte man einen goldenen Strand vor einem geheimnisvollen Meer. Damit kompensierte sie ihr Heimweh, unter dem sie unterschwellig litt, das sie jedoch nicht einmal sich selbst richtig eingestand. Ja, sie würde Tobias dieses Bild, das die ganze Wand einnahm, noch vor dem Ultraschallfoto zeigen und ihn raten lassen, was es wohl bedeutete. Und sie würde sich weiden an der Freude in seinen Augen, sobald er realisierte, warum sie es gemalt hatte. Erst dann würde sie ihm das Bild seines Kindes zeigen, das schon bald hier leben würde.

Als Emma im Bad weiterarbeiten wollte, fiel ihr Blick auf den Wäschekorb. Dort lagen bereits wieder einige von Tobias' Hemden. Das war die Arbeit, die sie am meisten verabscheute: Das Bügeln seiner blütenweißen Hemden. Heute jedoch würde ihr noch nicht einmal diese ungeliebte Aufgabe Ärger bereiten. Nichts konnte an diesem Tag ihre glänzende Laune und Freude verderben.

Sie öffnete die Waschmaschine, um die Kleidungsstücke hineinzulegen – und stutzte. Was war das? Hatte Tobias sich verletzt? Dort war ein roter Fleck am Hemdkragen. Sie sah ihn sich genauer an. Ihr Herzschlag stockte, um sich plötzlich zu beschleunigen.

Es war Lippenstift. Knallrot.

Bisher hatte sie immer angenommen, dass es nur ein Klischee war, das es in Filmen oder Romanen gab. Roter Lippenstift am Hemdkragen.

Ihr wurde übel. Schlagartig schoben sich Bilder in ihr Blickfeld, die sie nicht sehen wollte. Eine sexy Blondine in weißer Bluse, schwarzem Minirock und hohen Pumps, die vor Tobias auf seinem Schreibtisch saß. Die am Ohr ihres Verlobten knabberte und dabei ihren Lippenstift auf seinem Hemd verschmierte. Emma sah seine Hände, die sich unter die Bluse seiner Sekretärin schoben, und seinen Mund, der sich heißhungrig auf deren Lippen presste.

Ihr Magen verkrampfte sich. Schnell hielt sie die Hand vor den Mund und stolperte zur Toilette.

Wie konnte er nur? „Ich liebe dich", hatte er am Morgen noch zu ihr gesagt und sie zärtlich geküsst.

Alles Lüge!

Während sie sich den Mund mit klarem Wasser ausspülte, verflog die Übelkeit und machte der Nachdenklichkeit Platz.

Tobias arbeitete in einer großen Steuerkanzlei. Dort hatte er rasant Karriere gemacht, stieg rasch vom Buchhalter zur rechten Hand des Chefs auf. Dementsprechend viel Arbeit hatte er und musste in letzter Zeit oft Überstunden machen.

Doch Emma beschwerte sich nie. Er tat das alles ja auch für sie.

Er verdiente gut, und so hatte sie zugestimmt, als Hausfrau zu Hause zu bleiben, nachdem sie aufgrund der zweiten Fehlgeburt und dem langen Ausfall ihren Job in einem Kaufhaus verloren hatte.

„Du musst dir doch nicht mehr täglich die Beine in den Bauch stehen, Liebling. Bestimmt ist das ständige Herumstehen auch gar nicht gut für deinen Kinderwunsch. Ich verdiene genug für uns beide. Hoffentlich bald für uns drei", setzte er hinzu und lächelte. „Und wie sieht es denn aus, wenn meine Verlobte die Einkäufe meiner Klienten in eine Tüte packt. Bleib zu Hause. Richte uns ein gemütliches Heim her." Er hatte sie an sich gezogen und ihr tief in die Augen gesehen. „Fang mit dem Kinderzimmer an, wenn du willst."

„Das Kinderzimmer?" Eisiger Schreck und heiße Freude zugleich waren über ihren Rücken gerieselt.

„Ganz genau, mein Liebling. Es geht dir doch wieder gut. Nichts spricht dagegen, dass wir es noch einmal versuchen. Wenn du Ruhe hast und nicht mehr arbeiten gehen musst, wird bestimmt alles gutgehen. In meinem Job läuft es großartig. Und du ... ach, es ist doch nicht gerade dein Traumberuf, oder?"

Da war etwas in seinen Augen gewesen, dass sie unmerklich zusammenzucken ließ. Verachtung? Nein, das wäre wohl übertrieben. Hohn vielleicht. Aber warum? Weil sie nur eine Verkäuferin war, während er die Karriereleiter erklomm? Sollte sie deswegen ihren Job aufgeben? War es ihm peinlich, wenn seine Kollegen oder Mandanten sie bei der Arbeit sahen? Ihr erster Impuls war, ihm zu widersprechen. Nicht, dass sie ihren Job besonders liebte. Es war ein Job, mehr nicht. Und das tägliche, stundenlange Stehen war sicher nicht gerade gesund für Beine und Rücken.

Sie widersprach dennoch nicht, und dafür gab es zwei Gründe. Zum einen galt ihre ganze Leidenschaft der Malerei. Sie liebte es, Fantasymotive auf Leinwand zu bannen – Einhörner, Elfen, Drachen. Zauberhafte Landschaften, wilde Tiere, das weite Meer. Wenn sie nicht mehr arbeiten gehen müsste, hätte sie viel mehr Zeit dafür.

Der andere Grund war noch wesentlicher. Wenn es nun stimmte und sie sich bei der Arbeit übernommen und deshalb ihre Babys verloren hatte? Denn als Verkäuferin brauchte sie keinesfalls den ganzen Tag nur herumzustehen, wie Tobias es sah. Es gehörte schon einiges mehr dazu, und mitunter war der Job wirklich anstrengend, wenn sie schwere Ware auspacken oder einräumen musste. Vom Umgang mit komplizierten Kunden ganz zu schweigen. Und es stimmte ja, Tobias verdiente genug Geld für sie beide. Für sie drei, ergänzte sie lächelnd in Gedanken. Wie schön wäre es, ihre Wohnung in ein kuscheliges Nest zu verwandeln. Die Wände des Kinderzimmers würden zu einem Kunstwerk werden. Zauberer, Zwerge und andere Fabelwesen würden zwischen Regenbogen und Märchenschlössern wohnen.

Insgeheim hatte sie befürchtet, dass Tobias nach all den furchtbaren Monaten kein Kind mehr mit ihr wollte. Fast hätte der Schmerz um ihren doppelten Verlust sie ihre Beziehung gekostet. Denn auch für Tobias war es eine schwere Zeit gewesen. Wochenlang hatte sie sich verkrochen, kaum noch ihr Bett im abgedunkelten Schlafzimmer verlassen.

„Schatz, es ist Frühling, das Wetter ist so schön", hatte er sie zu locken versucht. „Lass uns einen Spaziergang machen, alles blüht so wundervoll." Doch nichts hatte sie interessiert, weder die Sonne noch eine Einladung zum Essen oder der Besuch von Freunden.

„Lass es uns noch einmal versuchen", versuchte Tobias sie schließlich aufzumuntern. Doch es dauerte noch einmal fast ein halbes Jahr, ehe sie sich darauf einließ. Zu groß war ihre Angst. Und tatsächlich klappte es lange nicht. Monat für Monat bekam sie ihre Periode und wurde immer niedergeschlagener.

„Emma, Liebes", versuchte ihre Mutter, sie zu trösten. „Ihr könnt doch auch ohne Kinder glücklich sein. Versuch doch einmal, die Vorteile zu sehen. Ihr seid frei und unabhängig, ihr könnt reisen, ins Kino oder

Museum gehen ... Vielleicht könnt ihr eines Tages auch ein Kind adoptieren."

Schließlich hatte sie es fast geschafft, ihr Schicksal als kinderlose Frau zu akzeptieren.

Und dann hatte es geklappt!

Anfangs konnte Emma es kaum glauben, wagte nicht, die zarte Hoffnung keimen zu lassen, die in ihr aufstieg. Woche um Woche verging, und ihre Blutungen blieben weiter aus. Emma bildete sich ein, dass ihre Brüste zu spannen begannen, und einmal war ihr tatsächlich am Morgen übel gewesen. Als sie zwei Wochen überfällig war, kaufte sie einen Schwangerschaftstest. Sie hatte noch niemandem von ihrer Hoffnung erzählt, fürchtete, dass es unwahr werden würde, sobald sie es aussprach. Doch der Test war eindeutig: Zwei blaue Striche. Schwanger.

Von dem Moment an bewegte sich Emma nur noch wie auf rohen Eiern. Sie ging nicht mehr joggen, sondern walken, und sie wurde beinahe übervorsichtig aus Angst, zu stürzen und dabei das Kind zu verlieren. Und sie rief beim Gynäkologen an, um einen Termin auszumachen.

Tobias merkte von all dem nichts. Er hatte so viel Arbeit, dass er täglich sehr früh das Haus verließ und erst am späten Abend zurückkam.

Nun schluckte sie und versuchte, sich gut zuzureden. Kein Grund zur Aufregung. Sicher gab es eine ganz harmlose Erklärung für den Lippenstift. Vielleicht eine Betriebsfeier. Ein Tanz in beschwipstem Zustand. Sie wollte es einfach glauben. Und ihrem Baby ging es gut. Vorhin hatte sie es auf dem Bildschirm gesehen, es war gesund und quicklebendig. Auf der Anrichte lag ihr Mutterpass. Kein Grund, sich Sorgen zu machen.

Sie stellte fest, dass sie immer noch das Hemd in der Hand hielt, es war bereits völlig zerknittert.

Während sie nun versuchte, ihren rasenden Herzschlag wieder unter Kontrolle zu bekommen, fragte sich Emma, warum in aller Welt sie Tobias nicht gleich erzählt hatte, dass sie erneut schwanger war. Vielleicht wäre dann alles nicht passiert? Welchen Reiz hätte diese Sekretärin für ihn haben können im Bewusstsein, bald Vater zu werden? Selbst, wenn alles ganz harmlos war.

Doch im gleichen Augenblick wusste sie, warum sie es ihm wochenlang verschwiegen hatte. Es war die Angst. Die Angst, dass es wieder geschah, dass sie noch ein Baby durch eine Fehlgeburt verlor. Die Furcht vor den Blicken. Nach dem Verlust ihres ersten Kindes waren noch alle mitleidig und fürsorglich gewesen, Tobias, ihre Eltern und Freunde. Nach der zweiten Fehlgeburt jedoch erfuhr sie in erster Linie Zurückhaltung, und es kam ihr vor, als wollten die anderen es gar nicht wissen.

„Natürlich ist es schlimm, aber es war doch noch so winzig, nur ein Zellhaufen. Es war doch noch kein richtiges Baby", behauptete ihre Schwiegermutter.

So blieb Emma nichts übrig, als allein um ihr totes Kind zu trauern. Zudem litt sie unter dem Unverständnis ihrer Umwelt, und alles zusammen führte dazu, dass sie in schwere Depressionen verfiel.

Und so hatte sie bisher geschwiegen. Nun, in der neunten Woche, hatte sie Hoffnung geschöpft, dass es dieses Mal gutgehen könnte. So lange hatte keine ihrer bisherigen Schwangerschaften angehalten.

Vorsichtig rappelte sie sich auf und steckte Tobias' Hemden in die Waschmaschine. Bis auf das eine. Erneut starrte sie den Fleck an. Sah die rotlackierten Fingernägel der Blondine vor sich, die sich an Tobias' Gürtel zu schaffen machten.

Der Schmerz kam so unerwartet und war so heftig, dass Emma aufschrie und sich krümmte. Es war, als hätte eine Faust ihren Unterleib gepackt und zusammengedrückt. Mit einer Hand stützte sie sich am Waschbecken ab, während sie versuchte, ganz ruhig ein- und auszuatmen.

„Reg dich nicht auf", sprach sie sich gut zu. „Es gibt bestimmt eine vernünftige Erklärung dafür." Vielleicht hatte eine Angestellte Geburtstag, und er hatte sie zur Gratulation umarmt. Dabei war der Lippenstift an seinen Hemdkragen geraten.

Vorsichtig horchte sie in sich hinein. Ja, der Krampf löste sich, sie konnte wieder leichter atmen. Wahrscheinlich war es nur der Schock gewesen. Sie ließ das Hemd fallen. Um die Wäsche würde sie sich später kümmern. Das Wichtigste war jetzt, dass sie sich schnell wieder beruhigte. Langsam tappte sie zur Küche. Als sie im Türrahmen stand, boxte ihr erneut jemand in den Bauch.

Verzweifelt presste sie ihre Hände darauf, als könnte sie ihr Baby so schützen. „Bitte, nein", flüsterte sie. Ihr Blick fiel auf das Ultraschallbild. „Es ist alles in Ordnung. Mami hat sich nur etwas aufgeregt, aber es ist wieder alles okay. Bleib ganz ruhig da drinnen, ja?"

Vorsichtig setzte sie sich auf einen Stuhl. Notfalls würde sie hier sitzen bleiben, bis Tobias am Abend nach Hause kam, und würde den Haushalt liegen lassen. Die Hauptsache war, dass ihrem Baby nichts geschah.

Wieder krampfte sich ihr Leib zusammen, und sie krümmte sich vor Schmerzen. *Nein, nein, nein! Es durfte einfach nicht sein!* Es schmerzte wie der scharfe Stich eines Messers in ihren Bauch. Und wie von einem Schnitt begann ihr Blut zu fließen.

Blut, das dort nicht hätte sein dürfen. Blut, das sich noch sieben Monate hätte gedulden müssen. Emma spürte, wie es heiß aus ihr hinauslief.

Beschützend legte sie ihre Hände auf ihren Unterleib. „Du hast doch noch Zeit", flehte sie. „Bleib ganz ruhig, hörst du? Bleib dort drinnen."

Natürlich wusste sie, dass all ihre Worte nichts nützten, und wie das Blut strömten auch ihre Tränen hervor.

So saß sie da, wagte kaum noch, zu atmen, und fixierte die Uhr an der Wand. Quälend langsam verstrichen die Sekunden. Wie hypnotisiert beobachtete Emma den Zeiger der Uhr, und jedes leise Klicken, mit dem er ein winziges Stückchen weiterrückte, hallte in ihren Ohren wie der schwere Hammer eines bösartigen Schicksalsgottes.

Wie konnte es sein, dass ihr ganzes Glück, alles, was bisher ihr Leben ausgemacht hatte, ihr an einem einzigen Tag genommen wurde? Sie war so glücklich gewesen, rosig hatte ihre Zukunft vor ihr gelegen.

Während sie nun verzweifelt und panisch die Hände auf ihren Bauch hielt, wusste sie, dass sie handeln musste. Doch alles in ihr sträubte sich dagegen, Tobias anzurufen. Wieder sah sie den Lippenstift auf seinem Hemd vor sich. Doch das war erst einmal zweitrangig, sie konnte es immer noch mit ihm klären.

Gerade spürte sie keinen Schmerz, und leise Hoffnung stieg in ihr auf. Vielleicht war es ja doch nicht so schlimm? Vielleicht war es nur – eine Anfangsschwierigkeit. Sie hatte gelesen, dass manche Frauen während der ersten Monate der Schwangerschaft weiterhin ihre Periode bekamen. Es konnte doch sein, dass dies bei ihr der Fall war. Sie hatte während ihrer Menstruation oft unter starken Krämpfen gelitten.

Vorsichtig stand sie auf, um das Telefon zu holen. Es blutete nicht mehr. Sie tappte zur Anrichte. Vielleicht hatte sie wirklich Glück. Sie würde sich einen Tee kochen und sich dann auf die Couch legen, um ...

Der Schmerz kam so heftig und unerwartet, dass sie aufkeuchte und beide Fäuste in den Bauch presste. Im gleichen Augenblick spürte sie, wie erneut ein Schwall Blut aus ihr hinausfloss.

„Oh, nein", schluchzte sie verzweifelt und voller Angst.

Sie hatte doch schon heimlich nach Namen für ein Mädchen oder einen Jungen gesucht. Das hier durfte doch einfach nicht wahr sein!

Mit zitternden Händen griff sie zum Telefon und wählte die Nummer des Notarztes. Anschließend rief sie bei Tobias an, auch wenn sich alles in ihr dagegen sträubte. Er musste wissen, was hier mit ihr geschah. Und sie brauchte ihn. Gerade jetzt brauchte sie ihn so sehr wie selten zuvor in ihrem Leben.

„Liebling", meldete er sich und klang angestrengt fröhlich. „Wie schön, dass du anrufst. Weißt du, es ist nur gerade etwas ungünstig ..."

„Hör zu", unterbrach sie ihn und versuchte, ein Stöhnen zu unterdrücken, während der Schmerz ihren Leib verkrampfte. „Ich habe gerade den Notarzt angerufen, er wird gleich hier sein."

„Um Himmels willen! Was ist passiert? Hattest du einen Unfall?"

„Ich kann dir das am Telefon nicht ..." Emma musste das Gespräch unterbrechen, als der Schmerz zu heftig wurde.

„Emma? Emma! Was ist da los bei dir?", hörte sie Tobias' Rufe. „Ich komme sofort zu dir, hörst du mich? Ich bin gleich bei dir."

Es gelang Emma kaum, das Telefon auszuschalten, so sehr zitterten ihre Hände. Vor Schmerz. In erster Linie aber vor Angst. Wo blieb der verdammte Notarzt?

Kurz darauf klingelte er. Mit wackeligen Knien öffnete Emma ihm die Tür. „Sie sind schwanger?", fragte er.

„Ja."

„In der wievielten Woche?"

„In der neunten."

„Und seit wann haben Sie die Blutungen?"

„Seit ungefähr zwanzig, nein, warten Sie ... fünfundzwanzig Minuten. Ich hatte gehofft, sie hören von allein wieder auf, aber ..."

„Es ist gut, dass Sie uns gerufen haben." Er griff nach ihrem Arm. „Bitte legen Sie sich auf die Trage. Wir müssen Sie in die Klinik bringen."

Er half Emma, sich hinzulegen, hob gemeinsam mit dem Sanitäter die Trage an und trug sie zum Rettungswagen.

„Was ist mit meinem Baby?", fragte Emma bang.

„Das werden wir in der Klinik gleich sehen. Machen Sie sich bitte keine Sorgen. Bleiben Sie ganz ruhig liegen."

In diesem Augenblick raste Tobias' dunkelgrauer BMW in die Auffahrt und kam mit quietschenden Bremsen zum Stehen. Er musste gefahren sein wie der Teufel. War das nicht ein Zeichen dafür, dass er sie liebte? Emma beschloss, den Fleck an seinem Hemd erst einmal nicht zu erwähnen. Er sorgte sich um sie, sonst wäre er nicht so schnell hier gewesen. Tobias stellte den Motor ab, sprang aus dem Wagen und zu Emma. Besorgt legte er seine Hand an ihre Wange und beugte sich über sie.

„Was hast du, Liebling? Was ist passiert?"

Emmas Herz schmerzte vor Kummer und Verzweiflung. „Ich bin schwanger", hauchte sie. „Ich wollte es dir heute sagen."

Tobias riss die Augen auf. Das freudige Leuchten, das über sein Gesicht zog, verursachte Emma Magenschmerzen. „Das ist ja wunderbar! Aber …" Das Leuchten verschwand, als sein Blick auf ihre weiße Hose fiel. Im Schritt breitete sich der Blutfleck zunehmend aus. Er keuchte, und eine tiefe Sorgenfalte erschien auf seiner Stirn. „Was ist passiert, Emma? Sag es mir! Ist etwas mit dem Kind?"

In diesem Augenblick griff der Sanitäter nach der Tür des Rettungswagens. „Wenn Sie mitwollen, müssen Sie jetzt einsteigen. Wir müssen los."

Schnell sprang Tobias in den Wagen. Er griff nach Emmas Hand und drückte sie so fest, dass es ihr weh tat.

Sie schüttelte müde den Kopf. „Ich weiß es nicht. Ich habe Blutungen und Krämpfe."

„Um Himmels willen! Aber warum denn, Emma? Wie konnte das geschehen? Ist etwas passiert? Bist du gestolpert, gestürzt oder ...?"

Emma holte Luft, um etwas zu erwidern, aber in diesem Augenblick krampfte sich erneut ihr Leib zusammen, und dieses Mal war der Schmerz so heftig, dass sie aufschrie. Wieder spürte sie, dass Blut aus ihr hinausfloss.

Und noch etwas anderes.

„Liebling?" Das war Tobias' atemlose Stimme.

Der Arzt und der Sanitäter beugten sich über Emma, legten ihr einen Tropf, hantierten an ihr herum.

Emma nahm das alles nur am Rande wahr, wie gedämpft durch dichten Nebel.

„Was ist mit ihr?", fragte Tobias besorgt. Seine Stimme klang leise, wie aus weiter Ferne. Auch die Hektik des Arztes und des Sanitäters erschienen Emma vollkommen unwichtig. Sie registrierte es kaum, sondern spürte, wie sie davonglitt.

Kapitel 2

Als Emma erwachte, lag sie in einem Krankenhausbett. Vor dem Bett saß Tobias auf einem Stuhl. Nun sah er sie an, besorgt und doch freudig, stand auf und legte die Hand auf ihre Wange. „Du bist wieder wach! Gott sei Dank! Ich hatte so eine Angst um dich!"

Immer noch fühlte sich Emma wie betäubt. Sie versuchte, in sich hineinzuhorchen. Aber sie spürte nichts. „Das Baby?", fragte sie leise.

Tobias schüttelte den Kopf.

Schwach schob Emma seine Hand beiseite.

Tobias deutete ihre Geste falsch. Mit glücklichem Lächeln griff er nach ihren Fingern. „Du hast das Bewusstsein verloren. Plötzlich hast du die Augen verdreht und ein ganz seltsames Geräusch von dir gegeben, wie ein leises Seufzen. Ich fürchtete schon, dass du … Zum Glück hat der Arzt das schnell wieder in den Griff bekommen. Liebling, du hast mir den Schock meines Lebens verpasst. Ich hatte so eine Angst, dich zu verlieren."

Emma versuchte, sich zu erinnern, wusste jedoch nur noch, dass sie im Krankenwagen lag, und dann war alles weg.

„Du sagst ja gar nichts. Geht es dir nicht gut?" Eine Sorgenfalte erschien auf Tobias' Stirn.

Emma sah ihn an. Plötzlich stand ihr wieder sein weißes Hemd mit dem roten Fleck vor Augen. Und alles, was sie fühlte, als sie sein Gesicht betrachtete, sein dunkles Haar, seine Augen, war – nichts. Es schien, als wären all ihre Empfindungen mit ihrem Kind gestorben.

Sie brachte ein mattes Lächeln zustande. „Das fragst du mich ernsthaft?"

Tobias zog seine Hand zurück, als hätte er sich verbrannt. „Glaube mir, mir geht es ebenso. Es war ja auch mein Kind, das du verloren hast. Warum hast du mir denn nicht eher gesagt, dass du schwanger bist?"

„Ich hatte Angst, dass genau so etwas passiert, wenn ich es erst ausspreche. Ich ... wollte es dir heute sagen. Bei einem schönen Abendessen." Verzweifelt schloss sie die Augen und spürte, wie heiße Tränen unter ihren Lidern hervorquollen. „Es tut so weh."

„Oh, Liebling." Tobias griff erneut nach Emmas Hand, und dieses Mal entzog sie sie ihm nicht. „Es tut mir so leid. Ich weiß gar nicht, was ich dazu sagen soll."

Emma las echten Schmerz in seinen Augen. Sie wollte es nicht sagen, nicht jetzt. Aber die Worte waren heraus, ehe sie es verhindern konnte. „Was meinst du denn, warum ich es verloren habe?"

Tobias starrte sie verwirrt an. „Woher soll ich das denn wissen? Vielleicht hast du dich überanstrengt, oder ..."

Emma zögerte. War dies wirklich der richtige Ort und Zeitpunkt für eine Auseinandersetzung wegen seiner Untreue? Nein, gewiss nicht. Aber dann sah sie wieder die Blondine vor sich, wie sie an Tobias' Ohr knabberte und sein Hemd verschmierte. Für ein solches Thema gab es keinen passenden Ort oder Zeitpunkt. Je eher sie es hinter sich brachte, desto besser. Es ging ihr sowieso gerade so furchtbar schlecht, dass sie es auch gleich erledigen konnte. Sozusagen in einem Abwasch.

„Denk doch mal nach. Vielleicht kommst du von alleine drauf."

Nun kniff Tobias ärgerlich seine Augen zusammen. „Du willst tatsächlich mir die Schuld daran geben? Das ist jetzt aber nicht dein Ernst."

„Mein voller Ernst. Es ging mir gut. Richtig gut sogar. Bis ich dein Hemd entdeckte. Bis ich erkennen musste, dass der Mann, den ich liebte, der Vater meines ungeborenen Kindes, mich betrügt."

„Was?"

„Ich habe dein Hemd gefunden. Ich habe es für dich waschen wollen, wie eine treu sorgende Frau es eben tut." Mit jedem Wort wurde ihre Stimme rauer wegen der Tränen, die sich in ihr aufstauten.

Verwirrung zeigte sich in seinen Zügen. „Wovon redest du?"

„Von dem Lippenstift auf dem Hemdkragen. Du erinnerst dich doch bestimmt daran, wie er darauf gekommen ist, oder?"

Tobias erbleichte. So sehr, dass es Emma gleich ein wenig besser ging.

„Ich ... ich kann dir das erklären! Es war ... ganz anders, als du denkst", stammelte er.

„Was denke ich denn?" Wut hielt die Tränen in Schach. „Dass mein Verlobter seine Sekretärin vögelt, während ich seine Hemden wasche? Während ich sein Kind in mir herumtrage?"

Tobias sah sie schockiert an. „Ich wusste ja nicht … Bitte, Liebling, lass uns später darüber reden, ja? Wenn du dich etwas beruhigt hast. Du stehst immer noch unter Schock, du weißt nicht, was du sagst."

Emma war plötzlich unsagbar müde. Sie hatte keine Kraft für eine derartige Auseinandersetzung. Es war ein Fehler gewesen, Tobias hier und jetzt mit seinem Fehltritt – wenn es denn einer war – zu konfrontieren. Erst musste sie wieder zu Kräften kommen. Sie nickte schwach, um ihre Zustimmung zu signalisieren.

Am folgenden Abend besuchte Tobias sie wieder. Emma hatte fast die ganze Zeit über geschlafen, sie vermutete, aufgrund eines starken Beruhigungsmittels, denn wenn sie einmal wach war und nachdenken wollte, funktionierte es nicht. Ihre Gedanken schwammen in ihrem Kopf herum wie Kaulquappen und entglitten ihr immer wieder. Nun, als sie Tobias in der Tür erkannte, fühlte sie sich immer noch wie betäubt. Ging alles wieder von vorne los? Das schwarze Loch, die Depressionen? Noch einmal würde sie so etwas nicht durchstehen, das wusste sie. Und Tobias auch nicht. Wenn sie sich noch einmal in die Tiefen eines Burnouts fallen ließ, wäre ihre Beziehung endgültig am Ende. Und trotz ihres Schocks wegen des Lippenstifts, trotz der Katastrophe, die danach geschehen war – das wollte sie nicht. Tobias war doch alles, was sie noch hatte.

„Hi", sagte er leise. „Geht's dir schon etwas besser?"

„Ich weiß nicht. Ich habe fast nur geschlafen."

„Das ist gut. So kann sich dein Körper am schnellsten erholen."

„Um meinen Körper mache ich mir keine Sorgen. Es ist nur ... in mir drin ist alles leer, verstehst du? Ich kann nicht mehr denken, und ich fühle auch nichts mehr. Ich bin ... wie tot.“

„Ach, Liebling.“ Tobias strich sacht über ihre Wange. „Das gibt sich wieder. Es ist gestern erst geschehen, du darfst keine Wunder erwarten. Hab Geduld.“

Die Gedanken flatterten in Emmas Kopf herum wie Vögel, sie bekam keinen zu fassen. „Sei mir nicht böse, ja? Ich ... bin so müde.“ Emma fielen die Augen zu.

„Kein Problem. Ich komme morgen wieder, ja? Warte, ich rufe die Schwester. Du gefällst mir gar nicht. Nicht, dass du wieder das Bewusstsein verlierst wie im Krankenwagen.“

Einen Augenblick später beugte sich die Schwester über sie, und hinter ihrem Lächeln erkannte Emma tiefe Besorgnis.

„Ihr Verlobter sagte, es gehe Ihnen nicht gut. Ich gebe Ihnen ein Beruhigungsmittel, in Ordnung? Dann schlafen Sie die Nacht durch. Morgen sieht die Welt schon wieder anders aus, Sie werden sehen.“

Plötzlich war es Emma, als zöge jemand einen Schleier aus ihrem Gesichtsfeld. „Geht das wieder weg?“, fragte sie leise.

Die Schwester beugte sich näher zu ihr. „Was meinen Sie? Haben Sie noch Schmerzen?“

Schwach schüttelte Emma den Kopf. „Nein. Keine Schmerzen. Eher das Gegenteil. Ich fühle – nichts mehr. Gar nichts. Verstehen Sie?“

„Das ist vollkommen normal.“ Geübt schloss die Schwester einen Beutel an den Tropf an und kontrollierte den Schlauch, der zu Emmas Armbeuge führte.

„Sie haben Schlimmes erlebt. Sie stehen unter Schock. Geben Sie sich Zeit. So etwas verarbeitet man nicht an einem Tag.“

Mitfühlend sah sie Emma noch einmal an, als sie sich aufrichtete. „Schlafen Sie jetzt. Ruhen Sie sich aus. Und wenn etwas ist, melden Sie sich. In Ordnung?“ Sie wandte sich Tobias zu. „Und Sie sollten jetzt gehen. Ihre Verlobte braucht Ruhe. Und Sie sicher auch.“

Die Gedanken verschwammen, während Emma langsam in den Schlaf glitt. Schwärze hüllte sie ein wie ein Mantel, und sie fühlte sich seltsam getröstet.

Als sie am frühen Morgen erwachte, hatte sie so starke Kopfschmerzen, dass sie meinte, ihr Schädel müsse zerspringen. Die Krankenschwester gab ihr eine Kopfschmerztablette und stellte ihr eine Kanne Tee ans Bett. „Trinken Sie die, es wird Ihnen guttun. Und nachher können Sie aufstehen. Ihr Kreislauf muss wieder in Schwung kommen.“

Doch kurz darauf nickte Emma wieder ein.

Als erneut die Tür geöffnet wurde, fuhr Emma aus dem Dämmerschlaf hoch, in den sie wieder verfallen war. Kam Tobias zurück? Sie war sich nicht sicher, ob sie sich das wünschte. Aber er war es nicht.

„Emma! Was machst du denn für Sachen?“, fragte Laura, ihre beste Freundin. In der rechten Hand trug sie einen riesigen Blumenstrauß und in der linken eine große Schachtel Pralinen.

Mühsam setzte sich Emma im Bett auf. „Wie schön, dass du mich besuchst. Ich freu mich! Aber woher weißt du ...?“

„Ich wollte dich gestern anrufen. Aber mehrmals ging niemand ran. Erst abends erwischte ich Tobias, und der erzählte mir alles. Er hat mir den Schock meines Lebens verpasst! Ach, Emma, es tut mir so leid! Das ist alles so furchtbar." Sie beugte sich hinunter und nahm Emma vorsichtig in die Arme.

„Wie geht es dir? Es tut mir so leid, was passiert ist!"

„Ich bin furchtbar traurig. Ich kann das alles noch gar nicht richtig realisieren. Es kommt mir vor wie ein Albtraum, aus dem ich gleich erwache, und dann ist alles wieder gut. Nur leider ist es das nicht."

„Ach, Süße!" Erneut umarmte Laura ihre Freundin, und ihre Stimme war voller Mitgefühl. „Wie ist es denn eigentlich passiert?"

Emma zögerte. War es richtig, jetzt schon damit herauszurücken? Reichte nicht eine Katastrophenmeldung für einen Tag? „Ich habe herausgefunden, dass Tobias mich betrügt", platzte sie heraus, ehe sie sich bremsen konnte. Es musste raus. Wenn sie es für sich behielt, würde sie daran ersticken.

„Was?" Laura riss entsetzt die Augen auf.

„Ich habe Lippenstift an seinem Hemd gefunden."

Laura riss die Augen auf. „Was sagt denn Tobias dazu?"

„Er versucht, sich herauszureden. Es wäre ganz anders, als ich denke."

„Und wenn es wirklich so ist? He, er liebt dich doch. Er würde dir doch nicht so etwas antun."

„Das versuche ich mir auch ständig einzureden. Aber wie um Himmels willen soll dann der Lippenstift an seinen Hemdkragen gekommen sein?"

„Keine Ahnung. Kein Wunder, dass du schockiert warst."

„Es war schlimm. Erst wurde mir kotzübel, und später kamen die Krämpfe und die Blutungen."

„Ach, Süße, wie furchtbar! Was willst du denn jetzt machen?"

Emma zuckte die Schultern. „Darüber hab ich noch nicht nachgedacht. Bisher war irgendwie alles wie in Watte gepackt, ich fühlte mich wie betäubt. Ich weiß nicht, wie alles weitergehen soll."

„He, ihr seid schon so lange zusammen. Ihr habt euch schon so viel aufgebaut. Und ihr habt schon so viele Krisen gemeinsam gemeistert. Dies hier schafft ihr auch. Alles weitere ergibt sich schon."

Emma war sich da nicht so sicher. „Wie geht es dir denn so?", fragte sie, um vom Thema abzulenken. Es gelang ihr sogar, ihre Stimme einigermaßen lebhaft klingen zu lassen. Die Wahrheit aber war, dass sie momentan nichts interessierte. Gar nichts. Alles, woran sie dachte, war ihr Baby, das sie verloren hatte. Den kleinen Alien, dessen Umrisse sie wieder und wieder mit dem Finger nachgefahren war und sich dabei vorgestellt hatte, wie sich seine Haut anfühlen, wie es duften würde. Mit jeder Sekunde, die verstrich, vermisste sie es mehr. Sie hatte ja nicht geahnt, wie sehr sie es schon geliebt hatte, obwohl es doch noch kaum mehr als ein Zellhaufen in ihr gewesen war, kleiner als eine Erdnuss. All ihre Ziele, ihre Träume waren innerhalb weniger Stunden wie Seifenblasen zerplatzt. Und sie hatte keine Ahnung, wie alles weitergehen sollte.

Aber etwas Ablenkung konnte nicht schaden. Und so lauschte sie Lauras Geplapper, aber bald schweiften ihre Gedanken ab.

Zwei Tage später untersuchte die Gynäkologin Emma noch einmal. „Es ist soweit alles in Ordnung, Frau Hoffmann. Wir können Sie nach Hause entlassen.“

Emma zögerte. „Und ähm ... was meinen Sie, kann ich wieder ...?“

Die Ärztin lächelte. „Sie meinen, ob Sie wieder Kinder bekommen können? Nun, aus gynäkologischer Sicht spricht nichts dagegen. Anatomisch sind Sie gesund, wenn auch extrem anfällig für äußerliche Störungen. Allerdings sollten Sie eine Pause einlegen. Nicht nur Ihr Körper muss sich von dem Verlust erholen, auch Ihre Psyche hat gelitten. Gönnen Sie sich Erholung und Ruhe.“

Emma atmete auf. Sie hatte sich immer Kinder gewünscht. Zwar war sie sich nicht sicher, ob es das Abenteuer einer Schwangerschaft noch einmal wagen würde, aber es war ein beruhigender Gedanke, dass alles mit ihr in Ordnung war.

Kurz darauf stand Emma auf der Straße. Tobias hatte sich entschuldigt, dass er sie nicht würde abholen können, weil ihm die Arbeit gerade über den Kopf wuchs. Emma verstand das nicht. Sie hatte ihr gemeinsames Kind verloren, und er konnte sich nicht einmal eine Stunde für sie freischaufeln? Sie versuchte, das Beste daraus zu machen. Es war nicht allzu weit nach Hause, und etwas Bewegung würde ihr nach der tagelangen Liegerei sicher guttun.

Doch als sie losging, fühlte sie, wie sich alles in ihr dagegen zu sträuben begann, den Weg zu ihrer Wohnung einzuschlagen. Sie fürchtete, dass dort all die Erinnerungen an die letzten Augenblicke vor der Fehlgeburt erneut über sie herfallen würden. Aber was blieb ihr übrig? Sie lebte dort, es war ihr Zuhause. Sie hatte eine schöne Wohnung in einer Doppelhaushälfte, die sie in monate-, nein, jahrelanger Arbeit gemütlich eingerichtet hatte. Dort hatte sie sich wohlgefühlt, dort gehörte sie hin. Und je eher sie sich mit ihrem Verlust auseinandersetzte, desto schneller kam sie darüber hinweg.

Entschlossen setzte sie ihren Weg fort. Die frische Luft tat ihr gut. Mit jedem Schritt atmete sie freier durch.

Tobias' Wagen stand noch nicht da, als sie zur Haustür ging. Klar, er hatte ja viel Arbeit. Aber hätte er sich nicht an diesem Tag mal ein paar Stunden freinehmen können? Als sie die Tür aufschloss, verspürte Emma eine starke Angst. Wie dringend hätte sie ihn jetzt gebraucht, bei diesem schweren Gang.

Als sie den Küchenstuhl sah, auf dem sie gesessen hatte, während ihr Baby aus ihr herausgespült worden war, begann sie zu zittern. Das Ultraschallbild war vom Tisch verschwunden. Wo hatte Tobias es hingelegt? Hatte er es gar – Emmas Herzschlag stockte – weggeworfen? Sie musste sich mit aller Kraft beherrschen, nicht wie eine Wilde die Schränke zu durchwühlen. Nein, sobald er nach Hause kam, würde sie ihn fragen.

Sie musste auf die Toilette. Vor dem Badezimmer hatte sie ganz besondere Angst, und sie wartete so lange, bis sie es nicht mehr aushielt. Als sie es betrat, verkrampfte sich ihr Magen, und sie musste mehrmals tief durchatmen, ehe sie es fertigbrachte, zur Toilette zu gehen.

Wo war das Hemd mit dem Fleck? Emma öffnete die Waschmaschine. Tatsächlich lagen Tobias' Hemden immer noch ungewaschen darin. Sie lachte bitter. Hätte er ihr nicht wenigstens diese eine Aufgabe abnehmen können? Er müsste sich doch denken können, wie schwer es ihr fiel. Doch seit sie als Nur-Hausfrau zu Hause war, tat er im Haushalt gar nichts mehr. Bisher hatte sie das als gerecht empfunden. Nun begann sich Unwillen in ihr zu regen. War es zu viel verlangt, dass er ihr diese Arbeit ein einziges Mal abnahm?

Und wo war denn nun das verfluchte Hemd mit dem Lippenstift am Kragen? Sie hatte es auf den Boden fallen lassen. Dort lag es jedoch nicht mehr. Hatte Tobias es einfach zu den anderen Hemden in die Waschmaschine gesteckt? Emma zögerte. Doch sie musste es einfach wissen. Mit klopfendem Herzen nahm sie die Kleidungsstücke aus der Maschine und sah sie gründlich durch. Das Hemd mit dem Fleck fand sie nicht. Wo sie schon dabei war, stellte sie die Waschmaschine gleich an. Dann lief sie in die Küche und sah in den Mülleimer. Vielleicht hatte er es einfach weggeworfen? Doch auch dort lag es nicht.

Und wenn es besser so war? Hatte sie nicht gerade genug Sorgen? Sollte sie nicht erst einmal den Verlust ihres Kindes verarbeiten, ehe sie das nächste Problem anging? Ja, das wäre das Vernünftigste. Und sie sollte am besten gleich damit beginnen.

Vor der Kinderzimmertür zögerte sie. Seit dem Tod des Babys war sie nicht mehr in diesem Raum gewesen. Sie sah sich selbst vor sich, wie sie voller Eifer und

Vorfreude die Wände dekoriert hatte. Langsam drückte sie die Klinke herunter.

Als sie den Raum betrat, hielt sie unwillkürlich die Luft an. Alles war so, wie sie es verlassen hatte. Plötzlich meinte sie, die wilden Schreie der bunten Vögel zu hören, und das Einhorn warf seinen Kopf hoch, dass seine weiße Mähne flog und die Strahlen der Sonne einfing.

Emma lächelte wehmütig. Niemals würde hier ihr Kind spielen und sich an den bunten Bildern erfreuen. Sie spürte, wie ihr die Tränen in die Augen traten, und sie ließ sie fließen. Die Ärztin hatte gesagt, sie solle auf keinen Fall ihre Gefühle unterdrücken. Jede Träne brachte sie der Heilung näher.

Als sie einen Schlüssel hörte, der sich im Schloss drehte, wischte sie sich schnell über die Augen. Tobias war zurück. Rasch verließ Emma das Zimmer und verschloss die Tür. Sie musste schnell gesund werden, damit sie das nächste Problem angehen konnte – das mit ihm.

„Wo hast du das Bild hingetan?", fragte sie, nachdem Tobias sie aus einer langen Umarmung entließ. Merkwürdigerweise hatte sie nichts dabei empfunden, weder Freude noch Trost oder Ärger. Es war, als würden alle Gefühle an ihr abprallen.

„Welches Bild?"

„Das weißt du doch. Es lag hier auf dem Tisch."

„Ach so ... Ich habe es weggelegt."

Entsetzt starrte Emma Tobias an. „Du hast es weggeworfen? Es ist das einzige Bild unseres ..."

„Beruhige dich. Natürlich nicht. Warte." Er ging ins Wohnzimmer. Emma folgte ihm. Tobias holte es aus einer Schublade der Anrichte und hielt es ihr hin. „Hier ist es doch."

Behutsam nahm Emma das Bild entgegen. Sie wagte kaum, es anzusehen, fürchtete den Schmerz, den der Anblick auslösen würde.

„Es war so schön", sagte Tobias leise. Er trat neben sie und schloss sie in die Arme.

Obwohl Emma es nicht wollte, begann sie zu weinen. Bei der Erinnerung an ihren Verlust standen ihr wieder die Bilder des Auslösers vor Augen, aber sie hatte jetzt noch nicht die Kraft, Tobias erneut darauf anzusprechen. Nein, das musste noch warten, bis sie wieder stärker geworden war.

Am Abend bestellten sie etwas zu essen. Asiatisch, das hatte Emma immer besonders geliebt. Doch nun schmeckte sie kaum etwas. „Ich bin müde", sagte sie früh.

„Hast du etwas dagegen, wenn ich noch aufbleibe? Ich muss noch etwas für die Arbeit vorbereiten."

„Natürlich nicht. Mach nur." Emma war froh, dass Tobias nicht mitkam. Sie wusste nicht, wie sie reagiert hätte, wenn er sie im Bett umarmt hätte.

Drei Tage vergingen, und es kam Emma mehr und mehr so vor, als wären sie und Tobias zwei Katzen, die umeinander herumschlichen, aber keine offene Konfrontation wagten. Sie hatte gehofft, sich hier zu Hause erholen zu können, spürte aber mehr und mehr, dass der Druck zwischen ihnen beständig zunahm. Am Abend des dritten Tages hielt sie es nicht mehr aus. Sie musste diese Sache klären, sonst würde sie wahnsinnig werden.

„Komm mal mit, ich muss dir etwas zeigen", sagte sie nach dem Abendessen.

Mehr unwillig als neugierig stand er auf und folgte ihr. Als er sah, dass sie ihn zum Kinderzimmer führte, blieb er stehen. „Was soll das, Emma? Es ist wirklich schlimm, was passiert ist, das empfinde ich ebenso, aber du musst doch einmal …"

Sie nahm den Schlüssel, den sie stets mit sich herumtrug, und steckte ihn ins Schloss. Währenddessen versuchte sie sich für den Schmerz zu wappnen, der unweigerlich auf sie einstürmen würde, sobald sie den Raum betrat. Aber es war wichtig. An genau diesem Ort wollte sie Tobias mit dem Thema konfrontieren, dem sie seit Tagen tunlichst aus dem Weg gingen. Schweigend stieß sie die Tür auf und hielt sie für ihn auf.

Er holte Luft, während er eintrat, um weiter zu schimpfen – und ließ sie hörbar wieder aus. Stumm stand er vor der von ihr bemalten Wand und ließ seine Blicke über die bunten Bilder wandern, die sie gezaubert hatte.

„Das … das ist … unglaublich! Das hast du ganz allein gemacht?" Ungläubig starrte er sie an.

„Ja. Unser Kind sollte jede Nacht von wunderbaren Dingen träumen."

„Ich wusste ja nicht, dass du *so etwas* kannst."

„Das dachte ich mir. Du hast mich schon immer unterschätzt, nicht wahr?"

Er sah sie verwirrt an. „Was meinst du damit? Das ist doch Unsinn. Natürlich habe ich …"

„Das tut jetzt auch nichts mehr zur Sache. All meine Mühe war vergebens. Hier wird niemals unser Kind schlafen oder spielen."

„Das weiß ich doch. Wie oft willst du das noch …?“
„Und du weißt, warum!“

Tobias starrte sie an. „Was soll das denn jetzt? Fängst du schon wieder damit an?“

„Es ist eine Tatsache, Tobias. Ich verlor unser Kind, nachdem ich den Beweis fand, dass du mich betrügst. Und ich will, dass du mir hier und jetzt sagst, was du da treibst.“

Anstelle von erneutem Zorn stand nun Scham in Tobias Zügen. „Also gut, ich gebe es zu. Ich hatte einen One-Night-Stand mit Constanze. Mit der Sekretärin. Es ist mir schleierhaft, woher du weißt, dass sie es war. Aber ich verspreche dir, Emma, es war nur eine einmalige Sache, vollkommen bedeutungslos.“

„Warum?“

„Weil … Meinst du etwa, für mich war es leicht? Du hattest zwei Fehlgeburten, und nach beiden warst du vollkommen fertig. Verständlicherweise natürlich. Besonders nach der zweiten warst du doch monatelang kaum ansprechbar.“

„Ich hatte Depressionen.“

„Das weiß ich doch. Aber das macht es nicht besser. Für mich war es ebenso schwer, Emma. Auch ich hatte ein Kind verloren, auf das ich mich gefreut hatte. Und ich hatte niemandem zum Reden. Meine Verlobte verließ das Bett nicht mehr und war kaum noch ansprechbar. Ich … ich brauchte jemanden, verstehst du das denn nicht? Und Constanze war für mich da. Sie hörte mir zu, verstand mich.“

„Und zum Dank bist du dann mit ihr ins Bett gehüpft.“ Es gelang Emma nicht, den Sarkasmus in ihrer Stimme zu unterdrücken.

„Natürlich nicht deshalb! Ich war einsam, fühlte mich verloren."

Emma dachte über seine Worte nach. Doch dann fiel ihr etwas ein, und sie kniff misstrauisch die Augen zusammen. „Dass es mir so schlecht ging, ist lange her. Das Hemd mit den Lippenstiftflecken habe ich aber gerade erst gefunden. Wie erklärst du mir das denn?"

Tobias schluckte. Plötzlich ließ er die Schultern sinken. „Also gut. Wir hatten eine kleine Feier im Büro, der Chef hatte Geburtstag. Es wurde spät. Ich trank ein paar Gläser Wein. Und Constanze ... wir waren uns immer noch so vertraut. Es tut mir leid, Emma. Aber du musst mir glauben, mehr ist da nicht. Wirklich."

Emma sah Tobias an, wie er da stand, mit hängenden Schultern und zerknirschtem Gesichtsausdruck. Zu ihrer Bestürzung stellte sie fest, dass es gar nicht wehtat, was er ihr erzählte. Ja, nicht einmal Wut empfand sie. Was bedeutete das? War er ihr wirklich gleichgültig geworden? Oder war es immer noch der Schmerz, der sie betäubte? Würden die Gefühle für ihn zurückkehren? In diesem Moment wünschte sie, sie könnte etwas spüren, und sei es Zorn. Nun, vielleicht würde er eines Tages kommen. Bis es so weit war, konnte sie keine Entscheidung treffen.

„Sag doch etwas", bat Tobias. „Es tut mir leid, wirklich."

„Ich brauche Zeit, ich muss nachdenken."

Verzogen sich seine Lippen, wurde er ärgerlich? Wenn, dann hatte er sich rasch wieder in der Gewalt. „Klar. Nimm dir die Zeit, die du brauchst." Das klang wie auswendig gelernt, emotionslos und gleichgültig.

„Ich fahre ein paar Tage zu meinen Eltern“, erklärte Emma, ehe sie darüber nachdenken konnte.

„Ja, das ist wohl eine gute Idee.“

Emma hoffte, sich zu täuschen. Doch sie konnte sich des Eindrucks nicht erwehren, Erleichterung in Tobias’ Zügen lesen zu können.

Kapitel 3

Ihre Mutter schloss Emma so fest in die Arme, als wollte sie sie gar nicht mehr loslassen, und auch ihrem Vater standen Tränen in den Augen, als er sie umarmte.

„Er hätte dich wenigstens herfahren können", sagte ihre Mutter vorwurfsvoll, nachdem sie sie losgelassen hatte. „Ihr habt so ein großes Auto in der Garage, und nach alldem lässt er dich allein mit dem Zug herkommen."

Emma zuckte die Schultern. „Er hat viel Arbeit, lass ihn doch. Ich habe die Zugfahrt genossen. Es war so schön, durch die endlosen Wiesen zu fahren. Hier hat sich ja überhaupt nichts verändert. Dabei ist es viel zu lange her, seit ich das letzte Mal hier war."

Ihre Mutter drückte sie auf einen Stuhl am gedeckten Tisch. „Du wolltest ja unbedingt in die Großstadt. Dabei weißt du, dass wir von Anfang an dagegen waren, dass du so weit wegziehst, und dann noch zu diesem ... Karrieremenschen."

„Lass sie doch erst einmal zur Ruhe kommen", mischte sich ihr Vater ein und schenkte Emma einen liebevollen Blick.

Ihre Mutter schnaufte. „Stimmt. Iss erst einmal etwas, du bist ja ganz dünn geworden. Traurig genug, dass dein eigener Verlobter so etwas nicht zu merken scheint." Sie legte ein riesiges Stück Käsesahne auf Emmas Teller und schenkte Kaffee ein.

Still nahm Emma den ersten Bissen. Sobald sie das süße Aroma auf der Zunge spürte, schossen ihr die Tränen in die Augen. Käsesahne war seit ihrer Kindheit ihr Lieblingskuchen, und ihre Mutter hatte ihn immer für sie gebacken, wenn sie Kummer hatte. Der Geschmack erinnerte sie an all die Stunden, in denen sie Trost und Wärme in ihrem Elternhaus gefunden hatte. Bevor sie zu Tobias nach Berlin gezogen war. Tapfer schluckte sie, während sich die Tränen eine salzige Bahn ihre Wangen hinab bahnten.

„Ach, Kindchen." Ihre Mutter ließ die Gabel sinken, stand auf und umarmte Emma von hinten. „Was hast du bloß alles durchgemacht? Warum hast du uns von deinen Problemen mit Tobias nicht schon früher erzählt?"

„Ich ... ich wollte euch nicht damit belasten. Ihr habt es doch auch nicht leicht."

„Meinst du etwa mein künstliches Hüftgelenk? Oder Wolfgangs chronische Bronchitis? Das ist doch nichts im Vergleich zu deinen Problemen. Du hättest jederzeit zu uns ..."

„Papa wäre fast gestorben! Er hatte eine Lungenentzündung! Und ihr habt es mir erst erzählt, als er schon wieder gesund war."

„Ruhig jetzt, alle beide." Ihr Vater hob die Hand, aber in seinem Gesicht stand keine Strenge, sondern nur Kummer und Liebe. „Man merkt eben, dass sie unsere Tochter ist, Margret", fuhr er fort. „Immer wollen wir uns gegenseitig schützen und alles mit uns allein ausmachen."

„Das hat jetzt ein Ende", rief Emmas Mutter resolut. „Wir sind doch eine Familie. Nun iss erst einmal deinen Kuchen. Und dann erzählst du uns alles von Anfang an, ja?"

Es war später Abend, als Emma mit ihrem Bericht fertig war. Sie fühlte sich total ausgelaugt, aber auch seltsam erleichtert. Wie von einer schweren Last befreit.

„Wie kann er nur", zischte ihre Mutter böse.

„Du weißt ja, dass wir ihn noch nie besonders mochten", sagte ihr Vater. „Aber dass er dich betrügt, nein, das hätten wir nicht für möglich gehalten. Und dass du deshalb euer Kind verloren hast …"

„Das dritte", erinnerte Emma ihn leise. „Für ihn war es auch nicht leicht. Monatelang war ich kaum ansprechbar. Er muss sich sehr alleingelassen gefühlt haben."

„Das ist keine Entschuldigung", donnerte ihre Mutter. „Du warst krank. Er hätte für dich da sein müssen, statt … Am liebsten würde ich ihn herzitieren und ihm gewaltig den Kopf waschen."

Emma schüttelte den Kopf. „Ich bin hergekommen, um Abstand zu bekommen. Ich werde schon noch mit ihm reden, keine Sorge."

„Nun gut, das ist ja auch eure Angelegenheit. Aber versprich mir, dass du ihn damit nicht durchkommen lässt."

„Mach ich. Ich bin müde. Lasst mich erst einmal eine Runde schlafen, okay?"

In dieser Nacht, im Gästebett ihrer Eltern, schlief Emma zum ersten Mal seit der Fehlgeburt wieder fest und traumlos.

Ihre Eltern lebten in dem kleinen Dorf Coppum in der Marsch unweit der Nordsee. Auch die elf Jahre ältere Schwester ihrer Mutter, ihre Tante Lisbeth, wohnte noch hier. Zu ihr hatte Emma seit ihrer Kindheit ein sehr enges Verhältnis gehabt, fast so, als wäre sie ihr eine zweite Mutter. Seit Lisbeths Mann vor einigen Jahren gestorben und Harald, ihr einziger Sohn, nach Amerika ausgewandert war, lebte sie allein in ihrem Häuschen etwas außerhalb des Dorfs.

Am nächsten Morgen wurde Emma mit einem üppigen Frühstück gemästet. Ihre Mutter ließ sie nicht eher vom Tisch aufstehen, ehe sie zwei Spiegeleier und zwei Brötchen mit Schinken und Käse sowie einige Tassen Milchkaffee verdrückt hatte. Doch als sie ihr die selbstgemachte Himbeermarmelade hinschob und sie aufmunternd ansah, streikte Emma.

„Ich bin satt, wirklich. Ich möchte doch nicht gleich am ersten Tag schon drei Kilo zunehmen."

„Du bist viel zu dünn. Es wird Zeit, dass du wieder etwas auf die Rippen bekommst."

„Aber doch nicht innerhalb eines Tages." Emma lächelte gerührt. Die Fürsorge ihrer Eltern tat ihr unglaublich gut. Wahrscheinlich war man nie zu alt, um die Liebe seiner Eltern zu brauchen, egal, ob man sieben, fünfzehn oder wie sie zweiunddreißig Jahre alt war. Sie wünschte, sie wäre bereits nach ihrer ersten, spätestens der zweiten Fehlgeburt hergekommen. Vielleicht hätte sie sich wesentlich schneller erholt. Aber sie wusste ja, wie ihre Eltern zu Tobias standen, und sie hatte sich verpflichtet gefühlt, bei ihm zu bleiben und so zu ihm zu stehen.

Plötzlich musste sie wieder an ihr eigenes Kind denken. Gewiss hätte sie es ebenso umsorgt und umhegt, wie ihre Eltern es bei ihr taten. Nun würde dieses Kind niemals zur Welt kommen. Dabei hätte sie ihm so gern ihre Liebe geschenkt.

Schnell stand Emma auf und schob den Stuhl nach hinten, ehe ihre Mutter sah, dass ihre Augen schon wieder feucht wurden. „Ich mache einen kleinen Spaziergang, ja? Ich bin schon gespannt, was sich hier in den letzten Jahren alles verändert hat."

„Nichts. Hier bei uns ist die Zeit stehen geblieben. Für jemanden aus der Stadt ist das bestimmt ziemlich rückständig."

„Unsinn. Also bis später." Emma war aus der Tür, ehe ihre Mutter noch mehr sagen konnte.

Denn Emma wusste, dass sie recht hatte. Damals konnte sie ihr Dorf gar nicht schnell genug verlassen. In Coppum gab es gerade mal einen Bäcker und einen Tante-Emma-Laden. Die Kinder in der Schule hatten Emma immer wegen ihres Vornamens veräppelt, hatten sie Tante Emma genannt und gefragt, ob sie bei ihr Butter, Haarshampoo oder Hundefutter kaufen konnten. Als sie älter wurde, musste sie zusammen mit Freunden stets weit in den nächsten größeren Ort fahren, wenn sie zum Tanzen oder ins Kino wollte. Und verglichen mit Berlin waren selbst die damals für sie aufregenden Orte wie Otterndorf oder Cuxhaven nur langweilige Kuhdörfer.

Doch inzwischen hatte sie einen anderen Blick auf die Dinge bekommen. Was hatte ihr das Leben in der Großstadt denn gebracht? Einen Job als Verkäuferin in einem Shoppingcenter, den sie nicht mehr ausüben konnte, weil sie nach mehreren Fehlgeburten psychisch erkrankt war. Und einen Verlobten, der sie mit einer aufgetakelten Blondine betrog. Sie wusste immer noch nicht, ob Constanze tatsächlich so aussah wie das Bild, das sie von ihr hatte, aber das tat ja auch nichts zur Sache.

Emma hatte Tobias in Hamburg kennengelernt. Irgendwann hatten ihr und ihren Freundinnen die altmodischen Discos hier in der Gegend nicht mehr gereicht, und sie waren nach Hamburg gefahren und hatten sich ins Nachtleben der Großstadt gestürzt. Gleich am ersten Abend war ihr in einem Klub Tobias über den Weg gelaufen, es war Liebe auf den ersten Blick. Und als er ein gutes Jahr später ein Jobangebot aus Berlin bekam, das er nicht ablehnen konnte, war sie ihm bald darauf gefolgt. Wie froh war sie gewesen, als sie dem langweiligen Landleben den Rücken kehren konnte! Es war ihr nicht schwergefallen, ihre Arbeit im Schuhgeschäft zu kündigen, auch wenn der alte Herr Schmidt ein sehr lieber Chef gewesen war. Wie sehr hatte sie die neidischen Blicke ihrer Freundinnen genossen. Und wie hatte sie die Mahnungen ihrer Eltern ausgeblendet. Nein, sie hatte nichts davon hören wollen, dass sie sich Tobias auslieferte, wenn sie in die Wohnung zog, die er finanzierte. Sie hatte nicht hören wollen, dass sie ihn für einen umtriebigen Windhund hielten, der immer nur auf seinen eigenen Vorteil bedacht war.

Wie dumm sie gewesen war! Ihre Eltern hatten von Anfang an recht gehabt.

Nun ging sie langsam die schmale Straße entlang, in der sie als Kind jeden Tag gespielt hatte, und saugte die

Eindrücke und die frische Luft auf wie ein Schwamm. Im Garten der alten Frau Meier blühten üppige Stockrosen und Hortensien. Das Grundstück daneben war verwildert und voller Unkraut. In Berlin wäre es längst mit einem Mehrfamilienhaus mit völlig überteuerten Mieten zugebaut worden.

Niemand war auf der Straße, aber Emma war froh darüber. Sie wollte einfach in Ruhe ihre Rückkehr an den Ort ihrer Kindheit genießen. Die große Pappel am Graben war von einem Blitzeinschlag gespalten worden, jedoch immer noch grün. Und das Holzschild mit der Aufschrift „*Täglich frische Eier*" am Eingang des Hofs der Familie Thiemann war inzwischen verblichen, hing aber noch da. Bald hatte sie das letzte Haus hinter sich gelassen und lief zwischen Wiesen und Feldern mit Hafer und Roggen dahin. Der Himmel war blau, nur ein paar harmlose weiße Wolken zogen träge dahin. Bienen und Hummeln summten in den Blumen am Wegesrand. Weit hinten hörte Emma einen Trecker, wahrscheinlich mähte Bauer Thomsen seine Wiese. Sie passierte eine Weide, und wiederkäuende schwarz-weiße Kühe sahen ihr neugierig entgegen. Im Graben davor quakten Frösche, und hochgewachsener Blutweiderich und Hahnenfuß sorgten für Farbtupfer.

Emma blieb stehen, schloss die Augen und hielt ihr Gesicht in die Sonne. Sanft fuhr der Sommerwind durch ihr Haar, zärtlicher, als Tobias es je gekonnt hätte. Er rauschte in den Erlen und Pappeln, und plötzlich merkte Emma, wie sehr sie all das vermisst hatte. Zum ersten Mal seit langer Zeit spürte sie Frieden in sich aufsteigen.

Sie öffnete die Augen wieder und betrachtete die Kühe, die entspannt im Gras lagen oder standen. Zwei Schmetterlinge saßen auf einigen gelben Blumen, von denen sie den Namen nicht wusste, und tranken den Nektar. Weit hinten hörte sie ein Pferd wiehern.

Wie hatte sie sich je in der Großstadt wohlfühlen können? Sie dachte an den ewigen Straßenlärm, der selbst nachts noch zu hören war. An den Gestank der vielen Autos und Lkw, die sich in endlosen Kolonnen durch die Stadt drängten. An die vielen Menschen, den Müll, die beschmierten Hauswände. Überall gab es Cafés, Restaurants, Kinos und Klubs, bis zum nächsten Supermarkt brauchte man nur wenige Minuten zu gehen – aber welchen Preis musste man dafür zahlen? Man war nie allein auf den Straßen, immer waren unzählige Menschen um einen herum, und doch blieb man einsam.

Emma ging weiter und stellte fest, dass sie vor sich hinlächelte. So entspannt wie jetzt gerade hatte sie sich schon lange nicht mehr gefühlt. Hatte sie etwa einen Fehler begangen, als sie nach Berlin gezogen war? Mal völlig abgesehen von den schrecklichen Dingen, die ihr widerfahren waren. Daran trug ja die Großstadt keine Schuld. War sie tief im Herzen doch ein Dorfkind geblieben?

Erst als das Haus vor ihr auftauchte, merkte sie, welche Richtung sie eingeschlagen hatte. Es bestand aus rotem Backstein und war von einem Garten umgeben, der in allen Farben blühte. Als Emma näherkam, entdeckte sie üppige Rosenbüsche, weiße Margeriten, rosafarbenen Phlox und purpurnen Rittersporn. Hinter dem Haus standen einige alte Bäume, in denen der

Wind spielte. Sie lächelte, als sie sah, dass es auch den großen Kirschbaum noch gab. Reife, verlockend rote Früchte hingen in den Zweigen.

Ob Tante Lisbeth zu Hause war? Plötzlich wünschte sich Emma nichts mehr, als sie wiederzusehen. Sie fasste nach der Pforte, die beim Öffnen immer noch quietschte, wie damals. Bei dem Geräusch war Emma blitzschnell zurück in ihrer Kindheit. Wie oft hatte sie ihre Tante besucht. Und jedes Mal hatte sie etwas für sie. Einen Korb voller Erdbeeren. Frischgebackenen Apfelkuchen. Eine Tafel Schokolade.

Vor Aufregung zitterten Emmas Finger, als sie auf den Klingelknopf drückte. Drinnen hörte sie die Glocke anschlagen und lauschte mit klopfendem Herzen. Doch nichts tat sich. Enttäuschung stieg in ihr auf, und sie betätigte erneut die Klingel.

„Wollen Sie zu mir?", fragte eine Stimme von der Pforte her.

Emma fuhr herum. Da stand ihre Tante, ihr Fahrrad neben sich, und sah ihr neugierig entgegen. Emma sah, wie sie sie erkannte, wie sich ihre Augen weiteten und ihr Mund zu einem Lächeln verzog. „Emma! Bist du das wirklich?"

Emma nickte stumm. Plötzlich stiegen ihr Tränen in die Augen, doch diesmal waren es Glückstränen. „Ja."

Rasch stellte Lisbeth ihr Fahrrad am Gartenzaun ab und lief auf sie zu. Emma wandte sich ihr zu, und gleich darauf lagen sie sich in den Armen.

„Wo kommst du denn her?", fragte ihre Tante, als sie sie nach einer gefühlten Ewigkeit wieder losließ. „Bist du zu Besuch bei Margret und Wolfgang?" Prüfend ließ sie ihre Blicke über Emma schweifen, sodass sie sich fühlte wie ein Kalb auf einer Auktion. „Was bist du dünn geworden! Komm, wir gehen rein. Die Kirschen sind reif. Was hältst du von einem frisch gebackenen Kuchen?"

Gleich darauf fand sich Emma am Küchentisch sitzend wieder, vor sich ein Glas Apfelsaft. Neugierig sah sie sich um, und erneut fühlte sie sich in ihre Kindheit zurückkatapultiert.

„Du hast ja immer noch die Tischdecke von damals", rief Emma erstaunt und zeichnete mit den Fingern das blauweiß-karierte Muster nach.

Ihre Tante lachte und schüttelte den Kopf. „Oh, nein, die ist längst zerschlissen. Dies müsste schon die dritte Neue sein, oder sogar die vierte? Zum Glück gibt es sie im Laden in Otterndorf immer noch zu kaufen."

Allein die Erwähnung des Ortsnamens rief wohlige Empfindungen in Emma hervor. Plötzlich fühlte sie, dass sie wieder zu Hause war. Und wie sehr ihr all das hier in Berlin gefehlt hatte.

„Und jetzt erzähl mal", forderte Lisbeth und sah Emma neugierig an.

Die Worte sprudelten wie von selbst heraus. Und mit ihnen die letzte Last, die noch auf Emmas Schultern gelegen hatte. Wie konnte das sein? Wie war es möglich, dass es ihr so schnell besser ging, nach dem furchtbaren Verlust, den sie erlitten hatte? Und nachdem sie das Mal davor ein halbes Jahr lang in einem dunklen Loch gefangen war? Lag es an der Umgebung? An der Geborgenheit, die dieser vertraute Ort in ihr auslöste?

Erschüttert lauschte ihre Tante, ohne sie zu unterbrechen. „Du lieber Himmel", sagte sie, als Emma geendet hatte. „Und nun? Wie soll es jetzt weitergehen?"

Emma zuckte die Schultern. „Ich weiß noch nicht. Ein paar Tage bleibe ich hier, dann gehe ich nach Berlin zurück. Ich glaube, ich werde mir wieder einen Job suchen." Die Idee kam ihr erst jetzt, wo sie es aussprach. Die Arbeit würde ihr guttun und sie am vielen Grübeln hindern.

Das Telefon klingelte, und ihre Tante ging hin. „Ja, sie ist bei mir", hörte Emma. „In Ordnung, bis später." Sie wandte sich Emma zu und lächelte. „Ich soll dafür sorgen, dass du ordentlich isst. Komm, Kind, jetzt hast du so viel erzählt und ich habe so schlimme Dinge erfahren, da haben wir uns ein Stück Kuchen wirklich verdient, was? Ich habe gestern erst gebacken, ein paar Stücke sind noch übrig." Sie zwinkerte Emma zu. „Erinnerst du dich an den alten Herrn Jansen? Der ist inzwischen schon vierundachtzig, aber für meinen Kuchen kommt er sogar persönlich her. Zu Fuß." Sie kicherte. „Fünfhundert Meter, kannst du dir das vorstellen?"

Emma grinste. „Wahrscheinlich ist es nicht nur der Kuchen, der ihn herlockt."

Lisbeth starrte sie an. „Das möge der Herr verhüten!" Sie lachte fröhlich. „Er könnte ja fast mein Vater sein."

Emma kicherte. Ihre Tante war gerade siebzig geworden. „Da hätte der gute Herr Jansen wirklich schon sehr früh anfangen müssen."

„Sag, hast du mal wieder etwas von Sven gehört?", erkundigte sich ihre Tante. „Das ist doch sein Enkel. Seid ihr nicht damals in eine Klasse gegangen?" Ihr Blick war plötzlich ganz ernst geworden.

„Nein, schon lange nicht mehr. Schon eine ganze Weile bevor ich weggezogen bin haben wir uns aus den

Augen verloren. Ich weiß nur noch, dass er geheiratet hat. Sandra hieß sie, ich glaube, sie kam aus Stade."

„Ja. Eine fröhliche junge Frau, immer freundlich. Sie haben hier im Dorf gewohnt, Sven hat neben seinem Elternhaus gebaut. Vor knapp vier Jahren haben sie einen Sohn bekommen, den kleinen Thies."

„Das ist doch schön. Wirklich, das freut mich." Emma meinte es ehrlich. Und doch konnte sie nicht verhindern, dass sich erneut eine dunkle Wolke auf ihr Gemüt legte. Alle Leute bekamen Kinder, wo sie auch hinsah. Warum in aller Welt konnte es nicht auch bei ihr klappen?

Das Lächeln ihrer Tante war nun völlig verschwunden. Unvermittelt stockte Emmas Herzschlag. „Warum sagst du, sie *haben gewohnt*? Sind sie weggezogen?"

Lisbeth starrte sie an. Dann schüttelte sie den Kopf. Plötzlich wirkte sie unsagbar traurig. „Sven und Thies wohnen noch hier. Sandra ist gestorben. Kurz vor Weihnachten im vergangenen Jahr."

Schockiert sog Emma die Luft ein. „Was? Das ist ja schrecklich! Aber warum ... was ist denn passiert?"

„Sie hatte Gebärmutterhalskrebs. Es wurde während der Schwangerschaft festgestellt. Sie hatte die Wahl, entweder abzutreiben und sofort behandelt werden zu können, oder das Kind auszutragen und die Behandlung verspätet zu beginnen. Die Ärzte rieten ihr dringend zur Abtreibung. Wenn sie sofort hätte behandelt werden können, hätte sie gute Heilungschancen gehabt."

Emma starrte sie an. „Aber sie wollte nicht?", vermutete sie leise.

„Nein. Sie und Sven hatten sich so auf das Kind gefreut. Sven hatte schon das Kinderzimmer hergerichtet, selbst eine Wiege gebaut. Sandra hatte Vorhänge genäht. Heinz, also der alte Herr Jansen, hat mir erzählt, dass Sandra die Gefahr regelrecht ausgeblendet hatte. Sie sagte, sie sei wegen der Schwangerschaft so glücklich, dass sie die Hoffnung hegte, dadurch die Krankheit eindämmen, vielleicht gar heilen zu können. Auf keinen Fall wollte sie etwas tun, was dem Kind schadete.“

Emma schwieg betroffen. Wie furchtbar! Plötzlich erschienen ihr ihre eigenen Probleme winzig klein. Was war schon eine Fehlgeburt im frühen Stadium gegen derartige Schicksalsschläge? Sie war gesund. Und sie konnte jederzeit wieder ein Kind bekommen. Hoffentlich.

„Das Kind wurde per Kaiserschnitt in der 34. Woche geholt“, berichtete Lisbeth weiter. „Zugleich wurde Sandra operiert, der Tumor weggeschnitten, und sie bekam eine Chemotherapie und ein paar Bestrahlungen.“ Sie nahm einen Schluck Kaffee und sah auf die Tischdecke.

Emma starrte sie an. „Aber es war zu spät?“, flüsterte sie.

Lisbeth nickte. „Ja. Sie hatte bereits Metastasen in der Lunge und der Leber. Als Thies drei Jahre alt war, starb sie.“

Unwillkürlich kamen Emma die Tränen. Diese Schocknachricht – verbunden mit ihren eigenen Erinnerungen – es war zu viel.

Mitfühlend legte Lisbeth ihr die Hand auf den Unterarm. „Ach, Liebes, es tut mir leid. Ich hätte dir das nicht erzählen sollen. Du hast doch gerade genug eigenen Kummer. Es tut mir leid."

Emma schniefte und wischte sich über die Augen. „Schon gut. Es ist wirklich schrecklich, wie grausam das Schicksal sein kann. Aber es hat mir doch geholfen. Meine eigenen Probleme kommen mir auf einmal winzig klein vor."

„Ja, manchmal geht das Leben seltsame Wege, um einen zu trösten. Das ist übrigens einer der Gründe, weshalb ich so viel backe. Heinz isst all den Kuchen nicht allein. Jedes Mal bringt er Sven zwei Stücke rüber, für ihn und den Lütten."

Emma war gerührt und beschämt. Dieser alte Mann, der nur noch schwer gehen konnte, nahm solche Anstrengungen auf sich, um seinem Enkel und Urenkel eine Freude zu machen. Und sie selbst hatte sich in ihrem Selbstmitleid ein halbes Jahr lang im Bett verkrochen und wollte nichts mehr von ihrer Umwelt hören oder sehen. Nicht einmal Tobias hatte sie trösten können. Wie egoistisch sie gewesen war!

„Ich ... ich weiß gar nicht, was ich sagen soll. Das alles ist unsagbar traurig. Aber wie ihr hier zusammenhaltet ..."

Lisbeth lächelte wieder. „*Ihr?* Du gehörst doch auch dazu, Liebes, hast du das schon vergessen? Das hier ist dein Zuhause."

Ja, sie hatte es tatsächlich beinahe vergessen. Ihr Leben in der Großstadt war so vollkommen anders gewesen. Tobias lebte für seine Karriere, und sie hatte das große Haus das er gekauft hatte, einzurichten und in Ordnung zu halten. Natürlich hatten sie öfters Besuch von Freunden oder Kollegen gehabt. Diese Treffen waren jedoch in erster Linie ein Herzeigen der neuesten Anschaffungen und eine Aufzählung der jüngsten beruflichen Erfolgsgeschichten gewesen. *Was, ihr geht noch zu Luigis? Der ist doch nicht mehr angesagt. Man geht jetzt zu Johnnys, da gibt's den besten Hummer. Klar, der ist wesentlich teurer, für den Preis kann man bei Luigis eine ganze Woche lang essen. Aber man will ja up to date sein. Und habt ihr schon mein neues Auto gesehen? Und meine neue Uhr? Sauteuer war die, aber jeden Cent wert.*

Wann hatte es angefangen? Wann hatten sie begonnen, nicht mehr über normale Dinge des täglichen Lebens zu plaudern, über Sorgen und Probleme, sondern nur noch versucht, sich gegenseitig zu übertrumpfen? Immer kleiner hatte sie sich gefühlt, immer wertloser.

Bis sie begonnen hatte, zu malen. Das Talent dazu besaß sie seit ihrer Kindheit, hatte es jedoch lange Zeit schleifen lassen. Sie wusste, dass sie es konnte. Die Figuren auf ihren Bildern schienen zu leben, fast meinte man, die Blumen riechen, die Vogelstimmen hören zu können.

„Nett", hatte Daniel gemeint, als sie es zum ersten Mal wagte, während eines Abendessens mit Tobias' Kollegen einige ihrer Bilder zu zeigen.

„Etwas naiv", hatte Ann-Kathrin, seine Frau, geurteilt.

Sie und alle anderen mochten sie nicht, Emma sah es an ihren betretenen Mienen. Wer etwas auf sich hielt, hängte sich natürlich einen Kandinsky oder einen Klee in die Wohnung, auch wenn es nur ein Kunstdruck war. Der große Name war alles.

„Sehr bunt. Aber es hat was. Du hast deinen eigenen Stil entwickelt." Maik schien noch am meisten

Interesse zu zeigen, und Emma hatte den Eindruck gehabt, dass er es ehrlich meinte. Doch das Gespräch wandte sich schon wieder anderen, wichtigeren Themen zu, und sie hatte nie wieder eines ihrer Bilder gezeigt.

Laura hingegen, ihre Freundin, war begeistert. „Das ist der Wahnsinn! He, du bist eine echte Künstlerin! Hast du dir schon einmal Gedanken darüber gemacht, die Bilder irgendwo auszustellen? Du könntest reich damit werden."

Emma hatte bescheiden abgewunken. „Das will ich ja gar nicht. Und so gut sind sie doch auch wieder nicht. Aber das Malen hilft mir. Es ist wie ein Ventil, verstehst du? Ich kann all meine Gefühle damit ausdrücken. Etwas erschaffen, etwas Neues, Schönes."

„Mach unbedingt weiter damit, hörst du?" Laura lächelte. „Und falls du mal nicht weißt, was du mir zum Geburtstag schenken könntest – über ein Bild von dir würde ich mich sehr freuen."

Trotzdem hatte Emma bisher nie eines ihrer Bilder aus der Hand gegeben. Die, die sie nicht gleich weggeworfen hatte, lagen in einer Ecke des großen Schranks im Schlafzimmer. Nach den verhaltenen Meinungen von Tobias' Kollegen hatte sie es nicht gewagt, das eine oder andere an die Wand zu hängen. Sie wollte Tobias nicht blamieren. Bis sie begonnen hatte, das Kinderzimmer in ein Wunderland zu verwandeln. Aber den Schlüssel dazu trug sie immer noch bei sich.

„He, wo bist du denn mit deinen Gedanken?", riss Emmas Tante sie aus ihrer Versunkenheit. „Bist du wieder traurig? Das verstehe ich. Aber alles wird wieder gut, hörst du? Du musst nur Geduld haben. Die Zeit heilt alle Wunden."

Emma lächelte. All die alten Phrasen, die uralten Weisheiten. Lag nicht auch ein Körnchen Wahrheit darin? „Ich glaube, ich muss langsam wieder zurück. Mama wartet bestimmt schon mit dem Abendessen. Wenn ich dick und rund werde, bekommt ihr die Rechnung für die Abnehmpillen." Sie lachte und spürte, wie die Schatten der Vergangenheit sich wieder langsam auflösten.

„Das nehme ich gern auf mich! Komm wieder vorbei, so lange du noch hier bist, ja?"

„Mach ich. Bis dann!"

Kapitel 4

Vier Tage lang ließ sich Emma von ihren Eltern und ihrer Tante verwöhnen. Sie spürte, dass es ihr zunehmend besser ging. Sie schlief gut, und ihr Appetit kehrte zurück. Sie unternahm lange Spaziergänge in der Umgebung, lief durch die Wiesen und lichten Buchenwälder.

Jeden zweiten Abend rief Tobias an. „Wie geht es dir?"

„Schon viel besser."

„Das freut mich. Ehrlich."

Danach entstand jedes Mal eine Pause. Emma erschrak. Hatten sie sich etwa nichts mehr zu sagen?

„Wie läuft es bei der Arbeit?", fragte sie, nur um überhaupt etwas zu sagen.

„Wie gehabt. Noch mehr Arbeit. Wenn mein Chef mir nur noch einen Auftrag mehr reindrückt, schaffe ich es gar nicht mehr, nach Hause zu kommen."

Emma sah ihre Wohnung vor sich, sein und ihr Zuhause. Immer aufgeräumt und sauber bis in die hinterste Ecke. Sonst hatte sie ja nichts zu tun. Sehnte sie sich danach zurück? Nach ihrer Seidenbettwäsche? Ihren Designermöbeln?

Ihre Mutter war wie erstarrt in der Haustür stehengeblieben, als sie sie zum ersten Mal besucht hatte. „Das ... das ist alles so modern", sagte sie und wirkte eingeschüchtert, während sie vorsichtig ein paar Schritte in die Wohnung hineinging. Ihr Blick war auf das Sofa gefallen. „Ich wage ja gar nicht, mich da hinzusetzen. Nicht, dass ich etwas schmutzig mache."

„Unsinn. Komm doch endlich rein und mach es dir gemütlich."

Folgsam hatte ihre Mutter sich gesetzt, jedoch nur auf die Kante, und Emma hatte das Gefühl gehabt, dass sie sich nicht wohlfühlte.

„Emma, bist du noch da?", rief Tobias. „Du sagst ja gar nichts mehr. Oder ist die Verbindung schon wieder abgebrochen?"

„Nee, ich bin noch dran. Tja, äh, dann will ich dich auch nicht länger aufhalten."

Müsste er jetzt nicht abwiegeln? Sagen, dass es nichts Wichtigeres gab, als mit ihr zu sprechen? „Ja, ich habe tatsächlich noch Arbeit auf dem Schreibtisch. Ich ruf dich morgen wieder an, ja?"

Enttäuscht hatte sie aufgelegt. Bisher hatte er sie nicht einmal gefragt, wann sie wieder nach Hause kommen wollte. Interessierte es ihn denn gar nicht? Sehnte er sich nicht nach ihr?

Arbeit auf dem Schreibtisch, hatte er gesagt. Plötzlich sah Emma wieder seine Sekretärin dort sitzen, sah, wie sie langsam ihre Bluse öffnete, Knopf für Knopf. War das der Grund für seine Gleichgültigkeit? Oder wollte er sie einfach nicht drängen?

Plötzlich fühlte Emma Entschlossenheit in sich aufsteigen. Morgen würde sie zurück nach Berlin fahren. Sie wollte Tobias mit ihrer Ankunft überraschen. Und wenn er am Abend nach Hause kam, würden sie in aller Ruhe ein Gespräch führen, ganz ohne Vorwürfe oder Streit. Sie würden über seine Affäre mit dieser

Constanze sprechen, über den Schmerz wegen der Fehlgeburt und darüber, wie alles weitergehen sollte. Gemeinsam.

Emma stockte in ihren Überlegungen. Wollte sie das überhaupt noch? Eine gemeinsame Zukunft mit Tobias? Liebte sie ihn noch? Sie horchte in sich hinein. Unmittelbar nach der Fehlgeburt war in ihr alles wie betäubt, war sie sicher gewesen, auch die Gefühle für Tobias seien mit ihrem Baby gestorben. Doch war das wirklich so? Inzwischen hatte sie sich erholt, es ging ihr schon viel besser. Müsste sie sich nicht nach ihm sehnen?

Sie wusste es nicht. Ja, sie beschloss, morgen zurückzufahren, gleich am Morgen. Dann würden sie ein klärendes Gespräch führen, und sie würde sich einen Job suchen. Sie hatte keine Lust mehr, nur zu Hause herumzusitzen und auf Tobias zu warten. Kein Wunder, dass es ihm zu langweilig mit ihr geworden war. Sie war zum Heimchen am Herd mutiert. Welcher Mann wollte schon so eine Frau? Nein, sie würde wieder arbeiten gehen und ihr eigenes Geld verdienen. So würde sie wieder hinauskommen, eigene Erlebnisse haben und unabhängiger werden. Das würde ihrer Beziehung guttun. Denn sie beschloss, Tobias seinen Fehltritt mit Constanze zu verzeihen. Zu einem Teil hatte sie es ja mitverschuldet, durch ihr eigenes, selbstmitleidiges Verhalten.

Doch das hatte nun ein Ende. Sie würde endlich selbstständig werden, Tobias ebenbürtig und damit eine Partnerin, die er respektieren konnte. Und bei der es keinen Anlass mehr gab, sie zu betrügen.

Nach dem Mittagessen am Tag vor ihrer Rückreise wollte sie noch einen Ausflug ans Meer machen. Es waren nur wenige Kilometer bis zur Nordsee. Ihr altes Fahrrad stand noch im Schuppen. Aus dem Hinterreifen war die Luft entwichen, und sie pumpte ihn auf. Wie oft war sie damals mit dem Rad unterwegs gewesen. Warum hatte sie sich in Berlin eigentlich noch kein Fahrrad gekauft? Sie war immer gern damit gefahren. Ja, das war eine gute Idee. Sobald sie zurück war, würde sie sich eines anschaffen. Sie musste ja nicht im dichten Stadtverkehr damit fahren, aber es gab überall Parks und Grünflächen mit Radwegen.

Beschwingt stieg sie auf und radelte los. Das Wetter schien sich zu ändern, der Himmel zog sich zu, graue Wolken flogen von der See heran. Doch das störte Emma nicht. Während sie die Dorfstraße entlangfuhr, überlegte sie, zu ihrem alten Treff von damals zu fahren. Zwar gab es in Cuxhaven den schöneren Strand, doch erstens war der Weg dorthin weiter, zweitens war es zu dieser Jahreszeit zu überlaufen, und drittens wollte sie den Ort gern einmal wiedersehen, an dem sie als Jugendliche so oft gewesen war und mit ihren Freundinnen stundenlange Gespräche geführt hatte. Dort, auf dem Deich mit Blick auf die Nordsee, hatte niemand ihren Gesprächen lauschen können, und der Wind hatte die Worte gleich wieder fortgetragen, egal, welche Geheimnisse sie ihm auch anvertraut hatten.

Der Wind nahm zu, während sie dem Weg durch die Wiesen folgte. Sie musste sich richtig in die Pedale legen, um ihm zu trotzen. Doch Emma genoss jeden Atemzug der frischen, kühlen Luft. Wie stickig es in Berlin zu dieser Jahreszeit oft war. Oh, sie liebte Berlin.

Die Stadt war einfach großartig, und es wurde ihr nicht langweilig, wieder und wieder all die berühmten Sehenswürdigkeiten zu betrachten, an der Spree spazieren zu gehen oder zu shoppen. Es gab hervorragende Restaurants aus aller Herren Länder, Bistros, Cafés, Bars und Klubs. Es gab Kinos, die unterschiedlichsten Museen und einen herrlichen zoologischen Garten. Mit Bus oder Bahn konnte man alles in kürzester Zeit problemlos erreichen.

Doch ihre Tante hatte recht. Dies hier war ihr Zuhause. Hier hatte sie ihre Kindheit und Jugend verbracht und die glücklichsten Jahre ihres Lebens. Auch wenn man meist nur einmal in der Woche einkaufte, damit sich die weite Anfahrt in den nächsten Supermarkt auch lohnte.

Dort vorn sah sie schon den Deich. Noch einmal strengte sie sich an, als ihr der Wind heftig entgegenblies. Endlich war sie da. Die rauen Schreie der Möwen begrüßten sie, dunkel hoben sich ihre schnittigen Flügel gegen den grauen Himmel ab. Emma sprang vom Rad, stellte es an einem Zaun ab und stieg die Stufen am Deich empor. Der Wind rauschte im Gras. Noch schien die Sonne, und es leuchtete so grün, wie sie es lange nicht mehr gesehen hatte. Einsam war es hier, das nächste Dorf lag einen Kilometer entfernt.

Auf der Deichkrone blieb sie stehen und ließ ihren Blick schweifen. Vor ihr lag das Deichvorland, und die Nordsee unmittelbar dahinter begrüßte Emma mit ihrem salzigen Atem. Tief sog sie die würzige Luft in ihre Lungen. Grau und endlos erstreckte sich die See vor ihr, der Wind schob schaumgekrönte Wogen vor sich her. Es war Flut. Emma wandte den Kopf erst nach links, dann nach rechts. Grau und grün, so weit sie blicken konnte. Sie breitete die Arme aus, schloss die Augen und genoss das Gefühl, wieder hier zu sein, den Wind auf ihrer Haut zu spüren. Ja, sie fühlte sich lebendig. Und das tat unglaublich gut.

Auf der Seeseite ging sie ein paar Schritte den Deich hinunter und setzte sich ins Gras. Hier hatten sie damals immer gesessen, oft auch mit ein paar Jungen aus ihrer Klasse. Eine richtige Clique waren sie gewesen.

Auch Sven hatte dazugehört, zumindest zu Beginn. Doch irgendwann war er nicht mehr gekommen. Hatte er da schon Sandra gekannt? Emma erinnerte sich nicht mehr. Wie es ihm inzwischen wohl gehen mochte. Sie war immer noch schockiert über die Neuigkeiten. Und der arme Kleine! In dem Alter die Mutter zu verlieren musste das Schlimmste sein, was man sich vorstellen konnte.

Am Horizont sah sie große Schiffe vorbeiziehen. Tanker, Containerschiffe, Fähren. Sie kamen aus Hamburg, fuhren die Elbe entlang der Unendlichkeit entgegen, oder sie folgten dem Meer in den Norden oder Süden. Wohin mochten sie fahren?

„Oh“, hörte sie eine Stimme hinter sich.

Sie wandte sich um. Ein Mann stand auf dem Deich, in eine Jacke gehüllt, die Hände in den Taschen vergraben. Er warf ihr einen kurzen Blick zu und sah dann aufs Meer hinaus. „Ich wusste nicht, dass jemand hier ist“, sagte er leise, mehr zu sich selbst, wie es Emma schien.

„Kein Problem“, erwiderte sie. Obwohl das nicht ganz stimmte. Sie wäre gern noch eine Weile allein hiergeblieben.

Ihre Blicke folgten dem Mann, der ein paar Schritte weitergegangen war und nun erneut stehenblieb. Emma stutzte. Sie sah ihn nur im Profil, aber etwas an ihm kam ihr bekannt vor. Ja, auch seine Stimme hatte an eine Erinnerung in ihr gerührt, die sie längst vergessen glaubte.

So unauffällig wie möglich sah sie genauer hin und entdeckte, dass auch der Mann verstohlen zu ihr hinübersah.

Konnte das sein? „Sven?“, fragte sie vorsichtig.

Der Mann wandte ihr sein Gesicht zu. Das blonde Haar war noch genau wie damals, voll und leicht verwuschelt. Sein Gesicht jedoch hatte sich verändert. Tiefe Linien hatten sich in die Züge gegraben. Kummer, Verzweiflung und unaussprechlicher Schmerz hatten um seine Lippen herum, auf der Stirn und besonders um die Augen ihre Spuren hinterlassen.

„Emma?“, fragte er ungläubig.

Rasch stand sie auf und wischte sich ein paar Grashalme von der Hose. Während sie die paar Schritte zu ihm hinging, betrachtete sie ihn genauer. Schmaler war er geworden, aber es bestand kein Zweifel. „Du bist es wirklich. Das ist ja eine Überraschung.“

Er hielt ihr die Hand hin und lächelte leicht. Selbst dabei wirkte er unsagbar traurig. „Ganz meinerseits. Was machst du hier?“ Das klang fast etwas grob, ganz so, als würde ihre Anwesenheit ihn ärgern. Doch er schien es selbst gemerkt zu haben und schüttelte fast unmerklich den Kopf, als würde er sich selbst rügen. „Tut mir leid. Ich hatte nur nicht damit gerechnet, dass jemand hier ist. Sonst bin ich um diese Zeit immer allein hier.“

„Das wusste ich nicht. Da hatten wir beide wohl den gleichen Gedanken."

Ganz leichtes Interesse zeigte sich in seinem Gesicht, und er lächelte ein wenig stärker. „Und ich dachte schon, ich wäre der Einzige, der gern mal seine Ruhe hat." Er wies auf den Deich. „Wollen wir uns nicht hinsetzen? So wie damals." Damit ging er ein paar Schritte den Deich hinunter und ließ sich ins Gras sinken.

Emma setzte sich neben ihn und sah aufs Meer hinaus. „Ich musste auch an damals denken. Deshalb bin ich hergekommen."

Auch Sven starrte in die Ferne. „Es kommt mir vor, als läge eine Ewigkeit zwischen damals und heute. Als wäre es gar nicht ich gewesen, der vor Jahren hier gesessen, gelacht und gescherzt hatte."

„Ja, mir geht's ähnlich. Es ist viel geschehen seitdem. Wir haben uns verändert."

Eine Weile saßen sie stumm da, während die Wolken, die über der Nordsee hereinzogen, immer dunkler wurden und bald die Sonne schluckten. Schlagartig wurde es kühler. Nur die Möwen schienen unbeeindruckt und schwebten weiterhin über ihnen dahin, schrille Schreie ausstoßend. Und ein paar Schwalben jagten mit waghalsigen Flugmanövern auf der Suche nach Insekten dicht über das Gras.

„Bist du zu Besuch hier, bei deinen Eltern?", erkundigte sich Sven schließlich.

Emma nickte. „Ja, für ein paar Tage."

„Ich hoffe, es ist nichts passiert? Geht es ihnen gut?"

„Bei ihnen ist alles in Ordnung." Emma zögerte. Sie hatte Sven seit einer halben Ewigkeit nicht mehr gesehen. Und damals waren sie lockere Freunde gewesen, in einer Teenagerclique. Sie hatten sich gut verstanden, aber das war es auch schon gewesen. „Bei mir allerdings nicht", setzte sie hinzu, ehe sie die Worte zurückhalten konnte.

Sven starrte sie erschrocken an. Er wirkte plötzlich ganz bleich. „Bist du krank?"

Emma biss sich auf die Lippen. Verdammt, sie hatte ihn nicht an irgendwelche Krankheiten erinnern wollen. War doch klar, dass er zuerst an so etwas dachte. „Nein, ich bin okay. Es ist nur …" Sie verstummte. Sven hatte genug eigenen Kummer. Sie konnte ihn unmöglich mit ihren Sorgen belasten. Auch wenn sie spürte, dass es ihr guttun würde, sich einmal einem neutralen Menschen anzuvertrauen. Einem, der Tobias nicht kannte.

Sven ließ erleichtert die Schultern sinken, die er unbewusst hochgezogen hatte. „Das ist das Wichtigste", sagte er so leise, dass Emma ihn kaum verstand.

„Wie geht es dir?", erkundigte sie sich vorsichtig.

Eine Weile erwiderte Sven nichts, und Emma dachte schon, er würde nicht antworten. Er hätte jedes Recht dazu. „Das weiß ich nicht", sagte er schließlich. „Seit einem halben Jahr fühle ich nichts mehr."

Nun sah er Emma an, und sie war sich sicher, nie zuvor so viel Schmerz in einem Gesicht gesehen zu haben wie in seinem.

„Du weißt davon?", hakte er nach.

Sie nickte beklommen. Fast meinte sie, seine Verzweiflung körperlich spüren zu können. „Es tut mir so leid! Meine Tante hat es mir erzählt. Ich … ich weiß gar nicht, was ich dazu sagen soll, Sven. Worte können so einen Verlust nicht einmal ansatzweise beschreiben."

Er starrte in die Ferne und schien in Gedanken ganz weit weg zu sein. „Zum Glück ist Thies noch so klein. Er hat kaum noch Erinnerungen an seine Mutter. Jedenfalls glaube ich das. Wer weiß schon, was in so einem kleinen Kopf vor sich geht? Oft wird er nachts wach und weint, und es ist schwer, ihn zu beruhigen. Vielleicht erinnert er sich doch an sie. Zumindest an das Gefühl der Liebe, die sie ihm gab, an ihre Geborgenheit und Wärme." Er stockte und wandte sein Gesicht ab.

Emma wartete still und gab ihm Gelegenheit, seine Emotionen wieder in den Griff zu bekommen. „Er wird sie bestimmt nie vergessen", sagte sie schließlich leise. „Sie war seine Mama. Er wird sie ewig in seinem Herzen tragen."

Sven sah sie immer noch nicht an. Emma sah, wie er mit sich rang, und dachte an Tobias. Wie vergleichsweise kühl er geblieben war, als er vom Tod ihres Kindes erfahren hatte. Natürlich konnte man das nicht vergleichen. Aber hätte er nicht ein wenig mehr Betroffenheit und Trauer zeigen müssen? Immerhin war ihr Kind bereits ein Mensch gewesen, sein Herz hatte geschlagen, es hatte sich bewegt. Es hatte gelebt. Und in wenigen Monaten hätten sie es im Arm halten können. Ihr ganzes Leben hätte sich mit seiner Ankunft verändert. Mit seinem Tod waren all ihre Träume gestorben, all ihre Hoffnungen von einem glücklichen Leben als Familie.

„Danke", sagte Sven so plötzlich, dass Emma aus ihren Gedanken gerissen wurde und zusammenfuhr.

„Wofür? Ich habe doch gar nichts getan."

„Du hast zugehört. Und du hast genau die richtigen Worte gewählt. Weißt du, ich versuche, mir genau das jeden Tag einzureden. Dass er seine Mutter nicht vergessen wird, so wie ich sie niemals vergessen werde. Aber er ist noch so klein, und in dem Alter vergessen Kinder noch so schnell. Ich habe ständig Angst, dass er nicht mehr weiß, wer sie war."

Impulsiv legte Emma ihre Hand auf seine. „Natürlich weiß er das. So tiefe Gefühle vergisst man niemals. Auch wenn er noch so klein ist."

Ob auch ihr Kind bereits ihre Liebe gespürt hatte? Ob es traurig war, als es ihren Leib viel zu früh verlassen musste?

„Zeig ihm jeden Tag Fotos von ihr", schlug sie vor. „Und sag ihm, dass das seine Mama war, die ihn unendlich geliebt hat. Das wird ihm guttun. Er wird sich geliebt und behütet fühlen."

Erstaunt sah Sven sie an. In seinen zuvor so dunklen Augen zeigte sich ein Funken Hoffnung. „Das werde ich! Danke! Wie viele Kinder hast du? Du kennst dich sehr gut damit aus. Sicher bist du eine wunderbare Mutter. Deine Kinder können sich glücklich schätzen, dass sie ..."

Unvermittelt brach Emma in Tränen aus. Sie konnte nichts dagegen tun, es kam einfach über sie.

Erschrocken legte Sven seine Hand auf ihre Schulter. „Hab ich was Falsches gesagt? Das tut mir so leid! Bitte verzeih mir, ich ..."

„Schon gut." Sie hob die Hand, um ihn zu beschwichtigen, und wischte sich über die Augen. „Du konntest es ja nicht wissen. Ich ... ich habe keine Kinder. Aber ich habe bereits drei verloren, das letzte gerade vor zwei Wochen."

Schockiert starrte Sven sie an. „Oh, mein Gott! Das ist ja schrecklich! Es tut mir so leid, Emma! Und ich blöder Idiot …"

„Ist schon in Ordnung. Du wusstest es ja nicht. Ich dachte, ich hätte es bereits besser verarbeitet, aber wie es scheint …" Sie schniefte noch einmal und atmete dann tief durch.

Plötzlich lachte Sven, auch wenn es nicht fröhlich, sondern eher bitter klang. „Da sitzen wir hier also, zwei vom Schicksal Gebeutelte."

Emma versuchte zu lächeln. „Ja, wir haben uns gesucht und gefunden."

Ein kalter Tropfen fiel auf ihre Stirn, gleich darauf traf sie ein zweiter und dritter. Um sie herum begann es zu rauschen, als der Regen stärker wurde. Die Nordsee war auf einmal hinter Dunst verschwunden und ging übergangslos in den Himmel über.

„Ach, du meine Güte", rief Sven, sprang auf und griff nach Emmas Hand, um ihr hochzuhelfen. „Das war ja absehbar. Komm schnell mit, mein Auto steht unten."

So schnell sie konnten, rannten sie den Deich hinunter. Sven riss die Beifahrertür für Emma auf, und sie sprang rasch hinein. Gleich darauf ließ sich Sven auf den Fahrersitz fallen. Er sah sie an, und plötzlich wich die Anspannung und Trauer einem Lachen. Emma meinte förmlich zu spüren, wie sich beides in Luft auflöste und mit dem Wind fortflog.

Zwanzig Minuten lang ergoss sich ein wahrer Wolkenbruch auf das Auto. Der Regen prasselte laut auf das Dach und die Fensterscheiben, und Bäche, nein, Wasserfälle rannen an ihnen hinab. Es schien, als wollte der

Regen den Kummer und die Tränen fortspülen, und Emma fühlte sich körperlich erleichtert.

Sogar ihr Gespräch nahm eine vollkommen andere Wendung. Sven fragte sie nach ihrem Leben, und sie erzählte von Berlin, von ihrem schicken Haus und den vielen Restaurants, die sie und Tobias bereits ausprobiert hatten. Um ihre Probleme machte sie nun einen großen Bogen und erwähnte weder Tobias' Seitensprung noch ihre Fehlgeburten. Danach erinnerten sie sich an alte Zeiten, als sie mit ihrer Clique hergekommen waren, und an die bereits damals halb zerfallene Disco irgendwo in Kehdingen, wo die beste Musik weit und breit gespielt wurde und sie bis zum frühen Morgen getanzt hatten.

Endlich ließ der Regen nach, und unvermittelt kam die Sonne wieder zum Vorschein, als wollte sie sich vergewissern, dass alles wieder in Ordnung war und es keine Tränen mehr gab. Prüfend öffnete Emma die Wagentür und hielt ihre Hand hinaus.

„Ich glaube, ich kann es wagen, mich auf den Rückweg zu machen", sagte sie.

„Soll ich dich nicht lieber fahren?", erkundigte sich Sven besorgt und sah in den Himmel. Immer noch zogen graue Wolken rasch am Himmel dahin, getrieben vom Nordwestwind.

„Nett von dir. Aber ich hab mein Fahrrad hier stehen, das muss ja irgendwie zurückkommen. Ich glaube nicht, dass es gleich wieder anfängt, ich schaffe es schon trocken wieder zurück, es ist ja nicht weit."

„Okay. Auf deine Verantwortung." Sven lächelte bei diesen Worten, und zum ersten Mal konnte Emma keinen Kummer mehr in seinen Augen entdecken.

Stattdessen erstreckte sich ein feines Netz aus Lachfältchen um seine blauen Augen. Plötzlich fiel ihr auf, wie weiß seine Zähne blitzten.

„Klar. Ich bin ja nicht aus Zucker, falls es doch wieder anfängt."

„Das sah aber eben ganz anders aus. Du bist in meinem Auto verschwunden wie eine Maus in ihrem Loch, wenn die Katze hinter ihr her ist."

„Das sagt der Richtige! Du bist wie der Blitz in den Wagen gehüpft!"

Sie sahen sich an und lachten. Doch plötzlich war da eine gewisse Scham. Emmas Lachen verging. Durften sie hier fröhlich scherzen, nachdem sie sich gerade erst unter Tränen von ihren furchtbaren Schicksalsschlägen erzählt hatten?

„Es war schön, dich wiederzusehen", sagte Sven und war wieder vollkommen ernst geworden.

„Hat mich auch sehr gefreut."

„Wann fährst du wieder zurück nach Berlin?"

„Morgen."

„Dann wünsche ich dir eine gute Fahrt."

„Danke."

„Wenn du mal wieder in der Gegend bist – du kannst mich ruhig mal anrufen." Nun lächelte er doch wieder. „Meine Telefonnummer ist noch die Gleiche wie damals. Manche Dinge ändern sich nie."

„Gern, das mach ich. Ja, also dann ... Mach's gut." Emma hielt Sven die Hand hin.

Er ergriff sie und drückte sie fest. Seine Haut war warm. „Du auch. Und grüß mir Berlin."

Emma sah ihm nach, als er wieder in seinen Wagen stieg und davonfuhr. Erst dann fuhr sie ebenfalls los.

Die Rückfahrt zu ihren Eltern ging viel schneller und leichter als die Hinfahrt. Der Wind schob sie vor sich her, als wollte er sie unterstützen. Als wollte er ihr zeigen, wie schön es hier doch war. Dass doch im Grunde gar kein Anlass dafür bestand, nach Berlin zurückzufahren.

Was dachte sie denn da? Natürlich gab es Gründe, genug sogar. Da war Tobias, da war ihre Wohnung mit all den schönen Sachen darin, da war ihr Plan von der Jobsuche, mit dem sie gleich morgen beginnen wollte ...

Unsinn, flüsterte ihr eine leise Stimme zu. *Eine Arbeit kannst du auch hier finden.*

Nein, sie freute sich schon auf ihre Rückkehr. Sie würde mit Tobias noch einmal völlig neu beginnen. Sie könnten endlich ihre Hochzeit planen. Ja, das war doch eine gute Idee. Damit wären sie beschäftigt und abgelenkt und würden auf andere Gedanken kommen. Eine Hochzeit wäre doch ein hervorragender Anlass, endlich mit den alten Zeiten voller Probleme und Kummer abzuschließen und zuversichtlich in die Zukunft zu blicken.

Kapitel 5

Es war seltsam, wieder vor ihrem eigenen Haus zu stehen. Fast fühlte es sich an, als gehörte sie hier gar nicht mehr her. Emma zog den Haustürschlüssel aus ihrer Tasche und steckte ihn ins Schloss. Tobias war natürlich nicht zu Hause, aber das war ja zu erwarten gewesen. Sie hatte ihn ja überraschen wollen. Ob das eine gute Idee gewesen war? Wäre es nicht besser gewesen, wenn er hier wäre und sie in Empfang genommen hätte? Emma wusste nicht, ob sie schon wieder so weit war, all die Orte zu sehen, an denen das Schreckliche passiert war, ohne Hilfe, ohne Unterstützung. Nun war sie jedoch hier, allein, und musste da durch.

Sie schloss auf, öffnete die Tür und betrat den Flur. Was hatte sie erwartet? Einen Albtraum, der über sie hereinbrach? Staubflusen auf der Anrichte und Dreck in den Ecken? Sie sah sich um. Alles war sauber. Wer hatte hier geputzt? Hatte Tobias sich eine Putzfrau genommen, während sie nicht hier war? Ihn selbst konnte sie sich nicht mit einem Wischer in der Hand vorstellen. Tatsächlich hatte er bisher kaum einmal einen Finger für den Haushalt gerührt. Mitunter hatte er den Müll hinausgetragen, und den Rasen im Garten mähte er ebenfalls. Alles andere war ihre Aufgabe gewesen. Auch schon, als sie noch berufstätig gewesen war.

Langsam ging sie durch die Räume, den Flur, die Küche mit dem Essbereich. Überall spürte sie ihre eigene Anwesenheit. All die Details, die sie mit Liebe ausgesucht und eingerichtet hatte. Die kleinen Lampen, die Bilder, die farblich abgestimmten Kerzen. Und dennoch fühlte sie sich fremd. Was war bloß seit ihrer Abwesenheit geschehen? Es waren doch nur ein paar Tage gewesen. Lag es am Anblick des Stuhls, auf dem sie gesessen hätte, während sie ihr Kind verlor? Sie würde die Möbel so schnell wie möglich austauschen müssen und neue anschaffen. Doch auch der Gedanke daran beruhigte sie nicht. Nun, wenn sie gleich beginnen würde, sich zu betätigen, würde sie sich rasch wieder heimisch fühlen. Sie könnte die Stühle in den Keller bringen und sofort losgehen und neue kaufen. Sicher gab es Wäsche zu waschen oder Fenster zu putzen. Irgendetwas würde sie schon finden, um sich zu beschäftigen, bis Tobias von der Arbeit kam.

Prüfend ging sie weiter durch ihre Wohnung. Und mit jeder Minute hämmerte ihr Herz heftiger in ihrer Brust. Denn es schien nicht mehr nur ihre Hand zu sein, die hier am Werk gewesen war. Überall entdeckte sie Spuren einer anderen Person. Einer Frau. Und es war gewiss nicht die Reinigungskraft. Sie fand Schminksachen im Badezimmer, einen Lippenstift, Wimperntusche, Lidschatten. Ein fremdes Parfüm; der Duft lag sogar noch in der Luft. Eine abgelegte Kette auf dem Wohnzimmertisch. Ein Hauch von Nichts auf dem Bett, bestehend aus dünner Spitze. Emma schloss die Augen. Plötzlich war er wieder da, der Schmerz. Hatte sie sich so sehr in Tobias täuschen können? Sie hatte ihm geglaubt, dass es mit dieser Constanze nur eine

Affäre gewesen war, dass er schlicht und einfach Trost gebraucht hatte.

Sie sah auf ihre Uhr. Es war Mittagszeit. Bis Tobias am Abend nach Hause kam, würde es noch viele Stunden dauern. Sie hatte aber keine Lust mehr, zu warten. Keine einzige Stunde würde sie mehr auf ihn warten, ehe er ihr nicht erklärte, was hier vor sich ging.

Vor Wut schnaubend griff sie nach ihrem Smartphone und rief ihn an.

„Liebling", rief er und klang atemlos. „Das ist aber eine Überraschung, dass du mich anrufst. Ist etwas passiert? Ich habe gerade Stress, weißt du?"

„Es geht ganz schnell."

„Worum geht's denn? Soll ich dich aus Coppum abholen? Heute ist Mittwoch, lass mich kurz überlegen ... Am Samstag könnte ich kommen und dich holen, ist das okay?"

„Brauchst du nicht."

„Oh. Auch gut. Wenn du lieber mit dem Zug kommen willst ..."

„Ich bin bereits zu Hause."

Ein paar Sekunden lang herrschte Schweigen. Emma sah Tobias vor sich, wie er entsetzt sein Telefon anstarrte, bleich wie die Wand wurde und sich ausmalte, ob sie schon etwas von seiner Geliebten in der Wohnung gefunden hatte.

„Aber warum?", fragte er. Seine Stimme klang unwirsch. „Du hättest mir doch sagen müssen, wann du kommst."

„Wieso? Damit du rasch die Habseligkeiten deiner willigen Sekretärin beseitigen kannst, bevor ich sie finde?"

„Was? Nein, natürlich nicht. Ich hätte es nur gern gewusst, um … mich vorzubereiten und …“

„Ich will, dass du herkommst. Jetzt.“

„Wie bitte? Das kann ich nicht. Wie stellst du dir das vor? Ich habe viel Arbeit, ich kann hier jetzt nicht weg.“

„Erzähl das deiner Constanze, aber nicht mir. Es ist Mittagszeit. Dein Chef wird dir gewiss eine Pause gewähren, oder? Falls nicht, solltest du vielleicht die Berufsgenossenschaft einschalten. Oder einen Fachanwalt für Arbeitsrecht.“

„Was ist denn los mit dir?“ Tobias klang empört. „Ja, Constanze ist einmal über Nacht geblieben. Wir haben bis spät in die Nacht gearbeitet.“

Emma lachte laut auf. Es war seltsam, aber die Vorstellung erheiterte sie wirklich. Sie fühlte, wie der Schmerz, der sie bei ihrer Entdeckung überfallen hatte, sich zurückzog wie das Meer bei Ebbe.

„Gut“, sagte sie. „Wer so viel arbeitet, kann sich tatsächlich auch mal eine Stunde freinehmen. Komm jetzt her, sofort, oder ich komme zu dir ins Büro.“

„Spinnst du?“ Tobias atmete so laut, dass Emma es durchs Telefon hindurch hörte. „Ich bin schon auf dem Weg“, setzte er schließlich hinzu, und Emma konnte hören, welche Überwindung es ihn kosten musste, ruhig zu bleiben.

Sie legte auf. Was bildete er sich eigentlich ein? *Er* machte *ihr* Vorwürfe? War er eigentlich schon immer so ein Arschloch gewesen? Sie setzte sich hin und trippelte ungeduldig mit den Fingerspitzen auf der Tischplatte. Einen Augenblick später stand sie auf und goss sich ein Glas Wasser ein. Nun erst bemerkte sie, auf welchem Stuhl sie gerade gesessen hatte. Es war *der*

Stuhl – und es hatte ihr nicht einmal etwas ausgemacht.

Tobias' Büro lag nicht weit von ihrer Wohnung entfernt, und kurz darauf hörte sie seinen Wagen in der Einfahrt und das Knirschen des Kieses. Die Autotür klappte. Für einen winzigen Moment wurde sie zurückkatapultiert zu einem der schrecklichsten Momente ihres Lebens. Plötzlich schien es ihr schon Jahre her zu sein.

Tobias betrat das Haus, warf den Schlüssel auf die Anrichte im Flur und kam in die Küche. In seinem Gesicht las Emma widerstreitende Emotionen: Zorn, Wiedersehensfreude, Ärger, Besorgnis. Angst?

Er lächelte, auch wenn es nicht seine Augen erreichte. „Unser Wiedersehen habe ich mir anders vorgestellt."

„Was meinst du, wie es mir geht?"

Tobias musterte sie. „Gut siehst du aus", sagte er schließlich. „Erholt."

„Danke. Ja, die Zeit zu Hause hat mir gutgetan."

„Zu Hause? Ich dachte immer, dies hier wäre dein Zuhause." Mit einer ausgreifenden Armbewegung wies er auf die Wohnung.

„Das dachte ich auch. Bis ich vorhin zurückkam. Nun, wie es scheint, hat sich ja schon jemand anders hier eingenistet. Wie soll ich mich da heimisch fühlen?" Mit jedem Wort wurde Emmas Stimme lauter.

Tobias kniff ärgerlich die Augen zusammen. „Das sagte ich dir doch schon. Constanze war ein- oder zweimal über Nacht hier, weil wir so viel Arbeit hatten."

„Ah, jetzt sind es schon zwei Male. Vorhin war es noch eine einmalige Sache gewesen."

„Was soll das, Emma? Warum verdrehst du alles, was ich sage?" Er zog sich einen Stuhl heran und setzte sich Emma gegenüber, der Tisch stand zwischen ihnen wie eine Barriere. Das erschien ihr wie ein Omen. Hätte er sich nicht zu ihr setzen, nach ihrer Hand greifen und ihr in die Augen sehen müssen? *Vertrau mir, Liebling. Da war nichts. Ich liebe nur dich.*

Sie atmete tief durch, um sich zur Ruhe zu zwingen. Dann sah sie ihn an. „Okay, ich frage dich das jetzt nur einmal, Tobias: Läuft da mehr zwischen dir und Constanze?"

Ihr fiel auf, dass er sie nicht direkt ansah, sondern ihrem Blick auswich. Ihr Herz stolperte.

Tobias sah auf seine Hände, die er im Schoß verknotete. Plötzlich wirkte er nicht mehr auf Krawall gebürstet, sondern ganz kleinlaut. „Gut, Emma, hör zu. Ich wollte dich schonen, weil es dir doch so schlecht ging. Du hast recht mit deiner Vermutung. Ich liebe Constanze. Am Anfang hatte ich geglaubt, es wäre nur eine Affäre, weil ich Trost und Bestätigung gebraucht habe, und es würde nichts bedeuten. Und es tut mir auch sehr leid, aber ... das, was dir geschehen ist, hat mir die Augen geöffnet. Ich dachte wirklich, dass ich dich noch liebe wie am Anfang. Doch ..." Er hörte auf, seine Hände zu kneten, und strich sich nervös über die Nase. Und endlich sah er auf und Emma ins Gesicht. „Das war ein Irrtum, Emma. Ich liebe dich nicht mehr. Im Grunde wusste ich es schon länger. Sonst hätte ich Constanze nicht ... Es tut mir leid. Es ist einfach zu viel geschehen in all den Jahren. Es ... die schlimmen Verluste ... sie haben alles kaputtgemacht. Ich kann das nicht mehr. Sorry."

Einen Moment lang war Emma wie betäubt. Auch wenn sie all das vermutet, nein, sogar gewusst hatte, so war es doch ein Schock, dieses Bekenntnis aus dem Mund des Mannes zu hören, den sie geliebt hatte. Mit dem sie alt werden wollte. Der der Vater ihrer Kinder hatte sein sollen. Sie schluckte, ihr Hals war ganz trocken.

„Emma? Sag doch was." Tobias starrte sie an.

„Ich ... äh ..." Rasch nahm sie einen Schluck Wasser. Ihr Kopf klärte sich, das taube Gefühl verschwand. Sie holte tief Luft. „Danke für deine Ehrlichkeit. Ich würde lügen, wenn ich sagen würde, dass es nicht wehtut."

Nun griff Tobias über den Tisch hinweg doch nach ihrer Hand und drückte sie fest. „Liebling ... Emma, ich habe das alles nicht gewollt. Es hat sich einfach so ergeben. Ich habe es dir ja schon erklärt. Du warst so fertig, so krank, und ich habe mich so allein gefühlt, so ... verlassen. Und dann war da Constanze. Sie hörte mir zu. Sie war immer für mich da. Und da ist es eben passiert."

„Vielleicht hat es einfach nicht sein sollen. Das mit uns, meine ich." Sie schluckte und holte tief Luft. „Wie soll es nun weitergehen?"

Tobias finanzierte dieses Haus ganz allein. Ihr gehörte nichts außer ein paar Möbeln und Kleinigkeiten.

„Du kannst selbstverständlich hierbleiben, bis du etwas Eigenes gefunden hast. Ich helfe dir auch gern bei der Suche. Du brauchst natürlich einen Job. Was meinst du, vielleicht kannst du wieder in dem Kaufhaus anfangen, wo du vorher gearbeitet hast?"

Er hatte sich ja alles schon genau überlegt, dachte Emma. Seltsamerweise schmerzte diese Überlegung kaum. War es nicht vielmehr so, dass auch sie selbst bereits über das Ende ihrer Beziehung nachgedacht hatte?

„Ja, vielleicht", erwiderte Emma nachdenklich. Viel schwerer als einen Job zu finden würde die Suche nach einer geeigneten Wohnung werden. Wohnraum war knapp in Berlin. Vor allem bezahlbarer. „Ich frage Laura, ob ich ein paar Tage bei ihr bleiben kann", sagte sie kurzentschlossen. Alles war besser, als hierzubleiben und ständig das Parfüm der Nebenbuhlerin in der Nase zu haben.

„Wenn du meinst", erwiderte Tobias. Er schien sehr erleichtert über diese Auskunft zu sein.

Wahrscheinlich würde gleich in der kommenden Nacht Constanze wieder hier übernachten. In *ihrem* Bett! Emma bemühte sich, den erneut aufsteigenden Ärger zu unterdrücken.

Tobias stand auf. „Ja, ich muss auch wieder zurück ins Büro. Mach dir keinen Stress bei der Regelung deiner Angelegenheiten." Er nickte ihr zu, nahm seinen Schlüssel und verschwand.

Emma sah noch zur Tür, als er längst verschwunden war. Das war es also. So schnell änderte sich das komplette Leben, wurden alle Pläne und Träume, die man jemals hatte, zunichtegemacht. Für Tobias änderte sich ja kaum etwas. Er hatte weiterhin seinen Beruf, blieb in seinem Haus. Nur die Frau wurde ausgetauscht durch eine psychisch Unbelastete. Eine, mit der man Spaß haben konnte, ohne Gefahr zu laufen, dass sie unvermittelt zu weinen begann. Sie konnte es Tobias nicht verdenken. Wie es schien, war sein Kinderwunsch wesentlich schwächer gewesen als ihrer.

Emma stand auf, packte ihre Reisetasche aus, warf die benutzte Kleidung in die Waschmaschine und steckte saubere ein. Dann rief sie ihre Freundin an, die ebenfalls gerade Mittagspause haben müsste.

„Hallo, Laura. Gilt dein Angebot noch?", platzte sie heraus.

„He, Süße! Was ist denn los? Wo bist du?"

„Zurück in Berlin. Aber … ich muss hier raus. Tobias und ich haben uns gerade getrennt."

„Ihr habt *was?*" Das letzte Wort schrie Laura.

Emma zuckte die Schultern, auch wenn ihre Freundin das nicht sehen konnte. „Es war doch abzusehen. Ich habe von Anfang an nicht geglaubt, dass das mit dieser Constanze nur eine Affäre ist."

„Das kann ja wohl nicht wahr sein! Ich hatte euch beneidet, hatte geglaubt, ihr wärt ein Traumpaar. Ehrlich gesagt war ich sogar immer ein wenig neidisch."

Emma lachte bitter. „Das hatte ich auch gedacht. Wie man sich doch irren kann."

„Bist du denn sicher, dass er das wirklich ernst meint? Du weißt doch, wie die Männer sind. Im ersten Moment glauben sie an die große Liebe, aber sobald der erste Lack ab ist … So wird es ihm bestimmt auch mit dieser Constanze ergehen. Willst du nicht erst einmal abwarten, was er …?"

„Auf gar keinen Fall! Es ist aus. Nicht nur von seiner Seite aus. An der Nordsee habe ich viel nachgedacht. So, wie es war, möchte ich nicht mehr leben. Ich weiß noch nicht, wie es weitergehen soll und was ich machen will, aber irgendetwas muss sich ändern."

„Da finden wir schon eine Lösung. Und um auf deine Frage zurückzukommen – natürlich gilt mein Angebot noch. Ich kann dir nur mein Sofa anbieten, aber das ist breit und bequem."

„Danke! Wirklich. Es wird auch nicht für lange sein. Mir fällt schon etwas sein. Nur gerade weiß ich eben nicht, was ich …"

„Kein Problem. Komm einfach her, und dann sehen wir weiter. Ich bin um achtzehn Uhr zu Hause, hältst du bis dahin noch durch? Ich gebe dir meinen Zweitschlüssel, dann kannst du kommen und gehen, wie du möchtest."

Emma war gerührt. „Ich weiß gar nicht, was ich sagen soll."

Laura lachte. „Du musst gar nichts sagen. Du musst nur wieder auf die Beine kommen, dann bin ich schon zufrieden."

Als Emma auflegte, ging es ihr schon viel besser. Sie war nicht allein. Es gab Menschen, die für sie da waren.

Sie stellte fest, wie hungrig sie inzwischen war. Kurzentschlossen bestellte sie eine Pizza. Den Karton würde sie einfach auf dem Küchentisch liegenlassen. Solche Aufgaben gehörten ab sofort zu Constanzes Repertoire. Anschließend schaltete sie den Fernseher ein, um die Zeit totzuschlagen, und legte die Füße auf den Couchtisch. Dabei stellte sie sich Tobias' pikierte Blicke vor und musste fast lachen.

Kurz, bevor Laura Feierabend hatte, ging Emma noch einmal durch ihre ehemalige Wohnung. Ihr kam ein Gedanke, und sie fotografierte alle Gegenstände, die ihr gehörten. Das Bücherregal im Gästezimmer. Die Anrichte im Flur. Die Kerzenleuchter, zwei der Bilder an der Wand.

Ganz am Schluss stand sie vor der Zimmertür, die sie bisher geflissentlich vermieden hatte. Seit sie zurück war, hatte sie noch nicht gewagt, das Kinderzimmer zu betreten. Was, wenn die fremde Frau auch hier bereits ihre Spuren hinterlassen hatte? Emma war sich nicht sicher, ob sie das verkraften konnte. Sie trug zwar den Zimmerschlüssel immer noch bei sich, aber vielleicht hatte Tobias einen Ersatzschlüssel.

Doch der Raum war unberührt. Die Farben leuchteten ihr entgegen, die Bäume schienen im leichten Wind zu rauschen, und Emma meinte, den Gesang der bunten Vögel und den Ruf des Einhorns zu hören. Still stand sie da und nahm alles noch einmal in sich auf. Zugleich war es ein Abschied. Von ihrem ungeborenen Kind, das niemals hier leben würde. Von ihrem Zuhause, in dem sie ein paar Jahre lang glücklich gewesen war. Mehr oder weniger jedenfalls. Sie hob ihr Smartphone und fotografierte die bemalte Wand von allen Seiten, jedes Detail hielt sie im Bild fest. Sollte ihre Nebenbuhlerin sich wirklich auch in diesem Raum breit machen und die Bilder übermalen – Emma wusste, dass es ihr das Herz brechen würde, und deshalb würde sie dieses Zimmer nie wieder betreten.

Anschließend schloss sie die Tür wieder ab und steckte den Schlüssel ein. Sollte Tobias keinen eigenen besitzen, würden er und seine Geliebte auf dieses Zimmer eben verzichten müssen. Oder die Tür gewaltsam aufbrechen. Emma lächelte, als sie das Haus verließ.

Die Tage bei Laura taten ihr gut. Wenn ihre Freundin von der Arbeit kam, führten sie lange Gespräche. Auch in Lauras Beziehung kriselte es, und sie hatten sich viel zu erzählen. Ab und zu wurde Emma noch von Tränen übermannt, doch diese Momente wurden glücklicherweise seltener. Sie war selbst erstaunt darüber. Wie konnte es sein, dass ihr die Trennung von Tobias so leichtfiel? Hatte sie vielleicht schon länger gespürt, dass er doch nicht der Richtige für sie war?

In beruflicher Hinsicht lief es jedoch nicht so gut. Emmas Traum vom Wiedereinstieg in ihren Beruf als Verkäuferin im Kaufhaus, in dem sie zuletzt gearbeitet hatte, zerplatzte gleich am nächsten Tag.

„Wir haben rapide Umsatzeinbrüche", erklärte ihre ehemalige Chefin bedauernd. „Wir werden uns noch von einigen Mitarbeitern trennen müssen und können momentan leider niemanden einstellen. Es tut mir sehr leid, Frau Hoffmann. Ich wünsche Ihnen alles Gute."

„Ach, das ist schade. Trotzdem danke."

Niedergeschlagen verließ Emma das Kaufhaus, in dem sie so viele Jahre gearbeitet hatte. Wie hatte sie nur so dumm sein können, den Job hier aufzugeben und sich so völlig in Tobias' Hand zu begeben? Sie war blind vor Liebe gewesen, hatte sich ihre gemeinsame Zukunft in den rosigsten Farben ausgemalt.

Draußen blieb sie stehen und atmete tief durch. Unzählige Menschen bevölkerten die Fußgängerzone. Manche schlenderten langsam an den Schaufenstern der Geschäfte vorbei, andere schienen es eilig zu haben und hasteten mit gesenktem Kopf an ihr vorbei. Ein Radfahrer fuhr im Slalom um die Fußgänger herum, und ein kleiner Hund schnüffelte an einer angetrockneten Pfütze neben der Hauswand. Ungeduldig zerrte sein Herrchen ihn weiter. All diese Menschen hatten ihr Leben, hatten einen Platz, an den sie gehörten. Zu

Hause wartete jemand auf sie, begrüßte sie liebevoll, wenn sie zur Tür hereinkamen.

Sie jedoch hatte niemanden mehr. Von einem Tag auf den anderen war sie heimatlos geworden. Sie fühlte sich entwurzelt, fremd an diesem Ort, an dem sie schon ungezählte Male gestanden hatte und dachte, sie wäre glücklich.

Sie kaufte sich einen ganzen Stapel Zeitungen und studierte eingehend die Jobangebote. Doch schnell folgte die Ernüchterung und sie musste feststellen, dass Verkäuferinnen nicht gerade händeringend gesucht wurden. Nur ein Discounter suchte nach einer Halbtagskraft. Und wenn sie sich neu orientierte? Es gab ja so viele Berufe. Aber was konnte sie? Die Annonce zu einem Job als Rechtsanwaltsfachangestellte kam für sie nicht infrage, damit kannte sie sich nicht aus. Auch als Friseurin konnte sie sich nicht vorstellen. Nun, sie musste eben Geduld haben. Sie hatte gerade erst begonnen, ihr Leben neu zu ordnen, das ging nicht von heute auf morgen. Zum Glück hatte sie noch einige Ersparnisse, von denen sie eine Weile gut leben konnte.

Kapitel 6

Der Anruf kam am fünften Tag, an dem sie bei Laura wohnte.

„Hallo, Liebes, hier ist Mama."

Emma lächelte erfreut, während sie zugleich das schlechte Gewissen packte. „Lieb, dass du anrufst. Wie geht es euch denn so?"

Sie wusste, dass sie sich schon längst selbst bei ihren Eltern hätte melden müssen. Sie waren noch vollkommen ahnungslos, wussten weder, dass sie sich von Tobias getrennt hatte, noch, dass sie jetzt bei Laura wohnte. Bisher hatte Emma das Gespräch vor sich hergeschoben, hatte sich noch nicht stark genug gefühlt, sich den Fragen ihrer Eltern bezüglich der Neuausrichtung ihrer Zukunft zu stellen.

„Oh, äh, bei uns ist alles in Ordnung. Aber das ist auch der Grund, weshalb ich anrufe."

Emma runzelte die Stirn. Ihre Mutter klang so angespannt. „Ist etwas passiert?"

„Das kann man wohl sagen." Ihre Mutter atmete so tief durch, dass Emma es durch das Telefon hörte. „Tante Lisbeth ist gestürzt. Du weißt ja, wie sie ist. Alles will sie allein schaffen und bloß keine Hilfe annehmen. Nicht einmal für ihren Großeinkauf. Den hat sie wie so oft mit dem Fahrrad erledigt. Die schweren Taschen hat sie an den Lenker gehängt, weil nicht alles auf den

Gepäckträger passte. Tja, und dann hat sie das Gleichgewicht verloren und ist umgekippt."

„Ach, du meine Güte!" Emma erschrak zutiefst. „Wie geht es ihr? Hat sie sich schwer verletzt?"

„Ja, ziemlich." Die Stimme ihrer Mutter klang zittrig. „Zum Glück hat ein Autofahrer den Unfall beobachtet und gleich den Rettungswagen gerufen. Sie ist nun in der Klinik, ich war gerade bei ihr, um sie zu fragen, was sie braucht. Sie ... sie sieht schlimm aus. Eine Augenbraue ist aufgeplatzt, sie hat Schürfwunden an den Wangen, am Kinn, den Händen und Ellenbogen. Ihr linker Arm ist mindestens verstaucht, das wird noch genauer untersucht. Am schlimmsten hat es ihr linkes Bein erwischt. Die Ärzte vermuten einen Knochenbruch, sie wird gleich geröntgt."

„Du lieber Himmel! Ich weiß gar nicht, was ich sagen soll. Das ist ja furchtbar!"

„Ja, das ist es. Vor allem wird sie erstmal völlig hilflos sein. Papa und ich helfen ihr natürlich, wo wir können, aber du weißt ja, dass wir selbst nicht mehr die Fittesten sind. Wir werden wohl einen Pflegedienst beauftragen müssen, wenn sie wieder nach Hause kommt. Und du kennst ja Lisbeth! Das wird ihr gar nicht gefallen. Ein Fremder in ihrem Haus, während sie selbst nichts tun kann ... Aber wie geht es dir denn eigentlich, Liebes? Hast du dich schon wieder einigermaßen eingelebt?"

„Nein. Ich, äh ... Tobias und ich haben uns getrennt."

„Was?" Ihre Mutter klang schockiert.

„Du weißt ja, was für Schwierigkeiten wir hatten."

„Wie kann ich das vergessen? Dieses – Entschuldigung, aber es ist ja so – Schwein!"

Emma musste grinsen. Es kam ihr selten vor, dass ihre Mutter sich so ausdrückte. Sie musste wirklich erbost sein. Doch rasch wurde sie wieder ernst. „Er hat mir gestanden, dass es nicht bloß eine Affäre war. Er liebt diese ... Andere."

„Ich weiß gar nicht, was ich dazu sagen soll, Kind!" Sie sog die Luft ein. „Bist du deshalb nicht zu Hause? Ich hab erst auf eurem Festnetz angerufen, aber da ging niemand ran, deshalb hab ich es auf deinem Handy versucht."

„Genau. Ich wohne seit fünf Tagen bei meiner Freundin Laura."

Erneut schnaufte ihre Mutter. „Und wie soll das nun weitergehen? Dieser feine Herr macht es sich ja sehr einfach. Wirft dich einfach raus, damit er seine Ruhe mit der Neuen hat, also wirklich, Emma! Das kannst du dir nicht gefallen lassen. Du musst ihn verklagen. Er muss dir Unterhalt zahlen oder sowas."

„Darüber haben wir noch nicht geredet, Mama. Momentan bin ich einfach froh, wenn ich ihn nicht sehen muss. Ich bin schon auf der Suche nach einer Arbeit. Bisher habe ich nur leider noch nichts gefunden, aber das wird schon."

„Ach, Kindchen ... Überall gibt es bloß Schwierigkeiten! Wie soll das denn alles weitergehen? Tante Lisbeth liegt im Krankenhaus, du wurdest verlassen und weißt nicht, wohin ..."

Ein Gedanke begann sich in Emmas Kopf zu formen. Es war doch so einfach! Damit würden sich alle Schwierigkeiten auf einen Schlag lösen lassen. Zumindest für die nächsten paar Wochen. Und dann konnte man immer noch weitersehen.

„Du sagst ja gar nichts mehr", rief ihre Mutter erschrocken. „Geht es dir nicht gut? Tut mir leid, dass ich dich damit belastet habe. Du hast doch wirklich gerade genug eigene Probleme. Mach dir keine Gedanken, ja? Wir rufen einen Pflegedienst an, wenn Lisbeth wieder nach Hause kommt, und der wird …"

„Nee, lass das mal. Das wird nicht nötig sein."

„Wie meinst du das? Sie kommt allein nicht klar, und Papa und ich können auch nicht immer …"

„Aber ich."

Eine ganze Weile herrschte Schweigen am anderen Ende der Leitung.

„Du hast recht", sagte ihre Mutter schließlich leise. Wie es schien, war sie tief in Gedanken versunken. „Das wäre die ideale Lösung." Ihre Stimme wurde lebhafter und klang nach neugefasstem Mut.

„Ich komme zu euch nach Coppum", rief Emma. Plötzlich fühlte sie sich, als wäre eine riesige Last von ihren Schultern gefallen. Warum war sie nicht viel eher auf diese Idee gekommen? Da musste sich ihre Tante erst ein Bein brechen. „Ich kümmere mich um Tante Lisbeth und ihr Haus und sehe mich in Ruhe nach einem Job um. In Berlin hält mich ohnehin nichts mehr." Hier liefe sie ständig Gefahr, Tobias und seiner Constanze über den Weg zu laufen. Nichts wollte sie weniger!

„Ach, Kind!" Ihre Mutter klang so gerührt, als kämpfe sie gegen die Tränen. „Das wäre ja zu schön. Wenn du wieder zurückkommst … Jetzt kann ich es dir ja sagen. Das haben Papa und ich uns schon so lange gewünscht. Du hast da doch nie richtig hingepasst, in diese laute Großstadt. Zu diesem Tobias. Du weißt ja, dass wir von Anfang an misstrauisch waren, was ihn betrifft."

„Ich hätte auf euch hören sollen." Aber welcher junge Mensch macht das schon, der frisch verliebt ist? Liebe macht blind. Dieser Spruch erwies sich wieder mal als wahr.

„Reden wir nicht mehr davon. Was meinst du denn, wann du hier sein kannst? Ich kann es noch gar nicht glauben! Wie Papa sich freuen wird. Und Lisbeth! Ach, Kind …" Ihre Mutter würde jetzt doch nicht etwa weinen?

„Ich geh jetzt noch einmal zu unserer … zu Tobias' Wohnung und packe einen Koffer voll. Die anderen Sachen muss ich eben später nachholen. Lass mich mal überlegen; jetzt ist es später Nachmittag. Ich muss auf jeden Fall auf Laura warten und mit ihr reden, ehe ich wegfahre. Danach hole ich meine Sachen. Hm, ich glaube, ich komme morgen früh. Heute würde es doch später werden, da lungern mir zu seltsame Gestalten auf den Bahnhöfen herum."

„Bring dich bloß nicht in Gefahr, Kind! Es eilt ja nicht. Lisbeth muss auf jeden Fall einige Tage im Krankenhaus bleiben, vielleicht sogar Wochen, je nachdem, was bei den Untersuchungen herauskommt. Du könntest also deine Angelegenheiten ruhig erst in aller Ruhe klären, ehe du herkommst. Obwohl ich mich natürlich freue, wenn es schnell geht. Und Papa auch."

Am liebsten hätte Emma sie durch das Telefon hindurch umarmt. Endlich hatte ihr Leben wieder eine Perspektive! Sie wäre zurück bei ihrer Familie, könnte sich um ihre Tante kümmern und nebenbei ihr neues Leben aufbauen. Der Beinbruch ihrer Tante war zwar nicht gerade ein netter Wink des Schicksals, aber es war ein Zeichen, eine Hilfestellung.

Nachdem Emma aufgelegt hatte, fuhr sie sofort zu ihrer ehemaligen Wohnung. Je eher sie ihre Sachen packte, desto schneller hatte sie es hinter sich.

Als Emma diesmal die Wohnung betrat, war es vollkommen anders als beim letzten Mal. Dieses Mal fühlte es sich fremd an, so, als betrete sie das Haus von unbekannten Leuten. Fast fühlte sie sich als Einbrecherin, als sie die Tür aufschloss, wie jemand, der in unerlaubtes Terrain vordringt.

Sie war froh, dass Tobias tatsächlich noch nicht zurück war und sie in Ruhe packen konnte. Sie hatte keine Lust auf Diskussionen oder gar einen Streit. Aus dem Keller holte sie ihren größten Koffer und ging damit ins Schlafzimmer. Natürlich bemerkte sie das Negligé auf dem Bett. Auf *ihrem* Bett! Wenigstens hatte ihre Nebenbuhlerin den Anstand besessen, ihre eigene Bettwäsche aufzuziehen.

Emma versuchte, das Bett zu ignorieren und öffnete den Kleiderschrank. Für einen winzigen Moment befürchtete sie, Constanze hätte sich auch hier bereits vergriffen, hätte ihre Sachen weggeworfen und ihre eigene Kleidung aufgehängt. Zu ihrer Erleichterung fand sie jedoch alles unberührt vor. Rasch warf sie ziellos irgendwelche Sachen in den Koffer, Hosen, Pullover, Blusen, Unterwäsche, mehrere Paar Schuhe. Um alles zu holen, würde sie irgendwann mit einem Auto herkommen müssen, am besten mit einem kleinen Transporter, damit auch ihre Möbel draufpassten.

Als ihr Koffer voll war, fiel ihr Blick auf Tobias' Nachtschränkchen. Dort hatte immer ein Foto von ihm und ihr im Urlaub in Mexiko gestanden, wo sie vor ein paar Jahren gewesen waren. Glücklich strahlend und sonnengebräunt hielten sie sich in den Armen. Das war vor den Fehlgeburten gewesen. Nun war das Foto verschwunden. Stattdessen stand dort eines von Tobias und Constanze. Neugierig nahm Emma es in die Hand und ignorierte den Schmerz, den der Anblick hervorrief. Beide lächelten ebenso glücklich wie zuvor sie selbst. Das Foto war in irgendeinem Restaurant aufgenommen worden. Constanze sah tatsächlich so aus, wie Emma sie in ihrer Fantasie immer vor sich gesehen hatte. Fast hätte Emma gelacht. Sie trug Ohrringe und eine Halskette, die sehr teuer wirkten. Verdiente sie als Sekretärin so viel Geld? Emma bezweifelte es. Viel wahrscheinlicher war, dass Tobias ihr den Schmuck geschenkt hatte. Ein Stich fuhr durch Emmas Herz, und rasch stellte sie das Foto wieder weg.

Dann begann ihr Herz zu rasen, denn in der Auffahrt hörte sie einen Wagen. Das Knirschen des Kieses war ein eindeutiges Zeichen dafür, dass jemand kam. Sie sah auf die Uhr. Tatsächlich hatte sie viel zu lange hier herumgetrödelt. So ein Mist! Sie hatte weg sein wollen, ehe Tobias nach Hause kam. Nun würde sie sich ihm stellen und erklären müssen, was sie hier tat.

Schnell verschloss sie den Koffer und ging zur Tür. Tobias war schon im Haus, sie hörte, wie er seinen Autoschlüssel wie gewohnt schwungvoll auf die Anrichte im Flur warf. Sie atmete noch einmal tief durch, öffnete die Tür zum Flur und ...

„Meinst du, sie ist hier?" Das war die Stimme einer Frau. Und die Betonung dieser Frage war die gleiche, als vermutete sie eine fette Spinne in der Ecke. Verdammt, daran hatte sie gar nicht gedacht. Dass Tobias seine neue Flamme gleich mitbringen würde. Obwohl sie damit hätte rechnen müssen, nachdem die ja schon ihren halben Hausstand hier liegen hatte.

„Ja, es kann nur Emma sein. Die Tür war nicht abgeschlossen, und sie hat noch einen Schlüssel. Es ist auch ihre Wohnung, sie hat ein Recht darauf, hier zu sein." Tobias klang trotzig. Konnte es sein, dass es bereits den ersten Ärger im Paradies gab? Zumindest war Emma erstaunt darüber, dass er sie in Schutz nahm.

„Aber wo ist sie denn?"

Emma hörte das Klacken spitzer Absätze auf dem Parkettboden, als die Frau – Constanze – darüber lief.

„Emma?" Das war Tobias. Streng und geschäftsmäßig hörte er sich an. „Ich weiß, dass du hier bist. Warum versteckst du dich? Komm ..."

„Hier bin ich doch." Emma drückte die Schlafzimmertür ganz auf und betrat den Flur. „Ich habe mich nicht versteckt."

Constanze sah sie an wie ein widerliches Insekt. Sie sah aus wie aus dem Ei gepellt. Das blonde Haar saß tadellos, die weiße Bluse spannte um ihre volle Brust. Emma musste unwillkürlich lächeln, als ihr aufging, dass sie tatsächlich genauso aussah, wie sie sie in ihren Ahnungen vor sich gesehen hatte. Sogar die Kleidung stimmte.

„Was machst du hier?", fragte Tobias. Seine Miene drückte starkes Unbehagen aus.

„Nun, ich wohne hier. Noch jedenfalls." Der Koffer stand noch im Schlafzimmer, Tobias konnte ihn von seinem Standpunkt aus nicht sehen. Plötzlich machte es Emma Spaß, ihn ein wenig auf die Folter zu spannen. Wie mochte er sich wohl fühlen, zwischen seinen beiden Frauen stehend?

„Du … du kannst doch nicht einfach so ohne Absprache hier auftauchen. Wir haben uns getrennt, hast du das schon vergessen?"

„Wie könnte ich das? Aber das hier ist auch meine Wohnung. Du hast es gerade eben selbst gesagt."

„Trotzdem hättest du mir Bescheid sagen müssen, dass du herkommst."

„Mach dir keine Sorgen, ich bin sofort wieder weg. Ich habe nur ein paar Sachen geholt." Sie drehte sich um und wies auf ihren Koffer.

„Was hast du da eingepackt?"

„Wie bitte?" Verständnislos starrte Emma Tobias an.

„Das war doch eine ganz einfache Frage."

„Kleidung. *Meine* Sachen! Was soll die blöde Frage? Hast du Angst, dass ich dir etwas stehle?"

Plötzlich verging der Ärger in Tobias' Gesicht und machte Verlegenheit Platz. „Unsinn. Ich meine ja nur …"

„Ach, ich verstehe! *Sie* hat Angst davor!" Emma wies auf Constanze, die schweigend und mit mürrischer Miene von einem zum anderen sah.

„Nun, es liegen auch Dinge von mir hier", sagte Constanze und wirkte sehr pikiert.

„Und du glaubst ernsthaft, ich könnte daran ein Interesse haben?" Emma sah ihrer Nebenbuhlerin in die Augen. Plötzlich verstand sie nicht mehr, wie sie jemals Tränen ihretwegen vergießen konnte. Diese Frau verstand es zwar, sich zurechtzumachen und den Männern den Kopf zu verdrehen. Dennoch wirkte sie so unsicher, dass Emma sich mit einem Mal viel besser fühlte.

Tobias starrte zwischen beiden hin und her. Und er war nicht doof, das musste sie ihm lassen. Er verstand schnell – und wechselte unvermittelt die Seiten.

„Hast du alles, was du brauchst, Emma? Es ist besser, wenn du jetzt gehst."

„Keine Sorge, das hatte ich ohnehin vor."

„Und wenn du noch einmal herkommen willst, informiere mich bitte rechtzeitig. Ich kann nicht zulassen, dass hier jeder in meinem Haus ein- und ausgeht, wie es ihm beliebt."

„Du weißt, dass ich noch Sachen von mir hier habe, Tobias. Die werde ich beizeiten holen. Und was die Wohnung betrifft ... Es ist, wie du zu Beginn sagtest. Es ist auch meine Wohnung. Darüber werden wir uns noch unterhalten müssen."

„Das kannst du vergessen, Emma. Sie gehört ganz allein mir. Ich habe sie bezahlt. Ich habe die Möbel gekauft. Du hast keinerlei Rechte daran."

Zornig ruckte Emmas Kopf hoch. „Und ich habe sie eingerichtet. Ich habe sie dekoriert."

„Mit *meinem* Geld!"

„Ich habe sie gepflegt und sauber gehalten."

Tobias lachte verächtlich. „Und du glaubst, deshalb über irgendwelche Rechte zu verfügen? Mach die Augen zu, Emma. Was du dann siehst, gehört dir. Nichts."

Emma ließ sich nicht beirren. Die Zeiten, dass Tobias ihr wehtun konnte, waren vorbei. „Ich verstehe. Du meinst, jetzt den starken Mann spielen zu müssen, was? Hier in Gegenwart deiner feinen Geliebten." Es gelang ihr, Constanze einen derart abschätzenden Blick zuzuwerfen, dass die erbleichte und zusammenzuckte.

„Schmeiß sie raus, Liebling!", brachte Constanze heraus.

„Ich glaube, du gehst jetzt besser", wandte Tobias sich an Emma.

„Du stehst ja jetzt schon unter ihrem Pantoffel", höhnte sie. Dennoch nahm sie den Schlüssel und warf ihn auf den Boden, wo er mit lautem Klirren aufschlug.

„Geh jetzt", knurrte Tobias.

Emma nahm ihren Koffer und schob ihn über den Flur. Es war ihr egal, ob die Rollen Kratzer auf dem kostbaren Parkett hinterließen. Sie war selbst erstaunt darüber, dass ihr weder Tobias' Worte noch sein Verhalten wehtaten. All das hier machte ihr nichts mehr aus. Dieses Kapitel war abgeschlossen. Lag es daran, weil sie in wenigen Stunden ihr neues Leben beginnen würde? Plötzlich spürte sie, wie erleichtert sie darüber war, dass alles so gekommen war, wie es war. Natürlich abgesehen von den Fehlgeburten. Ihr Leben mit Tobias war so festgefahren gewesen, alles verlief in starren Bahnen und mit streng verteilten Rollen. Hätte sie ihr Baby nicht verloren, wäre das alles womöglich bis zum Rest ihres Lebens so weitergegangen. Und Emma wusste, dass sie damit niemals glücklich geworden wäre.

In der Tür blieb sie noch einmal stehen und wandte sich zu Constanze um. „Pass nur auf", erklärte sie. „Es wird nicht lange dauern, dann bist du an meiner Stelle. Alles, was Tobias braucht, ist eine Haushälterin. Die hat er ja in dir schon gefunden. Für alles andere wird er sich bald etwas Neues suchen, denn da langweilt er sich schnell." Sie wusste nicht, ob das stimmte, wusste nicht, ob er sie zuvor schon betrogen und sie es nur nicht herausgefunden hatte. Es war ihr auch egal.

Bevor Tobias die Tür hinter ihr zuwarf, gelang es Emma noch, einen Blick ins Constanzes Gesicht zu werfen. Und sie erkannte, dass sie mit ihren Worten ins Schwarze getroffen hatte. Die Zweifel begannen bereits zu keimen. Dieser Abend würde bei den beiden gewiss nicht harmonisch verlaufen.

Kapitel 7

Als Emma am folgenden Tag um die Mittagszeit aus dem Zugfenster sah, konnte sie es immer noch nicht glauben. Nur noch wenige Minuten, dann war sie wieder zu Hause. Und sie spürte mit jeder Faser ihres Herzens, dass es stimmte. Dies hier war ihr Zuhause, Coppum, die Wiesen, die Weite, der Wind in den Bäumen, sogar die Kühe auf den Weiden. Nicht die Großstadt, nicht der karriereversessene Tobias. Die Jahre mit ihm waren ein Ausflug in ein anderes Leben gewesen, doch der Preis für diese Erfahrungen war hoch. Aber bei allem Kummer, den es ihr gebracht hatte, war sie nicht traurig darum, diese Erfahrungen mit Tobias gemacht zu haben. Denn sie hatte etwas daraus gelernt. Sie wusste nun, dass so ein Leben sie nicht ausfüllte, wusste, dass sie hierhergehörte, dass sie ihr Glück nicht mehr in der Ferne suchen musste. Nur um ihre verlorenen Kinder würde sie noch lange trauern. Doch ihre Heimat, all die Vertrautheit um sie herum würde ihre Wunden irgendwann heilen.

Der Zug stoppte am Bahnhof, und Emma stieg aus. Eine kräftige Hand griff nach ihrem Koffer und half ihr damit.

„Papa!" Emma flog ihm um den Hals, und obwohl sie es gar nicht wollte, begannen die Tränen zu fließen. Es waren Tränen des puren Glücks.

„Meine Kleine“, sagte er leise. Seine Stimme klang belegt. Zaghaft streichelte er über ihren Kopf. „Ich bin so froh, dass du wieder zu Hause bist.“

„Und ich erst!“ Emma lächelte unter Tränen.

Kurz darauf kamen sie zu Hause an. Ihre Mutter erwartete sie schon an der Gartenpforte und drückte sie fest an sich. „So schnell lassen wir dich jetzt aber nicht mehr gehen, das ist dir hoffentlich klar?“

„Keine Sorge, ich habe nicht vor, so schnell wieder zu gehen.“

„Komm rein, ich hab dir schon dein altes Zimmer hergerichtet. Du kannst natürlich bleiben, solange du willst.“

Gerührt saß Emma kurze Zeit später am Küchentisch und erzählte von ihren Erlebnissen seit ihrer Rückkehr nach Berlin. Natürlich waren ihre Eltern fassungslos über Tobias' Verhalten. Emma jedoch winkte ab. „Es ist mir gleichgültig, was er macht. Soll er mit dieser Constanze glücklich werden. Ich bin fertig mit ihm. Und das fühlt sich unglaublich gut an.“

„Das freut uns wirklich, Liebes. Wir haben uns große Sorgen gemacht.“

„Nicht mehr nötig. Apropos Sorgen: Wie geht es Tante Lisbeth inzwischen? Gibt's schon Neuigkeiten wegen ihres Beins?“

Ihre Mutter nickte ernst. „Es ist tatsächlich gebrochen. Der Unterschenkel knapp oberhalb des Fußes. Zum Glück nicht der Oberschenkelhals. Sie wird ein paar Wochen in der Klinik bleiben müssen und kommt anschließend zur Reha. Wenn sie dann wieder zu Hause ist, wird sie noch eine ganze Weile ziemlich hilflos sein. Sie wird das Gehen erst wieder lernen müssen, und das in ihrem Alter. Ach, dass sie aber auch immer so unvorsichtig sein muss." Ihre Mutter seufzte.

„Nun bin ich ja da, sie wird nicht allein sein. Wurde sie operiert?"

„Nein, das war glücklicherweise nicht nötig, es ist ein glatter Bruch. Das Bein wurde eingegipst."

„Kann ich sie besuchen?"

„Ja. Aber erschrick nicht, wenn du sie siehst."

Das war ein guter Rat. Tatsächlich musste sich Emma beherrschen, sich ihren Schock über den Anblick ihrer Tante nicht anmerken zu lassen. Sie schien geschrumpft zu sein, wie sie da so im Bett lag. Ihre Augenbraue war genäht worden, mehrere Pflaster klebten im Gesicht. Ihr linker Arm trug einen Verband, und ihr Bein war eingegipst und hochgelagert worden.

„He, was machst du denn für Sachen?", fragte Emma leise, als sie zu ihr trat und ihre unverletzte Hand nahm.

Lisbeth lächelte schwach. Sie schien unter starkem Medikamenteneinfluss zu stehen. „Emma! Das freut mich aber, dass du mich besuchst. Bist du extra dafür den weiten Weg hergekommen?"

Emma schüttelte den Kopf und lächelte ihre Tante an. „Nein. Ich bleibe jetzt hier."

Die Augen ihrer Tante weiteten sich erstaunt. „Was soll das heißen? Du wohnst doch in Berlin, du kannst doch nicht ..."

„Doch, ich kann. Ich bin zurückgekommen, um dir beizustehen. Ich werde mich um dein Haus kümmern, solange du nicht da bist. Und wenn du zurückkommst, werde ich dich bei allem unterstützen, soweit ich es kann."

Unvermittelt füllten sich Lisbeths Augen mit Tränen. „Für mich? Aber Kindchen, das kannst du doch nicht machen. Du hast doch dein eigenes Leben, du musst doch …"

Emma schüttelte den Kopf. „Mein Leben ist jetzt hier. Und mach dir keine Sorgen, es ist nicht nur deinetwegen. Aber dein Unfall hat mir die Augen geöffnet. Ich gehöre hierher, nach Coppum. Zu euch. Ich werde hier noch einmal vollkommen neu anfangen."

„Ich … ich weiß gar nicht, was ich sagen soll. Das ist … wunderschön. Und …"

Emma tätschelte ihre Hand. „Ruh dich jetzt erst einmal aus. Du musst schnell wieder gesund werden, hörst du? Ich fahre am besten gleich zu dir nach Hause, oder? Du konntest dich doch noch gar nicht um deine Einkäufe kümmern. Ich werde das Haus putzen und Ordnung schaffen. Also ruh dich aus und mach dir keine Gedanken. Morgen besuche ich dich wieder, okay?"

Lisbeth nickte schwach. Die Augen fielen ihr schon wieder zu.

Emma verließ die Klinik und suchte anschließend das Einwohnermeldeamt auf, wo sie sich ummeldete. Als die Mitarbeiterin sie nach ihrer neuen Anschrift fragte, gab sie kurzentschlossen die Adresse ihrer Tante an. Dort würde sie wohnen, zumindest vorerst. Alles sollte picobello sein, wenn Lisbeth nach Hause kam. Und ihr selbst würde die Beschäftigung guttun. Sie hätte genug Zeit und Ruhe, über ihre eigene Zukunft nachzudenken.

Am liebsten wäre Emma sofort mit ihrem Hilfsprogramm durchgestartet, doch ihre Mutter bestand darauf, dass sie erst einmal etwas Ordentliches aß.

„Ich habe extra Rinderrouladen für dich gekocht, die magst du doch so gern.“

„Oh, du bist ein Schatz!“

Ihre Mutter lächelte gerührt. „Es ist nicht ganz uneigennützig. Dein Vater liebt sie ebenfalls. Und ich möchte, dass du endlich wieder etwas auf die Rippen bekommst. Du bist ja noch dünner geworden als beim letzten Mal.“

Emma stellte fest, dass sie so guten Appetit hatte wie schon lange nicht mehr. Nach dem Essen stand sie auf und schob ihren Stuhl zurück. „Warte, ich helfe dir noch beim Abwasch.“

„Ach was. Geh du mal gleich los. Wir haben Lisbeths Einkäufe gestern nur in den Flur gestellt und sind sofort ins Krankenhaus gefahren. Ich hoffe, es war nichts Verderbliches dabei. Ich wollte heute Morgen gleich selbst hinfahren, aber ...“

„Unsinn. Jetzt bin ich ja da. Ach so, bitte seid nicht sauer; ich habe Lisbeths Adresse als meine neue Anschrift angegeben.“

Ihre Mutter starrte sie an. „Was? Warum denn? Ich dachte, du würdest erst einmal bei uns wohnen.“

Emma lächelte beschwichtigend. „Ich werde jeden Tag zu euch kommen, keine Sorge. Aber Lisbeth braucht meine Hilfe jetzt nötiger. Ich möchte, dass alles in Ordnung ist, wenn sie nach Hause kommt, und ständig vor Ort sein, um sie zu unterstützen.“

„Das ist sehr lieb von dir. Aber hast du keine Angst, ganz allein in dem Haus? Du weißt, es liegt sehr einsam.“

„Unsinn. Hier kennt doch jeder jeden. Ich fahre jetzt los. Also bis nachher, ja?“

Als Emma auf ihr Fahrrad stieg und losfuhr, fühlte sie sich befreit. Als wäre eine große Last von ihren Schultern abgefallen. Sie stellte fest, dass sie vor sich hinsang, während sie die Dorfstraße entlang und schließlich durch die Wiesen fuhr. Auf einer war Bauer Thomsen gerade dabei, das Gras zu mähen. Sie winkte ihm fröhlich zu. Er winkte zurück. Plötzlich fühlte sie sich in ihre Kindheit zurückversetzt. Wie hatte sie bloß jemals von hier weggehen können?

Vor dem Haus ihrer Tante stellte sie ihr Fahrrad ab. Immer noch hingen viele Kirschen am Baum, wenn auch nicht mehr so viele wie letzte Woche. Im Flur fand sie drei große Taschen voller Einkäufe. Und die hatte Tante Lisbeth alle an ihrem Lenker hängen? Kein Wunder, dass sie gestürzt war.

Rasch räumte Emma Brot, Milch, Wasserflaschen, verschiedene Gemüsesorten und andere Dinge in die Schränke. Das Gemüse war schon welk und hatte Druckstellen, ebenso wie die Nektarinen, aber alles war noch essbar. Von den zehn Eiern waren vier kaputtgegangen. Das Glas Honig von einem Imker in der Nachbarschaft war glücklicherweise heil geblieben. Nachdenklich rieb Emma ihre Nase. Von den Lebensmitteln würde sie eine ganze Weile gut leben können, aber sie musste ihrer Mutter sagen, dass sie vorerst nicht für sie zu kochen brauchte. Nein, sie würde es anders machen. Sie kannte ihre Mutter, sie wäre sehr traurig darüber, wo sie doch jetzt endlich wieder zurück zu Hause war. Sie würde die Sachen einfach mit zu ihr nehmen. Lisbeth konnte all das ja momentan nicht gebrauchen.

Anschließend ging sie langsam durch das Haus und sah sich in aller Ruhe um. Sie erkannte, dass es ihr so schnell nicht langweilig werden würde. Ihre Tante hatte alles in Ordnung gehalten, so gut sie konnte, dennoch entdeckte Emma überall Ecken, in denen noch Staub lag oder wo sie nachbessern konnte. Als erstes öffnete sie die Fenster, um durchzulüften.

Dann ging sie in den Garten, um sich dort umzusehen. Das Gras musste mal wieder gemäht werden. In den Beeten, in denen es wunderschön blühte, entdeckte sie Unkraut, das sie würde zupfen müssen. Die restlichen Kirschen mussten vom Baum. Langsam ging sie um das Haus herum. Überall blühte es. Bienen und Hummeln summten in den Blumen, der Sommerflieder war voller Schmetterlinge. Still blieb Emma stehen und sog all die Eindrücke in sich auf wie ein Schwamm. Sie fühlte, wie sich die Stille, der Gesang der Vögel, die Sonnenstrahlen auf ihrer Haut und die frische Luft wie Balsam auf ihre Seele legten. Sie merkte, wie gut es ihr tat. Sie konnte spüren, wie sich all ihre Muskeln entspannten, und sie meinte sogar, fühlen zu können, wie sich ihr Herzschlag verlangsamte und ihre Lungen sich weiteten.

Berlin war ganz weit weg. Der Straßenlärm, die Abgase, der Stress. Tobias. Und ihr verlorenes Kind. Als Emma daran dachte, spürte sie einen Stich im Magen. Schnell zwang sie sich, sich wieder auf ihre Umgebung zu konzentrieren. Auf dem Zaun entdeckte sie einen kleinen Vogel, der mehr neugierig als ängstlich zu ihr hinübersah. Ein Rotkehlchen? Emma kannte sich damit kaum aus. Sie beschloss, sich ein Bestimmungsbuch zu kaufen. Nicht nur für Vögel, auch für Pflanzen.

Sie wohnte nun wieder auf dem Land. Es wurde Zeit, dass sie Kenntnisse darüber sammelte. Als Kind hatte sie so viel gewusst, hatte einen Bussard in der Luft von einem Habicht unterscheiden können, wusste, wie ein Zaunkönig ruft. All das hatte sie vergessen.

Der Vogel blieb auch sitzen, als sie langsam an ihm vorbeiging. Erneut dachte Emma an ihr ungeborenes Kind, und plötzlich hatte sie die Vision, dieser Vogel wollte ihr einen Gruß von ihm bringen. Unverwandt sah er sie an und wippte mit dem Schwanz.

„Danke, kleiner Vogel", flüsterte Emma.

Er sah sie noch einmal an, dann flog er davon. Mit einem Mal wusste Emma, dass alles gut werden würde. Langsam ging sie bis zur hinteren Grundstücksgrenze. Hier standen ein paar Bäume, Erlen, Birken und eine Eiche. Und dahinter erstreckten sich die Wiesen und Weiden. Und ein schier endloser Himmel, blau mit einigen großen, weißen Wolken.

Alles war so wunderschön. Wie hatte sie hier nur weggehen können? Sie brauchte keine Restaurants vor ihrer Haustür, keine Kinos oder Klubs mit unzähligen fremden Menschen. Alles, was sie brauchte, hatte sie hier. Natürlich würde sie sich früher oder später eine Arbeit suchen müssen. Geld benötigte man auch auf dem Land. Und einen Job zu finden wäre hier sicherlich schwerer als in der Großstadt. Aber davon würde sie sich nicht entmutigen lassen. Erst einmal musste sie sich um ihre Tante kümmern. Der Rest würde sich schon ergeben.

„Hallo? Ist jemand to Hus?" Die Stimme klang wie die eines alten Mannes von der Straße her.

Schnell ging Emma durch den Garten nach vorn. Tatsächlich stand ein alter Mann vor der Gartenpforte und sah sie misstrauisch an. Er kam ihr bekannt vor, und noch während sie nachdachte, fiel ihr sein Name ein.

„Wer sind Sie?", fragte er.

Emma streckte ihm die Hand entgegen. „Emma Hoffmann, guten Tag. Ich bin die Enkelin von Lisbeth Tiedemann."

Die Augen des Mannes weiteten sich erstaunt. „Tatsächlich?" Er reichte ihr ebenfalls seine Hand und kniff die Augen zusammen, um sie einer eingehenden Musterung zu unterziehen. „Die lütte Emma", sagte er schließlich. „Ist es denn zu fassen?"

Rasch rechnete Emma zurück. Tatsächlich war es wohl so, dass sie Heinz Jansen zuletzt als junges Mädchen gesehen hatte. Sie lächelte. „Ja, es ist schon eine Weile her."

„Ich hab das von Lisbeth gehört. Schlimme Sache. Wie geht's ihr denn?"

Einladend wies Emma auf die Haustür. „Wollen Sie nicht reinkommen? Bei einer Tasse Tee erzählt es sich doch viel besser."

Er zögerte kurz, wischte sich dann die Hände an seiner Hose ab und lächelte verlegen. „Aber nur, wenn es keine Umstände macht. Ich will nicht stören."

„So ein Unsinn. Kommen Sie."

Kurz darauf stand Emma am Herd, setzte einen Topf Wasser auf – einen Wasserkocher besaß ihre Tante nicht – und suchte im Schrank nach dem Tee. Sie fand eine große Tüte Ostfriesentee, füllte etwas davon in einen Teefilter, wartete, bis das Wasser kochte, und goss es über den Tee.

Sie nahm zwei Tassen und stellte eine vor Herrn Jansen. „Möchten Sie Zucker dazu?"

„Nee, dat hett mi de Doktor verboten. Aber einen Schuss Milch würde ich nehmen."

Schnell füllte Emma Milch in ein kleines Kännchen und stellte es ebenfalls auf den Tisch. „Es geht ihr nicht besonders gut", begann sie zu erzählen. „Ihr Bein ist gebrochen, und sie hat eine Reihe weiterer Verletzungen."

Herr Jansen schüttelte den Kopf und goss Milch in seinen Tee. „Sie ist ja so unvernünftig. Se hett wedder toveel inholt, oder? Das musste ja mal passieren. Ihre Schwester, also Ihre Mutter, hat ihr schon so oft angeboten, sie zum Einkaufen zu fahren. Und ich hab ihr auch schon gesagt, sie soll nur Bescheid sagen, wenn sie was braucht, das kann Sven doch ganz einfach mitbringen. Aber nee, sie muss ja immer mit ihrem Dickschädel durch die Wand." Er rührte in seiner Tasse herum und sah Emma an. „Aber sie wird doch wieder, oder?" Nun wirkte er zutiefst besorgt.

Emma bemühte sich, zuversichtlich zu wirken. „Natürlich. Dafür wird ihr Dickschädel schon sorgen." Sie lächelte.

Herr Jansen betrachtete sie eine Weile. „Wollen wir diese neumodische Siezerei nicht lassen, Deern? Ich bin der Heinz." Er sprach Plattdeutsch, bemühte sich jedoch, immer wieder ins Hochdeutsche zu wechseln, als würde er denken, sie hätte den heimischen Dialekt vergessen.

„Oh, gern. Emma."

„So geht das doch schon viel besser." Er lächelte zufrieden. „Und du passt nun auf das Haus auf, während Lisbeth nicht hier ist?", vermutete er.

Emma nickte.

„Das ist nett von dir. Aber wohnst du nicht in der Großstadt? Wo war das noch? Frankfurt? Oder Hamburg?"

„Berlin."

„Ach ja. Wie es einen dahin verschlagen kann ... Also ich könnte hier nicht weggehen. Ich brauche den weiten Himmel und die Stille. Und das Meer gleich um die Ecke."

„Ging mir ebenso. Deshalb bin ich wieder hier. Also nicht bloß auf Urlaub. Ich bin gerade wieder hergezogen."

Heinz starrte sie an. Dann lachte er. „Ick hepp mi decht, dass du früher oder später zurückkommst. Man kann seine Wurzeln nicht verleugnen." Er nippte an seinem Tee.

„Das hab ich auch festgestellt."

Heinz betrachtete sie. „Sicher hast du deine Gründe. Aber ick bün froh, dass du zurück bist. Lisbeth wird alle Hilfe benötigen, die sie kriegen kann, wenn sie zurück ist. Sie kann sich glücklich schätzen, dass sie dich hat. Es ist wichtig, dass man jemanden hat." Sein Blick verlor sich in der Ferne.

Dachte er an Sven? Die beiden unterstützten sich gegenseitig, seit Sandra gestorben war, so viel wusste Emma. Und natürlich waren da auch noch Svens Eltern. „Wie geht es Sven?", fragte sie, ehe sie die Worte zurückhalten konnte.

Erstaunt sah der Alte sie an. Er schien nachzudenken. „Ach ja, ihr kennt euch ja von früher. Tja, wat schall ick seggen … Nicht gut geht's ihm. Er kommt einfach nicht über den Tod seiner Frau hinweg."

„Ich hab davon gehört", sagte Emma leise. „Es tut mir sehr leid. Es muss unsagbar schwer für ihn sein, seinen kleinen Sohn allein aufzuziehen."

„Thies sieht Sandra so ähnlich, hat ihr blondes Haar und ihre Augen. Sven wird immer wieder an sie erinnert, wenn er ihn ansieht. Er klammert sich an den Lütten, als wäre er ein Rettungsring. Ich versteh ihn ja. Aber er muss auch mal loslassen können, auch wenn es noch so schwer ist."

„Manche Wunden heilen langsam", flüsterte Emma. Sie sah sich selbst wieder im Bett liegen, als es schien, als hätte das Leben jeden Sinn und jede Freude verloren. Damals hatte sie nicht einmal die Kraft besessen, aufzustehen. Wozu denn? Ohnehin hätte sie nur vor sich hingestarrt, vollkommen freudlos. „Irgendwann wird es besser", setzte sie leise hinzu. „Man muss nur Geduld haben."

Heinz starrte sie an. „Das klingt, als wüsstest du, wovon du sprichst."

Sie nickte. „Es war schwer, sehr sogar. Doch man darf nicht aufgeben. Irgendwann wird das Gras wieder grün."

Der alte Mann schwieg eine Weile. „Du bist eine weise Frau." Dann stand er schwerfällig auf. „Den Kuchen werde ich wohl eine Weile beim Bäcker kaufen müssen", sagte er mehr zu sich selbst.

„Wer sagt denn das?", rief Emma spontan. Sie kochte ganz gern, hatte sich fürs Backen bisher jedoch nie begeistern können. Doch das konnte man ja ändern. „Ich bin blutige Anfängerin, aber wenn du mein Versuchskaninchen sein willst, stelle ich mich gern zur Verfügung.“

Heinz’ Augen hellten sich auf. „Wirklich? Weißt du, es geht mir weniger um mich. Ick hepp di ja schon vertellt, dass ich das süße Zeug im Grunde gar nicht essen darf. Erzähl bloß nicht dem Doktor, dass ich es trotzdem mache! Aber Sven mag ihn so gern. Sandra hat viel gebacken, weißt du? Immer, wenn er Kuchen isst, fühlt er sich ihr ein wenig näher. Ich weiß, ich weiß, das ist sicher nicht die beste Methode, um endlich darüber hinwegzukommen. Aber ich mag es ihm nicht nehmen. Außerdem sind es immer so schöne Momente, wenn ich ihm den Kuchen bringe. Wir sitzen dann alle dree tosomen, Sven, der Lütte und ich, und essen. Und ab und zu vertellt mir Sven, was ihm auf der Seele liegt. Das tut ihm gut.“

„Mach dir keine Sorgen. Ich tue, was ich kann, damit ihr damit weitermachen könnt. Falls es jedoch nicht schmeckt, entschuldige ich mich jetzt schon dafür. Wie gesagt, ich habe bisher kaum gebacken.“

„Das macht nichts. Die Geste zählt. Sven sieht sofort, ob ein Kuchen selbstgebacken oder vom Bäcker ist. Ich hab es schon mit Bäckerkuchen versucht, als Lisbeth mal nicht zum Backen gekommen ist, aber das hatte nicht die gleiche Wirkung.“

Emma war gerührt, wie sehr sich dieser alte Mann, der inzwischen nur noch unter Schmerzen laufen konnte, für seinen Enkel und seinen Urenkel einsetzte. Sie lächelte. „Ich mach mich gleich an die Arbeit, in Ordnung?“

„Oh, keine Hektik. Doch nett wäre es schon." Er ging langsam zur Tür. „Ja, dann, es hat mich sehr gefreut, Emma. Wir sehen uns dann ja jetzt öfter."

„Ich freu mich. Und richte Sven Grüße von mir aus."

„Dat mok ick."

Er ging, und Emma schloss die Tür. Nun würde sie noch mehr zu tun haben als ohnehin schon, aber das kam ihr gerade recht. Sie hatte eine Aufgabe, sie wurde gebraucht. Und das fühlte sich unsagbar gut an. Sie spürte, wie die Wunde, die der Verlust ihres dritten Kindes gerissen hatte, weiter heilte.

Kapitel 8

In der folgenden Woche hatte Emma alle Hände voll zu tun. Sie brachte Tante Lisbeths Haus auf Vordermann, rupfte Unkraut und erntete die restlichen Kirschen. Davon backte sie mehrere Kuchen. Der erste geriet noch ziemlich bröckelig, der zweite sah schon besser aus, und Heinz nahm mit Freuden seine Stücke mit.

Außerdem besuchte sie fast jeden Tag ihre Tante im Krankenhaus. Langsam ging es ihr besser. Der Schock, den der Unfall verursacht hatte, verblasste, die Wunden begannen zu heilen. Nach ein paar Tagen wurde sie ungeduldig.

„Ich kann nicht mehr herumliegen", klagte sie. „Ich werde hier wahnsinnig, wenn ich nicht bald aufstehen und herumlaufen kann."

„Damit wirst du noch warten müssen. Erst, wenn dein Arm verheilt, kannst du versuchen, mit Krücken zu laufen."

„Das sagen mir die Ärzte doch auch dauernd. Warum dauert das bloß alles so lange? Du bist ganz allein da draußen, Kind. Ich hab ein ganz schlechtes Gewissen."

„Das brauchst du wirklich nicht zu haben. Ich genieße die Zeit. Dein Haus ist blitzblank, außerdem habe ich angefangen, zu backen."

Ihre Tante riss erstaunt die Augen auf. „Wirklich? Oh, wenn Heinz das wüsste. Mein Kuchen wird ihm schon sehr fehlen."

„Er kommt alle paar Tage vorbei und holt sich seine Stücke ab."

Lisbeth starrte sie an. „Das glaube ich ja nicht! Wirklich? Ach, Kindchen, das freut mich aber. Du weißt ja, warum das so wichtig ist."

Emma nickte und lachte. „Ich habe Sven schon eine Weile nicht mehr gesehen, aber wahrscheinlich wird er immer runder. So wie ich. So viel Kuchen habe ich noch nie gegessen."

„Du und rund! Iss nur schön, Emma, du kannst es wirklich gebrauchen."

An diesem Abend saß Emma zufrieden auf der Bank im Garten und sah in die Wiesen hinaus. Wie wenig ein Mensch doch brauchte, um glücklich zu sein. In der Erle hämmerte ein Specht, eine Amsel pickte im Boden nach etwas Fressbarem. Weit hinten muhte eine Kuh, und ein Buchfink sang unermüdlich seine wunderschönen Strophen. Der Wind spielte raschelnd im Laub der Bäume. So sah Frieden aus.

Spontan kam ihr eine Idee. Sie ging in ihr Zimmer und zog den Karton mit ihren Malsachen aus dem Schrank. Ihre Farben hatte sie aus Berlin mitgebracht, Leinwände und eine Staffelei hatte sie sich vor wenigen Tagen in Cuxhaven gekauft. Nun trug sie alles in den Garten und stellte es an der Grundstücksgrenze ab. Gerade brach die Dämmerung herein, hellgraue Wolken waren über dem Horizont aufgezogen und boten eine atemberaubende Stimmung.

Emma tauchte den Pinsel in die Farbe und zog ein paar Linien. Immer wieder betrachtete sie die Szenerie vor ihren Augen, und der Pinsel huschte über die Leinwand und zauberte ein Ebenbild. Nicht schöner als die Wirklichkeit, das war gar nicht möglich, aber dennoch nicht minder schön, denn sie malte nicht nur mit den Augen, sondern auch mit dem Herzen. Der Himmel leuchtete in einem zarten Rosa, die Blätter der Bäume schienen im Abendwind zu tanzen, und über den Wiesen schimmerte ein geheimnisvoller Nebel, aus dem jeden Augenblick ein Fabelwesen emporsteigen konnte. Als Emma fertig war, war es beinahe dunkel geworden, doch sie hatte das schwache Licht gut genutzt. Rasch trug sie alles ins Haus und schaltete die Lampe an. Das Bild, das sie gemalt hatte, zog sie geradezu in sich hinein und veranlasste sie, sich ihren Träumen hinzugeben.

Es würde das erste von vielen werden. Nun, wo es ihr besser ging, war sie wieder auf den Geschmack gekommen. Das Malen würde ihr endgültig helfen, mit den Schrecken der Vergangenheit abzuschließen.

Am nächsten Tag lieh sie sich das Auto ihrer Eltern und fuhr an den Strand nach Sahlenburg in Cuxhaven. Das Wetter war heute nicht besonders gut, was ihr gerade recht kam. Sie wollte keine Touristen in Strandkörben malen, sondern die Nordsee, wie sie sie besonders liebte: wild, rau und menschenleer.

Tatsächlich war nicht besonders viel los, es waren kaum Urlauber unterwegs. Emma klemmte sich ihre Malsachen unter den Arm und lief los, vorbei an ein paar Hotels und Appartements, bis die Bebauung endete. Ihr Herz schlug höher, als sie die sandigen, mit Strandhafer bewachsenen Dünen sah. Heftiger, nach Salz schmeckender Wind schlug ihr entgegen und trieb ihr Sand in die Augen. Langsam folgte sie dem Weg zwischen den Dünen hindurch, dann hielt sie den Atem an. Vor ihr erstreckte sich der feinsandige, weiße Strand, der sanft hinunterführte bis zur Wasserkante. Es herrschte Flut, wie sie schon aus dem Tidenkalender erfahren hatte, und grau schlugen die Wellen an den Strand. Tief durchatmend ging Emma durch den Sand auf das Wasser zu. Es waren kaum Leute hier, wie sie es sich gewünscht hatte. Nur zwei der Strandkörbe waren belegt mit Menschen, die die Kapuzen ihrer Windjacken hochgeschlagen hatten, jedoch mit hochgekrempelten Hosen und nackten Füßen das Wetter genossen. Emma nickte ihnen zu und ging weiter, bis sie unmittelbar vor der Nordsee stand.

Wie schön es war! Fast hatte sie in Berlin vergessen, wie frisch die Luft roch, nach Salz und Jod, wie die feine Gischt, vom Wind aufgepeitscht, die Haut kitzelte, wie die Böen durch ihr Haar fuhren wie eine liebende Hand.

Sie packte ihre Staffelei aus und rammte die Füße tief in den Sand. Ihr Haar wehte ihr ins Gesicht, und sie band es mit einem Haargummi zu einem Dutt zusammen. Welle um Welle rauschte heran, es brauste in ihren Ohren, und ihre Lungen weiteten sich. So musste sich das Glück anfühlen.

Emma nahm den Pinsel, sah zum Horizont, wo sich das Grau der Nordsee mit dem dunkleren Grau des Himmels vermischte, und begann zu malen. Weit hinten fuhr ein gewaltiges Containerschiff vorbei, doch unter Emmas Strichen verwandelte es sich bald in das prächtige Flaggschiff eines Meeresgottes. Es schien direkt aus den schwarzen Wolken über dem Horizont heraus zu segeln in die Welt der Menschen.

Möwen stießen über ihr ihre schrillen Schreie aus, und sie bannte sie auf ihre Leinwand, bis sie die Rufe auch dort zu hören meinte. Selbst der Wind war auf ihrem Bild zu spüren, und die Luft roch nach Seetang und Frische.

Als sie fertig war, betrachtete sie es prüfend. Inzwischen begann die Flut, sich zurückzuziehen und Platz für die Ebbe zu machen, das Watt kam mit all seinen Geheimnissen zum Vorschein. Auf ihrem Bild jedoch schlugen die Wogen noch weiß schäumend bis an den Strand. Zufrieden räumte Emma ihre Farben ein.

„Das ist aber toll geworden!"

Erstaunt drehte sich Emma zu der Stimme um. Es war einer der Urlauber aus den Strandkörben. Er hatte die Kapuze vom Kopf gezogen, graues Haar kam zum Vorschein. Neben ihm erschien seine Frau und betrachtete ebenfalls ihr Bild. Sie nickte zustimmend. „Das stimmt. So eine dramatische Stimmung. Malen Sie schon lange?"

„Vielen Dank. Nein, und auch nicht oft, nur von Zeit zu Zeit."

„Hören Sie nicht auf damit, das wäre schade. Sie haben wirklich Talent. Es muss sehr viel Spaß bringen."

„Ja, das tut es." Emma sah in den Himmel, der sich immer mehr zuzog. „Ich glaube, es wird höchste Zeit, gleich wird es regnen. Ich wünsche Ihnen noch einen schönen Tag."

„Danke, ebenso."

Als Emma sich abwandte und den Strand hochstieg, spürte sie im Rücken noch lange die Blicke der Urlauber. Konnte das sein? Besaß sie wirklich Talent? Ein warmes Gefühl des Glücks breitete sich in ihr aus.

Zwei Tage später erschien nicht Heinz, um seinen Kuchen abzuholen – sondern Sven. Fast schüchtern sah er Emma an, als sie ihm die Tür öffnete. In der Hand hielt er zwei große Gläser Marmelade.

„Moin", grüßte er und hielt ihr die Gläser entgegen. „Selbstgemacht, von meiner Mutter. Sozusagen als kleines Dankeschön für den leckeren Kuchen."

Emma spürte, wie sie errötete. Vor Freude wahrscheinlich, wie sie annahm. „Danke, das ist ja lieb. Aber wirklich nicht nötig. Ich mach das doch gern."

„Sie auch." Sven grinste sie an, und zumindest in diesem Moment war von seiner allgegenwärtigen Traurigkeit nichts zu sehen.

„Ja, dann ..." Schnell nahm Emma eines der Gläser entgegen und öffnete die Tür weiter, um Sven hereinzulassen. Sie ging zum Küchentisch und stellte die Marmelade drauf, und Sven folgte ihr.

Neugierig sah er sich um. „Mein Opa hat erzählt, dass du jetzt hier wohnst."

„Ja, so lange meine Tante im Krankenhaus ist. Und wohl auch danach noch eine Weile, bis sie wieder fit ist und allein klarkommt."

„Finde ich wirklich toll, dass du das machst." In seinen Augen stand eine riesengroße Frage. „Hast du so lange Urlaub genommen? Ich meine, du lebst doch in Berlin, oder?"

Emma musste lachen. „Hat dir dein Opa noch nicht erzählt, dass ich hierbleibe? Ich bin wieder zurückgekommen."

Nun wurde Sven rot. „Doch, hat er. Aber ich war nicht sicher, ob er das richtig verstanden hatte. Schön, wirklich, das freut mich. Zuhause ist es doch am schönsten, oder?"

„Ja, das ist es. Ich musste erst wegziehen, um das zu kapieren." Sie wies auf einen Stuhl. „Setz dich doch. Möchtest du was trinken? Kaffee, Tee, Wasser, Saft?"

„Oh, wenn du einen Kaffee hättest, wäre das super. Ich meine, ich mag ja Tee, aber zu Hause gibt's den nur. Ab und zu fehlt mir schon mal ein Kaffee."

„Gerne." Emma war froh, sich mit etwas beschäftigen zu können. Plötzlich machte Svens Gegenwart sie nervös. War es, weil sie fürchtete, er könnte nachbohren, warum sie zurückgekommen war? Hatte sie Angst davor, alles noch einmal erzählen zu müssen und dafür all die bösen Erinnerungen wieder hochzuholen?

„Und dein Verlobter?", fragte Sven. „Ist er auch hier? Muss komisch für ihn sein, plötzlich auf dem platten Land gelandet zu sein, wo er doch Berlin gewohnt ist und ..."

„Er ist nicht mitgekommen."

Sven riss die Augen auf. „Nicht? Ah. Geht es aus beruflichen Gründen nicht? Ich meine, hier ist ja die Auswahl an guten Jobs nicht besonders groß."

„Wir haben uns getrennt."

„Oh. Das ... tut mir leid. Wirklich."

Der Kaffee lief durch, und Emma setzte sich an den Tisch. Sven sah sie an, und er wirkte so ehrlich, so bodenständig. Ehe sie sich versah, erzählte sie alles.

„Er hat mich betrogen. Als ich es herausfand, war ich so schockiert, dass ich unser Kind verlor." Emma schluckte bei der Erinnerung daran. Nun kam doch alles wieder hoch, aber sie hätte es nicht verhindern können. Eines Tages musste sie es ja erzählen. Je eher sie es hinter sich brachte, desto besser.

Sven sah sie schockiert an. „Das ist ja furchtbar! Wirklich, Emma, ich kann dir gar nicht sagen, wie leid mir das tut." Spontan griff er über den Tisch hinweg nach ihrer Hand.

Wie warm sie sich anfühlte. Die Berührung seiner Haut hatte etwas Tröstliches. Emma spürte, dass sie es schaffen würde, nicht zu weinen. „Ist schon in Ordnung. So langsam komme ich darüber hinweg. Es hilft, wieder zu Hause zu sein." Emma lächelte Sven an und spürte, dass ihre Augen doch feucht wurden.

Mit lautem Zischen und Prusten kündigte die Kaffeemaschine die Beendigung ihrer Arbeit an. Emma war froh, aufstehen und etwas tun zu können. Sie goss Kaffee in zwei Tassen und bekam ihre Gefühle wieder unter Kontrolle.

„Möchtest du Zucker oder Milch dazu?"

„Beides, wenn es geht. Opa mahnt ja immer, ich sollte den Zucker weglassen, sonst geht es mir bald wie ihm. Aber so weit bin ich noch nicht, ich brauche den Zucker einfach, weißt du? Er hat so etwas Tröstliches. Deshalb genieße ich auch den Kuchen immer so sehr. Wenn Thies und ich ihn zusammen mit Opa genießen, hat das so ein Stück von einer heilen Welt."

„Das kann ich gut verstehen. Es freut mich, dass ich ein wenig dazu beitragen kann. Wie geht es dem Kleinen denn inzwischen? Du sagtest doch, dass er immer noch …“ Erschrocken verstummte Emma. Sie hatte Sven nicht schon wieder an den Tod seiner geliebten Frau erinnern wollen.

Sven rührte in seiner Kaffeetasse und wirkte sehr konzentriert dabei. „Er schreckt immer noch öfters aus dem Schlaf und weint dann. Er ruft sogar noch ‚*Mama, Mama*‘, dabei weiß ich nicht einmal, ob er sich noch an sie erinnern kann. Wenn ich doch nur wüsste, wie ich ihm helfen kann.“

„Das tut mir sehr leid. Sei einfach immer für ihn da. Eines Tages wird es besser werden.“

„Das hoffe ich. Weißt du, es ist schon schwer genug für mich. Sandra war … sie war meine große Liebe. Als sie starb … ich wollte nicht mehr leben. Und wäre Thies nicht gewesen, wer weiß, was ich getan hätte. Nun ist es so, dass jedes Mal, wenn er nach seiner Mama weint, meine gerade verheilenden Wunden wieder aufgerissen werden. Das ist … sehr schwer.“

Nun war es Emma, die nach seiner Hand griff. „Kann ich irgendetwas tun, irgendwie helfen?“

Sven lächelte traurig. „Ich fürchte, nein. Immerhin haben wir deinen Kuchen. Hör einfach nicht auf zu backen, ja? Zumindest noch für eine Weile. Bis es … besser wird.“

„Versprochen!“

Eine Weile hingen beide schweigend ihren Gedanken nach.

„Wie geht es denn für dich jetzt weiter?“, fragte Sven schließlich. „Willst du dir eine Arbeit suchen?“

Emma nickte. „Das muss ich ja. Meine Ersparnisse reichen nicht ewig. So lange ich hier die Stellung halte, komme ich gut über die Runden, und auch wenn Tante

Lisbeth zurück ist, wird es noch eine Weile klappen. Aber früher oder später brauche ich natürlich einen Job.“

Sven rieb nachdenklich sein Kinn. „Was schwebt dir denn so vor? Was hast du gelernt?“

„Einzelhandelskauffrau. Ich habe in Berlin jahrelang in einem großen Kaufhaus gearbeitet.“

„Als Verkäuferin findest du hier in der Gegend bestimmt auch etwas. Zumindest Minijobs gibt’s hier öfters mal. Ich kann mich ja mal umhören.“

„Das wäre wirklich nett. Wie gesagt, es eilt noch nicht, aber ein kleiner Nebenverdienst könnte auch jetzt schon nicht schaden.“

„Und sonst so?“ Sven sah sich um. „Ich meine, hier blinkt es ja schon überall. Was machst du so den ganzen Tag? Wird es dir nicht langweilig?“

Emma schüttelte den Kopf. „Ich mache lange Spaziergänge oder Radtouren. Es kommt mir vor, als müsste ich all die Jahre, die ich nicht hier war, wieder aufholen, verstehst du?“

Sven sah sie zweifelnd an. „Ich bin mir nicht sicher. Hier gibt’s doch nichts. Nur Wiesen und plattes Land. Ich meine, versteh mich nicht falsch. Ich liebe meine Heimat. Ich könnte mir nicht vorstellen, woanders zu leben. Ich brauche das Wasser gleich um die Ecke, das Meer, den frischen Fisch. In einer Großstadt würde ich wohl eingehen, in der Enge und stickigen Luft. So viele Menschen um mich herum würden mich wahnsinnig machen. Nein, ich brauche die Weite, den Wind … Aber du hast jahrelang in Berlin gelebt, du hast dich daran gewöhnt. Fehlt es dir nicht? Dort ist doch viel mehr los als hier.“

Emma schüttelte den Kopf. „Als ich von hier nach Berlin zog, kam es mir vor, als hätte ich das große Los gezogen. Endlich raus aus der Provinz, aus der Langeweile. Wie du schon sagst, hier gibt's ja nichts außer Wiesen und Kühen. Du wirst es mir vielleicht nicht glauben … aber genau das vermisste ich schon nach kurzer Zeit. Die sich im Wind biegenden Bäume. Die Herbststürme, die ums Haus fegen. Die Gräben, in denen sich am sonnigen Tagen der blaue Himmel spiegelt und die Frösche quaken. Du meinst, hier ist es langweilig? Oh, nein, Sven. Man muss nur die Augen öffnen – und die Sinne. Sich unter die Bäume stellen, die im Sturm rauschen, und einfach nur lauschen. Das ist das Leben. Das ist das Glück. Die Menschen in der Großstadt kennen das doch gar nicht mehr. Sie hetzen von einem Termin zum nächsten und kommen doch nie an. Hier auf dem Land läuft das Leben ein paar Gänge langsamer. Ich hatte gedacht, ich hätte all das hinter mir gelassen, die Langeweile, die es hier geben mag, weil es nicht an jeder Ecke ein Kino oder eine Bar gibt. Doch es hat mir mehr gefehlt, als ich mir eingestehen mochte. Nun, wo ich wieder zurück bin, frage ich mich, wie ich ohne all das leben konnte. Ich brauche das Land wie die Luft zum Atmen.“

Sven starrte sie an. Dann begann er zu grinsen. „Du bist eben doch ein Landei.“

Emma lachte. „Wie es scheint, ja. Wenn du das damals zu mir gesagt hättest, hätte ich dir eine runtergehauen. Heute jedoch nehme ich es als Kompliment.“

„Da bin ich aber froh!“ Auch Sven lachte.

Emma betrachtete ihn. Wie anders er wirkte, wenn er fröhlich war. Er erinnerte sie an den Sven von damals.

Unbeschwert und lebensfroh. Seine Zähne blitzen, und seine blauen Augen leuchteten. Plötzlich wirkte er viel jünger.

Er hörte auf zu lachen und sah sie an. „Was hast du?"

„Ich musste gerade an früher denken. Gerade hast du so ausgesehen, als wärst du seitdem keinen Tag älter geworden."

„So habe ich mich auch gefühlt. Es tut gut, mit dir zu reden. Und wenn ich das Kompliment zurückgeben darf – du wirkst so erholt, als hättest du gerade drei Monate Karibik hinter dir."

Emma lachte auf. „Oh, danke. Ich glaube, an deinen Komplimenten musst du noch ein wenig feilen. Nach drei Monaten Karibik wäre ich rot wie ein Krebs und fett wie ein Wal."

„Dich könnte nichts entstellen."

Sie sahen sich an und prusteten los. Emma fühlte sich plötzlich so leicht, als wären alle Sorgen der Welt so weit weg, dass sie sie nicht mehr erreichen konnten.

Kapitel 9

Auch der nächste Tag war bedeckt und trüb, aber es war trocken. Kurzentschlossen packte Emma ihre Malsachen ein, schnallte alles aufs Fahrrad und fuhr los. Nun machte sie es schon wie ihre Tante, dachte sie mit einem Grinsen, bemühte sich jedoch, sehr vorsichtig zu fahren, damit nichts in die Speichen geriet. Dieses Mal fuhr sie in eine andere Richtung. Sie passierte den großen Hof der Familie Martens. Ein großer schwarzer Hund stand wachsam davor und kam ihr einige Schritte entgegengelaufen, blieb zu Emmas Erleichterung jedoch an der Grundstücksgrenze stehen. Es folgten zwei Wohnhäuser, immer mit reichlich Abstand dazwischen. Platz gab es hier genug, die Gärten und Grundstücke waren riesig. Auf der linken Seite der Straße zog sich der breite Kanal entlang, in den die Wettern, die Entwässerungsgräben zwischen den Wiesen, ausliefen. Die Häuser dahinter waren mit schmalen Brücken mit der Straße verbunden. Nun folgten zu beiden Seiten der Straße Pferdekoppeln. Emma entdeckte mindestens acht Mutterstuten mit ihren Fohlen. Es war ein zu schöner Anblick. Sie blieb stehen, stieg vom Rad und beobachtete eine Weile die Tiere. Die Fohlen sahen neugierig und doch vorsichtig zu ihr hinüber, die Stuten waren wachsam, kamen dann jedoch an den Zaun geschlendert. Emma konnte nicht widerstehen und strich einer braunen Stute über den Kopf. Ihr dunkles Fohlen lugte ein wenig ängstlich hinter ihr hervor. Wäre es nicht eine gute Idee, Reitstunden zu nehmen? Als Kind hatte sie hin und wieder auf dem Pferdehof, neben dem sie gerade stand, geholfen, hatte die Tiere gestriegelt oder von der Weide geholt und durfte dafür mitunter auf einem der Pferde sitzen. Es hatte ihr immer sehr gut gefallen.

Sie stieg aufs Rad und fuhr weiter. Auf der rechten Seite erschien nun eine kleine Kirche, und direkt dahinter lag der Kindergarten. Gerade war es dort allerdings sehr ruhig, sie konnte niemanden entdecken. Waren zurzeit nicht Sommerferien?

Nun musste sie links abbiegen, ihr Weg führte jetzt durch zum Großteil unbebautes Gebiet. Unzählige Kühe grasten auf den Weiden, schwarz-weiß und braun-weiß gefleckt standen sie da oder lagen wiederkäuend im Gras. Mit der Hand verscheuchte Emma eine aufdringliche Fliege, die direkt vor ihrem Gesicht herumflog. Sie beobachtete eine große, blauschillernde Libelle über dem Graben. So viele Motive für so viele neue Bilder, die darauf warteten, gemalt zu werden!

Doch heute hatte sie ein anderes Ziel. Nachdem sie einen verlassenen Hof passierte, bei dem das Dach der Scheune zusammengesackt war, bog sie rechts in einen Feldweg ein. Hier gab es keine Häuser mehr. Dafür wurden die Marschwiesen zunehmend sumpfiger. Bald sah sie links und rechts des Weges Wasser zwischen den Birken und Erlen. Sie radelte nun auf einem schmalen, leicht erhöhten Damm durch das Moor. Wilde Iris blühte leuchtend gelb am Wasser. Hohes Gras begrenzte den Weg und ging in Schilf über.

Trügerisch sicher wirkte das Moor mit seinen saftig grünen Grasbüscheln und den Farnen, doch immer wieder erkannte Emma Wasser zwischen den Pflanzen, und sie wusste, dass es nicht ratsam war, den Weg zu verlassen und sich ins Unterholz zu schlagen. Der gesamte Grund war morastig und an einigen Stellen sicher grundlos. Sie hatte nicht vor, herauszufinden, an welchen. Aber allein schon der Gedanke daran beflügelte ihre Fantasie, und es begann in ihren Fingern zu jucken – die gespannte Vorfreude auf das Malen, der sie in Kürze nachgeben würde.

Endlich erreichte sie ihr Ziel. Vor ihr lag der Balksee in all seiner Stille. Dies hier war Naturschutzgebiet, nur Angler durften den Weg mit dem Auto zurücklegen. Sie lehnte ihr Fahrrad an einen alten Zaunpfosten, ging die wenigen Schritte bis zum See und bahnte sich einen Weg durch das dichte Schilf. Das Wasser war moorig und braun, man konnte nicht hineinsehen oder erahnen, wie tief es war. Emma wusste jedoch, dass es selbst an seiner tiefsten Stelle nicht viel mehr als einen bis anderthalb Meter war. Darunter jedoch befand sich der moorige Grund, und der ging wahrscheinlich viele Meter tief hinunter.

Am weit entfernten gegenüberliegenden Ufer erkannte sie Schilf und Bäume. Das Schönste jedoch war der Himmel über dem See. Die Wolken spiegelten sich in seiner glatten Oberfläche, sodass es wirkte, als gäbe es zwei Himmel. Emma nahm eine Leinwand und ihre Farben und ging zu dem kleinen Steg, der sich ein Stück weiter links einige Meter in den See erstreckte. Dort setzte sie sich hin, nahm die Leinwand auf den Schoß und begann zu malen. In der Mitte des Sees sprang ein Fisch aus dem Wasser und platschte zurück, immer breiter werdende Ringe verursachend. Auf der Leinwand verwandelte sich der Fisch in eine Meerjungfrau. Zufrieden betrachtete Emma ihr Werk. Eine Weile saß sie noch da und genoss die friedliche Stille, ehe sie aufstand und zurück zu ihrem Fahrrad ging.

Statt aufzusteigen, schob sie ihr Rad jedoch. So konnte sie die Stimmung des Moores viel besser in sich aufnehmen. Von Zeit zu Zeit blieb sie stehen und lauschte. Insekten summten herum. Grillen zirpten. Irgendwo quakte ein Frosch oder eine Kröte. Langsam ging sie weiter, bewunderte die unzähligen Grüntöne um sich herum. Etwas platschte, wahrscheinlich war irgendein Tier ins Wasser gesprungen. Neben ihr raschelte es im Gras. Eine Maus? Sie ging hundert Meter weiter und blieb erneut stehen. Ein leichter Wind wiegte das Schilf und ließ es singen. Hier schien das Moor einen kleinen trockenen Flecken zu besitzen, denn sie erkannte unzählige dünne, zum Teil verkrüppelte Birkenstämme.

Etwas knackte. Emma hielt die Luft an. Vielleicht würde sie gleich ein Reh sehen, oder einen Hasen? Sie stand ganz still und wartete. Waren das leise Tritte? Sie spürte sie mehr, als dass sie sie hörte, und höchstwahrscheinlich bildete sie sie sich nur ein in der Hoffnung, gleich ein schönes, scheues Tier zu erblicken.

Da! In ihren Augenwinkeln hatte sie eine Bewegung erkannt. Etwas Dunkles bewegte sich zwischen den Birkenstämmen. Kurz wurde ihr mulmig zumute. Was, wenn es Wildschweine waren? Die waren ihr nicht geheuer. Sie wusste, dass Bachen, die Frischlinge führten, sehr gefährlich werden konnten, und noch schlimmer waren sogar die Keiler, die schon so manchen Jäger auf den nächsten Baum gescheucht hatten. Wenn es denn kein Jägerlatein war. Sie grinste und versuchte, sich damit wieder zu beruhigen.

Sie sollte lieber weitergehen. In dem Moment knackte es erneut. Leise nur, aber in der Stille um sie herum deutlich hörbar. Emma hielt die Luft an und starrte in das Dickicht. Was sie dann sah, war so erstaunlich, dass sie die Luft einsog und anhielt.

Dort, nur wenige Meter von ihr entfernt, stand ein Wolf und starrte sie direkt an! Er war grau und größer als ein Schäferhund. Die Ohren hatte er aufgestellt und sah aufmerksam zu ihr herüber. Fast blieb Emma das Herz stehen. Sie fand Wölfe seit jeher ungeheuer faszinierend. Jedes Mal, wenn sie welche im Zoo gesehen hatte, hatte sie ihnen lange zugesehen. Sie besaß sogar einen Bildband über Wölfe. Und natürlich wusste sie, dass es hier im Land Hadeln seit einiger Zeit wieder Wölfe gab, was einigen Landwirten gar nicht recht war, da sie hin und wieder Schafe rissen.

Doch nun hier, in dieser Einsamkeit, ganz allein einem Wolf gegenüberzustehen, war etwas anderes, als sich Bilder von ihm in einem Buch anzusehen. Nur ihr Fahrrad stand zwischen ihr und dem wilden Tier. Der Wolf schien unschlüssig, was er tun sollte. Augenscheinlich war er neugierig, aber auch vorsichtig. Er leckte sich über die Lefzen, seine Ohren spielten in alle Richtungen. Was, wenn er nicht allein war? Wenn gleich ein ganzes Rudel aus dem Wald zum Vorschein kam?

Himmel, was sollte sie denn jetzt bloß tun? Das Tier machte keine Anstalten, sich wieder zu trollen. Hieß es nicht, dass wilde Wölfe Angst vor Menschen hatten und ihre Nähe mieden? Dieser hier schien jedoch mehr neugierig als ängstlich zu sein. Vielleicht war er noch jung? Sollte sie laut rufen und versuchen, ihn so zu verjagen? Oder würde er dann wütend werden? Sollte sie einfach gehen? Auf keinen Fall wollte sie ihm jedoch den Rücken zuwenden. Sie schauderte, als sie daran dachte, wie unbedarft sie vorhin hier vorbeigefahren war. Sicher hatte der Wolf sie dabei auch schon beobachtet. Wie lange hatte sie allein auf dem Steg gesessen und gemalt. Der Wolf hätte sich unbemerkt an sie heranschleichen können! Ihr wurde ganz anders, ihr Herz begann zu rasen, und sie spürte, dass sie schwitzte.

Nein, das durfte sie nicht. Der Wolf durfte nicht merken, dass sie Angst hatte. Immer noch stand er unschlüssig zwischen den Birken, sah mal nach links oder rechts, blieb jedoch stehen.

Sie musste handeln, ehe das Raubtier es sich womöglich noch anders überlegte und sie als Abendbrot verspeisen wollte. Mit wild klopfendem Herzen packte Emma den Lenker ihres Fahrrades fester, richtete es auf und begann, loszugehen, ohne den Wolf aus den Augen zu lassen. Er wich vorsichtig einen Schritt zurück. Kurzentschlossen betätigte sie die Klingel und war sich darüber bewusst, dass sie ein Risiko einging. Doch es hatte den gewünschten Erfolg. Der Wolf zuckte zusammen, sah sie noch einmal an und verschwand mit einem großen Satz im Unterholz.

Erneut blieb Emma stehen und starrte zu der Stelle, an der er eben noch gestanden hatte. Er blieb verschwunden, nichts rührte sich dort mehr. Nun merkte sie erst, dass sie inzwischen vollkommen verschwitzt war, und ihre Hände zitterten. Ehe der Wolf es sich noch anders überlegte, stieg sie aufs Rad und fuhr los, so schnell der unebene Weg es zuließ. Sie atmete erst auf, als die ersten bewohnten Häuser in Sicht kamen. Und als sie am schwarzen Hofhund vorbeifuhr, der immer noch das Grundstück bewachte, wäre sie am liebsten abgestiegen und hätte ihn freudig gestreichelt. Mit ihm würde der Wolf es gewiss nicht aufnehmen wollen.

Sobald sie zurück im Haus war, kochte sich Emma einen Baldriantee, um wieder zur Ruhe zu kommen. Dann holte sie wie im Fieber ihre Staffelei, baute sie auf und begann zu malen.

Als sie am nächsten Morgen erwachte, stand die Sonne schon hell am Himmel und sandte ihre Strahlen durch das Fenster. Erstaunt stellte Emma fest, dass sie auf dem Sofa eingeschlafen war. Nicht einmal das Rollo hatte sie heruntergezogen. Sie richtete sich auf und streckte vorsichtig ihre schmerzenden Muskeln. Wann war sie eingeschlafen? Sie konnte sich nicht erinnern, wusste nur noch, dass sie gemalt hatte.

Ihr Blick fiel auf ihre Leinwand. Ungläubig sog sie die Luft ein. Der Wolf starrte ihr entgegen. Seine Augen leuchteten gelb, seine Ohren waren aufgestellt. Sein Körper war halb von den weißen Birkenstämmen verborgen, aber man erkannte seine graue Farbe, die am Rücken dunkler war und zum Bauch hin heller wurde. Um ihn herum waberten geheimnisvolle Nebelschwaden, und man meinte in ihnen die Umrisse weiterer Wölfe zu erkennen. Es schien, als würde der Wolf atmen und jeden Moment seine Schnauze emporheben und zu heulen beginnen.

So versunken war sie, dass sie erschrocken zusammenzuckte, als es an der Tür klingelte. Oh je, wer mochte das sein? Sicher sah sie nach einer Nacht auf der Couch nicht gerade vorzeigbar aus. Schnell fuhr sie sich mit den Händen durchs Haar. Hoffentlich war es nur ihre Mutter! Oder zumindest der alte Heinz, der konnte nicht mehr besonders gut sehen.

Es klingelte erneut, und sie lief schnell zur Tür und öffnete. Erschrocken prallte sie zurück.

„Sven!"

„Moin. Hab ich dich etwa geweckt?" Er sah auf seine Uhr. „Es ist halb zehn, ich dachte, du wärst längst aufgestanden. Tut mir leid, ich gehe lieber wieder." Er wollte sich abwenden.

„Nein, so ein Quatsch. Bleib doch." Emma wies auf die Tüte, die er in der Hand hielt. „Was ist denn da drin?", fragte sie neugierig.

Er hob sie hoch und lächelte nun doch. „Frische Brötchen. Ich dachte mir, du bist ganz allein, und du hast schon so viel Kuchen für uns gebacken. Der Lütte ist bei meiner Mutter, und so hab ich etwas Zeit. Aber wenn ich ungelegen komme ..."

„Ich bin tatsächlich gerade erst aufgestanden, aber das ist kein Problem. Nun komm erstmal rein. Wenn du zehn Minuten warten magst? Ich will mich nur rasch waschen und meine Zähne putzen." Verlegen zupfte sie erneut an ihren Haaren herum. „So trete ich nur höchst ungern Menschen unter die Augen."

Er sah sie frech an, und einmal mehr erinnerte er sie an den alten Sven, den von damals. „Dich kann nichts entstellen. Trotzdem versichere ich dir, diesen Anblick sofort aus meinem Gedächtnis zu löschen, wenn dir das lieber ist."

„Ja, ich bitte darum. Setz dich doch schon mal, ja? Ich bin gleich wieder da."

Sie wusch sich, so schnell sie konnte, und legte etwas Kajal und Wimperntusche auf. Hier auf dem Land schminkte man sich nicht allzu sehr, aber sie hatte das Gefühl, sich besser zu fühlen, wenn sie Sven gegenübertrat.

„So, da bin ich wieder", sagte sie, als sie in die Küche zurückkam, und blieb erstaunt stehen. Der Kaffee lief bereits durch die Maschine, und der Tisch war gedeckt. Sogar eine Blume, die Emma als Margerite aus ihrem Garten identifizierte, stand in einem Wasserglas zwischen Tellern, Tassen, Wurst, Käse und der Marmelade von Svens Mutter. Und einem bis obenhin vollgepackten Brotkorb. „Oh", rief sie erstaunt. „Alles schon fertig. Was für ein Luxus."

„Das bin ich dir schuldig. All die leckeren Kuchen."

Emma setzte sich und lächelte. „In zwei Tagen kommt meine Tante aus dem Krankenhaus. Allerdings wird sie noch eine ganze Weile nicht backen können, weil sie anschließend gleich zur Reha kommt. Aber sie kann mir bestimmt ein paar Tipps geben, wie der Kuchen noch saftiger und leckerer wird. Dann braucht ihr nicht mehr auf dem staubigen Zeug herumzukauen."

„Blödsinn, er ist gut, wie er ist. Danke nochmal. So, und nun greif zu. Ich wusste nicht, welche Brötchen du am liebsten magst, deshalb hab ich von jeder Sorte eins mitgebracht."

„Und du behauptest, von meinem Kuchen werdet ihr dick?" Emma grinste. „Wenn wir das alles verdrückt haben, wird man uns mit Moby Dick verwechseln."

Tatsächlich schmeckte das Frühstück in Gesellschaft doppelt so gut wie allein. Zum Mittagessen fuhr Emma fast jeden Tag zu ihren Eltern, und oft lud sie sie zum Abendbrot ein. Das Frühstück jedoch ließ sie meistens ausfallen, trank nur mehrere Tassen Tee oder Kaffee – je nach Lust und Laune – über den Vormittag verteilt.

„Das Frühstück ist die wichtigste Mahlzeit des Tages", verkündete Sven und hob seinen Zeigefinger wie ein Oberlehrer. „Das sagt jedenfalls meine Mutter immer, wenn Thies nicht essen will."

„Hat er keinen guten Appetit?"

„Leider nicht. Er isst wie ein Küken. Dabei kommt er kommenden Monat wieder in den Kindergarten. Seit … seit Sandra tot ist, haben wir ihn herausgenommen. Er ging ja zuvor schon ein paar Monate hin. Ich mache mir nun ein wenig Sorgen um ihn, ob er sich nach der Pause und … nach seinen schlimmen Erlebnissen wieder integrieren kann."

„Das wird schon werden. Sicher wird es ihm guttun, wenn er in Gesellschaft anderer Kinder ist."

„Das hoffe ich. Er ist jetzt drei Jahre alt, nächsten Monat wird er vier. Müsste ein Kind in seinem Alter nicht nur am Lachen und Herumkaspern sein? Thies jedoch ist meist so ernst. Oft spielt er stundenlang ganz still vor sich hin. Man bemerkt ihn gar nicht. Das ist doch nicht normal für einen Dreijährigen. Nur nachts, da hört man ihn, wenn er aus dem Schlaf fährt und nach seiner Mama weint."

Emma war betroffen. „Immer noch?"

Sven nickte bekümmert. „Ich weiß wirklich nicht mehr, was ich noch machen soll. Neulich gab ich ihm auf deinen Rat hin ein Foto von Sandra. Er hat es lange angesehen, und ich durfte es ihm nicht wegnehmen, auch nicht, als er schlafen sollte. Tatsächlich wurde er in dieser Nacht nur einmal wach. Da weinte er allerdings, weil er das Foto nicht mehr finden konnte. Sobald ich es ihm wieder gab, beruhigte er sich. Aber das ist doch keine Dauerlösung.“

Eine Idee formte sich in Emmas Kopf. „Ich würde ihn gern einmal kennenlernen“, sagte sie, ehe sie die Worte zurückhalten konnte. „Natürlich nur, wenn es dir auch recht ist“, setzte sie rasch hinzu. „Nicht, dass es ihn noch mehr durcheinanderbringt, wenn er eine fremde Frau kennenlernt.“

„Daran muss er sich ohnehin gewöhnen, wenn er wieder in den Kindergarten geht. Das ist wirklich eine gute Idee, Emma. Pass auf, morgen habe ich bereits am frühen Nachmittag Feierabend. Wir könnten mit Thies in den Zoo gehen, was meinst du? Er mag doch Tiere so gern.“

Emma war erfreut. „Natürlich, das ist eine schöne Idee. Das wird ihm bestimmt gefallen.“ Ihr fiel etwas ein. „Was machst du eigentlich beruflich? Das habe ich dich noch gar nicht gefragt. Wirst du irgendwann den Hof deiner Eltern übernehmen? Oder macht das dein Bruder?“

Sven zuckte die Achseln. „Wir sind noch unschlüssig. Zum Glück sind meine Eltern noch gesund und können das noch eine Weile machen. Torben ist Koch und bereist gerade auf einem Kreuzfahrtschiff die Weltmeere.

Ich bin gelernter Schlosser. Ich arbeite in einer Firma in Cuxhaven, die Windkrafträder herstellt."

„Ah. Da habt ihr bestimmt reichlich zu tun." Windkrafträder gab es hier buchstäblich wie Sand am Meer.

„Über Langeweile können wir nicht klagen. Ja, was hältst du denn von fünfzehn Uhr, passt dir das?"

„Natürlich. Ich freu mich!"

„Super, ich hol dich dann ab. Sag mal, darf ich kurz eure Toilette benutzen? Ich will von hier aus noch zum Einkaufen fahren, und es dauert, bis ich wieder nach Hause komme."

„Klar. Du weißt ja, wo es ist, oder?"

Sven nickte. Emma trank nachdenklich ihren Kaffee aus. Seltsamerweise war sie beim Gedanken an den morgigen Tag ganz nervös. Warum eigentlich? Sie kannte Sven doch schon seit einer Ewigkeit. Wahrscheinlich lag es an der Aussicht, den kleinen Thies kennenzulernen. Der Junge hatte schon so viel mitgemacht, war regelrecht traumatisiert. Sie hatte wohl nur Angst, etwas falsch zu machen, und war deshalb so aufgeregt. Nun, sein Papa war ja dabei, es würde schon alles gut werden.

Sie hörte Schritte auf dem Flur. „Das ist ja ein tolles Bild", sagte Sven und blieb in der Tür stehen.

„Was für ein Bild?" Emma war so in Gedanken versunken gewesen, dass sie sich erst einmal orientieren musste.

„Von dem Wolf. Wo hast du das her? So eins könnte mir auch gefallen."

„Ach, das. Ich habe es gemalt."

Sven starrte sie an. „Du veräppelst mich."

„Nein, warum sollte ich? Es ist wirklich so."

„Du kannst so toll malen?" Svens Augen waren riesengroß. „Dann bist du eine Künstlerin. Das Bild ist großartig. Man meint, der Wolf würde leben und gleich aus dem Bild herauskommen."

Emma spürte, wie sie errötete. „Danke, freut mich, dass es dir gefällt. Ich habe es gestern erst gemalt. Ich war im Moor, beim Balksee, weißt du? Und plötzlich stand er da, nur wenige Schritte von mir entfernt. Ich habe keine Ahnung, wie lange wir uns beobachtet haben. Das war toll, aber auch ganz schön gruselig. Ich war froh, dass er schließlich verschwand, als ich meine Fahrradklingel betätigt habe."

Sven starrte sie immer noch an. „Du warst dort allein und bist einem Wolf begegnet? Und du hast ihn mit deiner Klingel verscheucht? Alter Schwede, davon kannst du noch deinen Urenkeln erzählen!"

Emma winkte bescheiden ab. „Ach wo, so schlimm war das gar nicht. Allerdings hat es mich so inspiriert, dass ich danach sofort mit dem Malen begonnen habe. Wie lange, kann ich gar nicht sagen, ich bin erst heute Morgen auf dem Sofa aufgewacht. Deshalb war ich auch so verschlafen, als du geklingelt hast."

„Jetzt wird mir einiges klar. Also, ich sehe schon, mit dir wird es nicht langweilig. Und falls du doch mal nicht wissen sollst, was du machen sollst ... Über so ein Wolfsbild würde ich mich sehr freuen. Natürlich würde ich es dir auch bezahlen. Sag mir nur, wieviel du dafür haben willst."

„So ein Unsinn, gar nichts natürlich. Es ist doch nichts Besonderes."

„Darüber reden wir noch, wenn es soweit ist, okay? Gut, ich muss dann jetzt auch los. Wir sehen uns morgen, ja? Ich freu mich."

„Ich mich auch. Tschüss."

Nachdem Sven gegangen war, saß Emma noch eine Weile still auf ihrem Stuhl. Die unterschiedlichsten Gedanken rasten durch ihren Kopf. Svens Kompliment zu ihrem Bild. Was würde er wohl sagen, wenn er die anderen Bilder sah? Würde er dann einsehen, dass sie wohl ganz nett waren, mehr aber auch nicht? Oder besaß sie tatsächlich Talent? Immerhin hatten die Urlauber in Sahlenburg dasselbe behauptet. War da wirklich etwas dran? Und dann war da das bevorstehende Treffen mit Thies. Wie würde der Kleine reagieren, wenn er sie sah? Das Schlimmste wäre, wenn er bei ihrem Anblick weinen würde, weil er an seine tote Mama erinnert wurde oder so etwas. Zwar sah sie Sandra überhaupt nicht ähnlich – sie selbst war brünett, Sandra hingegen blond, wie Heinz ihr erzählt hatte – aber man wusste ja nicht, was im Kopf so eines kleinen Kindes vor sich ging. Oder war es nicht vielmehr so, dass sie so nervös war, weil sie ein Date mit Sven hatte? Natürlich kein richtiges Date, sondern nur ein Besuch im Zoo zusammen mit seinem kleinen Sohn. Trotzdem war das schon etwas anderes, als wenn er Brötchen oder Marmelade vorbeibrachte, um sich für ihren Kuchen zu bedanken.

Nein, so etwas sollte sie nicht denken. Sven war seit einem halben Jahr Witwer, nun gut, inzwischen seit über sieben Monaten. Und sie selbst war seit einem Monat Single und hatte eine, nein, drei Fehlgeburten hinter sich. Sie hatten beide schwere Zeiten hinter sich.

Jedes einzelne davon war ein Grund, nicht von einem Date zu sprechen.

Und doch sah sie immer wieder Svens freundliche blaue Augen vor sich. Hörte sein herzliches Lachen. Fragte sich, wie sich sein dichtes blondes Haar anfühlen würde.

Rasch schüttelte sie den Kopf, stand auf, räumte das schmutzige Geschirr ins Waschbecken und ließ Wasser ein. So etwas durfte sie nicht denken. Sven war ein Kumpel, ein guter Freund. Mehr nicht. Mehr konnte einfach nicht sein. Mehr durfte nicht sein.

Kapitel 10

„Bist du nicht inzwischen völlig vereinsamt so allein in dem Haus?", erkundigte sich ihre Mutter am nächsten Tag. Emma war mal wieder zum Mittagessen bei ihren Eltern, es gab Schnitzel mit Kartoffelsalat.

„Nein, im Gegenteil. Es geht mir bestens."

„Was machst du so den ganzen Tag? Das Haus muss doch inzwischen so sauber sein, dass man vom Fußboden essen könnte."

Emma lachte. „Da dürftest du recht haben. Es soll eben alles in Ordnung sein, wenn Tante Lisbeth zurückkommt."

„Das dauert doch noch etwas. Sie kommt zwar morgen aus der Klinik, muss doch danach aber erst noch zur Reha. Du wirst also noch länger alleine sein. Willst du nicht lieber für eine Weile zu uns kommen? Du hast doch hier dein Zimmer und bist nicht so allein. Und du musst zum Essen nicht immer hin- und herfahren."

„Danke für das Angebot, Mama. Die Ruhe tut mir gut. Und so allein bin ich gar nicht."

Ihre Mutter sah sie neugierig an. „Gibt's da etwas, was ich wissen müsste?"

„Nee, Quatsch. Aber Heinz kommt alle paar Tage vorbei, um sich seinen Kuchen zu holen, und einmal kam Sven. Gestern war er sogar zum Frühstück bei mir."

„Sven? Das ist ja ein Ding. Wir haben ihn monatelang nicht gesehen. Heinz erzählte damals, dass er sich verkrochen hatte und sein Haus kaum noch verließ.“

„Ja, das war zu Beginn auch so. Inzwischen scheint es ihm aber etwas besser zu gehen.“

„Das freut mich wirklich. Gerade für den Kleinen muss das alles ja furchtbar schwer sein.“

„Ja, Sven erzählt, dass er noch oft aus dem Schlaf schreckt und weint und dann kaum zu beruhigen ist. Ich bin schon gespannt, wie es nachher wird.“

„Wieso?“ Ihre Mutter sah sie neugierig an. „Was ist denn nachher?“

„Da gehen wir mit Thies in den Zoo.“

„Hier in der Wingst?“

Emma nickte.

„Das ist eine schöne Idee, es wird dem Kleinen bestimmt gefallen.“

„Ich hoffe, dass er dort auf andere Gedanken kommt.“

Ihre Mutter schmunzelte. „Ist das alles?“

Emma spürte, wie sie errötete. „Ich weiß nicht, was du meinst.“

„Na ja, du bist allein, Sven ist allein ...“

Emma schüttelte wild den Kopf. „Nee, vergiss es. Das geht nicht. Wir haben beide zu viel durchgemacht, zu schwere Zeiten hinter uns. Wie würde das denn aussehen, wenn wir zusammen ...? Nein.“

Emma spürte die prüfenden und nachdenklichen Blicke ihrer Mutter wie tastende Finger, die in ihrem Kopf – und in ihrem Herzen – nach Antworten suchten. Rasch versuchte sie, die Gedanken an Sven zu verdrängen und eine unbeteiligte Miene aufzusetzen. Sie traute ihrer Mutter alles zu, wenn es darum ging, Emotionen zu erraten.

„Na, auf jeden Fall wünsche ich euch nachher viel Spaß." Sie ging zu ihrem Portemonnaie und gab Emma einen Zwanzigeuroschein. „Hier, kauf dem Lütten dafür was Schönes, vielleicht ein Plüschtier oder sowas."

Emma wollte ihrer Mutter das Geld zurückgeben. „Das kann ich doch auch von meinem eigenen Geld bezahlen. Nimm es zurück."

Ihre Mutter verschränkte die Arme vor der Brust. „Nein. Ich weiß doch, dass deine Ersparnisse nicht für ewig halten."

„Ich verbrauche doch momentan kaum Geld. Es geht schon."

„Trotzdem, nimm es." Sie lächelte. „Man weiß ja nie."

Was sollte das schon wieder heißen? Doch Emma schwieg. Jedes ihrer Worte würde ihre Mutter nur zu weiteren Mutmaßungen veranlassen. „Ich fahre dann auch langsam zurück. Ich muss mich noch umziehen."

„Schönmachen?" Ihre Mutter grinste.

„Mama!" Doch auch Emma konnte sich ein Schmunzeln nicht verkneifen.

Kurze Zeit später stand sie vor dem Spiegel und probierte verschiedene Kleidungsstücke an. Der Tag war warm und sonnig, ob sie ein Kleid anziehen sollte? Bisher war sie hier zumeist in bequemen Hosen und Shirts herumgelaufen, die Haare zum Dutt hochgesteckt. Eine besonders große Auswahl an Kleidung besaß sie ohnehin noch nicht. Sie hatte nur das, was sie aus Berlin mitgenommen hatte, sozusagen ihre Lieblingsstücke, sowie ein paar Sachen, die sie hier dazugekauft hatte. Bei dem Gedanken daran, was ihr noch bevorstand, nämlich die Fahrt nach Berlin, um ihre restlichen Sachen zu holen, wurde ihr ganz schlecht. Schnell verdrängte sie den Gedanken daran und schlüpfte in ein Sommerkleid. Es reichte bis zum Knie und umspielte ihre wirklich extrem schlanke Figur. Vielleicht könnten sie im Zoo ein Eis essen. Der Kuchen hatte jedenfalls bisher noch nicht geholfen, dass sie wieder etwas auf die Rippen bekam. Jedoch fühlte sie sich gut, so wie sie war, das war ja die Hauptsache. Schnell bürstete sie ihr Haar, bis es seidig über ihre Schultern floss, und zog Sandaletten an. Sie griff zum Lippenstift, ließ es aber doch lieber bleiben. Sven sollte nicht denken, dass sie sich für ihn aufgehübscht hatte. Nachher würde er noch auf falsche Gedanken kommen. Auf keinen Fall wollte sie ihn anbaggern oder so etwas. Er war frisch verwitwet, so etwas ging gar nicht. Ihren Lidstrich zog sie aber etwas nach, damit fühlte sie sich einfach wohler. Prüfend betrachtete sie sich im Spiegel. Fertig, sie war zufrieden mit dem Ergebnis.

Sven klingelte pünktlich auf die Minute. Emmas Herz klopfte schneller, als sie ihm öffnete. Er hatte ein Hemd angezogen. Das war das erste, was ihr auffiel. Bisher hatte sie ihn nur in Shirts oder Pullovern gesehen. Sein blondes Haar war frisch gewaschen, und sie roch sein Aftershave, ein angenehmer Duft. „Du bist aber pünktlich", lobte sie, um ihre Verlegenheit zu überspielen.

„Ja, ich habe mir Mühe gegeben." Er lächelte, seine Augen strahlten. „Du siehst sehr hübsch aus."

„Danke." Wurde sie etwa schon wieder rot? Das wurde ja langsam peinlich. „Wollen wir gleich los?", fragte sie, ehe eine stumme Verlegenheitspause entstehen konnte.

„Das wollte ich dich auch gerade fragen. Thies wartet im Auto. Er kann es kaum noch erwarten, die Affen zu sehen und die Löwen. Und die Ziegen zu füttern."

„Dann wollen wir den Kleinen mal nicht warten lassen." Emma schloss die Tür ab und folgte Sven zu seinem Auto. Durch die Scheibe sah sie Thies bereits. Er sah ihr mit unbewegter Miene entgegen. Plötzlich war sie noch aufgeregter als ohnehin schon. Es hing viel davon ab, ob der Kleine sie mochte oder ablehnte. Was, wenn sie es vergeigte und er bei ihrem Anblick anfing zu weinen? Würde Sven dann seine Besuche bei ihr wieder einstellen? Das würde sie sehr bedauern.

Zuvorkommend öffnete Sven die Beifahrertür für sie.

„Danke." Emma stieg ein und drehte sich zu Thies um. Der Kleine war das Ebenbild seines Vaters. Volles blondes Haar, die gleichen blauen Augen. Er betrachtete sie ernst. *Bitte, fang jetzt nicht zu weinen an,* bat sie stumm. Zum Glück hatte sie vorgesorgt, auch wenn es keine Garantie dafür gab, dass ihr Trick funktionierte. „Hallo, Thies", sagte sie und wühlte in ihrer Tasche. Ihre Finger fanden etwas Weiches und zogen es hervor. „Ich heiße Emma. Sieh mal, was ich hier für dich habe. Dein Papa hat mir gesagt, dass du Tiere so gernhast. Das hier ist ein Otter." Sie hielt dem Jungen das Plüschtier hin. „Gefällt er dir?"

Schweigend nahm der Kleine den Otter entgegen und drehte ihn prüfend in seinen Händen. Schließlich sah er Emma an – und lächelte ganz schwach.

Ihr fiel ein Stein vom Herzen. Wenigstens war er beim Anblick der fremden Frau nicht sofort in Tränen ausgebrochen. „Du kannst ihm einen Namen geben, wenn du möchtest."

Auch Sven war inzwischen eingestiegen, schnallte sich an und warf seinem Sohn einen Blick zu. „Das ist ein schöner Otter. Er braucht einen besonders schönen Namen. Denk in Ruhe darüber nach, ja?" Er startete den Motor.

Die Fahrt war nicht weit, der kleine Zoo lag nur wenige Fahrminuten entfernt. Sie parkten auf dem von großen Bäumen beschatteten Parkplatz und stiegen aus. Sven holte den Buggy aus dem Kofferraum. „Er tut immer so, als wäre er schon groß und bräuchte keine Karre mehr. Stimmt ja eigentlich auch. Aber irgendwann wird er dann doch müde", erklärte er. „Ich glaube, darin fühlt er sich geborgen und beschützt", fügte er leise hinzu. „Das braucht er nun mehr denn je."

Tatsächlich wollte Thies sofort in den Buggy. Sven hob ihn hinein. Der Kleine hielt den Otter ganz fest, und Emma wurde ganz warm ums Herz. Sven packte eine Trinkflasche, eine Packung Butterkekse und mehrere Packungen Taschentücher in das Netz der Karre. „Selbst ein kleiner Zoobesuch muss geplant werden wie eine mehrwöchige Urlaubsreise in den Dschungel von Brasilien", erklärte er und lachte.

Emma war beeindruckt, wie liebevoll Sven mit dem Jungen umging und wie umsichtig er sich um alles kümmerte. Ihr Herz begann bei dem Anblick zu klopfen.

„Dann wollen wir mal unsere Expedition in die Wildnis starten, was, Thies?", fragte Sven, strich ihm über das Haar und schob los.

Emma ging neben den beiden her. Warm schickte die Sonne ihre Strahlen zwischen dem grünen Laubdach der Bäume hervor. Vorn hörte sie bereits die Rufe irgendeines Tiers, vielleicht eines Papageis. Was für ein herrlicher Tag für einen Ausflug. „Auf welche Tiere freust du dich denn besonders, Thies?" fragte sie.

Es schien, als würde er nicht antworten. Er strich nur stumm seinem Otter über das Plüschfell. Emma wartete atemlos. Es war ihr so wichtig, Kontakt zu dem Kleinen aufzunehmen. Sie wollte nicht, dass ihr Kontakt zu Sven daran scheitern würde, dass sie mit seinem Sohn nicht klarkam.

„Seehunde. Und Pinguine", sagte er. „Und Affen."

Emmas Herz schlug höher. „Ja, das sind tolle Tiere, die mag ich auch sehr. Am liebsten mag ich Pferde. Magst du die auch?"

„Hmhm", meinte Thies.

„Das heißt Ja", übersetzte Sven und lachte.

Emma betrachtete ihn heimlich von der Seite. Sie hatte den Eindruck, dass auch ihm dieser Ausflug guttat. Er wirkte gelöst und beinahe fröhlich. Für ein paar Stunden konnte er den Kummer um seine verstorbene Frau und all die Probleme, die er mit sich brachte, vergessen. Emma war glücklich, dass sie daran teilhaben konnte.

Sie erreichten den Eingang. Sven zahlte den Eintritt für sie mit, ehe sie Einspruch einlegen konnte. „Dafür übernehme ich aber nachher das Eis", wandte sie ein.

„Gern, wenn du magst."

Neugierig gingen sie los. Die Luchse interessierten Thies nicht besonders. „Wahrscheinlich sind sie für ihn nicht viel anders als die Hofkatzen meiner Eltern", vermutete Sven.

Bei den Tigern sah das schon anders aus. Zwei der großen Raubkatzen lagen träge in ihrem Gehege, doch dann stand eine der beiden auf und begann, unruhig herumzulaufen. „Wahrscheinlich ist bald Fütterung“, nahm Sven an. „Das spüren sie. Sie haben Hunger, Thies.“

„Die sind groß“, staunte der Junge. „Die brauchen viele Mäuse zum Essen.“

Emma lachte.

„Da hast du recht“, sagte Sven und kicherte ebenfalls. „Meine Eltern haben ihm erklärt, dass die Katzen auf ihrem Hof Mäuse jagen und fressen“, setzte er an Emma gewandt hinzu.

Nun kamen sie zu den Pinguinen, und davon war Thies kaum loszureißen. Er kletterte sogar aus dem Buggy und stellte sich nah an die Scheibe, um die Tiere besser beobachten zu können. Sie waren aber auch zu putzig, wie sie herumwatschelten, sich ins Wasser stürzten und wieder heraussprangen. Thies lachte fröhlich, und Emma spürte Glück in sich aufsteigen. Wie schön es war, zu beobachten, wie das Kind seinen Kummer vergaß.

Gleich darauf kamen die Fischotter. Einer schwamm behände herum, tauchte unter und an einer anderen Stelle wieder auf. „Sieh nur, Thies“, rief Emma und zeigte auf das Stofftier in seiner Hand. „Das da sind die Freunde von deinem Otter.“

„Er heißt Kai“, sagte Thies und hielt sein Stofftier hoch.

„Ein schöner Name“, lobte Emma.

„Kai ist ein Kind aus der Nachbarschaft, ein paar Häuser weiter“, erklärte Sven. „Sie sind zusammen in den Kindergarten gegangen, bevor ... Wirklich ein toller Name“, lobte er an seinen Sohn gewandt.

Eine Stunde lang liefen sie durch den Zoo, sahen Alpakas, Gibbons, die munter über Seile balancierten, Papageien, Krokodile und andere Tiere. Thies rannte fröhlich um sie herum. Langsam wurde es richtig warm. Genau zur richtigen Zeit erreichten sie den kleinen Kiosk.

„Wer hat Lust auf ein Eis?", fragte Emma.

Thies' Hand schnellte hoch. „Ich", rief er vorfreudig.

Emmas Herz schlug vor Glück schneller. Der Kleine schien wirklich Zutrauen zu ihr zu fassen. „Möchtest du dir eins aussuchen?"

Sven streckte die Hände nach Thies aus, um ihn hochzuheben und mit ihm zur Eistafel zu gehen, überlegte es sich aber anders, und sah Emma an. „Möchtest du?", fragte er und wies auf den Jungen.

Emma wurde es heiß und kalt zugleich. Das bisher war die Gesellenprüfung gewesen, nun kam das Meisterstück. Würde sich der Kleine von ihr anfassen lassen? Oder würde er wie wild zappeln und herumschreien?

Sven lächelte ihr zuversichtlich zu. „Trau dich, er beißt nicht."

Mit pochendem Herzen kniete sich Emma vor Thies. „Es gibt so viele Eissorten", erklärte sie. „Man weiß nie, welche am besten schmeckt. Am besten suchst du dir deins selber aus, oder?"

Thies nickte aufgeregt.

„Also gut, dann komm. Ich hebe dich hoch, weil die Tafel mit den Bildern so hoch hängt, dann kannst du es besser sehen." Emma griff zu. Ihre Hände umfassten den schmalen Kinderkörper, sanft hob sie ihn hoch. Wie leicht er war. Wie zart und zerbrechlich.

Unbeschreibliche Gefühle stürmten auf sie ein. Pures Staunen. Glück. Und etwas wie ... Zärtlichkeit. Liebe? Sie bugsierte den Kleinen auf ihre Hüfte und ging mit ihm zur Eistafel hinüber. Gerührt spürte sie, wie er einen Arm um ihren Hals legte. Sie wünschte, dieser Moment würde niemals enden.

Im Rücken spürte sie Svens Blicke und drehte sich zu ihm um. In seinem Gesicht las sie dasselbe Gefühlschaos, wie sie es gerade verspürte. Nur waren es andere Emotionen. Traurigkeit und Wehmut, doch zugleich Freude und Glück. Und da war noch etwas anderes, aber das konnte sie nicht deuten.

Seine Blicke machten Emma ganz nervös. Schnell drehte sie sich wieder zur Eistafel und wies auf die diversen Sorten. „Sieh mal, hier sind lauter Bilder. Was meinst du, welches sieht besonders gut aus?"

Thies überlegte lange und gründlich. Schließlich entschied er sich für ein dreifarbiges Eis am Stiel. Emma und Sven nahmen das gleiche Erdbeereis in einer Waffel. Gleich darauf saßen sie zu dritt nebeneinander auf einer Bank – Thies saß in der Mitte – und schleckten ihr Eis.

„Schmeckt's?", fragte Sven seinen Sohn.

Er nickte schweigend.

„Genüsse sollte man nicht durch Worte zerstören", sagte Sven und nickte Emma ernst zu.

Sie grinste, und Sven grinste stumm zurück.

Thies war als erster fertig und lief um den Kiosk herum, um die Souvenirs anzusehen, die es zu kaufen gab. „Papa, hier gibt's Tiere", rief er aufgeregt.

„Tatsächlich?" Sven schmunzelte. „Wer hätte das gedacht?", flüsterte er Emma zu.

Sie nickte ihm lächelnd zu, stand auf und ging zu Thies. „Zeig doch mal."

Er wies auf Löwen, Wölfe, Affen, Katzen und andere Plüschtiere.

„Die sind ja toll", sagte Emma.

„Papa?", rief der Junge fragend.

Sven schüttelte den Kopf. „Du hast doch heute schon den Otter geschenkt bekommen, also Kai."

„Ich möchte das Pony", flüsterte Thies Emma zu.

Die sahen wirklich süß aus, braun mit flauschiger Mähne und Schweif und schwarzen Knopfaugen. Sie überlegte. Ob Sven sauer wäre, wenn sie es Thies schenkte? Dies sollte ein unvergesslicher Tag für den Jungen sein. Kurzentschlossen ging sie zur Kassiererin und kaufte es. Sven würde ihr schon nicht den Kopf abreißen. Sie tat es, um Freundschaft mit seinem Sohn zu schließen. Das würde er bestimmt verstehen.

Sie zahlte und reichte Thies das Pony. „Hier, bitte schön. Eine gute Wahl, es sieht wunderschön aus."

Freudestrahlend lief Thies damit zu seinem Vater. Emma sah, wie er den Mund öffnete, um etwas zu erwidern, um sie zu rügen, um ihm zu sagen, er könne es nicht behalten ...

„Für dich", sagte Thies und hielt Emma das Pony hin.

Sie verstand nicht gleich. Auch Sven sah nun fragend aus. „Für mich?", fragte sie verwirrt.

Thies nickte ernst. „Du magst doch Pferde so gern. Ich schenke es dir."

Plötzlich füllten sich Emmas Augen mit Tränen. Gerührt umarmte sie den kleinen Jungen. Als sich seine Ärmchen um ihren Hals legten und sie seine weiche

Wange an ihrer spürte, musste sie all ihre Willenskraft aufbringen, um die Tränen zurückzudrängen.

„Danke schön", flüsterte sie und strich ihm übers Haar. Wie weich es war. Wie Seide. „Sowas Schönes hat mir noch nie jemand geschenkt."

Der Junge löste sich von ihr und sah sie ernst an. „Du hast vorhin so traurig ausgesehen. Das Pony kann dich trösten."

Nun lief tatsächlich eine Träne Emmas Wange hinab, und rasch wischte sie sie fort. „Das ist sehr lieb von dir. Ich bin auch gar nicht mehr traurig." Sie wies auf Kai. „Und du hast jetzt auch einen guten Freund an deiner Seite. Wir brauchen beide nicht mehr traurig zu sein, nicht wahr?"

Thies nickte ernst. „Und jetzt will ich auf den Spielplatz."

Benommen folgte Emma Sven und seinem Sohn zum Spielplatz. Wie feinfühlig dieser Junge war. Sie war sich gar nicht darüber bewusst gewesen, dass sie traurig ausgesehen hatte. Sie beobachtete, wie Thies zu einem Schaukeltier lief, sich daraufsetzte und wie wild vor und zurück zu schaukeln begann. „Guck mal, Emma, ich reite auf einem Zebra", rief er.

„Super!"

Emma wandte sich an Sven. „Du hast einen wunderbaren Sohn." Sie hielt das Pony hoch. „Ich wollte es ihm eigentlich schenken. Also, er sollte sich ein Tier aussuchen. Ich weiß, ich weiß, ich habe ihm heute schon etwas geschenkt. Aber ... er braucht doch so viel Trost. Er hat sich dann für das Pony entschieden, und dann hat er es mir gegeben. Er hat gesagt, dass es mich trösten soll, weil ich doch Pferde so mag. Sowas habe ich noch nie erlebt. Was für ein unglaubliches Kind!"

Sven lächelte wehmütig, während er dem Jungen beim Spielen zusah. „Er ist ungeheuer sensibel. Ich weiß nicht, ob das am frühen Verlust seiner Mutter liegt, oder ob er ohnehin so empfindsam ist. Aber um ehrlich zu sein, so etwas wie gerade eben habe ich auch noch nicht erlebt." Nun sah er Emma an. „Ich glaube, er mag dich wirklich. Und das ist auch kein Wunder. Du kannst unglaublich gut mit Kindern umgehen. Du hast genau die richtigen Worte und Gesten gewählt, warst behutsam mit ihm. Eines Tages wirst du eine großartige Mutter sein."

Emma wusste nicht, was sie sagen sollte. Sie schluckte, um sich zu sammeln. „Du bist das jetzt schon. Also ein großartiger Vater, meine ich. Thies kann sich glücklich schätzen, dich zu haben."

Ein seltsamer Ausdruck trat in Svens Augen, während er Emma weiterhin ansah. Seine Lippen öffneten sich ein wenig, aber er sagte nichts. „Danke", flüsterte er schließlich. „Ich tue, was ich kann, um ihm eine so unbeschwerte Kindheit wie nur möglich zu bieten. Es ist schwer, ihm die Mutter zu ersetzen, und es wird nicht immer gut gehen. Kinder brauchen beide Elternteile. Das kann ich auf Dauer natürlich nicht allein stemmen. Ich mache mir solche Sorgen um seine Entwicklung. Der Tag heute tut ihm unsagbar gut, aber ich kann ja nicht jeden Tag mit ihm – und dir – in den Zoo gehen."

Warum eigentlich nicht?, dachte Emma, sprach es aber natürlich nicht aus. Sie wusste ja, dass Sven recht hatte. „Er kommt doch bald wieder in den Kindergarten", erinnerte sie sich. „Da wird er sich bestimmt wohlfühlen. Es ist gut, wenn er wieder unter Kindern ist. Und dort findet er reichlich Ablenkung."

„Das hoffe ich." Sven sah besorgt drein.

„Papa, schubst du mich an?", rief Thies. Inzwischen war er auf eine Schaukel geklettert.

Sven ging zu ihm hinüber und gab ihm Schwung, und der Kleine sauste in die Luft und wieder zurück. Dabei lachte er Emma fröhlich an. Das Herz ging ihr auf. Wie gut es tat, einem Kind eine kleine Freude zu bereiten.

Thies probierte noch mehrmals die Rutsche aus und kletterte ein wenig auf dem Gerüst herum, bewacht von Sven.

„Es wird Zeit", entschied Sven schließlich. „Gehen wir weiter."

„Ich will aber noch schaukeln", rief Thies.

„Die Ziegen warten doch schon", erklärte Emma rasch. „Sie freuen sich schon auf dich. Sie haben nämlich Hunger, weißt du?"

Thies starrte sie an. „Ich habe doch gar nichts zum Fressen für sie."

„Das kaufen wir am Eingang zum Streichelgehege. Kommst du mit? Bevor die Ziegen noch traurig werden, weil du sie nicht besuchst."

Schon lief Thies los. Sven sah Emma lächelnd an. „Ich sagte ja schon, dass du gewisse Qualitäten hast. Der Mann, dessen Kinder du einmal bekommst, ist jetzt schon zu beneiden."

Las sie etwas wie Wehmut in seinen Augen? Ja, er lächelte, aber deutlich erkannte Emma die Traurigkeit darin. Erinnerte er sich gerade wieder an Sandra?

Gewiss war sie ebenfalls eine wunderbare Mutter gewesen.

„Warten wir es mal ab", sagte sie und lief Thies hinterher. Der Kleine rannte so schnell, dass sie ihn kaum einholen konnte. Sven folgte mit der Karre. Unwillkürlich musste Emma grinsen. Sie drei mussten ein lustiges Bild abgeben.

An der Pforte zum Streichelgehege gab es einen Futterautomaten, vor dem Thies stehengeblieben war.

Emma steckte etwas Kleingeld hinein und nahm eine Packung Futter heraus. „Dann wollen wir mal dafür sorgen, dass die Ziegen und Schafe keinen Hunger mehr haben, was?", fragte sie Thies.

Er nickte ernst und griff nach ihrer Hand. „Komm", sagte er.

Emma meinte, selten etwas so Schönes erlebt zu haben. Nicht zum ersten Mal musste sie heute an ihr eigenes, verlorenes Kind denken. Es hätte ebenso vertrauensvoll ihre Hand genommen. Aber es wäre ihr Kind gewesen. Dies hier war ein fremdes Kind. Und doch hatte es sofort Vertrauen zu ihr gefasst. Das tat so unendlich gut. Sie fühlte, wie sich das Zutrauen des Kleinen wie Balsam auf ihre verletzte Seele legte.

Gierig stürmten die Schafe und Ziegen auf sie und Thies zu. Emma drückte ihm etwas Futter in die Hand, und geübt hielt er es den Tieren auf der geöffneten Handfläche entgegen, als hätte er nie etwas anderes getan. Es störte ihn auch nicht, dass besonders die Ziegen so stürmisch waren, dass sie sich gegenseitig wegdrängten und eine Ziege sich sogar auf die Hinterbeine stellte, um an den Karton in Emmas Hand zu gelangen. Der Junge hatte keine Angst.

Er wird einmal ein Landwirt, dachte Emma. *Weder Sven noch Torben, sondern er wird den Hof seiner Großeltern übernehmen. Der Umgang mit den Tieren liegt ihm in den Genen.* Svens Bruder Torben hatte bisher noch keine Kinder, hatte Sven erzählt. Inzwischen befürchteten er und seine Frau, dass auch keine mehr kamen, weil sie es schon jahrelang versuchten. Diese Erzählung war Emma sehr nahe gegangen.

„Was ist das für ein Tier?", fragte Thies ohne Scheu, als ihnen etwas Großes, Flauschiges entgegenkam.

„Ein Alpaka", erklärte Emma. Nicht einmal vor ihm hatte Thies Angst, obwohl es wesentlich größer war als er.

Ihr fiel auf, dass Sven draußen geblieben war. Er stand mit der Karre vor dem Zaun und beobachtete sie. Nun winkte er ihnen zu. Er lächelte, aber immer noch – oder schon wieder – meinte Emma, Traurigkeit in seinen Augen zu erkennen. Das war ja auch kein Wunder. Wieviel lieber hätte er diesen Ausflug mit Sandra unternommen. Auch sie überkam nun Wehmut. Sie hatten beide einfach zu viel Schlimmes erlebt. Die Wunden öffneten sich immer wieder, ließen immer wieder die Erinnerungen hindurch.

Doch erneut riss ausgerechnet Thies sie aus ihrer Traurigkeit. „Sieh mal, Emma", rief er aufgeregt. „Dahinten ist sogar ein Pony! Komm, lass uns gleich hingehen. Du musst es unbedingt füttern!" Er packte Emmas Hand und zog sie energisch fort vom Alpaka und den gierigen Ziegen, die ihnen trotzdem folgten.

Als sie vor dem Pony standen, einem kleinen braunen Tier, sah Thies Emma an. „Du musst die Hand so halten", wies er an und zeigte ihr seine geöffnete

Handfläche. „Da legst du das Futter drauf. Dann kann das Pony es ganz leicht fressen.“

„Danke für die Erklärung“, sagte Emma und lächelte den Jungen an. „Gut, dass du bei mir bist. Ohne dich hätte ich das nicht gewusst.“

Der Kleine lächelte zufrieden und sah zu, wie sie das Pony fütterte. Behutsam nahm das Tier die Futterbröckchen aus ihrer Hand.

„Einen klugen Sohn haben Sie“, sagte eine Stimme neben ihr.

Emma blickte auf. Eine Frau stand neben ihr, an der Hand ihre kleine Tochter. Das Mädchen wirkte etwas ängstlich.

„Komm, probier es mal so, wie der Junge gesagt hat“, forderte die Frau ihre Tochter auf. Zögernd streckte das Mädchen ihre Hand mit dem Futter aus und hielt sie dem Pony hin. Ebenso vorsichtig wie bei ihr nahm das Tier es entgegen. Das Mädchen strahlte. „Hast du gesehen, Mama? Ich habe es gefüttert.“ Die Frau lächelte Emma zu. „Danke für deine Hilfe“, sagte sie dann an Thies gewandt.

Nachdenklich ging Emma weiter, gezogen von Svens Sohn, der unbedingt jedem der Tiere seinen Anteil geben wollte. *Ihr Sohn.* Hörte sich das nicht wunderbar an? Doch rasch verschloss sie ihr Herz gegen diesen Gedanken. Es war vollkommen undenkbar. Sie waren beide viel zu versehrt, hatten viel zu tiefe Narben vom Schicksal davongetragen. Bestimmt würde Thies eines Tages eine neue Mutter bekommen. Aber das würde nicht sie sein.

Kapitel 11

Nach ihrer Rückkehr aus dem Zoo fuhr Sven zu sich nach Hause, denn Thies war voller Ungeduld und konnte es nicht mehr erwarten, seinen Großeltern von all den Tieren zu erzählen.

„Ich lade ihn eben bei meinen Eltern ab, dann bringe ich dich nach Hause, in Ordnung? Oder möchtest du mitkommen und sie begrüßen?"

„Ich glaube, ich bleibe lieber im Auto. Ein anderes Mal gern, aber heute ..." Emma konnte es nicht benennen, doch irgendwie erschien es ihr unangebracht, den Kleinen gemeinsam mit Sven zu seinen Eltern zurückzubringen, so kurze Zeit nach dem Verlust ihrer Schwiegertochter. Sie kannte sie nicht besonders gut, nur so, wie man eben die Eltern eines Klassenkameraden als junger Mensch kannte.

„In Ordnung. Ich bin gleich zurück."

Und so saß Emma im Auto, während Sven seinen Sohn zur Haustür brachte. Das Fenster hatte sie wegen der lauen Abendluft geöffnet. Sven hatte den Wagen mit dem Heck zum Haus abgestellt, sodass Emma die Begrüßung im Rückspiegel beobachten konnte. Es war ihr sehr lieb, dass sie im Auto nicht gesehen werden konnte. Hier, auf dem fremden Grundstück, fühlte sie sich irgendwie wie ein Eindringling.

Die Haustür öffnete sich, und Svens Mutter erschien.

„Oma", rief Thies aufgeregt. „Wir haben sooo viele Tiere gesehen, und ich habe sie gefüttert. Guck mal, das hier ist Kai." Damit hielt er ihr seinen neuen Otter entgegen.

„Der ist aber toll. Hat Papa dir den geschenkt?"

„Nein, Emma. Ich habe ihr dafür ein Pony geschenkt. Sie sah so traurig aus, weißt du? Ich habe sie getröstet. Opa!", rief er und rannte ins Haus.

„Willst du noch mal los?", erkundigte sich seine Mutter an Sven gewandt. Emma sah, dass sie zum Wagen blickte.

„Ich fahre Emma nach Hause. Obwohl – ich könnte sie fragen, ob sie noch Lust auf ein Glas Wein hat. Es war so ein schöner Tag und hat Thies richtig gutgetan."

„Hältst du das für eine gute Idee?" Die Stimme klang scharf wie die Schneide eines Schwerts.

Emma erstarrte.

„Wie meinst du das?", fragte Sven.

„Was würde wohl Sandra dazu sagen, wenn sie wüsste, dass du so kurz nach ihrem Tod mit einer anderen Frau Wein trinken willst?"

„Mama! Sie hat Thies getröstet, wir hatten einen wunderbaren Tag zusammen. Was ist falsch daran, noch einen Schluck zusammen zu trinken?"

„Du bist erwachsen, du musst wissen, was du tust. Aber ich finde das nicht richtig. Sandra war so eine wunderbare Schwiegertochter, ich habe sie geliebt wie mein eigenes Kind. Und nun ..."

„Ich habe sie ebenfalls geliebt!" Svens Stimme klang hart. „Du weißt, wie sehr. Aber nun ist sie nicht mehr da, verstehst du? Und ich glaube kaum, dass sie wollte, dass Thies und ich für den Rest unseres Lebens in Trauer leben müssten."

Seine Mutter zog den Kopf ein, das konnte Emma im Rückspiegel erkennen. Sie erwiderte nichts darauf. Aber das war auch nicht nötig. Emma wusste, dass sie recht hatte. Sie sah, dass Sven sich abrupt abwandte und zum Auto stapfte.

Er streckte den Kopf ins Fenster. „Wie siehts aus, kommst du noch auf ein Glas Wein oder ein Bier mit zu uns? Wir könnten den schönen Tag in aller Ruhe ausklingen lassen."

Emma schüttelte den Kopf. „Ein anderes Mal, okay? Ich bin müde." Sie lächelte mühsam. „Ich schlafe momentan nicht besonders gut."

Sven sah sie prüfend an. „Klar. In Ordnung, eilt ja auch nicht. So schnell wirst du ja nicht weglaufen." Er lächelte, doch er wirkte angespannt. Und enttäuscht.

„Bestimmt nicht."

Den wahren Grund für ihre Absage verriet sie ihm nicht.

Tatsächlich war sie früh schlafen gegangen. Der Tag war wunderschön, aber emotional sehr anstrengend gewesen, und die abweisenden Worte von Svens Mutter machten ihr mehr zu schaffen, als sie geahnt hätte.

Am folgenden Tag hatte sie ihre Tante zum letzten Mal im Krankenhaus besucht, ehe sie zur Reha nach Sankt Peter-Ording gefahren wurde. Dort würde sie nun noch einmal einige Wochen lang bleiben.

Inzwischen waren seit dem Zoobesuch mehrere Tage vergangen. Während der letzten Tage war Emma sehr ruhelos gewesen. Sie hatte versucht, zu malen, konnte sich jedoch nicht konzentrieren. Einmal stimmten die Proportionen nicht, danach die Farbtöne, dann war es die Perspektive.

Nun gab sie es auf. Heute würde sie etwas ganz anderes machen. Sie stieg auf ihr Fahrrad, fuhr zum Bahnhof, setzte sich in den Zug und fuhr nach Otterndorf. Heute würde sie einen Stadtbummel machen. Sie musste dringend auf andere Gedanken kommen.

Tatsächlich tat es gut, durch die Geschäftsstraßen zu bummeln. Der Ort war klein und beschaulich, die Häuser aus rotem Backstein und Fachwerk. Sie sah sich in Bekleidungsgeschäften und Souvenirshops um und wanderte durch die schmalen, wunderschönen Gassen, in denen die Stockrosen an den Hausmauern blühten, die Geranien an den Fenstern und Ringelblumen und Lupinen in den Beeten. Plötzlich musste sie an Berlin denken. Wie anders es dort war. All die glitzernden Shoppingmalls mit den vielen modernen Geschäften. Die unterschiedlichen Stadtteile mit altehrwürdigen Bauten neben funkelnden Kolossen aus Stahl und Glas. Die unzähligen Touristen, die Sehenswürdigkeiten wie das Brandenburger Tor, Schloss Charlottenburg, die Siegessäule oder den Alexanderplatz bevölkerten oder über den Ku'damm bummelten. Entspannung boten zum Beispiel der Wannsee mit seinen großen Parks und alten Bäumen oder die Spree, über die viele Ausflugsboote schipperten. Individuelle kleine Läden voll hipper Besucher fanden sich neben Restaurants aus aller Herren Länder, kurdischen Supermärkten, Asiashops, Hippiemärkten. Nicht zu vergessen das aufregende Nachtleben voller Bars, Klubs und Szeneläden, in denen man bis zum frühen Morgen tanzen konnte,

Autokolonnen, die sich selbst nachts noch über die breiten Straßen schoben. Man konnte jeden Tag einen anderen Ort aufsuchen, etwas anderes unternehmen, ohne sich zu wiederholen. All das gab es hier nicht. Verglichen damit war es hier altbacken und öde. Jedoch nicht für sie. Emma genoss die Ruhe, die der Ort ausstrahlte. Als sie Durst bekam, setzte sie sich an einen kleinen Tisch in einem Café, bestellte Cappuccino und hausgemachte Eierlikörtorte.

„Emma? Bist du es wirklich?", hörte sie neben sich.

Sie ließ die Gabel mit dem Tortenbissen sinken und sah auf. Eine Frau stand neben ihrem Tisch und starrte sie neugierig an, dunkelblonde Locken umrahmten ihr Gesicht. An der Hand hielt sie ein vielleicht fünfjähriges Mädchen.

„Birte?", fragte Emma erstaunt. Sie lächelte freudig, als sie ihre alte Freundin erkannte.

Birte zog sich ungefragt einen Stuhl heran, ihre Tochter kletterte auf einen dritten.

„Was machst du denn hier?", fragte Birte und ließ ihre Blicke ungeniert neugierig über Emma wandern. „Machst du Urlaub? Besuchst du deine Eltern?"

„Nein und ja." Sie zögerte. Birte war extrem neugierig und verquatscht, schon immer gewesen, und wie es schien, bis heute geblieben. Sie mochte sie sehr, sie waren damals gute Freundinnen gewesen, aber als sie nach Berlin gezogen war, war der Kontakt rasch eingeschlafen. Bisher hatte sich Emma noch bei keiner ihrer alten Freundinnen gemeldet. Während der ersten Wochen wollte und brauchte sie einfach nur Zeit und Ruhe für sich. Doch nun, wo es ihr besser ging, hatte sie vor, sich demnächst bei der einen oder anderen alten Freundin zu melden.

Birte redete schon weiter. „Ah, ich verstehe. Du bist wegen deiner Tante hier, oder? Mannomann, echt schlimm, was ihr passiert ist. Wie geht es ihr denn inzwischen?“

„Schon besser. Sie ist gerade zur Reha gekommen.“ Emma betrachtete das kleine Mädchen, das bisher kein Wort gesagt hatte. Was kein Wunder war, denn bei ihrer Mutter kam man selten zu Wort. Plötzlich stieg Freude in ihr auf, Birte zu treffen. Es wurde Zeit, an die alten Zeiten anzuknüpfen und Kontakte wiederzubeleben. „Ich wohne in ihrem Haus und halte alles in Ordnung, bis sie zurückkommt. Und du, wie geht’s dir? Wie heißt denn deine Tochter?“

Birte sah stolz zu dem Mädchen. Die Kleine war wirklich hübsch, sehr zierlich, mit ebenmäßigem Gesicht und großen, dunkelgrauen Augen. Sie hatte die Locken ihrer Mutter geerbt. „Das ist Melissa, sie ist fünf. Sie würde so gern dieses Jahr schon zur Schule kommen, muss sich aber leider noch bis zum nächsten Jahr gedulden, nicht wahr?“

Das Mädchen nickte schüchtern.

Die Bedienung trat an den Tisch, und Birte bestellte für sich dasselbe, was Emma hatte. Melissa bekam einen großen Kakao mit Sahne.

„Ist dir nicht schrecklich langweilig so allein?“, bohrte Birte weiter, nachdem sie ihre Torte probiert hatte.

Emma schüttelte den Kopf. „Nein. Ich genieße die Ruhe.“

„Du bist bestimmt auch oft bei deinen Eltern, oder? Den beiden geht’s ja auch nicht so gut.“ Birte schien über alles bestens informiert zu sein. „Sicher brauchen sie auch viel Hilfe von dir, oder? Es muss schwer für sie sein, wenn du so weit weg bist."

„Nun bin ich ja da."

Birte starrte sie an. „Wie jetzt – ganz? Heißt das, du bleibst hier?"

„Ja."

„Im Ernst? Du bist weg aus Berlin? Warum? Hier ist doch nichts los, es ist so was von öde. Wenn ich mir vorstelle, ich könnte in Berlin leben, du meine Güte ... Ich würde nie wieder zurückkommen."

„Es ist schon toll dort, stimmt. Aber ..."

„Was machst du denn sonst so, ich meine, beruflich?" Sie sah auf Emmas Bauch. „Oder hast du Kinder? Ich bin ja nur noch Hausfrau, seit Melissa auf der Welt ist. Sie soll ja auch noch ein Geschwisterchen bekommen, bisher hat sich da allerdings noch nichts getan."

„Ich habe keine Kinder", sagte Emma.

„Oh. Schade. Wolltest du keine, oder ...?"

Emma zögerte. Was Birte wusste, würde binnen eines Tages der ganze Landkreis erfahren. Aber war das nicht einerlei? Sie hatte ja nichts Verbotenes getan, und es war auch nicht peinlich. Nur unsagbar traurig und schlimm. Wahrscheinlich war es sogar von Vorteil, wenn jeder es schon wusste. Dann bräuchte sie es nicht wieder und wieder zu erzählen.

„Ich hatte eine Fehlgeburt", antwortete sie. Die Beichte von einer musste genügen, alles musste Birte dann doch nicht wissen.

Sie wurde blass. „Oh, das ... das tut mir leid." Plötzlich schien sie sich komplett zu verwandeln. Die Sensationslust verschwand aus ihren Augen, sie schien in sich zusammenzusinken. „Vielleicht hatte ich das auch schon, ich weiß es nicht“, sagte sie leise.

Emma starrte sie an. „Wie meinst du das?“

„Na ja, ich habe ja gerade gesagt, dass wir uns ein Geschwisterchen für Melissa wünschen. Mein Mann möchte natürlich am liebsten ein Brüderchen, aber mir wäre beides recht. Wenn es denn nur endlich klappen würde. Wir versuchen es seit vier Jahren. Aber ...“ Sie beugte sich über den Tisch, nah an Emma heran. „Ich bekomme immer wieder meine Regel, jeden Monat. Mitunter auch ein paar Tage verspätet, sodass ich schon Hoffnung schöpfe. Ich habe keine Ahnung, woran das liegt.“

„Das tut mir leid“, erwiderte Emma. So schlimm das, was sie hörte, war, so freute sie sich doch, ihre Probleme Birte anvertraut zu haben. Sie war nicht allein. Es gab noch andere Frauen mit unerfülltem Kinderwunsch. Auch wenn Birte natürlich schon Melissa hatte.

Birte nahm einen weiteren Happen ihrer Torte und beugte sich erneut nah zu Emma. „Es gibt aber noch viel Schlimmeres. Hast du schon das von Sven gehört? Der ist ja seit über einem halben Jahr verwitwet. So was Schreckliches! Ich meine, vielleicht könnte Sandra noch leben, wenn sie abgetrieben und sich sofort hätte operieren lassen. Bin ich froh, nicht in so einer Situation zu stecken. So eine Entscheidung ist doch unmenschlich, oder? Was hättest du gemacht?“

Emma starrte sie an. Was sollte sie darauf antworten? Sie vermutete, dass man eine solche Frage nicht pauschal beantworten konnte, ohne betroffen zu sein, sondern dass die Entscheidung intuitiv getroffen wurde.

„Der arme Sven", plapperte Birte weiter, ohne Emmas Antwort abzuwarten. „Soweit ich gehört habe, verlässt er kaum noch sein Haus. Ich habe ihn jedenfalls schon seit Monaten nicht mehr gesehen. Und der Kleine erst! Wie furchtbar, so jung seine Mutter zu verlieren. Er ist bestimmt traumatisiert, meinst du nicht auch? Er sollte unbedingt wieder in den Kindergarten gehen, das würde ihm guttun. He, er wird vier Jahre alt, er muss doch mit anderen Kindern spielen, muss an die frische Luft. Das müsste Sven doch wissen. Also ich verstehe das ja nicht, wie man ..."

Birte plauderte weiter, aber Emma hörte nicht mehr zu. Wie sollte sich ein Mensch, der noch nie in einer derartigen Situation gewesen war, in diese Person hineinversetzen und sie verstehen können? Auch sie konnte das nicht. Aber sie hatte ebenfalls einen Verlust erlitten und glaubte, zumindest ansatzweise verstehen zu können, was in Sven vorging. Dann lächelte sie vorsichtig in sich hinein, damit Birte es nicht bemerkte. Sie wusste ja noch nicht, dass Sven auf bestem Wege war, aus seiner selbstgewählten Isolation herauszukommen. Und damit würde es auch dem kleinen Thies bestimmt bald besser gehen.

„Emma? He, hörst du mir zu? Wo bist du denn mit deinen Gedanken?" Birte sah sie prüfend an, und sogar Melissa hatte mitten im Löffeln ihrer Trinkschokolade innegehalten.

„Oh ... tut mir leid." Emma lächelte entschuldigend. „Nun bin ich wieder voll da."

„Ich sagte gerade, dass Lisa, Verena, Sophie und ich eine Überraschung für Thies planen. Er wird doch in ein paar Tagen vier Jahre alt. Und wir glauben alle nicht, dass Sven sich etwas für diesen Geburtstag hat einfallen lassen. Das nimmt ihm natürlich auch niemand krumm, aber der Kleine darf ja nicht darunter leiden. Deshalb dachten wir uns, dass jeder etwas vorbereitet und wir zusammen bei Sven aufschlagen. Wenn wir mit Kuchen, Geschenken und Luftballons vor der Tür stehen, kann er uns doch gar nicht zurückweisen. Er ist gezwungen, einen schönen Nachmittag zu verleben, und der Lütte hat endlich mal wieder etwas Spaß." Birte sah Emma erwartungsvoll an. „Also, was meinst du, bist du auch dabei?"

Die Gedanken rasten durch Emmas Kopf. Sie musste sich schnell etwas einfallen lassen. Im Grunde war die Idee wirklich schön. Thies hätte etwas Freude verdient und brauchte sie sogar nötig. Andererseits war Sven gerade auf einem guten Weg, wie es schien. Würde nicht so ein unerwarteter Auflauf vor seiner Tür ihn schockieren? Ihn daran erinnern, dass eigentlich Sandra die Mütter mit ihren Kindern hereinlassen und mit ihnen feiern würde? Nun gut, er als Vater natürlich auch, aber Birte plante nur einen Besuch mit Freundinnen und Kindern, ohne deren Männer. Es sollte eine Party ausschließlich für Thies werden. Wäre Sven nicht schockiert, all die glücklichen Mütter zu sehen und dabei zu wissen, dass seine Sandra niemals wieder ihren Sohn herzen und küssen konnte? Und dann waren da noch seine Eltern. Immer noch stach jedes einzelne Wort seiner Mutter ihr in der Erinnerung ins Herz, gerade, weil sie recht hatte. Wie würde es aussehen, wenn sie dabei wäre? Was würden sie von ihr denken?

„Ich weiß nicht", sagte sie vorsichtig.

„Ach, komm schon. Du lebst jetzt wieder hier, und das ist einfach super. Du gehörst doch dazu. Schließ dich nicht aus."

„Und wenn Sven das gar nicht will?"

Birte zuckte die Schultern. „Und wenn schon. Hier geht's um den Lütten. Er darf nicht länger unter der Situation leiden. Und Sven tut es bestimmt auch gut, mal wieder andere Gesichter zu sehen."

Hatte Birte damit nicht recht? Emma spürte, dass sie nickte. „In Ordnung, ich mach mit."

Birte strahlte begeistert. „Klasse, das freut mich wirklich! Magst du einen Kuchen backen? Und vielleicht könntest du auch für die Luftballons sorgen? Jede von uns bringt etwas zu Essen und Trinken mit, außerdem etwas zum Spielen für alle und natürlich ein Geschenk. Ich besorge zum Beispiel ein Planschbecken, einen Wasserball und so weiter, außerdem Nudelsalat."

„Mach ich gern." Das passte ja gut. Mit ihrem Kuchen konnte sie Sven gegenüber schon einmal nichts falsch machen. Im Grunde hatte sie wegen ihrer Ablehnung Sven gegenüber am Abend des Zoobesuchs ein schlechtes Gewissen, auch wenn sie wusste, dass es keinen Grund dafür gab. Trotzdem hatte sie das Gefühl, etwas wiedergutmachen zu müssen. Sie wusste ja, wie dünnhäutig man werden konnte, wenn man schwere Zeiten hinter sich hatte. Da konnte eine kleine Absage zu einem Absacker schon einmal eine schmerzende Wunde reißen. Sven konnte ja nicht wissen, dass sie die harten Worte seiner Mutter gehört hatte. Plötzlich freute sie sich auf den Kindergeburtstag.

Und sie hatte auch schon eine Idee, was sie Thies schenken würde. Allerdings würde sie dafür einige Zeit benötigen. Rasch rechnete sie durch, ob es zeitlich zu schaffen wäre. Das Blöde daran war nur, dass sie Sven vorher informieren musste. Und die Frage war, ob er überhaupt damit einverstanden war. Sie würde ihn nachher gleich mal anrufen, denn wenn das der Fall wäre, eilte die Sache. Bis zur Feier waren es nur noch vier Tage. Und die würde sie auch brauchen.

Ihr kam noch ein Gedanke. „Was ist eigentlich, wenn Sven doch schon etwas wegen des Geburtstags vorhat?"

Birte schüttelte den Kopf. „Das wüssten wir doch. Wenn er feiern wollte, hätten unsere Kinder doch längst Einladungen bekommen. Und falls nicht alle, dann zumindest der eine oder andere. Da kam aber nichts, also feiert er auch nicht."

Emma überlegte. „Es könnte doch sein, dass sie einen Ausflug mit Thies planen. Also Sven oder seine Eltern. Vielleicht fahren sie weg. Und dann? Dann stehen wir alle vollbeladen vor der Tür, und das Geburtstagskind ist gar nicht da."

Birte starrte sie entsetzt an. „Ach, du meine Güte, daran haben wir gar nicht gedacht. Weil Sven doch ohnehin ständig zu Hause hockt und der Kleine auch. Ich kann mir das auch nicht vorstellen. Wo sollten sie schon hin?"

„Na ja, ans Meer vielleicht. Oder in einen Freizeitpark. Ins Schwimmbad. In den Wildpark. In ..."

Birte hob abwehrend die Hände. „Schon gut, du hast ja recht. Glaub ich aber trotzdem nicht. Seine Eltern haben doch mit dem Hof alle Hände voll zu tun. Nun, und selbst wenn keiner da ist, wenn wir aufschlagen – dann lassen wir all die Sachen eben da. Was meinst du, wie der Kleine staunen wird, wenn er all die Geschenke sieht, den ganzen Kuchen, die Süßigkeiten und so weiter."

Emma nickte. „Stimmt, so können wir es machen. Also gut, dann lass uns mal gleich loslegen." Sie überlegte. Mit ihrer Geschenkidee saß sie in der Zwickmühle. Dazu war es notwendig, Sven einzuweihen. Birte und die anderen wollten ihn aber überraschen. Was sollte sie denn jetzt machen? Sie könnte Sven einen Gutschein für ihr Geschenk übergeben und es danach in Angriff nehmen. Das wäre aber nicht dasselbe, als wenn Thies es an seinem Geburtstag sehen könnte.

„Pass auf", fügte sie hinzu. „Ich habe kein gutes Gefühl dabei, es über Svens Kopf hinweg zu machen. Wir sollten ihn einweihen."

Birte sah sie zweifelnd an. „Meinst du? Aber dann ist es doch keine Überraschung mehr."

„Für Thies schon. Ich ruf Sven nachher mal an, in Ordnung? Ich möchte nicht, dass wir mit so einer Aktion womöglich alte Wunden wieder aufreißen."

„Stimmt. Daran hab ich noch gar nicht gedacht."

Emma nickte. „Ich werde ihn zum Schweigen verdammen. Dann können wir auch gleich erfahren, ob er sich nicht doch schon selbst etwas hat einfallen lassen."

„Okay, mach das. Aber er darf dem Kleinen kein Wort verraten."

„Dafür sorge ich schon."

Kapitel 12

An diesem Abend rief sie mit klopfendem Herzen Sven an, wobei sie ihre Aufregung eigentlich selbst nicht so ganz verstand.

„Hallo, Emma", rief er und klang wirklich erfreut. „Du hast wohl geahnt, dass ich heute Frühschicht hatte. Ich bin gerade zur Tür rein, du hast Glück." Er lachte. „Nein, *ich* habe Glück."

Plötzlich spürte sie wieder dieselben Beklemmungen wie am Ende des Zoobesuchs. Flirtete er gerade mit ihr? Ein Teil von ihr wünschte sich nichts sehnlicher, denn wenn sie ganz ehrlich zu sich war, musste sie sich eingestehen, dass sie ihn sehr anziehend fand. Seine Art, mit Thies umzugehen, seine Feinfühligkeit und Sensibilität. Aber auch seine Grübchen in den Wangen, wenn er lachte, seine blauen Augen, seinen kräftigen Körper ... Sie schüttelte den Kopf. Was dachte sie denn da? Ja, er war sehr attraktiv. Aber sie wusste, dass es nicht ging. Daher kamen auch ihre Beklemmungen, wenn er auf diese Weise mit ihr sprach. Es konnte nicht sein, und vor allem durfte es nicht sein. Er hatte seine Frau verloren, sie ihr Kind. Sie hatten beide Narben, die einfach viel zu tief waren.

„Ja", sagte sie nur und schüttelte all die Gedanken ab. „Ich muss etwas mit dir besprechen."

„Oh, nun machst du mir aber Angst. Das hört sich ja sehr geheimnisvoll an.“

„Das ist es auch.“ Emma holte tief Luft. Wie würde er reagieren? „Pass auf“, begann sie. „Thies hat doch in wenigen Tagen Geburtstag.“

„Oh, ich wusste gar nicht, dass du das weißt“, rief er überrascht.

„Wusste ich tatsächlich nicht. Aber vorhin hab ich in Otterndorf Birte getroffen.“ Emma zögerte ein letztes Mal. Dann atmete sie tief ein. „Hör zu, was ich dir jetzt sage, musst du für dich behalten. Thies darf nichts davon erfahren, es soll ein Geheimnis bleiben.“

„Du machst es aber spannend!“

„Versprichst du es mir? Wenn es soweit ist, musst du ihm gegenüber ganz überrascht tun. Kriegst du das hin?“

„Ich glaube schon.“

„Birte erzählte mir, dass sie eine Geburtstagsparty für Thies planen. Also sie, Lisa, Sophie und Verena. So richtig mit allem Drum und Dran.“

„Oh.“

Emma erschrak. „Ist dir das nicht recht? Oder hast du schon andere Pläne für den Tag?“

„Äh, tja ... Ich habe wohl zu lange gewartet. Ich wollte gern zwei oder drei Kinder einladen, aber das hab ich wohl nun verschwitzt. Ich hätte es längst tun sollen. Die letzten Abende ... Ich war nicht gut drauf, weißt du.“

„Das ... das tut mir leid.“

„Plötzlich war alles wieder da, ich weiß nicht, warum. Sandras Tod, die schlimmen ersten Wochen danach. Und Thies schien das zu spüren. Es war schon besser geworden, aber nun wird er wieder jede Nacht mehrmals wach und weint. Ich habe ihm schon das vierte Foto von Sandra gegeben. Es zerreißt mir jedes Mal das Herz, wenn ich nachts nach ihm sehe, wenn er wirklich einmal schläft, und wie er das Bild in seiner kleinen Hand ganz fest umklammert hält."

„Das muss furchtbar sein. Hör mal, wenn dir das mit der Kinderparty nicht passt … Ich rede mit den anderen. Wir können es auch verlegen."

„Auf keinen Fall! Die Idee ist großartig. Wie gesagt, ich hatte es selbst vor, habe es aber komplett vergessen. Es ist so wichtig, dass Thies Ablenkung hat und auf andere Gedanken kommt. Es ist nur so – ich habe gute und schlechte Tage. An guten Tagen kann ich all das tatsächlich für ein paar Stunden vergessen und das Leben wieder genießen. Die schlechten Tage holen mich jedoch immer wieder ein. Es reicht schon ein Song im Radio, ein Duft, der mir plötzlich in die Nase steigt, ein Foto, das mir in die Hände kommt … Ich glaube, diese Feier wird auch mir guttun."

Emma ließ die unbewusst angehaltene Luft aus ihren Lungen. „Mir fällt ein Stein vom Herzen. Die andern wären sehr enttäuscht. Sie hatten vor, es komplett geheim zu machen, nicht einmal du solltest etwas davon erfahren."

„Keine Sorge. Die Idee ist toll. Trotzdem bin ich froh, dass du es mir gesagt hast. So habe ich Zeit, mich seelisch darauf vorzubereiten, weil …" Er atmete tief durch. „Ich weiß von nichts, meine Lippen sind versiegelt."

„Danke. Damit komme ich auch gleich zu meiner zweiten Frage. Ich weiß nicht, ob dies auch eine gute Idee ist, und habe ehrlich gesagt etwas Angst vor deiner Reaktion."

„Du machst es aber geheimnisvoll." Sven lachte unsicher.

„Ich habe eine Idee für ein Geburtstagsgeschenk für Thies", sagte Emma.

„Du brauchst ihm doch nichts zu schenken. He, er hat bereits den Otter von dir bekommen. Dann noch eine Party ... also mehr ist wirklich nicht nötig. Sonst wird er noch verwöhnt."

„Es wäre ein Geschenk der anderen Art."

„Nanu? Jetzt bin ich aber wirklich neugierig."

„Du sagtest doch gerade, dass Thies nachts immer noch häufig weint, und dass er so dringend die Fotos seiner Mama braucht, sie aber entweder verliert oder versehentlich im Schlaf zerknüllt ..."

„Ja." Das Wort flüsterte Sven nur.

„Nun, ich habe mir etwas überlegt. Dafür brauche ich allerdings dein Einverständnis. Ich will auf keinen Fall etwas falsch machen, oder dass es dadurch womöglich noch schlimmer wird."

„Du wirst ihm ja keinen Horrorfilm schenken wollen", versuchte Sven einen Scherz.

„Eher das Gegenteil. Einen Engel, der über ihn wacht."

„Was? Wie ... ich meine, was meinst du damit?" Sven klang vollkommen verwirrt.

„Neulich warst du doch bei mir. Und das Wolfsbild, das ich gemalt habe, hatte dir doch so gut gefallen."

„Ja, es war wirklich wunderschön. Willst du ihm das Bild etwa schenken? Emma, das kann ich nicht annehmen, es ist viel zu wertvoll. Du musst mir erlauben, dass ich es dir bezahle. Ich meine, die Idee ist super! Thies liebt Tiere, das weißt du ja. Sag mir einfach, wie viel du dafür haben willst, ich zahle jeden Preis. Nun gut, fast jeden." Sven lachte. Er klang ganz aufgeregt.

Auch Emma schlug das Herz inzwischen bis zum Hals. Wie würde Sven auf ihren Vorschlag reagieren? Wenn sie Pech hatte, würde er wortlos auflegen und nie wieder ein Wort mir ihr sprechen.

„Nein, ich meine nicht das Wolfsbild."

„Oh, ach so. Schade. Es hätte ihm gefallen."

„Vielleicht schenke ich es ihm eines Tages doch noch. Oder dir. Und nein, keine Widerrede. Ich will kein Geld von dir. Meine Idee ist aber eine völlig andere. Also gut, ich weiß gar nicht, wie ich es ausdrücken soll ... Du bist der Meinung, dass Thies ein Bild seiner Mama in seiner Nähe braucht, um ruhig schlafen zu können, richtig?"

„Ja." Es klang vorsichtig und abwartend.

Emma holte tief Luft. „Was hältst du denn davon, wenn ich sie für ihn male? Ein großes Bild für seine Kinderzimmerwand. So, als wäre sie ein Engel und würde vom Himmel aus immer über ihn wachen. Du könntest ihm ein Nachtlicht an sein Bett stellen, und immer, wenn er aufwacht, sieht er seine Mama, die ihm zulächelt."

Eine ganze Weile blieb es still. Sven schwieg. So lange, bis Emma fürchtete, ihr Plan wäre gründlich danebengegangen.

„Okay, tut mir leid", sagte sie rasch. „Die Idee war blöd. Bitte entschuldige, ich wollte nicht ..."

„Die Idee ist grandios", sagte Sven. Seine Stimme klang ganz heiser vor Aufregung. „Weißt du, seit Sandras Tod erklären ihm meine Eltern und ich, dass seine Mutter nun im Himmel ist. Was meinst du, wie oft er schon hochgesehen hat und mich fragte, ob

Mama uns gerade zusieht. Und wie sie dort oben sein kann, ohne herunterzufallen. Wir haben ihm erklärt, sie sei nun ein Engel und hätte Flügel. Und oft würde sie auf einer Wolke sitzen und ihm von dort aus zulächeln. Sie sei immer in seiner Nähe, auch wenn er sie nicht sehen kann. Ich weiß, das ist das reinste Klischee, und ich habe keine Ahnung, ob es richtig von uns ist, ihm solche Lügen aufzutischen. Aber wie willst du einem Dreieinhalbjährigen sonst beibringen, dass seine Mama tot ist und nie zu ihm zurückkommt? Anfangs war er oft zornig auf sie. Er konnte sich ja in Worten noch nicht so recht ausdrücken, aber er war schnell aggressiv und haute sogar mal seinen Lieblingsteddy. Dabei schrie er ‚Mama ist böse, weil sie weg ist. Sie hat mich nicht mehr lieb.‘"

„Ach, du meine Güte! Das ist ja schrecklich", entfuhr es Emma.

„Ja, es war wirklich schlimm. Es brauchte viel Geduld, ihm beizubringen, dass seine Mutter nicht bei ihm sein kann, weil der liebe Gott sie dringend brauchte, aber dass sie in jedem einzelnen Augenblick über ihn wacht." Sven seufzte. „Er ist doch noch so klein. Was er nicht sehen kann, ist für ihn nicht greifbar. Er weiß ja nicht einmal, wie ein Engel aussieht, auch wenn wir ihm Bilder gezeigt haben. Sein kleines Gehirn schafft es noch nicht, sich seine Mama als Engel mit Flügeln vorzustellen, die im Himmel lebt."

„Vielleicht gelingt ihm das leichter, wenn er sie in seinem Zimmer hat", sagte Emma leise. Sie war ganz aufgeregt. Plötzlich wünschte sie sich nichts sehnlicher, als mit ihrem Bild diesen kleinen Jungen wieder etwas glücklicher zu machen.

„Wie bist du überhaupt auf diese Idee gekommen?", fragte Sven.

„Erst einmal, weil Thies ein Foto seiner Mutter braucht, um schlafen zu können, es aber so leicht im Schlaf verliert. Und außerdem ..." Sie stockte. Plötzlich war alles wieder da. Sie sah sich wieder in ihrer ehemaligen Wohnung in Berlin im Kinderzimmer stehen, sah das Schloss, das Einhorn, die Blumen entstehen, während sie ständig in sich hineinhorchte, ob sie es schon spüren konnte. Ihr Baby. Voll Hoffnung war sie gewesen. Wie leuchtend sie sich ihre Zukunft ausgemalt hatte, als Familie mit Kind. Kurz schloss sie die Augen. Vorbei.

„Emma?", fragte Sven vorsichtig. „Bist du noch da?"

Sie erwachte wie aus einem Traum. „Ja. Tut mir leid. Ich war bloß in Gedanken. Ja, der zweite Grund, wie ich auf die Idee kam, war, dass ich so etwas schon einmal getan habe. Als ich mich auf mein Kind freute." Es schmerzte, als wäre es gestern gewesen. Mutete sie sich etwa zu viel damit zu? Sollte sie ihr Vorhaben doch lieber wieder absagen? Nein, sie musste es tun. Für Thies. Er hatte viel mehr verloren als sie. Eine Säule seines kleinen Lebens war fort. Die Wichtigste. Die Mutter, die ihm Liebe, Schutz und Geborgenheit vermittelt hatte, gab es nicht mehr. Sie atmete tief durch. „Ich hatte bereits mit einem Bild im Kinderzimmer angefangen. Eine Märchenwelt sollte es werden, voller Zauberwesen, in der alles möglich war."

„Was für eine schöne Idee!"

„Ja, es wurde auch ein sehr schönes Bild. Ich habe es direkt auf die Wand gemalt." Sie schluckte. „Wenn

Tobias es nicht übertapeziert hat, müsste es noch da sein.“

„Ach, Emma, das tut mir so leid! Du musst Furchtbares durchgemacht haben. Hör mal, wenn es dich zu sehr belastet, lassen wir es lieber. Ich lasse einfach ein Foto von Sandra rahmen und hänge es über Thies’ Bett.“

Wäre das die Lösung? Auch so hätte er seine Mama immer bei sich, und sie müsste sich nicht noch einmal mit ihren Erinnerungen belasten. Aber da war noch die Sache mit der Vorstellungskraft. Er war noch ein kleiner Junge. Wäre es nicht viel schöner, wenn er seine Mutter so sah, wie er versuchte, sie sich vorzustellen, wovon aber niemand wusste, ob es ihm wirklich gelang?

„Nein, ich mache es. Ein Foto ist nicht dasselbe. Er braucht einen Engel, der ihn beschützt.“

„Ich weiß gar nicht, was ich noch sagen soll, Emma. Das ist einfach großartig von dir.“

„Soll ich es direkt auf die Wand malen oder lieber auf eine Leinwand?“

„Direkt auf die Wand fände ich schöner.“

„Ich im Grunde auch. Aber was ist, wenn er sich aus irgendwelchen Gründen doch erschreckt? Wenn … wenn ich seine Mama nicht so treffe, wie er sie in Erinnerung hat? Wenn es ihm Angst macht, sie im Himmel zu sehen, mit Flügeln, oder wie auch immer ich sie malen werde?“

„Das kann ich mir nicht vorstellen.“ Sven zögerte. „Vielleicht hast du doch recht. Man weiß nicht, was in so einem kleinen Kopf vor sich geht.“

„Gut, also auf eine Leinwand. Dann gibt's nur ein Problem. Es sollte ein möglichst großes Bild werden, damit es auch die entsprechende Wirkung erzielt. Ich habe nur ein Fahrrad. Ich könnte mir natürlich das Auto meiner Eltern leihen, aber erst müsste ich sehen, wo es Leinwände in dieser Größe überhaupt gibt. Die, die ich hier habe, sind für mein Vorhaben zu klein."

„Darüber zerbrich dir mal nicht den Kopf. Ich sehe gleich im Internet nach, wo es hier so große Leinwände zu kaufen gibt. Dann nehme ich den Transporter meiner Eltern, da kriege ich sie schon rein. Welche Farben brauchst du? Die bringe ich auch gleich mit."

„Das brauchst du nicht, ich habe noch genug hier und …"

„Keine Widerrede. Das kostet doch alles eine Menge Geld. Du schenkst Thies schon genug, wenn du seine Mama für ihn malst. Den Rest übernehme ich. Ich mach mich gleich auf die Suche und besorge die Leinwand, so schnell es geht."

„Das wäre toll, ich brauche natürlich eine Weile, um das Bild zu malen. Und ich bräuchte ein Foto von Sandra." Sie überlegte. „Am besten auch eins von dir und Thies."

„Das bringe ich dir alles mit."

„Gut. Ja, dann … Wir sehen uns." Emma war ganz aufgeregt. Es war gut, etwas für jemand anderen zu machen, ihm eine Freude zu bereiten. Auch, wenn es ihren eigenen Kummer wieder hochholte, würde es vielleicht helfen, damit abzuschließen.

Nachdem sie aufgelegt hatte, hatte sie noch eine Idee. Sie holte ihre Staffelei, eine Leinwand und die Farben und trug alles vors Haus. Die Dämmerung hatte eingesetzt und tauchte das Haus und den Garten in ein geheimnisvolles Licht. Sie begann zu malen, bannte das Haus ihrer Tante in sanften Farben auf die Leinwand, umgeben von einem wild blühenden Garten, hinter dem die Sonne unterging. In den dunklen Zweigen der Obstbäume schienen Kobolde zu sitzen und über alles zu wachen.

Ihre Mutter hatte ihr nämlich erzählt, dass es ihrer Tante Lisbeth in der Reha gar nicht so gut ging. Der Bruch heilte langsamer als gehofft, und sie würde länger dort bleiben müssen als ursprünglich vorgesehen. Nun litt sie unter etwas, das sie nie zuvor gekannt hatte: Heimweh. Emma hatte ihre Tante wegen der Entfernung seit einigen Tagen nicht mehr besuchen können. Jetzt würde sie spätestens übermorgen zu ihr fahren und ihr das Bild ihres Hauses mitbringen. Es würde ihr guttun, den Anblick bei sich zu haben. Sie lächelte, während sie die Blüten malte und leuchtende Punkte in die Schatten in den hintersten Ecken des Gartens tupfte, die Glühwürmchen sein konnten. Oder auch die Augen von Elfen.

Kapitel 13

Am folgenden Vormittag klingelte es, als sie gerade das Bild für ihre Tante vorsichtig einpackte. Sie ging zur Tür und öffnete. Ihr ganzes Blickfeld bestand aus Weiß, und sie blinzelte erschrocken. Dann rückte das Weiß zur Seite, und Sven erschien. Er lächelte freudig.

„Meinst du, das ist groß genug?" Damit wies er auf die Leinwand, die er vorsichtig auf den Boden stellte.

Emma staunte. „Wow, wie groß ist die? Drei Meter?"

Sven grinste. „Nicht ganz. Zwei Meter mal einsfünfzig. Was meinst du, ist es zu groß? Oder zu klein?"

„Ich würde sagen, perfekt." Mit den Augen maß sie die Fläche ab, die sie zu bemalen hatte. Da hatte sie sich etwas vorgenommen. Zumal sie morgen noch ihre Tante besuchen wollte. Sie würde jede Minute malen müssen.

Hinter Sven erschien Heinz. Lächelnd streckte er ihr eine große Tüte entgegen. „Das sind die Farben und verschiedene Pinsel. Sag Bescheid, wenn noch etwas fehlt, ja? Wir haben einfach alles gekauft, von dem wir dachten, du könntest es brauchen."

„Ihr seid ja verrückt. Damit kann ich ein Dutzend Bilder malen."

„Ist doch super", sagte Sven. „Vielleicht komme ich dann doch noch zu meinem Wolfsbild."

„Kommt doch erstmal rein. Ich hab auch Kaffee da", setzte sie hinzu und blinzelte Heinz zu.

„Oh, ja dann, gern." Heinz stellte die Tüte auf den Boden, und Sven stellte die Leinwand daneben ab.

„Zum Backen bin ich leider noch nicht wieder gekommen", sagte Emma entschuldigend und stellte zwei Tassen auf den Tisch.

„Das brauchst du doch auch nicht", rief Sven. „Mit dem Bild hast du nun wirklich genug zu tun. Außerdem ..." Er stockte und wurde tatsächlich rot, „seit du hier bist, brauch ich den Kuchen gar nicht mehr so nötig. Ich meine, er schmeckt einfach köstlich! Aber ..."

„Ich weiß schon, was du meinst", kam Emma ihm zu Hilfe. „Das ist doch schön."

„Ja, das ist es. Aber zugleich schade", klagte Heinz und rührte in seinem Kaffee. „Ich vermiss ihn schon."

„Du darfst ihn doch gar nicht essen, Opa", rügte Sven. „Du weißt doch, was der Arzt gesagt hat."

„Ja, ja, keinen Zucker. Aber wo bleibt denn da der Spaß?"

Emma lächelte. „Keine Sorge, zu Thies' Geburtstag backe ich auf jeden Fall wieder einen."

„Dann bin ick tofreden", rief Heinz.

Emma nippte an ihrem Kaffee und dachte, dass sie in diesem Moment tatsächlich glücklich war. Ohne jeden Kummer, ohne Sorgen oder Ängste. Das Leben konnte so einfach sein.

„Wie geht's deiner Tante?", erkundigte sich Sven.

„Nicht so gut. Sie vermisst ihr Zuhause." Emma zögerte. Sollte sie es zeigen? Sie wollte nicht angeben. Andererseits war es nur ein schnell gemaltes Bild ohne jeden künstlerischen Anspruch. Es sollte nur einer heimwehkranken Frau etwas Trost spenden. Ehe sie es sich überlegten konnte, stand sie auf und zog es aus der

Verpackung. „Das habe ich gestern für sie gemalt. Ich hoffe, es hilft ihr ein wenig.“

Beide Männer starrten schweigend das Bild an. Emmas Mut sank. War es tatsächlich so schlecht? Hatte sie sich zu viel zugemutet, als sie anbot, Sandra für Thies zu malen?

„Donnerwetter“, rief Heinz schließlich.

„Toll“, setzte Sven hinzu. „Es wirkt geheimnisvoll und gemütlich zugleich. Man möchte gleich hineingehen.“

„Es gefällt euch?“, fragte Emma vorsichtig.

Beide strahlten. „Was für eine Frage, Deern! Lisbeth wird Augen machen.“ Vor Aufregung leerte Heinz seine Kaffeetasse in einem Zug.

„Das freut mich, danke.“

„Also, nachdem ich jetzt schon zwei Bilder von dir gesehen habe, bin ich wirklich gespannt auf das, was du für Thies zauberst“, sagte Sven.

„Du machst mich ganz nervös.“

„Ich finde die Idee einfach großartig“, setzte Heinz hinzu. „Das wird unserem Schietbüdel sicher helfen.“

„Und deine Eltern?“, erkundigte sich Emma besorgt und sah Sven an. „Was werden sie wohl dazu sagen?“

„Wieso? Sie werden es bestimmt auch für eine tolle Idee halten. Thies ist ihr Ein und Alles.“

„Und Sandra war das auch. Und nun male ausgerechnet ich ein Bild von ihr.“

„Ausgerechnet du? Was meinst du damit?“

Emma schluckte. Sollte sie es ihm wirklich sagen? Hatte er nicht schon genug eigene Sorgen? Aber sie verstanden sich so gut, sie wollte keine Geheimnisse vor ihm haben. „Ich habe gehört, was deine Mutter gesagt hatte. Am Abend, als wir aus dem Zoo kamen.“

Sven starrte sie an, Heinz ebenfalls. „Was meint sie?“, fragte Heinz verwirrt.

„Das darfst du ihr nicht übelnehmen“, erklärte Sven leise. „Meine Eltern haben Sandra sehr geliebt. Sie sind über ihren Verlust noch nicht hinweg. Nimm es bitte nicht persönlich. Es ist völlig egal, welche Frau ich eines Tages wieder an meiner Seite haben werde – sie wird es anfangs nicht einfach haben. Aber das wird sich auch wieder ändern, Emma. Irgendwann werden sie darüber hinwegkommen. Verzeih meiner Mutter ihre Schroffheit, sie hat es nicht böse gemeint.“

„Margarete hat mitunter einen richtigen Dickschädel“, fügte Heinz hinzu. „Aber tief in ihr steckt ein weiches Herz. Sie muss nur erst wieder lernen, es zu öffnen.“

„Also gut. Ich hoffe es.“ Emma war noch nicht ganz überzeugt, doch das Wichtigste war, dass der Kleine sich freuen würde.

Sven stand auf. „Wir müssen leider auch schon wieder los, die Pflicht ruft. Und ich will dich auch nicht länger von der Arbeit abhalten. Ach ja, fast hätte ich es vergessen.“ Er griff in seine Hemdtasche und hielt Emma ein Foto hin. „Hier sind wir alle drei drauf. Falls du ein anderes brauchst, sag Bescheid, ja?“

Emma betrachtete das Foto. Sandra stand hinter ihren beiden Männern und hatte ihnen die Arme um die Schultern gelegt, alle strahlten glücklich in die Kamera. Doch als sie genauer hinsah, erkannte sie die dunklen Schatten unter Sandras Augen, las die Hoffnungslosigkeit in ihnen.

„Es wurde kurz vor Sandras Tod gemacht“, setze Sven leise hinzu, als hätte er Emmas Gedanken gelesen.

„Ein wunderschönes Foto", sagte Emma leise. „Man kann die Liebe, die ihr drei ausstrahlt, förmlich spüren."

Und sie spürte auch, dass sich Sven plötzlich von der Außenwelt zurückzog, wie eine Schnecke in ihr Haus. Für ihn musste ihr Vorhaben extrem schwer zu ertragen sein. Wieso war ihr dieser Gedanke nicht früher gekommen? Musste es ihn nicht jedes Mal quälen, wenn er das Zimmer seines Sohnes betrat und seine tote Frau in Übergröße von der Wand lächelte? Und doch ließ er es zu, seinem Sohn zuliebe.

Was Eltern nicht alles aus Liebe zu ihren Kindern taten. Sie stellten ihr eigenes Glück für das ihres Kindes zurück. Sandra hatte für Thies gar ihr Leben gegeben.

„Auf, ihr jung' Lüüd, die Arbeit ruft", riss Heinz sie aus ihrer Versunkenheit. Auch in seinen Augen las Emma tiefen Kummer. Es musste schwer für ihn sein, jeden Tag das Unglück seiner Lieben mitansehen zu müssen.

„Ich lege gleich los", versprach Emma an Sven gewandt. „Nur morgen muss ich meine Tante besuchen und ihr das Bild von ihrem Haus bringen, damit es ihr etwas besser geht."

„Richte ihr liebe Grüße aus, ja?", bat Sven, und Heinz nickte zustimmend.

„Das mache ich, sie freut sich bestimmt."

Sven sah sie an, und Emma spürte, dass ihm noch etwas auf dem Herzen lag. Aufmunternd sah sie ihn an.

„Darf ich mal vorbeischauen, während du mit dem Bild beschäftigt bist? Oder möchtest du während der Arbeit nicht gestört werden?"

„Es wäre mir sogar sehr lieb, wenn du mal nachgucken würdest, ob alles richtig wird."

Sein Gesicht hellte sich ein wenig auf. „Gut, dann komme ich übermorgen nach der Arbeit mal vorbei. Ich wünsche dir ... was wünscht man da? Viel Glück? Gutes Gelingen?"

Emma lächelte. „Beides. Es soll ein wunderschönes Bild werden, da kann ich Glück gut brauchen."

Kurz darauf war sie allein und stand vor der riesigen, leeren Leinwand. Plötzlich bekam sie Angst vor der eigenen Courage. Hatte sie sich zu viel zugemutet? Würde es ihr gelingen, diese leere Fläche mit Leben, Glück und Trost zu füllen?

Sie nahm das Foto und heftete es an die linke, obere Ecke. Sie würde es nicht genauso, aber ähnlich abmalen. Sandra als Engel, der über ihre Lieben wacht. Erst hatte sie vorgehabt, nur Sandra zu malen, überlebensgroß. Immer da für Thies, sobald er das Bild ansah. Dann jedoch hatte sie es sich anders überlegt. Wenn auch er auf dem Bild war, konnte er sich viel eher an seine eigene Stelle versetzen und sehen, wie seine Mutter ihn beschützte. Und zu guter Letzt entschloss sie sich noch, auch Sven zu malen. Die drei waren eine Familie gewesen. Es würde Thies sicher guttun, zu wissen, dass der Engel in Form seiner Mutter auch über seinen Papa wachte.

Emma nahm die Leinwand und trug sie hinüber in die Stube. Für ihre Staffelei war sie viel zu groß, also hängte sie sie kurzentschlossen an die Wand. Ohnehin konnte sie so am besten malen, weil sie ja zuerst vorgehabt hatte, das Bild direkt an die Wand zu malen und es in ihrem ehemaligen Kinderzimmer ebenso gemacht hatte.

Sie schloss die Augen und stellte sich vor, wie das Bild aussehen sollte, wenn es fertig war. Dann öffnete sie die Augen, tauchte den Pinsel in ein helles Grau und begann, weiche Wolken auf die Leinwand zu bannen. Hell und flauschig sahen sie aus, weich. Die Oberseite leuchtete hell, von der Sonne beschienen. Ein Gesicht erschien zwischen den Wolken, blaue Augen, eine schmale Nase, volle Lippen, alles umrahmt von blondem Haar. Stimmte der Teint, die Augenfarbe, das Blond? Immer wieder besserte Emma aus, machte das Haar dichter, die Augen dunkler, den Hautton rosiger. Diese Sandra hatte keine dunklen Schatten unter den Augen, und ihr Lächeln war nicht traurig, sondern liebevoll und warm. Emmas Augen reisten zwischen dem Foto und der Leinwand hin und her, wieder und wieder, und Emma bemerkte nur unbewusst am Wandern der Sonne, wie die Zeit verging.

Das Gesicht ging über in einen schmalen Hals, in Schultern, die in einem weißen Gewand steckten – im Gegensatz zum Foto, auf dem Sandra einen gestreiften Pullover trug. Die Arme malte Emma erst einmal ansatzweise; sie würde sie vollenden, sobald Thies und Sven erschienen waren.

Nun streckte sie den Rücken durch und stöhnte, weil er vollkommen verspannt war. Wie lange hatte sie gearbeitet? Es musste lange gewesen sein, denn plötzlich hörte sie ihren Magen knurren. Doch bevor sie etwas aß, trat sie zwei Schritte zurück und betrachtete ihr Werk aus der Entfernung. War es gelungen? War Sandra zu erkennen, oder glich sie einer Fremden?

Was Emma sah, war tatsächlich ein Engel. Ein Engel mit dem Gesicht von Thies' Mama. Sie stellte sich vor, wie das Bild auf den Kleinen wirken würde. Musste es ihn nicht völlig überfordern, seine Mutter auf einmal in dieser Größe vor sich zu sehen, nachdem er sie sieben Monate lang nur auf winzigen Fotos gesehen hatte? Hätte sie sie kleiner malen sollen? War ihre Idee wirklich so gut, wie sie gedacht hatte, oder nicht vielmehr eher gefährlich? Was, wenn der Kleine beim Anblick des Bildes in Tränen ausbrechen würde? Wieder einmal wurde Emma von Zweifeln gepackt. Sie wollte nicht schuld daran sein, wenn Thies einen Rückfall erlitt, wenn all der Kummer, zum Teil schon verheilt, durch ihr Werk wieder hervorgeholt werden würde.

Sie wandte sich ab. Für heute würde sie Schluss machen. Es war gut, dass Sven sich das Bild zuvor ansehen wollte. Er konnte immer noch sagen, dass sie die Aktion lieber abbrechen sollte. Thies war sein Sohn, er kannte ihn viel besser als sie und konnte besser einschätzen, wie Thies reagieren würde.

Emma ging in die Küche und aß zwei Scheiben Brot. Ob sie noch eine kleine Radtour machen sollte? Sie hatte heute noch gar keine Bewegung gehabt. Sie würde gern zu ihrem Deich fahren, im Gras sitzen und auf die Nordsee hinaussehen. Oder aufs Watt. Sie hatte keine Ahnung, ob gerade Ebbe oder Flut war. Das war aber auch gleich, sie mochte beides gern.

Sie stand auf. Das Telefon klingelte. Vielleicht ihre Mutter? Sicher wollte sie fragen, wann sie morgen loswollten, um Lisbeth zu besuchen.

Sie nahm ab. „Hallo, hier ist Laura. Wie schön, dass ich dich erwische."

„Hi, das ist ja eine Überraschung. Wie geht es dir?"

„Ach, geht so. Ich, äh … ich hab mich von Andreas getrennt."

„Im Ernst?"

„Du weißt doch, dass es schon länger zwischen uns kriselte. Nie hatte er Zeit für mich, ständig war er mit seinen Freunden unterwegs, wenn er mal nicht arbeiten musste … Mir reichte es. Ich glaube, insgeheim warst du mein Vorbild."

„Ich?", rief Emma erstaunt.

„Ja. Du hast Nägel mit Köpfen gemacht. Ich meine, klar hast du Tobias noch eine Chance gegeben, aber als er auch die vergeigt hat, hast du deine Konsequenzen gezogen und bist gegangen. Ich glaube, wenn ich das nicht miterlebt hätte, hätte ich noch länger gezaudert und mich gefragt, was ich machen soll und was richtig oder falsch ist."

„Tja, dann … herzlichen Glückwunsch, oder?"

„Danke." Laura lachte. „Es fühlt sich tatsächlich besser an. Aber wie geht es dir denn inzwischen? Was machst du so? Hast du schon einen Job gefunden?"

„Nein, noch nicht. Ehrlich gesagt bin ich noch gar nicht dazu gekommen, mich umzusehen. Zum Glück wohne ich mietfrei im Haus meiner Tante und halte es dafür in Ordnung, während sie nicht da ist."

„Wie geht es ihr inzwischen?"

„Nicht so gut. Der Bruch heilt schlecht. Sie ist jetzt bei der Reha, da kann ich sie nicht so oft besuchen. Morgen fahre ich allerdings mit meinen Eltern mal wieder hin."

„Das ist schön. Alles Gute für sie. Und sonst so? Hast du schon Anschluss gefunden? Leben überhaupt noch alte Freunde von dir dort, oder sind die auch alle weggezogen, so wie du?"

„Im Gegenteil, die sind fast alle hiergeblieben. Langweilig wird es mir hier nicht."

„Kommt da noch mehr?"

„Was meinst du?"

„Na ja, du bist wieder Single, du siehst gut aus, bist jung und frei … Wie sind denn die Männer so in deinem Dorf? Hast du schon jemanden im Auge?"

„Unsinn, ich bin frisch getrennt und habe eine Fehlgeburt hinter mir. Nein, drei. Da steht mir der Sinn gerade nicht nach einer sofortigen neuen Beziehung."

„Davon redet ja auch keiner. Aber hast du nicht schon jemanden gesehen, der dir gefallen würde? Es spricht ja keiner von einer Hochzeit." Laura lachte.

„Die meisten Männer hier sind verheiratet. Und ausgegangen bin ich noch nicht."

„Aber …?", bohrte Laura. „Ich höre doch, dass du mir etwas verheimlichst."

„Dass du aber auch nie Ruhe geben kannst", schimpfte Emma gutmütig. „Ja, ich habe jemanden getroffen. Aber das hat von vornherein keine Chance."

„Wieso das denn? Liebe hat immer eine Chance. Jetzt komm, spann mich nicht so auf die Folter. Wer ist es?"

„Er heißt Sven, ich kenne ihn von damals, wir waren als Teenager in einer Clique."

„Ah! Wie sieht er aus? Los, ich will Details!"

„Er ist groß und blond. Muskulös, blaue Augen. Aber es geht nicht."

„Warum denn nicht? Ist er auch verheiratet?"

„Nein. Verwitwet."

Tatsächlich herrschte ein paar Sekunden lang Ruhe. „Das tut mir leid", sagte Laura schließlich leise.

„Und deshalb geht es nicht. Es ist erst gut sieben Monate her. Und er hat einen kleinen Sohn, der völlig fertig ist."

„Oh, je, das hört sich schlimm an. Da lass mal lieber die Finger von. Du brauchst jemanden, der dich aufmuntert, und keinen, der dich noch weiter runterzieht. Ich meine, tut mir echt leid für die beiden. Aber ich an deiner Stelle würde den mal gleich wieder vergessen."

„Das ist nicht so einfach."

„Warum denn nicht? Gerade sagtest du doch, es geht nicht."

„Das ist auch so. Trotzdem ist es kompliziert, weil ich ... Du weißt doch, dass ich gern male."

„Klar. Tolle Bilder."

Emma holte tief Luft. Dann erzählte sie ihrer Freundin die ganze Geschichte mit dem geplanten Kindergeburtstag und dem Bild, das sie für Thies malte.

„Das ist echt eine schöne Idee", sagte Laura schließlich. „Aber was ist, wenn der Schuss nach hinten losgeht? Wenn dein Bild alles noch viel schlimmer macht?"

„Darüber habe ich auch gerade Zweifel."

„Und wenn du es doch lieber bleiben lässt?"

„Ich weiß nicht ... Sven und sein Opa finden die Idee sehr gut. Sie meinen, es würde Thies guttun."

„Na, wenn die das sagen ... Dann brauchst du dir doch keine Gedanken mehr zu machen."

„Im Grunde nicht. Trotzdem hab ich ein komisches Gefühl."

„Ich finde, das brauchst du nicht. Wenn es schiefgeht, ist es deren Problem, so hart sich das auch anhört, sorry. Aber sie wollten das Bild ja haben."

„Aber die Idee kam von mir."

„Ach, Süße, mach dir nicht so einen Kopf. Wenn es ganz blöd läuft, kommst du einfach wieder für ein paar Tage zu mir. Ich bin ja jetzt wieder frei und habe Platz auf der Couch."

„Ein verlockender Gedanke. Momentan kann ich hier aber nicht weg. Ich muss auf das Haus aufpassen, meine Tante besuchen, malen … und mir langsam wirklich Gedanken um einen Job machen. Zum Glück verbrauche ich hier kaum Geld, aber trotzdem kann es ja nicht ewig so weitergehen."

„Das wird schon. Als Verkäuferin findest du sicher auch in eurer ländlichen Gegend etwas."

Emma zögerte. „Ich bin mir gar nicht sicher, ob ich weiterhin als Verkäuferin arbeiten will."

„Nicht? Als was dann?"

„Das weiß ich noch nicht, darüber habe ich mir noch keine Gedanken gemacht. Vielleicht etwas ganz Anderes. Ich könnte eine Umschulung machen. Ich muss nur noch wissen, als was."

„Sag mir Bescheid, wenn ich dir irgendwie helfen kann, ja? Mit Adressen von Fernschulen oder so."

„Danke."

„Und vergiss mein Angebot nicht. Mein Sofa ist immer frei für dich."

„Oder du kommst mich mal besuchen, wenn du Urlaub hast."

„Das mach ich glatt. Ja, ich muss dann auch mal wieder. Bis bald."

„Tschüss."

Auch, wenn das Gespräch Emma nicht weitergebracht hatte und sie immer noch nicht wusste, ob das mit dem Bild nun richtig oder falsch war, hatte es ihr gutgetan. Vor allem, weil sie spürte, dass sie nichts nach Berlin zurückzog. Nein, hier war sie zu Hause.

Kapitel 14

Die Freude ihrer Tante über das Bild war rührend. Tränen traten in ihre Augen, als sie es betrachtete. „Ich weiß gar nicht, was ich sagen soll, Emma. Es ist einfach wunderschön. Es kommt mir vor, als bräuchte ich nur die Tür zu öffnen und hineinzugehen. Danke!"

Emma umarmte Lisbeth und drückte sie fest an sich. Ganz schmal war ihre Tante geworden. Sie saß in einem Rollstuhl am Fenster und konnte ihre Blicke nicht von dem Bild wenden.

„Bald brauchst du wirklich nur noch die Tür zu öffnen und bist wieder zu Hause. Und bis dahin hast du eben das Bild."

„Dass du sowas extra für mich gemalt hast. Ich bin ganz durch den Wind, Liebes."

Emma lächelte. „Dann ist meine Mission ja geglückt. Hab nur etwas Geduld."

Ihre Tante lächelte, auch wenn es etwas angestrengt wirkte. „Ja, ja, ich weiß schon, ein Knochen heilt nicht binnen weniger Tage. Wie oft ich mir das schon anhören musste. Weißt du, Geduld ist nicht gerade meine Stärke."

„Du schaffst das schon. Denk immer daran, dass dein Haus in den besten Händen ist." Emma lächelte zuversichtlich.

„Das weiß ich doch, und darüber bin ich dir von Herzen dankbar." Ihre Tante griff nach Emmas Händen. „Und Heinz? Kommt er immer noch und holt seinen Kuchen?"

Emma zögerte. „Er war schon einige Male da", wich sie aus. Von dem Bild für Thies würde sie ihr erst erzählen, wenn alles vorbei war, der Kleine es gesehen hatte und Emma wusste, wie er darauf reagierte. Lisbeth brauchte Ruhe und nicht noch mehr Aufregung.

Eine Schwester kam herein. „So, Frau Tiedemann, dann wollen wir Sie mal etwas in den Garten schieben, das Wetter ist so schön. Kommen Sie." Sie griff nach dem Rollstuhl. Dann fiel ihr Blick auf das Bild, das Lisbeth immer noch in der Hand hielt. „Oh, was haben Sie denn da? Das ist aber ein hübsches Bild."

„Das hat meine Nichte für mich gemalt", erklärte Lisbeth stolz. „Das ist mein Haus."

Erstaunt sah die Schwester Emma an. „*Sie* haben das gemalt? Es ist fantastisch." Sie schwieg ein paar Sekunden lang und schien nachzudenken. „Meine Mutter hat in zwei Wochen Geburtstag", fuhr sie schließlich fort. „Über so ein Bild würde sie sich auch wahnsinnig freuen. Aber wahrscheinlich kann ich mir das nicht leisten, es ist bestimmt sehr teuer."

Sie zögerte kurz. „Meinen Sie, es wäre möglich, dass Sie ihr auch ein Bild malen? Nennen Sie mir einfach Ihren Preis. Notfalls muss ich es Ihnen eben in Raten zurückzahlen. Vielleicht von einer Blumenwiese oder so etwas. Meine Mutter liebt Blumen über alles. Besonders Rosen."

Emma war überwältigt. Die Schwester, ihre Tante und ihre Eltern starrten sie fragend an.

Ihr Vater nickte ihr aufmunternd zu. „Hundert Euro?", schlug er vor. Die Schwester nickte eifrig, wahrscheinlich hatte sie mit einem viel höheren Preis gerechnet.

„Das Angebot ehrt mich sehr", sagte Emma. „Vielen Dank. Ich, äh … natürlich. Ich würde gern ein Bild für Ihre Mutter malen. Und hundert Euro sind in Ordnung."

Sie würde so viel Geld für eins ihrer Bilder bekommen? Emma konnte es kaum fassen. Bisher hatte sie ihre Malerei immer nur als Hobby betrachtet. Und plötzlich bot ihr jemand Geld dafür. Dann konnte sie ja so schlecht gar nicht sein, oder? Und warum zum Teufel zweifelte sie eigentlich ständig an sich? Das war alles Tobias' Einfluss. Es wurde höchste Zeit, dass sie ihn endlich vergaß.

Die Schwester strahlte. „Das freut mich aber. Meine Mutter wird Augen machen! So etwas Tolles hat sie noch nie geschenkt bekommen."

„Ich bringe es gern beim nächsten Besuch mit. Eine Woche werde ich aber brauchen, vielleicht sogar zehn Tage, weil ich gerade … mit etwas anderem beschäftigt bin." Lisbeth sollte doch noch nichts von dem Bild wissen. Gut, dass sie sich gerade noch bremsen konnte.

„Das reicht, sie hat erst in zwei Wochen Geburtstag. Ja, dann … ich freu mich! Und jetzt gehen wir in den Garten."

Die folgenden Stunden vergingen wie im Flug, und Emma genoss die Zeit mit ihrer Familie. Immer wieder musste sie daran denken, dass sie ihren ersten Auftrag für ein Bild bekommen hatte. Nun ja, im Grunde den zweiten, wenn sie das Bild für Thies mitzählte. Aber das war ja ein Geschenk.

Am nächsten Tag machte sie sich gleich wieder an die Arbeit. Lange betrachtete sie das Foto und prägte sich die Züge des kleinen Thies gründlich ein. Dann malte sie ihn direkt unter die schützend ausgebreiteten Arme seiner Mutter. Er lächelte glücklich und hatte nicht das geringste bisschen Angst, denn sie war immer für ihn da. Anschließend nahm sie sich Svens Porträt vor. Auf dem Foto stand er rechts neben seinem Sohn, hatte ihm den Arm um die Schulter gelegt und lächelte ebenfalls, doch sah man seinen Zügen deutlich den Kummer an, den er durchlitt, die Ängste, die er ausstand, und die Sorgen, die ihn drückten. Auf ihrem Bild jedoch glättete Emma Svens Gesicht, milderte die Sorgenfalten um seine Mundwinkel, ließ seine Augen strahlen und Zuversicht verbreiten. Ja, nun wirkte er so, als könnte ihn kein Unwetter niederdrücken. Er wirkte wie ein Vater, der seinem Sohn ein Schutzschild war, eine starke Schulter zum Anlehnen. Ein Vater, wie Thies ihn brauchte.

Während Emma Svens Haar malte, Strähne für Strähne, seine Stirn, seine Wangen, seine breiten Schultern, sah sie ihn vor sich. Ja, genauso wie auf ihrem Bild sah er aus. Oder besser gesagt, würde er aussehen, wäre er wieder unbekümmert.

Schließlich hatte sie die kleine Familie fertiggestellt. Zufrieden musterte Emma ihr Werk. Nun ging es an die Umgebung. Sie hatte Sven gefragt, was Thies besonders liebte. Tiere, besonders Seehunde und Otter, außerdem liebte er das Meer und den Strand, weil er so gern im

Sand spielte. Und so malte Emma einen goldgelben Strand für Thies, auf dem er mit seinem Vater stand. Hinter ihnen erstreckte sich die Nordsee in einem freundlichen Blau, die Sonne ließ die Wellen fröhlich glitzern. Drei Robben streckten ihre Köpfe aus den Fluten, zwei weitere lagen im Sand und schienen zu lächeln. Links neben Thies stand ein Otter und sah zu ihm hoch. Kurzentschlossen malte sie noch den Plüschotter dazu, den sie ihm geschenkt hatte und den Thies auf dem Bild nun in den Händen hielt.

Als es an der Tür klingelte, ließ sie den Pinsel sinken. Erst jetzt merkte sie, dass es bereits dämmerte. Rasch streckte sie sich, um ihre verkrampften Muskeln zu lösen, legte ihr Malzeug weg und ging zur Tür.

„Hallo, Emma", sagte Sven. „Ich hoffe, ich habe dich nicht gestört?"

Sie schüttelte den Kopf. „Nein. Ich bin froh, dass du geklingelt hast, sonst hätte ich mich morgen wahrscheinlich nicht mehr bewegen können. Beim Malen vergesse ich immer die Zeit, und nach einigen Stunden macht sich dann doch mein Rücken und mein Nacken bemerkbar."

„Vielleicht auch dein Magen?" Lächelnd hielt er ihr zwei Pizzakartons entgegen.

Erfreut nahm Emma sie entgegen. „Oh, du bist meine Rettung, danke! Mir ist nicht aufgefallen, wie spät es schon geworden ist. Ich habe schon lange nichts mehr gegessen." Prompt begann ihr Magen zu knurren.

Gleich darauf saßen sie am Tisch und bissen in die knusprige Pizza. „Hach, tut das gut", stöhnte Emma wohlig.

„Mein Gefühl hat mir gesagt, dass du Hunger haben könntest." Sven grinste sie über den Tisch hinweg an.

„Du solltest immer auf deine Gefühle hören." Emma nahm einen großen Happen.

Plötzlich sah Sven sie ganz seltsam an und ließ sein Pizzastück sinken.

Emma hörte auf zu kauen. „Was ist?"

Er schien tief in Gedanken versunken zu sein. Plötzlich schüttelte er den Kopf, als wollte er damit die Bilder loswerden, die er gesehen hatte. „Ach, nichts. Meinst du, dass ich mir gleich mal das Bild ansehen kann? Wie weit bist du denn schon? Bekommst du es rechtzeitig fertig?"

„Auf jeden Fall. Es ist fast fertig, nur noch ein paar Feinheiten fehlen. Vielleicht fällt dir noch etwas ein, wenn du es siehst. Du kennst Thies ja viel besser als ich. Es soll alles drauf sein, was ihm wichtig ist."

„Ich bewundere dich, Emma. Du bist so feinfühlig. Ich meine, du hast schwere Zeiten hinter dir. Du hast dein Kind verloren! Ich mag mir gar nicht vorstellen, wie schrecklich das gewesen sein muss. Deine langjährige Beziehung ging in die Brüche. Und du musstest dein Heim verlassen, alles, was du dir jahrelang aufgebaut hast. Und trotzdem bist du hier, malst ein Bild für meinen Sohn und machst dir Gedanken darüber, womit du ihn glücklich machen kannst. Ich weiß nicht, wie du das hinbekommst. Du bist eine sehr starke Frau."

Emma errötete vor Freude. „Danke! Es bedeutet mir sehr viel, dass du das so siehst. Aber so stark, wie du denkst, bin ich gar nicht. Nach der zweiten Fehlgeburt hatte ich ein halbes Jahr lang heftige Depressionen. Ich bin kaum noch aus dem Bett gekommen, sah keinen

Sinn mehr im Leben. Das hat meiner damaligen Beziehung sehr geschadet. Ich kann Tobias nicht einmal einen Vorwurf machen, dass er sich in eine andere Frau verliebt hat."

„Als Sandra gestorben war, fiel ich in ein so tiefes, schwarzes Loch, dass ich fürchtete, nie wieder herauszukommen. Meine Eltern redeten mir ins Gewissen, doch es half nicht. Schließlich legten sie Thies in mein Bett. Da begriff ich, dass ich stark sein muss, für meinen Sohn. Für Sandras Sohn. Was würde sie denken, wenn sie mich so schwach sehen würde? Seitdem gebe ich mir Mühe, ihm Vater und Mutter zugleich zu sein. Doch natürlich kann ich das nicht."

Spontan legte Emma ihre Hand auf Svens. „Natürlich kannst du das. Du gehst wunderbar mit ihm um."

Sven sah sie an. Immer noch lag so viel Schmerz in seinen Augen. Er hob seine andere Hand und legte sie auf Emmas.

Die Geste tat ihr gut. Sie gab ihr Bestätigung und Trost zugleich. Doch als er sie weiterhin ansah, wurde Emma unruhig. Plötzlich spürte sie die Wärme seiner Haut in aller Deutlichkeit. Ein Prickeln schien von ihr auszugehen, das sie ganz nervös machte.

Nein, das durfte nicht sein. Rasch machte sie sich los und lehnte sich zurück. Sven war verwitwet, gerade malte sie ein Bild seiner verstorbenen Frau. Da konnte sie doch nicht mit ihm Händchen halten!

Sven sah enttäuscht aus, zugleich schien er ein schlechtes Gewissen zu haben. Doch er ging nicht auf das Geschehene ein, und Emma war ihm dankbar dafür. Sie hätte nicht gewusst, was sie dazu hätte sagen sollen.

„Darf ich jetzt das Bild sehen?“, fragte er nach einer unbehaglichen Pause.

„Natürlich.“ Emma war erleichtert über den Themenwechsel und stand auf. „Komm mit.“ Sie führte ihn ins Wohnzimmer und war plötzlich ganz aufgeregt. Wie würde er es finden? Was, wenn er enttäuscht wäre?

Lange stand er da und betrachtete das Bild. Emma sah, wie er Sandra musterte, wie sein Blick jede Linie ihres Gesichts nachzeichnete. Sie konnte sich vorstellen, was in ihm vorging. Erneut würde er den Schmerz über seinen Verlust empfinden. Sandra war im Himmel, umgeben von lichten Wolken, sie würde nie wieder zu ihm zurückkehren. Es schien, als würde er es erst jetzt, wo er das Bild sah, richtig realisieren, denn eine Träne erschien in seinem Augenwinkel. Er hob die Hand und streichelte über Sandras Gesicht. Die Träne rann herab.

Schließlich senkte er den Blick und sah Thies und sich selbst unter Sandras ausgebreiteten Armen stehen. Er betrachtete das fröhliche Lächeln der beiden und wischte die Träne von seiner Wange. Mit einem Mal erschien auch auf seinem Gesicht ein leises Lächeln.

„Sogar die Seehunde scheinen fröhlich zu sein“, sagte er. Seine Stimme klang belegt. „Und hier ist sogar ein Otter. Da wird Thies sich freuen.“

„Meinst du, das Bild wird ihm gefallen? Oder … ist es doch keine gute Idee? Ich habe deine Reaktion gesehen, Sven. Und Thies wird gerade erst vier Jahre alt. Was, wenn es ihn überfordert?“

Doch Sven schüttelte den Kopf. „Das glaube ich nicht. In dem Alter denken Kinder noch ganz anders als wir Erwachsenen. Er wird seine Mutter sehen, die ihn beschützt, und die Seehunde und Otter, den Strand und das Meer. All das, was ihn glücklich macht. Er wird das Bild lieben." Sven drehte sich zu ihr um und sah sie an.

Emma spürte, wie ihr die Röte ins Gesicht schoss. Sein Blick war so intensiv, dass er bis in ihr Innerstes vorzudringen schien. Ehe sie sich versah, spürte sie, wie Sven nah an sie herantrat, seine Arme um sie legte und sie an sich zog. Sie spürte die Stärke seiner Muskeln und roch sein feines Aftershave. Und sie fühlte, wie sehr sie die Umarmung und Nähe eines Mannes inzwischen vermisste. Es fühlte sich gut an, und sie genoss es.

Doch dann dauerte es zu lang. Was machte er? Seine Finger begannen, über ihren Rücken zu streicheln, ganz sacht nur. Es löste ein Kribbeln in Emmas Körper aus, eine Unruhe, die sie lange nicht mehr gespürt hatte. Und von der sie wusste, dass sie sie nicht fühlen durfte. Nicht, wenn dieser Mann sie auslöste.

Und dann war es vorbei. Unvermittelt löste sich Sven von ihr, trat einen Schritt beiseite und sah sie nicht an. Hatte er das gleiche gespürt? Oder hatte er nur etwas Trost und Nähe gesucht?

„Ich muss dann jetzt auch gehen. Thies muss gleich schlafen. Ja, also, danke nochmal. Wir sehen uns." Er ging zur Tür, ohne dass Emma ihn begleiten musste.

Sie ließ ihn gehen. Sie ahnte, was in ihm vorging. Auch ihn hatte die Heftigkeit der Emotionen überrascht, als er sie umarmt hatte. Litt er unter einem schlechten Gewissen? Vermisste er Sandra, wurde er durch die Umarmung an sie erinnert? Wünschte er, sie an Emmas statt in den Armen gehalten zu haben?

Nichts davon hätte Emma ihm verübeln können. Auch sie war durch Svens unvermittelte Nähe irritiert gewesen. Viele Jahre lang hatte es nur Tobias für sie gegeben. Nach dem Verlust ihres Kindes und dem Ende ihrer Verlobung hatte sie gedacht, dass es Jahre dauern würde, bis sie wieder einen Mann in ihre Nähe lassen würde, sowohl physisch als auch emotional. Svens Umarmung hatte sie überrumpelt. Und ihre Gefühle ihm gegenüber verunsicherten sie. Sie fühlte sich zu ihm hingezogen, daran gab es nichts zu rütteln. Doch zugleich wusste sie, dass es nicht sein durfte. Jedenfalls nicht innerhalb der nächsten ein, zwei Jahre.

Wahrscheinlich war es einfach so, dass sich zwei einsame Herzen, die Schweres durchgemacht hatten, suchten, um Halt aneinander zu finden, um sich zu stützen und beizustehen. Mehr war da nicht. Sie sollte diese Sache nicht überbewerten. Und Sven sah das genauso, sonst wäre er nicht so überstürzt gegangen.

Emma beschloss, die Sache ganz schnell wieder zu vergessen. Sven war ein guter Freund geworden, sie konnten sich gegenseitig ihr Herz ausschütten und zuhören. Und das war alles.

Sie goss sich ein Glas Wasser ein, ging in den Garten, setzte sich auf die Bank und ließ ihre Blicke über die Wiesen schweifen. Dies war der beste Ort, um wieder zur Ruhe zu kommen, um ihre aufgewühlten Gefühle wieder herunterzukühlen. Eine der Wiesen musste heute gemäht worden sein, während sie gemalt hatte. Drei Störche stakten im frisch gemähten Gras herum und suchten nach leckeren Happen in Form von Fröschen oder Mäusen. Ein Bussard kreiste hoch darüber und stieß seine schrillen Schreie aus. Wahrscheinlich hoffte er auf dieselben Köstlichkeiten. Im alten

Apfelbaum sang wie jeden Abend der Buchfink. Weit hinten muhte eine Kuh.

Emma spürte, wie sie zur Ruhe kam. In drei Tagen war der Geburtstag. Ja, sie würde es schaffen, Sven ganz entspannt gegenüberzutreten. Es würde ein schöner Tag werden.

Kapitel 15

Am Vortag hatte sie noch einmal letzte Hand an das Bild gelegt, hatte Sandra schneeweiße, ausgebreitete Flügel geschenkt, um das Bild des über Thies wachenden Engels zu vervollständigen. Die Flügel gingen übergangslos in die Wolken über. Emmas Hoffnung war, dass sich Thies nun jedes Mal getröstet fühlen würde, wenn er Wolken am Himmel sah, und sie mit den Flügeln seiner Mama assoziieren würde.

Nun war der große Tag gekommen. Um vierzehn Uhr sollte es losgehen, hatte Birte gesagt. Emma hatte ihr gestanden, welches Geschenk sie für Thies vorbereitete, und hatte ihr auch gesagt, dass der Junge es im Vorfeld der Feier bekommen würde.

„Ich habe keine Ahnung, wie er reagiert, wenn er es sieht", gab sie zu. „Stell dir vor, er fängt an zu weinen oder gar zu schreien, und all eure Kinder bekommen es mit. Der Tag wäre gelaufen."

„Stimmt, du hast recht. Das wollen mir mal lieber nicht riskieren. Melissa freut sich schon wie verrückt auf die Feier, es würde alles verderben. Also gut, gib Thies das Bild vorher. Aber verrate ihm bloß nichts von unserem Plan."

„Auf keinen Fall! Also dann bis nachher, ich freue mich schon!"

Gleich würde Sven kommen und das Bild abholen. Schnell überprüfte Emma es noch einmal, ob noch etwas fehlte. Nein. Es war perfekt.

Da kam er schon. Ihr Herz schlug schneller, als sie beobachtete, wie er die Pforte öffnete und den Gartenweg entlang zur Haustür ging. Sein blondes Haar war zerzaust, heute war ein windiger Tag. Sie öffnete, ehe er klingeln konnte.

Überrascht sah er sie an. „Moin! Du scheinst es ja kaum erwarten zu können."

„Guten Morgen! Ich bin nervös, und wie! Ich hab echt Angst, wie Thies reagieren wird." Und Svens Eltern. Was, wenn sie ihr vor Ärger den Kopf abreißen würden?

„Um ehrlich zu sein, ist mir auch etwas mulmig. Also, was meinst du? Bringen wir es hinter uns?"

Emma holte tief Luft. Ihr Magen fühlte sich ganz verknotet an. Das lag jedoch nur zum Teil an ihrer Aufregung wegen des Bildes. Ebenso sehr rührte es von ihrer Umarmung mit Sven vorgestern. Sie war froh, dass er das Erlebnis, ebenso wie sie, allem Anschein nach vergessen wollte und ganz unbefangen mit ihr umging.

Sie hatte das Bild noch nicht eingepackt. Sven stellte sich davor und sah es an. „Du hast ihr Flügel gegeben", sagte er leise. „Es wirkt, als wäre sie überall in den Wolken. Das ist schön."

„Ja, gefällt es dir? Da bin ich sehr froh. Warte, ich packe es noch ein, damit es unterwegs keinen Schaden nimmt."

Sie griff nach dem Packpapier, und Sven half ihr, das Bild vorsichtig einzuwickeln. Anschließend trugen sie es zum Transporter.

„Willst du gleich mitfahren?", fragte Sven. „Dann kann Thies das Bild gleich auspacken." Er grinste unsicher. „Ich möchte es hinter mir haben, verstehst du? Versteh mich bitte nicht falsch, das Bild ist großartig, und wenn es schiefgeht, liegt es nicht an dir. Aber man weiß eben nicht, was in Thies vorgeht."

„Natürlich verstehe ich das. Ich komme gern mit. Auch wenn ich mindestens so große Angst habe wie du, möchte ich gern dabei sein, wenn Thies das Bild sieht. Ich muss dann nur später noch mal zurückkommen und die Sachen für die Feier holen." Sie legte ihren Zeigefinger an die Lippen. „Und verrate bloß Thies nicht, was ihn heute noch erwartet. Es soll eine Überraschung sein."

„Ehrenwort! Weißt du was? Noch nicht einmal meine Eltern und mein Opa wissen davon. Ich traue ihnen nämlich nicht so ganz über den Weg, ob sie es schaffen, dichtzuhalten." Er lachte. „Also komm, steig ein. Ich fühle mich gerade wie vor einem Zahnarzttermin, nachdem er mir verkündet hat, dass er mindestens drei Zähne ziehen muss."

„Geht mir ebenso." Emma stieg auf den Beifahrersitz und schnallte sich an.

Sven startete den Motor, und nach zwei Minuten Fahrt erreichten sie sein Haus. Seine Eltern standen mit Thies bereits davor und erwarteten sie.

Emma schlug das Herz bis zum Hals, als sie ausstieg. Heinz kam ihr entgegen und begrüßte sie, gefolgt von Svens Eltern. Die beiden verzogen keine Miene, als sie ihr grüßend zunickten. Emma versuchte, das beklemmende Gefühl zu ignorieren, das sie überkommen wollte. Sie beugte sich zu Thies hinunter, der vor

Aufregung ganz rote Wangen hatte. Seine Augen blitzten. „Hallo, Thies“, grüßte sie und schüttelte ihm die Hand. „Ich wünsche dir alles Gute zu deinem vierten Geburtstag. Jetzt bist du schon ein großer Junge.“

„Danke“, sagte er artig und nickte. Seine Blickte hafteten an seinem Vater, der gerade das eingepackte Bild aus dem Wagen holte. „Ist das für mich?“, rief er.

„Ja“, sagte Emma.

„Das ist aber groß! Was ist denn da drin?“

„Lass es uns reintragen“, schlug Sven vor. „Dann kannst du es auspacken und wirst es sehen.“ Er wechselte einen besorgten Blick mit seinen Eltern.

Gemeinsam gingen sie ins Haus. Neugierig sah Emma sich um. Der Flur war hell und freundlich. Über einer Kommode hing ein gerahmtes Familienfoto von Sven und seiner Familie. Die Tür geradeaus führte direkt ins Kinderzimmer. Aufgeregt war Thies vorangelaufen und hielt ihnen nun die Tür auf.

Als alle versammelt waren, übergab Sven seinem Sohn das Bild. „Dann mal los, Geburtstagskind. Du darfst es auspacken.“

Ohne Zögern riss Thies das Papier auf. „Ich bin so gespannt, was es ist“, rief er.

Plötzlich hatte Emma Angst. Was, wenn er weinen oder schreien würde, wenn er schockiert wäre? Wäre sie dann nicht in seinen Augen und wohl auch in denen seiner Großeltern das Feindbild Nummer Eins? War sie das für die beiden nicht jetzt schon? Immer noch hatte keiner von ihnen ein Wort mit ihr gewechselt.

Thies entfernte ein weiteres Stück Papier. Emma hielt den Atem an, als ein Stück Himmel zum Vorschein kam, Wolken, die in Flügel übergingen, eine blonde Strähne von Sandras Haar ...

Schließlich war das Bild ausgepackt, stand auf dem Boden, an der Wand lehnend, und Thies starrte es an. Heinz und Svens Eltern starrten es an.

Emma wurde es ganz schwindelig. Die Welt schien stillzustehen, während sie auf das Urteil wartete.

Thies sank auf die Knie, seine Finger wanderten ehrfürchtig zum Gesicht seiner Mutter, wagten kaum, es zu berühren. „Das ist Mama", flüsterte er.

„Ja, das ist sie", sagte Sven. Seine Stimme bebte. „Emma hat sie für dich gemalt. Damit ... damit Mama immer bei dir ist, bei Tag und bei Nacht." Er wies auf die Flügel. „Siehst du? Sie ist ein Engel im Himmel, so, wie wir es dir erklärt haben. Sie wacht über dich und beschützt dich."

Thies sagte nichts, sah nur weiterhin das Bild an. „Jetzt kann ich sie immer sehen", flüsterte er schließlich.

Emma fühlte vor Rührung einen dicken Kloß im Hals.

„Genau", erwiderte Sven. Seine Stimme klang belegt.

„Können wir es aufhängen?", fragte Thies schließlich.

„Natürlich." Gemeinsam mit seinem immer noch schweigenden Vater hob Sven es hoch und hängte es an bereits vorbereitete Nägel.

Skeptisch betrachtete Thies das Werk, mit der Hand sein Kinn stützend, wie es sein Papa immer tat, wenn er nachdachte. „Die Seehunde sind fröhlich", stellte er fest. „Und die Otter auch."

„Klar sind sie das", sagte Sven. „Mama passt auch auf sie auf."

„Und auf dich."

„Auf uns alle. Engel sind sehr mächtig. Wenn man von einem beschützt wird, braucht man keine Angst mehr zu haben."

„Gefällt es dir?", mischte sich zum ersten Mal Thies' Oma ein. Ihre Stimme klang rau, doch immer noch schenkte sie Emma keinen Blick.

Noch einmal ließ der Junge seine Blicke über das Bild wandern. Dann nickte er und sah seine Oma ernst an, danach Emma. „Danke, dass du meine Mama für mich gemalt hast", sagte er.

Emma kniete sich hin und umarmte den kleinen Jungen. Vertrauensvoll schmiegte er sich an sie, sie spürte seine Wärme und roch seinen lieblichen Kinderduft. Sie meinte sogar, sein kleines Herz an ihrer Brust schlagen zu spüren, ganz schnell klopfte es vor lauter Aufregung.

„Das hab ich sehr gerne für dich gemacht", sagte sie in sein weiches Haar hinein. Plötzlich musste sie an ihr eigenes Kind denken, das sie niemals so würde halten können. Ob es ebenso geduftet hätte wie Thies, ebenso weiche Haut gehabt hätte? Mühsam unterdrückte sie ihre Tränen. Die Freude des kleinen Jungen rührte sie mehr, als sie gedacht hätte.

„Ich glaube, wir könnten alle einen Schnaps gebrauchen, oder?", rief Heinz. Seine Stimme klang ungewohnt brüchig, und schnell wischte er sich über die Augen.

„Aber Heinz, du weißt doch, dass du nichts trinken sollst", rief seine Schwiegertochter halbherzig. Auch sie hatte feuchte Augen, wie Emma erstaunt feststellte, als deren Blicke sie zum ersten Mal streiften. „Ach, was soll's", setzte sie hinzu. „Was der Doktor nicht weiß, macht ihn nicht heiß."

Rasch schob sie sich an Heinz und den anderen vorbei und ging voraus in die Küche.

„Wir sollten sie nicht warten lassen", sagte Sven. Emma hatte in all der Aufregung gar nicht auf ihn geachtet. Er hatte ganz rotgeweinte Augen.

Gemeinsam mit ihm verließ sie als letzte das Kinderzimmer. „Ich bin so erleichtert, dass es ihm gefällt", flüsterte sie.

„Und ich erst! Mir war ganz schlecht, als ich mir vorgestellt habe, was alles passieren und wie er reagieren könnte."

„Ging mir genauso. Ich hatte Angst, deine Eltern zerreißen mich in der Luft, wenn Thies das Bild nicht gefallen hätte."

„Unsinn. Sie sind dir unendlich dankbar, dass du diese Arbeit auf dich genommen hast."

„Ich habe eher das Gefühl, es passt ihnen gar nicht, dass ich hier bin und mich in euer Familienleben einmische. Sie haben noch kein Wort zu mir gesagt."

„Nimm es ihnen nicht übel. Wie ich schon sagte, darfst du es nicht persönlich nehmen. Sie haben sehr an Sandra gehangen und sind über ihren Tod immer noch nicht hinweg. Aber das wird schon. Meine Mutter hatte gerade ganz feuchte Augen."

„Wo bleibt ihr denn?", rief Heinz.

Sven ließ Emma den Vortritt in die Küche, und Heinz rückte ihr den Stuhl neben sich zurecht. Margarete, wie Svens Mutter hieß, hatte bereits fünf Schnapsgläser auf den Tisch gestellt, und Heinz hatte ihnen Korn eingeschenkt und die Flasche vorsichtshalber auf dem Tisch stehenlassen.

Als alle saßen, hob Horst, Svens Vater, sein Glas. „Na dann, Prost." Er setzte sein Glas an und kippte das Getränk in einem Zug hinunter. „Ich hab Blut und Wasser geschwitzt", gab er zu. „Die Sache hätte auch schiefgehen können." Zum ersten Mal schenkte er Emma einen Blick, und etwas wie Bewunderung lag darin.

„Ja, das hätte sie", sagte Margarete und schenkte ihnen noch einmal nach. „Am Anfang hielt ich das mit dem Bild für keine gute Idee." Endlich sah sie Emma an. In ihren Augen stand große Trauer, aber keine Kälte mehr. „Aber als ich darüber nachgedacht hatte, hoffte ich, dass es die ideale Lösung ist. Ich will ehrlich zu dir sein, Emma. Wir vermissen Sandra mehr, als ich jemals für möglich gehalten hätte. Und als Sven anfing, von dir zu erzählen … Ich fand das nicht gut, und Horst auch nicht. Es erschien uns wie eine Art Untreue unserer verstorbenen Schwiegertochter gegenüber. Aber auch Heinz hat nicht aufgehört, von dir zu sprechen und dich zu loben. Wie du deine Tante unterstützt und all das. Und was das Bild betrifft … Wir danken dir, Emma. Du hast dir so viel Arbeit damit gemacht. Ich hab nicht daran gezweifelt, dass dem Jungen das Bild gefällt. Na gut, etwas Angst hatte ich schon, man weiß ja nie. Aber im Grunde wusste ich es. Nach dem, wie Sven von dem Bild geschwärmt hatte, musste die Sache ja gut gehen." Sie warf ihrem Sohn einen nicht zu deutenden Blick zu.

Emma spürte, wie sie errötete. Wahrscheinlich kam das vom ungewohnten Schnaps. Sie nippte vorsichtig am zweiten Drink, nachdem sie den ersten in kleinen Schlucken bezwungen hatte. Die Hitze des Alkohols breitete sich in ihrem Magen aus und beruhigte ihre angeschlagenen Nerven. „Ich bin auch froh, dass alles geklappt hat. Ich hatte schon Angst, mit Schimpf und Schande aus dem Haus gejagt zu werden", gab sie zu. Diese Leute hatten ja keine Ahnung, wie ernst sie jedes einzelne Wort meinte.

„Das hätte leicht passieren können", rief Heinz und brach unvermittelt in dröhnendes Gelächter aus. „Dumm Tüch! Was denkst du denn, Deern? Wenn es schiefgegangen wäre, wäre es nicht deine Schuld gewesen. Das Bild ist wundervoll geworden. Kannst du nicht für mich auch so eins malen? Vielleicht von einer jungen Frau am Strand, die …"

„Heinz!", donnerte Margarete. Sie griff nach der Kornflasche und stellte sie auf den Schrank ganz oben. „Du bekommst heute nichts mehr. Ich weiß schon, warum der Doktor dir das Trinken verboten hat."

Heinz starrte sie ertappt an, und alle am Tisch brachen in Lachen aus.

Emma spürte, wie sich all die Anspannung der letzten Tage löste, der Knoten im Magen entkrampfte und ihr Herzschlag sich normalisierte.

„Willst du zum Mittagessen bleiben?", lud Margarete sie überraschend ein, nachdem sie noch eine Weile über dies und das geplaudert hatten.

„Oh, das ist nett, aber ich muss noch einiges tun und …"

„Ich helfe dir, dann geht es schneller", bot Sven an.

Also aß Emma mit. Es gab Kohlrouladen mit Kartoffeln, und erst, als sie aß, merkte sie, wie viel Hunger sie bereits gehabt hatte. Während des Essens setzte sich das nette Gespräch fort, und Emma fühlte sich inmitten dieser Familie nicht mehr wie ein Fremdkörper, sondern zunehmend entspannter. Margarete matschte für Thies die Kartoffeln mit Soße und schnitt den Kohl und das Hack in kleine Stückchen, ehe sie ihm die Gabel in die Hand drückte.

„Was machst du denn heute noch so, Thies?", fragte Emma unschuldig.

„Mit meinem Bagger spielen, den Papa mir geschenkt hat."

„Das ist toll." Emma bemerkte, wie sich Horst und Margarete besorgte Blicke zuwarfen. Sie konnte ihnen die Gedanken am Gesicht ablesen. Es war so schade, dass der Kleine an seinem Geburtstag niemanden zum Mitspielen hatte. Sie wussten ja noch nichts. Nun, sie würden später Augen machen.

Nach dem Essen bedankte sich Emma bei Margarete für das leckere Essen. „Nun muss ich aber wirklich los."

„Schade. War schön, dich mal wiederzusehen. Und danke nochmals für das wunderschöne Bild." Sie sah kurz zu Boden. „Und tut mir echt leid, dass wir so kurzangebunden waren. Du weißt ja, warum. Aber dafür kannst du ja nichts."

„Schon in Ordnung. Hoffentlich hilft das Bild Thies dabei, wieder ruhiger schlafen zu können."

„Ganz bestimmt. Und kiek mol wedder in."

„Das mach ich gerne." Emma musste sich das Grinsen verkneifen. Margarete konnte ja nicht ahnen, wie schnell sie sich wiedersehen würden.

Sven fuhr Emma nach Hause und ging mit ins Haus. „Was soll ich machen?", fragte er.

Emma reichte ihm eine Großpackung Luftballons. „So viele wie möglich davon aufpusten. Den Rest nehmen wir mit und pusten sie bei euch auf, aber ich möchte, dass wir Thies bereits mit ganz vielen Luftballons überraschen können. Sein ganzes Zimmer soll voll davon sein."

Sven riss die Tüte auf und nahm den ersten Ballon heraus. „Ich weiß gar nicht, wie ich dir danken soll", sagte er leise.

„Brauchst du nicht. Ich mache das gern, wirklich."

„Du machst dir so viel Arbeit. Erst das Bild, daran hast du tagelang gearbeitet. Und nun noch diese Geburtstagsfeier für Thies. Ich kann das gar nicht wiedergutmachen."

Emma schüttelte den Kopf. „Das brauchst du auch nicht. Wie ich schon sagte, es macht mir Spaß. Ich möchte, dass der Kleine glücklich ist. Er ist so ein süßer Junge."

„Das ist er." Er holte Luft. „Also gut, dann wollen wir mal." Damit begann er, den ersten Ballon aufzupusten.

Emma holte währenddessen den Schokoladenkuchen, den sie gestern gebacken hatte. Sie hatte ihn mit bunten Smarties verziert und mit leuchtender Lebensmittelfarbe *Herzlichen Glückwunsch zum 4. Geburtstag, Thies* draufgeschrieben.

Sven staunte, als er ihn sah. „Du hast ja noch mehr für den Lütten. Wirklich, Emma, langsam bekomme ich ein schlechtes Gewissen." Er verstummte, als er ihren Gesichtsausdruck sah, und hob abwehrend die Hände. „Schon gut, ich sag ja gar nichts mehr." Er lachte. Dann nahm er den nächsten Ballon aus der Tüte. Er war schon ganz atemlos vom vielen Pusten, aber sieben Ballons lagen schon am Boden neben ihm.

Emma beteiligte sich am Aufpusten, und schließlich hob Sven die Hand. „Wir sollten aufhören, mehr kriegen wir nicht in den Wagen. Das reicht auch, mir ist schon ganz schwindelig.“

Emma kicherte. „Du bist auch schon ganz rot im Gesicht. Na gut, wir wollen ja nicht, dass du am Geburtstag deines Sohnes umkippst. Aber nimm die restlichen mit. Alles soll perfekt sein für den Kleinen.“

Sven sagte nichts mehr, aber seine Blicke sprachen Bände.

Vorsichtig verstauten sie all die Ballons im Wagen. Emma sah auf die Uhr. „Ich glaube, wir sollten losfahren. Wir wollten uns alle um genau vierzehn Uhr bei euch einfinden.“ Sie kletterte auf den Beifahrersitz und nahm den Kuchen auf den Schoß.

Sven lächelte vorfreudig. „Thies wird Augen machen, und meine Eltern ebenfalls. Meine Mutter hat ihm natürlich auch einen Kuchen gebacken, den er nachher bekommt, aber das ist doch nicht mit dem hier zu vergleichen.“ Mit den Augen wies er auf all die Ballons.

Als sie auf den Hof fuhren, kamen auch Birte, Sophie und Lisa mit ihren Kindern gerade an. Verena würde sicher auch gleich auftauchen. Melissa und die anderen Kinder sprangen aufgeregt herum. Jedes hielt ein hübsch eingepacktes Geschenk in den Händen.

Sven riss die Augen auf. „Ihr seid ja völlig verrückt!“ Er wies auf die Schüsseln voller Nudelsalat, Frikadellen und Würstchen sowie den Kuchen und die anderen Süßigkeiten, die die Frauen in den Händen hielten. „Wer soll das denn alles essen?“

Lisa lachte. „Du kennst den Appetit unserer Kinder nicht.“ Nun wandte sie sich Emma zu und begrüßte sie.

„Hallo übrigens, wir sind noch gar nicht dazu gekommen, uns zu begrüßen. Ich bin froh, dass du wieder zurück bist. Hier bei uns ist es doch am schönsten, oder?“

Sophie schloss sich der Begrüßung an und gleich darauf Verena, die ebenfalls erschienen war.

Plötzlich öffnete sich die Haustür, und Margarete trat vor die Tür. Ungläubig starrte sie auf den Menschenauflauf auf ihrem Hof. „Was ist denn hier los? Wo kommt ihr auf einmal alle her?“ Neben ihr erschienen Horst und Heinz, und dann drängte sich Thies zwischen ihnen hindurch. Er blieb stehen, als wäre er gegen eine Mauer gelaufen, und starrte auf die vielen Besucher.

Melissa brach das Eis. „Herzlichen Glückwunsch, Thies“, sagte sie und hielt ihm ihr Geschenk hin.

Gleich darauf brach ein Gewusel los, als alle Kinder gleichzeitig Thies ihre Geschenke überreichen wollten. Er packte sie gleich an Ort und Stelle aus. Zum Vorschein kamen Spielzeugautos, ein Trecker, Plastikkühe, Schweine und Pferde, ein Malbuch mit Stiften und ein Puzzle mit Seehundmotiv.

„Danke“, rief er immer wieder, und sein glückliches Strahlen ließ Emma das Herz aufgehen.

„Ich weiß nicht, was ich sagen soll“, sagte Margarete und schüttelte überfordert den Kopf.

Emma ging zu ihr. „Lass uns zusammen den Tisch decken. Die Kleinen sind gerade beschäftigt.“ In der Hand hielt sie immer noch den Kuchen. Die anderen Frauen folgten ihnen ins Haus, während Sven die Luftballons aus dem Auto holte. Sophie half ihm dabei. Die Kinder waren so mit den Geschenken beschäftigt, dass sie ihn gar nicht bemerkten.

„Das ist so lieb von euch, ich weiß gar nicht, was ich sagen soll", sagte Margarete, während sie Teller auf den Tisch stellte.

„Machen wir gern", erklärte Birte. „Man wird nur einmal vier Jahre alt. Es soll ein unvergesslicher Tag für Thies werden."

„Das wird er ganz bestimmt!"

Emma stellte ihren Kuchen auf den Tisch, und Margarete holte ihren dazu, eine Marzipantorte, ebenfalls mit Aufschrift sowie mit kleinen Marzipan-Seehunden verziert.

„Wie goldig", rief Emma entzückt. „So was würde ich nie hinbekommen."

„Ist gar nicht so schwer", wehrte Margarete bescheiden ab. „Wenn du willst, zeige ich es dir."

Emma lächelte still in sich hinein. Wenn das kein Friedensangebot war!

Lisa hatte zusätzlich noch Muffins gebacken, Verena einen Apfelkuchen, und Margarete kochte schnell eine Kanne Kakao für die Kinder, Kaffee für die Erwachsenen und schlug Sahne auf. „Ach, hätte ich das vorher gewusst, ich hätte alles schön schmücken können", seufzte sie.

„Auch dafür ist gesorgt", rief Birte von der Tür her. Schnell hatten sie überall Luftschlangen und Luftballons aufgehängt, wo sie Platz fanden. Außerdem entzündeten sie die Kerzen auf beiden Kuchen.

„Rufen wir die Kinder rein", schlug Sophie vor, als alles fertig war.

Thies fielen vor Staunen fast die Augen aus dem Kopf, als er die festlich gedeckte Tafel sah. „Ist das alles für mich?"

„Nun ja, nicht ganz", erklärte Sven ernsthaft. „Die anderen Kinder sollen ja auch was abbekommen, oder? Und vielleicht bleibt sogar für uns ein Stückchen Kuchen übrig, was meinst du?"

Thies nickte begeistert. „Klar", rief er großzügig.

Kurz darauf saßen alle am Tisch und bedienten sich. Horst hatte extra noch Stühle vom Dachboden geholt, damit alle Platz fanden.

„So viel Trubel war hier schon lange nicht mehr", stellte Margarete fest.

„Hoffentlich verlangt er jetzt nicht jedes Jahr so eine Party", befürchtete Sven.

„Ich schon", rief Melissa und hob ihre Hand. Sofort gingen zehn weitere kleine Hände in die Luft. „Ich auch", kam es von allen Seiten.

„Oh je, da haben wir ja etwas Schönes angerichtet." Verena lachte.

„Ich weiß gar nicht, wie ich euch danken soll", sagte Margarete und betrachtete Thies. Er saß zwischen seinen Freunden an der Kaffeetafel, schob sich ein Stück Schokoladenkuchen in den Mund und lachte. „So fröhlich hab ich ihn lange nicht mehr gesehen."

„Da gibt's nicht zu danken", wehrte Birte ab. „Das haben wir gern gemacht. All unsere Kinder haben doch etwas davon. Und wir ebenfalls."

Die nächsten Stunden vergingen wie in einem Traum. Emma hatte so viel Fröhlichkeit und Lachen um sich herum wie schon lange nicht mehr. Alle bewunderten das Bild, das sie für Thies gemalt hatte, und er riss vor Staunen die Augen auf, als er all die vielen Luftballons sah, die sie heimlich in sein Zimmer geschafft hatten. Später spielten sie draußen mit den

Kindern Topfschlagen und Verstecken. Und alle durften mit in den Stall und bei der Fütterung der Kühe helfen.

Erst am frühen Abend verabschiedeten sich Birte und die anderen Mütter mit ihren Kindern. Alle umarmten Emma und bedankten sich bei ihr für ihre Hilfe.

„Ich hoffe, wir sehen uns jetzt öfters mal, wo du wieder hier bist", sagte Sophie.

„Ganz bestimmt."

„Soll ich dich eben nach Hause fahren?"

Emma winkte ab. „Danke, aber das musst du nicht. Ich helfe noch beim Aufräumen."

„Wie du meinst."

Emma sah ihnen nach, wie sie zu ihren Autos gingen, während sie zwischen Sven, Heinz, Thies und seinen Großeltern stand, und spürte, dass sie wirklich nach Hause gekommen war. Warum bloß war sie einst von hier fortgegangen? Warum hatte sie gedacht, ihr Glück anderswo finden zu müssen? Oder war es nicht viel mehr so, dass sie ihr Glück erst jetzt so richtig zu schätzen wusste, weil es sie verloren und wiedergefunden hatte? Empfanden die anderen ebenso wie sie? Oder grübelten sie darüber nach, wie es wohl wäre, in der Stadt zu leben, in einem anderen Land, an einem anderen Ort? Wünschten sie sich fort von hier, so wie einst sie? Oder hatte sie einfach nur Pech gehabt, als sie wegzog? Nun, wie auch immer, sie würde nicht mehr fortgehen. Sie wusste nun, wo ihre Heimat war.

Kapitel 16

Gemeinsam brachten Emma und Sven Thies ins Bett. Mit immer noch vor Aufregung roten Wangen lag er da und sah zum Bild hinüber. „Jetzt kann ich ihr jeden Abend gute Nacht sagen", sagte er.

„Das kannst du. Sie hört dich und wünscht dir süße Träume." Zärtlich strich Sven seinem Sohn das Haar aus der Stirn. „Und wenn du doch mal aufwachst, ist hier der Lichtschalter, siehst du? Direkt über deinem Kopf. Da drückst du drauf, und dann kannst du Mama sehen." Die Lampe strahlte direkt auf Sandras Gesicht.

„Ist gut", sagte er, und schon fielen ihm die Augen zu.

Sven küsste ihn noch einmal auf die Stirn, und Emma strich über seine zarte Wange.

„Schlaf gut, Thies", flüsterte sie.

Er antwortete nicht mehr.

„Er ist hundemüde", erklärte Sven leise, nachdem sie das Kinderzimmer verlassen hatten. „Er konnte schon seit einer Stunde kaum noch die Augen offenhalten. Nur die Aufregung hat ihn noch wachgehalten."

„Kein Wunder nach so einem spannenden Tag."

„Für den ich dir noch einmal danken möchte." Sven blieb stehen und sah Emma an. „Ohne dich, ohne euch alle, wäre es beinahe ein Tag wie jeder andere für ihn geworden. Nun aber wird er sich sein Leben lang an seinen vierten Geburtstag erinnern."

„Das freut mich. Er ist so ein süßer Junge. Er hat es verdient, endlich wieder glücklich zu sein.“

Emma sah in Svens ehrliche Augen. Auch er hatte es verdient. Sein Blick schien ein Band zwischen ihnen zu weben, sie war nicht mehr in der Lage, fortzusehen.

„Komm“, sagte er leise und nahm ihre Hand.

Sie wehrte sich nicht, als er sie in die Stube zog. Sie wusste, sie sollte gehen, sofort. Es gehörte sich nicht, was sie hier tat. Alles war noch viel zu frisch.

„Nehmen wir noch einen Absacker?“, fragte er schließlich. „Ich könnte jedenfalls einen gebrauchen. So eine Aufregung heute!“

Was sprach dagegen? Emma nickte. „Gern.“

Sven ging zum großen Schrank hinüber. „Was möchtest du? Ich habe hier Rot- und Weißwein, Portwein, Eierlikör ...“ Nacheinander nahm er die Flaschen zur Hand und studierte die Etiketten. „Hier ist noch Korn, Küstennebel, schottischer Whisky, und natürlich habe ich auch Bier im Kühlschrank.“

Emma lächelte. „Damit kannst du ja eine Bar eröffnen.“

Sven blieb ganz ernst. „Wir hatten oft Besuch, weißt du? Sandra war sehr gesellig. Oft kamen ihre alten Freunde aus Stade oder ihre Eltern, und natürlich Kollegen und Freunde von mir. Aber seit sie ... tot ist, ist es ruhig geworden. Ich war schon lange nicht mehr an diesem Schrank.“

„Rotwein wäre schön.“ Es gab so viel, was Emma hätte sagen mögen. Aber sie wagte es nicht.

Sven holte zwei Rotweingläser aus dem Schrank und stellte sie leise klirrend auf den Tisch. Dann schenkte er ein, setzte sich neben Emma auf die Couch und hielt ihr ein Glas hin. „Auf den Abschluss eines wunderbaren Tages“, sagte er. Sein Blick war so tief, dass Emmas Herz schneller schlug.

„Auf einen kleinen Jungen, der nun hoffentlich glücklich und sorgenfrei schlafen kann“, erwiderte sie.

Der Wein war köstlich, und plötzlich spürte Emma, wie durstig sie war. Schnell waren die Gläser leer, und Sven schenkte nach.

„Was sind deine weiteren Pläne?“, erkundigte er sich.

„Ich werde mich jetzt nach einem Job umsehen. Es … es geht mir besser, weißt du? Ich werde gleich morgen damit beginnen, mich nach einer Arbeit umzusehen.“

„Was schwebt dir denn so vor?“

„Ach, ich bin da gar nicht so wählerisch. Vielleicht finde ich etwas als Verkäuferin, das wäre natürlich am besten.“

„In Otterndorf findest du bestimmt etwas, oder zumindest in Cuxhaven.“

„Hoffentlich. Ich werde mir ein Auto kaufen müssen. Bisher habe ich alles mit dem Fahrrad erledigt oder mir mal das Auto meiner Eltern geliehen, aber wenn ich wieder arbeite …“

„Ich helfe dir gern bei der Suche.“

„Danke. Ach, was mir gerade einfällt: Habe ich dir schon erzählt, dass ich tatsächlich meinen ersten Auftrag für ein Bild bekommen habe?“

„Was? Nein. Das ist ja großartig! Für wen denn?“

„Als ich neulich Tante Lisbeth in der Reha besucht habe, brachte ich ihr doch das Bild mit, das ich von ihrem Haus gemalt habe, damit sie nicht so schlimmes Heimweh hat. Das hat die Schwester gesehen, die sie betreut. Und sie hat gefragt, ob ich nicht ein Bild für ihre Mutter zum Geburtstag malen kann. Und weißt du, was am besten ist? Sie gibt mir hundert Euro dafür!"

„Wow, das ist fantastisch! Emma, ich freu mich so für dich! Pass mal auf, du wirst noch eine berühmte Malerin!"

Er schenkte ihnen erneut Wein nach und stieß sein Glas gegen ihres. „Auf eine große Karriere!"

Bescheiden schüttelte Emma den Kopf, trank jedoch gehorsam. Der Wein war wirklich wunderbar süffig. Jedoch spürte sie, wie er ihr bereits zu Kopf stieg. Aber was machte das schon. Nach diesem Tag, und besonders nach dem Erfolg ihres Bildes für den kleinen Thies, hatte sie es sich verdient.

„Und du?", fragte sie mutig. „Wie geht es dir? Hat dir der heutige Tag gutgetan, die Ablenkung und all das?" Im selben Augenblick hätte sie sich am liebsten auf die Zunge gebissen. Wäre sie noch nüchtern gewesen, hätte sie nicht gefragt, und bestimmt wäre das besser gewesen.

Doch Sven sah sie an und nicke. „Das hat er tatsächlich. Ich habe es für einige Stunden geschafft, nicht mehr daran zu denken, wie alles werden soll ohne Sandra. Wie ich es ohne sie schaffen soll, wie Thies großwerden soll ohne Mutter." Er nahm einen Schluck Wein. „Nach dem heutigen Tag habe ich das Gefühl, ich könnte es schaffen. Nicht, sie zu vergessen, oh nein, das werde ich niemals. Aber ein lebenswertes Leben ohne sie zu führen. Sie ist fort, daran ist nichts zu ändern. Aber gewiss würde sie nicht wollen, dass ich mich hängenlasse und unglücklich bleibe. Allein schon für Thies würde sie wollen, dass ich weiterlebe, dass ich ein Recht auf ein neues Glück habe."

„Natürlich hast du das. Das Leben geht weiter, auch nach Verlusten, ob wir das wollen oder nicht." Emma sah nachdenklich in ihren Wein. Die tiefrote Farbe erinnerte sie plötzlich wieder an ihren eigenen Verlust. Schnell trank sie aus und stellte das Glas auf den Tisch.

„Es tut mir leid, was du mitmachen musstest", sagte Sven leise, als hätte er ihre Gedanken gelesen. „Und du, wie ging es dir heute? So viele Kinder, so viele glückliche Mütter. Es muss schwer für dich gewesen sein."

Konnte er wirklich Gedanken lesen? Sie schüttelte den Kopf. „Ich hatte Angst davor, aber es war nicht schlimm, ganz im Gegenteil. Es hat mir gutgetan. Weißt du, ich liebe Kinder. Und ich weiß nicht, ob ich jemals eigene haben werde. Die Ärzte sagen, dass ich Kinder bekommen kann, aber dass mein Körper wohl sehr schnell auf Stress reagiert und sich schwertut, die Frucht zu bewahren und auszutragen. So erklären sie sich zumindest die drei Fehlgeburten. Es kann also sein, dass ich niemals eigene Kinder haben werde." Plötzlich war der Kloß im Hals wieder da. Emma schluckte.

Sven rückte näher an Emma heran. „He, he", versuchte er sie zu beruhigen und strich über ihren Arm. „Mach dir keine Sorgen darüber. Hast du mal daran gedacht, dass es nicht an dir liegt?"

Emma starrte ihn an. „Wie meinst du das?"

„Na ja, es könnte doch auch an deinem Ex-Verlobten liegen."

Emma hielt die Luft an. Konnte das sein? Darüber hatte sie noch gar nicht nachgedacht. Bisher hatte sie die Schuld, wenn man überhaupt davon sprechen konnte, immer nur bei sich selbst gesucht. Was, wenn

Sven recht hatte? Könnte sie tatsächlich von einem anderen Mann problemlos ein Kind bekommen?

„Möglich", krächzte sie.

Nach einem prüfenden Blick auf sie stand Sven auf und ging zum Schrank hinüber. Täuschte sich Emma, oder schwankte er schon ein wenig? Sie sollte langsam nach Hause gehen.

Doch schon stand Sven wieder vor ihr. In der Hand hielt er eine Flasche Küstennebel und zwei kleine Gläser. „Ich glaube, wir beide brauchen etwas Stärkeres. Unsere Nerven haben heute doch einiges mitgemacht." Er hielt ihr eins der Gläser hin.

„Oh je", sagte Emma und hörte sich kichern. „Ob das eine gute Idee ist?"

„Klar. Nun komm schon. Nich lang schnacken, Kopp in Nacken!" In einem Zug leerte er sein Glas.

Etwas langsamer tat Emma es ihm gleich. Anschließend schüttelte sie sich. „Puh, ich habe das Zeug noch nie gemocht."

„Ich auch nicht. Aber es tut gut."

„Bist du sicher?"

„Ja, du wirst schon sehen. Hier, nimm noch einen."

Sven trank aus und ließ sich wieder neben Emma auf die Couch plumpsen.

Sie fühlte sich plötzlich wunderbar entspannt. Sven hatte recht, das eklige Gesöff tat gut. Ab sofort würde sie nichts mehr gegen Küstennebel einwenden. Seufzend ließ sie sich zurücksinken.

„Ich bin wirklich froh, dass du zurückgekommen bist", sagte Sven leise.

„Ich auch."

„Nein, ich meine es ernst. Ich fühle mich wohl in deiner Gegenwart. Du tust mir gut, Emma.“

Sie sah auf und direkt hinein in Svens Augen. Wieder war das Band da, das seine Blicke zwischen ihnen woben. Sie sah, wie er seine Hand hob, spürte, wie er damit über ihr Haar strich, ganz behutsam, als wäre sie zerbrechlich. Sein Gesicht kam näher, sie roch den Duft seiner Haut, spürte seinen Atem auf ihren Lippen …

„Sven, wir sollten das nicht tun …“, hauchte sie.

„Ich muss“, sagte er.

Emma spürte seine Lippen auf ihren und schloss ihre Augen. Er rückte näher an sie heran, küsste sie, streichelte ihr Haar.

Emma schaltete alle Bedenken aus und ließ sich fallen. In diesem Moment fühlte es sich richtig an, und sie begann, Svens Kuss zu genießen, erwiderte ihn. Wollte sie nicht schon immer wissen, wie sich sein Haar anfühlte? Sie hob ihre Hand und wühlte darin herum. Es war beinahe ebenso weich wie das seines Sohnes. Ihre Hand streichelte über seine leicht stoppelige Wange, seine Schulter, seinen muskulösen Oberarm. Er legte seinen Arm um ihre Schulter und zog sie näher zu sich heran. Emma fühlte seine Kraft und genoss die Umarmung und die Nähe. Und den Kuss.

Später konnte sie nicht mehr sagen, wie lange sie sich küssten. Irgendwann löste sich Sven ein wenig von ihr, gerade so viel, dass er sich gegen die Lehne der Couch sinken lassen konnte, ohne den Arm von Emmas Schulter zu lassen.

Schweigend saßen sie da, genossen die Nähe des anderen. Emma konnte es nicht leugnen: Es fühlte sich richtig an. Auch wenn sie jetzt an Sandra dachte, fühlte sie sich nicht schlecht. Sandra war tot, Sven aber lebte. Hatte er nicht auch ein Recht auf Glück?

„Ich sehe noch mal nach Thies“, sagte er nach einer Zeit, die ihr endlos erschien.

„Darf ich mitkommen?“, flüsterte sie.

„Natürlich.“

Wie zwei Einbrecher schlichen sie zum Kinderzimmer. Behutsam öffnete Sven die Tür, und an seinen Bewegungen erkannte Emma, dass er das schon unzählige Male getan haben musste. Ohne das leiseste Geräusch schwang sie auf. Mondlicht schien ins Zimmer und beleuchtete Thies’ Bett. Lautlos trat Emma neben Sven an ihn heran und betrachtete das schlafende Kind. Ganz ruhig lag Thies da, mit leicht geöffnetem Mund. Sacht bewegte sich seine kleine Brust. Seine Decke war verrutscht, und vorsichtig zog Sven sie wieder hoch und strich sie über seinem Sohn glatt. Anschließend zogen sie sich still wieder zurück, und Sven schloss behutsam die Tür.

„Er schläft ganz friedlich“, sagte er leise. „Das haben wir alles dir zu verdanken. Danke nochmals.“ Lag da Zärtlichkeit in seinem Blick?

„Nichts zu danken. Ich habe noch nie etwas gesehen, was mich so sehr berührt hat wie der Anblick deines schlafenden Sohnes. Ehrlich, Sven, für ihn würde ich noch hundert weitere Bilder malen, wenn er nur weiterhin so ruhig schlafen kann.“

„Ach, Emma.“ Sven hob die Arme, umschloss Emma und zog sie an sich.

Eine ganze Weile standen sie so da, ohne etwas zu sagen. Emma lehnte sich an Sven. Es tat so gut, wieder einmal eine Stütze zu haben, die Schulter eines Mannes zum Anlehnen. Doch schließlich löste sie sich von ihm. „Es wird Zeit, ich muss nach Hause, und du musst auch ins Bett."

„Du willst doch nicht jetzt noch nach Hause gehen, Emma. Es ist mitten in der Nacht."

„Ich kann aber auch nicht hierbleiben. Wie sieht das denn aus? Nein, Sven, ich könnte deinen Eltern nicht mehr unter die Augen treten."

„Aber es ist doch gar nichts passiert."

„Das wissen sie aber nicht, oder? Heute sind sie mir gegenüber endlich ein wenig aufgetaut. Das will ich nicht gleich wieder kaputtmachen. Wirklich, ich muss gehen."

„Du kannst in meinem Gästezimmer schlafen. Es macht gar keine Mühe, das Bett zu beziehen. Und um meine Eltern mach dir keine Sorgen."

Doch, das machte sie aber. Das war etwas, was sie damals nicht vermisst hatte, als sie von hier fortgegangen war: Den Tratsch und Klatsch im Dorf. Viel zu schnell zerrissen sich die Leute das Maul über Dinge, die sie nichts angingen. Und sie war gerade eben erst zurückgekehrt und wollte nicht gleich zum Ziel des Geredes werden.

„Vielleicht ein anderes Mal, aber nicht heute."

„Dann lass mich dich wenigstens begleiten. Es ist dunkel draußen, ich will nicht, dass dir etwas passiert."

Emma lächelte Sven an. „Es ist lieb, dass du dir Sorgen machst, aber das brauchst du nicht. Was soll mir denn passieren? Wir sind hier auf dem Land. Wären wir in Berlin, würde ich dich sogar bitten, mich zu bringen. Hier jedoch schaffe ich es gerade noch allein nach Hause."

„Das kann ich nicht zulassen! Ich …“

Emma legte ihre Hand an Svens Gesicht. „Du musst bei Thies bleiben. Stell dir vor, du bist weg und er wacht auf und weint und ruft nach dir. Was, wenn du dann nicht hier bist?“

Sven sah sie an, und Emma las die widerstreitenden Gefühle in ihm. Schließlich gab er nach. „Also gut, aber nur unter Protest. Und ruf kurz an, wenn du zu Hause bist, ja? Ich kann sonst nicht schlafen.“

Emma lachte leise. „Für dich lasse ich mir auch noch etwas einfallen. Ich ruf dich an, okay?“ Sie stellte sich auf die Zehenspitzen und hauchte einen Kuss auf Svens Lippen. „Bis bald.“

Widerwillig ließ er sie gehen und blieb so lange in der Tür stehen, bis sie ihn kaum noch erkennen konnte. Tief sog Emma die frische Nachtluft in ihre Lungen. Sie befreite ihren Kopf und vertrieb die Betäubung des Alkohols. Weit schritt sie aus und genoss jeden einzelnen Schritt. Die Geräusche der Nacht begleiteten sie, das Zirpen der Grillen, das Quaken der Frösche, ab und zu das Muhen einer Kuh. Weit hinten bellte ein Hund, und ein Käuzchen schrie. Der Mond erhellte ihren Weg, dennoch war es beinahe stockdunkel hier draußen. Keine Straßenlaterne beleuchtete die Dorfstraße, alle Anwohner schliefen bereits. Emma hatte keine Angst. Dies war ihr Zuhause, sie kannte den Weg. Rechts neben der Straße verlief der breite Graben, und sie lief vorsichtshalber auf der linken Seite, weil sie ihn in der Dunkelheit nicht erkennen konnte. Niemand begegnete ihr, bis sie Lisbeths Haus erreichte.

In der Tür blieb sie noch einmal stehen und sah in die Nacht hinaus. Irgendwo dort hinten stand ein Mann und wartete auf ihren Anruf. Es war ein beruhigender, tröstender Gedanke, auch wenn sie keine Ahnung hatte, wie es zwischen ihr und Sven weitergehen sollte. Ein Teil von ihr wollte bei ihm sein, jeden Tag, jede Stunde. Doch ein anderer Teil, der vernünftige, riet zur Besonnenheit. Es war noch zu früh, Sandras Tod war noch zu frisch.

Sie ging ins Haus und rief ihn an. „Ich bin wieder zu Hause, du kannst dich also beruhigt schlafen legen."

„Ein Glück. Ich hab die ganze Zeit draußen gewartet, damit ich es vielleicht höre, falls du doch in Not gerätst."

„Ach, bist du lieb." Emma war gerührt. „Ja, dann ... ich gehe nun ins Bett. Und das solltest du auch tun."

„Mach ich. Gute Nacht, Emma."

„Gute Nacht." Sie legte auf. Es war schön, wieder einmal jemandem eine gute Nacht zu wünschen. Seit Wochen lebte sie schon allein hier und genoss es. Und dennoch spürte sie, dass sie wieder bereit war, jemanden in ihr Leben zu lassen. Jemanden wie Sven.

Kapitel 17

Prüfend betrachtete Emma das Bild, das sie gerade fertiggestellt hatte. Im Vordergrund stand ein Bogen, an dem dicht an dicht pinkfarbene Rosen hingen. Dahinter erstreckte sich eine in allen Farben blühende Blumenwiese. Der Betrachter schien direkt vor dem Rosenbogen zu stehen, und man konnte meinen, den Duft all der Blüten riechen zu können. Fast war man versucht, am Bild zu schnuppern, dachte Emma und grinste. Ja, dieses Bild würde der Mutter der Pflegeschwester gefallen.

Drei Tage waren seit der Geburtstagsfeier vergangen. Als Emma am darauffolgenden Morgen erwacht war, spürte sie zwei Dinge zugleich: Glück und Scham. Sie und Sven waren betrunken gewesen. Waren sie zu weit gegangen? Hätte der Kuss nicht geschehen dürfen? Sie fühlte sich hin- und hergerissen zwischen ihren Gefühlen. Sie wünschte sich, Sven möge anrufen, jetzt sofort, und hatte zugleich Angst davor. Und als die Zeit verging, ohne dass er sich meldete, war sie enttäuscht darüber. Und zugleich zutiefst erleichtert.

Sie rief ihn ebenfalls nicht an, auch wenn sie sich nichts sehnlicher wünschte. Nein, es durfte nicht sein. Vielleicht in einem Jahr, oder besser in zwei, aber noch nicht jetzt.

Und so malte sie, um sich abzulenken, um nicht mehr an Svens ehrliche Augen denken zu müssen, an das Gefühl seines Kusses, das Glück, dass sie empfunden hatte, als er sie in den Armen hielt. Um nicht mehr an den kleinen Thies denken zu müssen. Wie mochte es ihm gehen? Konnte er tatsächlich endlich wieder in Ruhe schlafen, oder war er doch wieder weinend erwacht? Und falls ja, hatte das Bild seiner Mutter ihm geholfen? Oder hatte Sven es längst wieder abgehängt und womöglich weggeworfen?

Als das Telefon tatsächlich klingelte, erschrak sie und zuckte so sehr zusammen, dass eines der Blütenblätter, das sie malte, viel zu lang geriet. War es Sven? *Oh, bitte, lass es Sven sein …*

„Hallo, hier ist Sophie", meldete sich die fröhliche Stimme ihrer alten Freundin. „Es war wirklich schön, dich neulich wiederzusehen."

„Ja, das finde ich auch."

„Ich hätte dich ohnehin angerufen, ob du mal Lust auf einen Kaffee hast oder so. Aber nun hab ich einen richtig tollen Anlass! Birte erzählte mir, dass du einen Job suchst."

Der übliche Dorftratsch. Emma seufzte leise. „Stimmt."

„Also, ich weiß nicht, ob du es schon wusstest, aber ich arbeite im Kindergarten hier im Dorf. Nur halbtags wegen meiner eigenen Tochter. Es ist ja nur ein kleiner Kindergarten, wir haben im Grunde nur drei Erzieherinnen, die Vollzeit arbeiten, dafür aber einige, die wie ich teilzeitbeschäftigt sind. Ja, und eine von denen fällt nun aus, weil sie schwanger ist. Klar, kein Grund, nicht zu arbeiten, aber sie ist schon zweiundvierzig und hat eine Risikoschwangerschaft. Wir suchen also für ein paar Monate eine Praktikantin."

Mehrmals versuchte Emma, Sophie zu unterbrechen, kam jedoch bei deren Redefluss überhaupt nicht zu Wort.

„Es gibt natürlich nicht viel Geld dafür", fuhr Sophie ungebremst fort. „Und ich weiß ja auch gar nicht, ob du überhaupt Lust dazu hast. Du hast Verkäuferin gelernt, oder?"

Sie war ja gut informiert. Emmas Herz begann schneller zu schlagen, während Sophie weiterplapperte. Ein Praktikum als Kindergärtnerin? Mit Kindern arbeiten? War das nicht etwas, wozu sie schon immer Lust gehabt hatte?

„Falls du es machst und es dir Spaß bringt, könntest du später eine Ausbildung machen, oder eher eine Umschulung", berichtete Sophie weiter. „Wer weiß, vielleicht gefällt es dir am Ende sogar besser als dein ursprünglicher Beruf. Weißt du, ich habe dich beobachtet, wie du bei der Geburtstagsfeier mit den Kindern umgegangen bist, so warm und herzlich. Am nächsten Tag habe ich gleich mit meiner Chefin gesprochen und es ihr erzählt."

Emma grinste. Das war ja kein Dorftratsch mehr, das war richtiger Buschfunk. Aber wie es schien, funktionierte er! „Das hört sich toll an", sagte sie, als Sophie endlich einmal Luft holte. „Ich liebe Kinder und könnte es mir wirklich gut vorstellen. Aber ich habe doch überhaupt keine Ahnung von dem Beruf. Was ist, wenn ich etwas falsch mache?"

„Du hast Intuition, das ist das Wichtigste, was du brauchst. Alles andere kannst du doch lernen, dafür ist doch erst einmal das Praktikum da. Und wenn es dir am Ende wirklich gefällt ... wie ich schon sagte, du kannst eine Umschulung machen und Erzieherin werden. Na, wie klingt das?"

Die Vorstellung überwältigte Emma. „Großartig, wirklich. Ich weiß gar nicht, was ich sagen soll."

„Oh, tut mir leid, ich habe dich ja völlig überfahren damit. Du kannst natürlich darüber nachdenken. Trotzdem wäre es gut, wenn du mir baldmöglichst Bescheid gibst, denn Sabine ist jetzt schon zu Hause, und uns fehlt eine helfende Hand, wenn der Kindergartenbetrieb kommende Woche wieder losgeht."

„Weißt du was?", rief Emma spontan. „Ich mache es!"

„Wirklich?", schrie Sophie begeistert. „He, das ist ja super, ich freu mich. Ich ruf gleich Martina an, das ist unsere Chefin. Am besten geb ich ihr gleich deine Nummer, oder? Dann kann sie sich direkt mit dir in Verbindung setzen."

„Gern." Emma war ganz aufgeregt. Nie hätte sie damit gerechnet, so überraschend und schnell zu einem Job zu kommen. Nun gut, erst einmal zu einem Praktikum.

Momentan überschlugen sich ja wirklich die Ereignisse. Da war Sven, für den sie zarte Gefühle entwickelte, auch wenn sie es gar nicht wollte. Ihre Bilder kamen so gut an, dass sie einen ersten Auftrag für einen Käufer hatte und einem kleinen Jungen hatte sie eine große Freude machen können. Und nun noch ein Praktikum im Kindergarten.

War es tatsächlich erst anderthalb Monate her, seit sie in Berlin vor der Waschmaschine gestanden, den roten Fleck angestarrt und ihr Baby verloren hatte?

In diesem Moment wünschte sie sich nichts sehnlicher, als bei Sven anzurufen und ihm von den großartigen Neuigkeiten zu erzählen. Nun hatte kommende Woche nicht nur Thies seinen ersten Kindergartentag, sondern auch sie!

Trotzdem rief sie ihn nicht an. Er hatte sich seit der Feier nicht mehr gemeldet, und das hatte sicher einen Grund. Nicht einmal Heinz war gekommen, um seinen Kuchen abzuholen. Oder hatten sie den Kuchen jetzt, wo es ihnen wieder besser ging, nicht mehr nötig? Immerhin hatte er den Zweck eines Trostpflasters gehabt.

Sie packte das Blumenbild ein, schnappte sich ihr Fahrrad und fuhr zu ihren Eltern. Ihr Vater war nicht da, aber ihre Mutter war begeistert von dem Bild.

„Ich kann die Blumen richtig riechen", rief sie.

Emma freute sich. „Dann hat es ja geklappt, was ich mir für das Bild vorgestellt hatte."

Ihre Mutter schwieg einen Augenblick. „Hast du Hunger?", fragte sie schließlich.

Emma nickte. Sie hatte die Enttäuschung in den Augen ihrer Mutter gesehen, während sie das Bild betrachtete, und ihr Vorsatz fiel ihr wieder ein, auch für ihre Eltern ein Bild zu malen. Am besten eins für jeden von ihnen. Damit sollte sie heute noch anfangen, denn wenn sie erstmal ihr Praktikum machte, hätte sie wesentlich weniger Zeit. Sie musste grinsen, als ihr einfiel, dass sie eigentlich hergekommen war, um Zeit und Ruhe zum Nachdenken und zur Erholung zu haben. Nun hatte sie mit dem Praktikum, ihrer Malerei und dem Haushalt für Tante Lisbeth so viel zu tun, dass sie kaum noch zum Nachdenken kam.

„Was grinst du denn so?", fragte ihre Mutter und sah sie neugierig an. Die Enttäuschung war aus ihren Augen verschwunden.

„Ich habe eine tolle Neuigkeit."

„So? Was denn?"

„Sophie hat mich gerade angerufen. Sie arbeitet im Kindergarten, ich weiß nicht, ob du das wusstest. Jedenfalls fällt eine Erzieherin aus, und sie fragte mich, ob ich Lust hätte, ein Praktikum im Kindergarten zu machen."

„Was? Das ist doch gar nicht dein Beruf. Ich meine, das ist ein tolles Angebot, aber ..."

„Das macht doch nichts. Heutzutage gibt es viele Quereinsteiger in den unterschiedlichsten Berufen. Ich liebe Kinder, und ich könnte mir gut vorstellen, mit ihnen zu arbeiten."

Ihre Mutter sah sie prüfend an. „Oder ist es so, dass du es als Ersatz siehst für deinen ..." Ihr Blick fiel auf Emmas Bauch.

„Mama!"

„Versteh mich nicht falsch. Aber du hast bereits drei Kinder verloren, Emma. Niemand weiß, ob du jemals ein eigenes Kind haben wirst. Willst du nicht mit diesem Job deinen Kinderwunsch kompensieren?"

„Und wenn es so wäre, was wäre so schlimm daran? So ist es aber nicht. Es ist einfach so, dass ich gern mit Kindern zusammen bin."

„Das glaube ich dir doch auch, Liebes. Ich will dich doch nur vor einer unüberlegten Handlung bewahren. Du wirst jeden Tag glückliche Mütter sehen, die ihre Kinder in die Arme schließen. Ihre eigenen Kinder. Du hast dich die ganze Zeit um sie gekümmert, aber am

Ende des Tages sind es nicht deine Kinder, sondern ihre. Du wirst dich an die Kleinen gewöhnen, aber sie gehören dir nicht, verstehst du das?"

Emma schwieg. Darüber hatte sie tatsächlich noch nicht nachgedacht. Würde sie es aushalten, die Kinder, die sie gewiss ins Herz schloss, immer wieder loszulassen? Mitanzusehen, wie sie ihren Müttern um den Hals fielen in der Gewissheit, dieses Glück selbst wahrscheinlich niemals zu erleben?

Sie nickte. „Ich schaffe das. Es geht um die Kinder, nicht um mich. Ich möchte mich um sie kümmern, ihnen helfen, ihre Schuhe zuzubinden, sich anzuziehen, zu malen und zu spielen. Und falls es mich tatsächlich überfordert – es ist ja nur ein Praktikum für eine begrenzte Zeit. Dann habe ich es zumindest versucht."

Ihre Mutter lächelte. „Gut. Nun bin ich beruhigt. Ich wollte dich nicht verletzen, Emma. Ich wollte, dass du darüber nachdenkst, worauf du dich einlässt, verstehst du?"

„Ja. Ich bin froh, dass du es angesprochen hast. Komm, ich helfe dir, den Tisch zu decken." Während sie die Teller aus dem Schrank holte, beobachtete Emma ihre Mutter. Gerade goss sie die Kartoffeln ab. „Sag mal, dir gefällt ja das Blumenbild so gut, das ich für die Schwester gemalt habe. Ihre Mutter liebt ja Blumen so sehr. Was liebst du denn eigentlich ganz besonders?" Sie bemühte sich, die Fragen ganz beiläufig klingen zu lassen.

„Oh, da fragst du mich was. Ziemlich viel, glaube ich. Die Nordsee natürlich. Ich weiß, dass mich viele für verrückt halten, aber ich liebe Sturm und Regen,

dunkle Wolken über dem Meer, oder Schnee, all sowas."

„Du bist nicht verrückt", erklärte Emma und lachte,
während sie das Besteck neben die Teller legte. „Mir
geht's genauso. Ich meine, ich mag auch Sonnenschein,
aber viel lieber ist es mir, wenn es stürmt und sich die
Bäume im Wind wiegen."

„Oder ans Fenster prasselnde Regentropfen", fügte
ihre Mutter schwärmerisch hinzu.

„Ein richtig schwarzer Himmel über grünen Wiesen",
ergänzte Emma verträumt.

Ihre Mutter lachte. „Ich sehe schon, du bist meine
Tochter, das lässt sich nicht leugnen."

„Und sonst so?"

„Na, du stellst heute ja seltsame Fragen. Katzen. Die
liebe ich. Und Pferde. Du weißt ja, dass ich gern eine
Katze hätte, aber Papa hat ja diese Allergie, zu schade.
Weißt du eigentlich, dass Papa gern tauchen lernen
würde? Er traut sich nur nicht mehr, damit anzufan-
gen, hält sich für zu alt."

„Nee, das wusste ich noch nicht, das ist ja spannend.
Er ist doch nicht alt! Wenn er das will, soll er es unbedingt ausprobieren."

„Was soll ich ausprobieren?", erklang es von der
Haustür.

„Emma ist heute ganz besonders neugierig", erklärte
ihre Mutter und goss Soße in eine Schüssel. „Sie will
wissen, was wir gern mal machen würden, lauter solche Dinge. Aber sie hat auch was zu erzählen. Sie will
nämlich auch etwas ausprobieren. Ein Praktikum im
Kindergarten, kannst du dir das vorstellen?"

Ihr Vater setzte sich, piekte mit seiner Gabel eine Frikadelle aus der Schüssel und legte sie auf seinen Teller. „Warum nicht?", fragte er. „Der Kindergarten ist hier gleich um die Ecke, sie kann mit dem Fahrrad hinfahren oder sogar zu Fuß hingehen. Praktischer geht's doch nicht."

Grinsend begann Emma zu essen. Heute zeigten ihre Eltern deutlich ihre Charaktereigenschaften. Die vorsichtige, über alles grübelnde Mutter und der praktisch veranlagte Vater, der alles annahm, wie es eben gerade kam, ohne sich große Gedanken darüber zu machen. Außer über mögliche Gefahren beim Tauchen, wie es schien.

„Musst du schon wieder los?", fragte ihre Mutter nach dem Essen und dem Abwasch, den sie gemeinsam erledigt hatten.

„Ja, ich hab noch einiges zu erledigen."

„Das Haus muss doch inzwischen porentief rein sein. Was gibt's denn da immer so viel zu tun?"

„Es ist einiges liegengeblieben, als ich das Bild für Thies gemalt habe" schwindelte sie. „Und die Pflaumen sind reif, sogar die ersten Äpfel."

„Dass Lisbeth sich immer noch so viel Arbeit macht mit dem ganzen Obst", seufzte ihre Mutter.

„Es bringt ihr eben Spaß", sagte Emma. „Das kann ich sogar verstehen. Es tut gut, im Freien zu arbeiten."

„Na, dann kann ich dir wohl nur auch viel Spaß wünschen." Ihre Mutter winkte ihr noch hinterher.

Erleichtert fuhr Emma nach Hause. Es war ihr gelungen, vom Thema abzulenken. Sicher hatte ihre Mutter geahnt, warum sie nach ihren Vorlieben fragte, dürfte es mit Glück nun jedoch wieder vergessen haben, denn das Bild für sie sollte natürlich eine Überraschung werden.

Sie packte eine Leinwand und ihre Farben ein und radelte zu ihrem Deich an der Nordsee. Das Wetter passte perfekt zu ihrem Vorhaben, denn es war Regen angesagt, eventuell könnte es sogar ein Gewitter geben. Auf der Deichkrone blieb sie stehen, atmete tief durch und ließ ihre Blicke schweifen. Es war Ebbe, aber das schadete ihrem Vorhaben nicht. Sie lief den Deich hinunter bis an die Wasserkante. Dort breitete sie ihre Regenjacke aus, setzte sich darauf und legte die Leinwand auf ihren Schoß.

Die ersten Striche waren rasch gesetzt, die Farben für das Watt gemischt. Der Himmel zeigte nur noch kleine blaue Lücken, während sich von der See her rasch eine tiefgraue Wolkenbank näherte. Nein, die Perspektive stimmte nicht. Sie stand auf und lief ins Watt hinein. Trocken lag der Meeresboden unter ihren Füßen, fein gewellt, so gleichmäßig, als hätte ein Künstler ihn gezeichnet. Immer wieder entdeckte sie die winzigen Häufchen von Wattwürmern. Von Zeit zu Zeit stieß sie auf restliche Pfützen, in denen sich noch die eine oder andere Muschel oder Schnecke fand. Sogar mehrere winzige Schollen sah sie, die vor ihren Schritten rasch flüchteten und sich im Sand vergruben. Nachdem sie ein gutes Stück gelaufen war, blieb sie stehen und betrachtete prüfend die Umgebung. Ja, nun stimmte die Perspektive. Direkt vor ihr erstreckte sich in einer Senke eine große Wasserpfütze, in der sich der dunkle Himmel spiegelte. Es war komplett windstill, kein Lüftchen kräuselte das Wasser, es wirkte wie ein Spiegel.

Rasch skizzierte sie die Pfütze, die Wolkenbank, die nun viel näher war und gewaltig wirkte, und das endlose Watt mit seinen feinen Wellen. Und als ein letzter Sonnenstrahl sein Licht auf der Pfütze blinken ließ, zeichnete sie es schnell auf, ehe es wieder verschwand. Dieses Bild benötigte keine Fantasy-Elemente, es wirkte allein durch die Naturgewalten geheimnisvoll und verzaubernd.

Keine Menschenseele war außer ihr mehr hier, es gab nur noch den aufgewühlten Himmel über ihr und die endlose Weite um sie herum, und sie fühlte sich großartig, als stünde sie am Rand der Welt, ganz allein, nur sie und die Naturgewalten. Wie von Zauberhand gelenkt huschte ihr Pinsel über die Leinwand.

Die Schreie der Möwen rissen sie aus ihrer Versunkenheit. Keinen Augenblick zu früh, denn plötzlich war der Wind da, wie aus dem Nichts wehte er heran und zauste ihr Haar. Ein Blick in den Himmel zeigte Emma, dass die Wolkenbank inzwischen genau über ihr war und eine fast schwarze Farbe, vermischt mit Schwefelgelb, angenommen hatte. Ach, zu schade, dass sie sie jetzt nicht malen konnte. Aber sie würde versuchen, die Farbtöne und die Lichtstimmungen im Gedächtnis zu behalten und zu Hause gleich aufzuzeichnen.

Nun musste sie sich aber beeilen. Rasch zog sie ihre Regenjacke an und steckte das Bild in eine wasserdichte Tüte. Als sie sich zum Strand umwandte, erkannte sie, wie weit sie davon entfernt war. Versunken in die atemberaubende Stimmung des nahenden Unwetters war sie weiter ins Watt hineingelaufen, als sie vorgehabt hatte.

Noch etwas bemerkte sie, und die Erkenntnis raubte ihr schier den Atem. Die Flut kam. Die ersten Ausläufer hatten sie bereits erreicht, umspülten ihre Gummistiefel mit unscheinbar wirkenden Kreiseln und Wirbeln, verschluckten das Watt.

Die Unwetterwolke öffnete sich und entlud ihre Last in einem Regenschwall, der von Sturmböen gepeitscht ungebändigt über Emma hinwegjagte. Es gab nichts, das ihn bremste, und plötzlich konnte sie nichts mehr sehen. Wasser war in ihren Augen, und die Luft bestand auch nur noch aus Wasser. Das Ufer war fort, der Strand. Der Wind fegte ihre Kapuze vom Kopf, und sofort war ihr Haar durchnässt, drang der Regen in ihre Ohren und den Kragen ihrer Jacke.

Schnell zog Emma ihre Kapuze wieder auf und schnürte sie so fest zu, dass sie nicht mehr herunterwehen konnte. Dann machte sie sich auf den Weg in Richtung Strand, zumindest dorthin, wo sie ihn vermutete. Das Wasser war gestiegen, reichte ihr bereits bis zur Hälfte ihrer Gummistiefel. Sie musste sich jetzt wirklich beeilen. Sie hatte keine Ahnung, wie hoch die Flut an der Stelle, an der sie sich befand, steigen würde, aber es würde reichen, um es sehr ungemütlich werden zu lassen. Würde es auch reichen, um sie ertrinken zu lassen? Emma wusste es nicht. Doch wenn das Wasser weiter stieg und der Sturm es aufwühlte, konnten die Wellen sie umwerfen.

Der Sturm riss an ihr, während sie sich vorwärtskämpfte. Mit aller Macht schien der überflutete Meeresboden sie festhalten zu wollen, jeder Schritt bedeutete eine Anstrengung. Und dann war da der Wind, der sich ihr entgegenstellte und sie zurück aufs Meer treiben wollte. Er brauste so laut, dass sie nichts anderes mehr hörte. Emma senkte den Kopf, um ihm weniger Angriffsfläche zu bieten, und stellte dabei fest, dass das Wasser immer weiter stieg. Gleich würde es in ihre Stiefel hineinlaufen.

Verzweifelt hob sie den Kopf und versuchte, das Ufer zu erkennen. Doch alles sah gleich aus, bestand nur noch aus Wasser, das von unten um sie herumspülte und von oben und den Seiten mit purer Gewalt auf sie herabprasselte. Sie blieb stehen. Was, wenn sie immer weiter ins Meer hineinlief? Sie senkte den Kopf und fokussierte die Strömung. In welche Richtung floss sie? Sie brauchte ihr nur noch zu folgen. Doch der Regen wühlte die Flut viel zu sehr auf, sie konnte nicht erkennen, wohin sie strömte.

„Hallo?“, rief sie in der unsinnigen Hoffnung, jemand könnte sie hören.

Entschlossen ging sie weiter, folgte der Richtung, in der sie das Ufer vermutete, dem Weg, den ihr Instinkt ihr wies. Für einen winzigen Moment öffnete sich der Regenvorhang. Doch konnte Emma den Strand immer noch nicht erkennen, aber dafür ... Was war das? Eine dunkle Silhouette zeichnete sich vor ihr ab, noch zu weit entfernt, um sie genauer erkennen zu können.

„Hallo!“, schrie sie erneut und wedelte mit den Armen. So schnell sie konnte, ging sie in die Richtung, in der sie den Umriss gesehen hatte, kümmerte sich nicht um das eiskalte Wasser, das jetzt in ihre Stiefel drang, ihre Jeans durchnässte und ihre Füße betäubte.

Erneut bot der Sturm ihr einen winzigen Blick auf die Silhouette – und vor Erleichterung hätte Emma am liebsten geweint. Es war ein Mensch! Ein Mann kam rasch auf sie zu. Ihre Rettung!

„Emma“, hörte sie einen gedämpften Ruf.

Erstaunt riss sie die Augen auf, kümmerte sich nicht um den kalten Regen, der sofort hineindrang.

Dann hatte der Mann sie erreicht und umschlag sie mit seinen Armen. Mit einem Mal hatte der Sturm kaum noch Gewalt über sie, fühlte sie sich fest im Boden verankert, und selbst der Regen schien an Wucht zu verlieren und nachzulassen. Es war Sven, der sie gefunden, der sie gerettet hatte. Plötzlich waren seine Lippen auf den ihren, oder war es umgekehrt? Sein Mund war kühl und schmeckte nach Regen und Salz. Und nach Leben. Er bewies Emma, dass sie noch am Leben war, dass sie hier stand und nicht im Watt verloren war, allein und ohne Hoffnung. Sie küsste ihn hungrig und barg schließlich ihr Gesicht an seinem Hals.

„Was machst du denn für Sachen?“, fragte seine Stimme an ihrem Ohr. „Du kannst doch bei so einem Wetter nicht so weit ins Watt hineinlaufen. Kennst du denn die Tidenzeiten nicht?“

„Sven“, flüsterte sie nur. Aber warum war er hier? Sie verstand das nicht. Langsam löste sie sich aus seiner Umarmung und sah ihm ins Gesicht. Blaue Augen blickten sie besorgt an, Wasser perlte über Stirn, Nase und Wangen, durchnässtes Haar blitzte unter der Kapuze hervor.

„Komm“, sagte er und umfasste ihre Hand. „Wir müssen an den Strand, bevor die Flut noch weiter steigt.“ Kräftig zog er sie, und plötzlich war es gar nicht mehr schwer, sich gegen den Sturm zu stemmen. Oder ließ er bereits nach? Als Emma sich umwandte, erkannte sie über dem Horizont einen schmalen, silberfarbenen Streifen. Das Unwetter zog weiter, um woanders zu toben.

Endlich erreichten sie den Strand, die Wellen liefen aus, und erleichtert blieb Emma stehen und holte tief Luft.

„Was machst du hier?", fragte sie atemlos.

„Das sollte ich eher dich fragen." Seine Stimme klang ungewohnt streng. „Ich bin hergekommen, um nachzudenken", fügte er sanfter hinzu.

„Worüber?" Emma spürte, dass ihr Herz schneller zu schlagen begann.

„Ich glaube, das klären wir, sobald wir im Trockenen sind, oder? Wir holen uns hier draußen noch den Tod."

Und jetzt, wo er sie weiterzog, den Strand hinauf, fühlte Emma plötzlich, wie kalt es war, und begann zu frieren.

Auf der anderen Seite des Deiches stand Svens Auto.

„Steig schnell ein", rief er, „du musst unbedingt aus der Kälte raus." Zuvorkommend öffnete er die Tür der Beifahrerseite für sie.

Emma wusste, dass er recht hatte, riss sich die Regenjacke von den Schultern und sprang ins Auto. Gleich darauf begannen die Scheiben zu beschlagen.

„Oh je", klagte sie und wies darauf. „Siehst du? Ich hätte nicht einsteigen sollen."

Sven sah sie so prüfend an, dass sie spürte, wie sie errötete. „Nur deshalb?", fragte er kaum hörbar.

„Nein", erwiderte sie ebenso leise.

„Hattest du Angst?"

Emma starrte ihn an. Dann nickte sie.

„Ich auch“, gab er zu. „Deshalb hab ich auch nicht mehr angerufen. Tut mir leid.“

„Und jetzt? Hast du jetzt keine Angst mehr?“

„Als ich dich im Watt sah und erkannte, dass die Flut kam und das Unwetter losbrach ... Du warst ganz schön leichtsinnig, Emma. Ich konnte dich doch nicht allein da draußen lassen.“

„Und das ist alles?“

Sven sah ihr in die Augen. „Nein.“

Emma wurde es schwindelig. „Nicht?“

Er rückte näher an sie heran, so nah, dass sie seinen warmen Atem auf ihrer Haut spürte. „Ich habe so viel über uns nachgedacht, Emma. Tag und Nacht.“ Er lächelte. „Dabei hätte ich endlich einmal in Ruhe schlafen können. Dein Bild funktioniert nämlich, weißt du? Thies ist bisher noch kein einziges Mal nachts aufgewacht.“

„Oh, das freut mich aber!“

„Und mich erst. Tja, nun bin ich es, der nachts nicht schlafen kann. Und dagegen hilft kein Bild.“

„Woher willst du das wissen?“, versuchte sie einen Scherz. „Ich könnte Schäfchen für dich malen, die über einen Zaun springen.“

„Und wenn du die ganze Wand mit ihnen bemalen würdest, würde es nichts bringen.“ Er klopfte gegen seine Stirn. „Du bist da drinnen. Ich bekomme dich nicht mehr heraus, Emma.“

„Mir geht es ebenso“, gab sie kaum hörbar zu. Mühsam holte sie Luft und rückte wieder ein Stück von ihm weg. „Aber es geht nicht. Das weißt du doch.“

„Das dachte ich auch.“ Er kam wieder näher an sie heran. „Wie ich schon sagte, habe ich Tag und Nacht darüber nachgedacht, gegrübelt, mir den Kopf zerbrochen, habe das Für und Wider erwogen. Du tust mir gut, Emma. Und du tust Thies gut. Sogar meine Eltern sind wieder fröhlicher, seit du das Bild für den Lütten gemalt hast und sie sehen, wie viel besser es ihm jetzt geht, und Opa erst recht.“

„Das ist schön. Trotzdem ist es unmöglich. Du bist Witwer, Sven. Und das erst seit Kurzem.“

„Inzwischen sind es acht Monate.“

„Eben. Viel zu kurz. Was würden die Leute sagen, wenn sie wüssten ...“

„Das ist mir egal. Die zerreißen sich sowieso das Maul, egal, was man macht.“

„Das stimmt. Trotzdem ist es nicht egal. Wir müssen mit ihnen leben, Sven. Du weißt doch, wie das hier auf dem Land ist.“

„Dann ziehen wir eben weg, irgendwohin in die Stadt.“

„Ich bin gerade zurückgekommen, und ich will nicht wieder weg. Hier bin ich zu Hause, das habe ich endlich festgestellt. Und hast du mal an Sandra gedacht? Sie ist erst seit acht Monaten tot. Was würde sie wohl denken, wenn ...“

„Sie kann nicht mehr denken, Emma. Sie ist fort. Aber eins weiß ich mit Gewissheit: Sie würde nicht wollen, dass Thies und ich uns ihretwegen bis in die Ewigkeit grämen. Sie würde wollen, dass wir glücklich sind. Und bei dir bin ich glücklich.“

„Die Leute würden sagen, du trauerst nicht genug. Du konntest es kaum erwarten, dir eine neue Frau zu nehmen.“

„Emma, ganz ehrlich, wer so etwas sagt oder denkt, den brauche ich nicht. Wo steht geschrieben, wie lange man trauern muss, ehe man wieder glücklich sein darf? Ehe man sich erneut verlieben darf? Ob man überhaupt jemals wieder glücklich sein und lieben darf?“

Sie schüttelte den Kopf. „Ich weiß nicht. Ich ...“ Hatte er gerade gesagt, dass er sich in sie verliebt hatte?

Er griff nach ihrem Kinn und zwang sie, ihn anzusehen. „Ich habe es mir nicht leicht gemacht. Ich habe mich dagegen gewehrt, so sehr ich konnte. Ich habe mir all das, was du gerade vorgebracht hast, selbst gesagt, wieder und wieder. Es hat alles nichts geholfen. Mit dir spüre ich wieder etwas, das sich wie Glück anfühlt. Ohne dich ist alles leer, so wie es all die Monate war, nachdem Sandra gegangen war.“

Ihre Widerworte, ihr Zweifel verschwanden wie das Watt unter der Nordsee, wenn die Flut zurückkehrt, lösten sich auf wie die Konturen des Deichs dort draußen im Regen.

„Lass es uns zumindest versuchen“, bat er. Dann beugte er sich vor und küsste sie.

Emma spürte nichts als Glück, als Sven sie umarmte und sie seine Hand auf ihrem Rücken spürte, die sie zu ihm heranzog. Was hatten sie zu verlieren? Sie beide waren einsame Seelen in einer See des Verlusts, die einander gefunden hatten. Vielleicht waren sie gemeinsam stark genug gegen den Gegenwind, der ihnen ganz bestimmt entgegenstürmen würde. Gerade aber interessierte sie all das nicht. Sie gab sich der Umarmung und den Küssen des Mannes hin, der ihr Herz gewonnen hatte.

Später, als der Regen nachließ, begleitete Sven Emma nach Hause. Sie setzte Tee auf und erzählte ihm von ihrem bevorstehenden Praktikum im Kindergarten.

Sven war begeistert. „Thies wird sich riesig freuen, dich dort zu sehen. Er hat schon mehrmals nach dir gefragt. Er hat dich schon ins Herz geschlossen, weißt du?"

Die Worte erwärmten Emmas Herz mehr als der Tee. „Ich ihn auch. Ich freue mich schon sehr darauf, aber natürlich bin ich auch schon sehr aufgeregt."

„Das wird schon werden. Du hast ein Händchen für Kinder."

Sie redeten noch eine Weile, und dann küssten sie sich. Wesentlich länger. Doch mehr passierte nicht. Es war, als hielte eine unsichtbare Leine beide davon ab, weiterzugehen. Emma war froh darüber, dass es sich so langsam entwickelte. Auf keinen Fall wollte sie etwas überstürzen. Dafür hatten sie beide zu tiefe Narben davongetragen.

Wenig später fuhr Sven nach Hause. Emma blieb noch lange auf dem Sofa sitzen, die Hand auf die noch warme Sitzfläche gelegt.

Kapitel 18

Am nächsten Morgen war der Himmel immer noch wolkenverhangen. Emma widmete sich dem Bild für ihre Mutter. In den tiefgrauen Himmel setzte sie noch ein paar schneeweiße Möwen mit gelben Schnäbeln, die sich wie leuchtende Zeichen der Hoffnung vor dem Unwetter abzeichneten. Als sie damit zufrieden war, nahm sie sich eine neue Leinwand. Sie musste sich beeilen, wenn sie vor dem Beginn ihrer Tätigkeit im Kindergarten fertigwerden wollte. Und das wollte sie auf jeden Fall. Ihre Mutter sollte die Bilder bekommen, bevor sie erneut Tante Lisbeth besuchte, deren Bild vom Haus an der Wand sah und noch dazu die freudestrahlende Pflegeschwester sehen musste, wenn sie ihr das Blumenbild übergab. Nein, ihre Mutter ging vor. Sie hatte viel für sie getan, war immer für sie da, mit Rat und Tat. Und auch für ihren Vater würde sie malen. Und dann, wenn alle glücklich waren, konnte sie unbeschwert ihr Praktikum antreten.

Das Bild von den Katzen malte sie aus dem Gedächtnis. Eine getigerte und eine schwarz-weiß gescheckte Katze lagen neben einer Milchkanne in der Sonne, hinter ihnen war eine grün-weiß gestrichene Tür, im Vordergrund erkannte man rote Geranien. Für ihren Vater malte sie eine bunte Unterwasserwelt, ein Korallenriff mit glitzernden Fischen in allen erdenklichen Farben.

Nebenbei erntete sie die Pflaumen, die sie einkochte, und die Äpfel, die sie im Keller einlagerte. Aus einem kleinen Teil kochte sie Apfelmus, außerdem backte sie einen Apfel- und einen Pflaumenkuchen. Damit hatte sie etwas ganz Besonderes vor.

Zwei Tage vor Beginn ihres Praktikums hatte Sven den Nachmittag freigenommen. Emma packte je einen halben der beiden Kuchen ein und fuhr mit Sven und Thies zu ihren Eltern. Sie hatte ihnen nur gesagt, dass sie zum Kaffee vorbeikommen würde und jemanden mitbrächte. Noch wusste niemand von ihr und Sven. Doch das würde sich nun ändern. Selten war Emma so aufgeregt gewesen wie jetzt, als sie auf den Klingelknopf ihrer Eltern drückte.

„Hallo", grüßte ihre Mutter und sah Sven erstaunt an. „Du bist der Überraschungsgast. Und du auch." Damit beugte sie sich zu Thies und strich ihm übers Haar. „Das ist aber nett. Kommt doch rein."

Kurz darauf saßen sie am Tisch, und ihre Mutter schenkte allen Kaffee ein, während Emma die Kuchenhälften zurechtschnitt.

„Hast du die selbst gebacken?", fragte ihr Vater und nahm sich ein Stück Apfelkuchen.

Emma nickte. „Ich werde hier noch zur Landfrau." Sie lachte nervös. „In Berlin hab ich nur ungern gekocht. Hier jedoch fange ich an zu backen, Apfelmus zu kochen und Pflaumen einzumachen. Unglaublich, oder?" Sie hörte selbst, dass ihre Stimme vor Nervosität viel zu laut war.

Ihre Mutter sah sie an, sagte aber nichts. Emma fürchtete, dass sie ihr bereits an der Nasenspitze ansah, was los war. Eine Weile drehte sich das Gespräch um Svens

Eltern, den beginnenden Kindergarten und das verregnete Wetter. Doch Emma kam es vor, als säße sie auf einem Pulverfass, das jeden Augenblick hochgehen konnte.

„Wir müssen euch etwas sagen", kündigte sie schließlich an. Sie hielt die unterschwellige Spannung einfach nicht mehr aus.

Ihre Eltern starrten sie an. Emma war sicher, dass zumindest ihre Mutter längst wusste, was Sache war. Sie griff nach Svens Hand. Ihr Vater riss die Augen auf. Dann sah sie Sven an, der ihren Blick zärtlich – und nervös – erwiderte.

„Wir sind zusammen", sagte sie.

Eine Weile sagte niemand etwas. Emma hielt die Luft an. Wann würde die Bombe platzen? Wann würde das Donnerwetter auf sie niederprasseln? *Wie könnt ihr nur! Sandra ist kaum unter der Erde.* Sie meinte, die Beschimpfungen bereits zu hören.

„Das freut mich aber", sagte ihre Mutter endlich.

Ihr Vater nickte beipflichtend und nahm sich ein Stück Pflaumenkuchen. „Das ist schön. Ihr beide kennt euch doch schon so lange." Er ließ seine Gabel sinken und hob seine Kaffeetasse. „Da kann ich nur viel Glück wünschen."

„Ach, Kindchen." Spontan sprang ihre Mutter auf und umarmte Emma und dann sogar Sven. Thies sah mit großen Augen von einem zum anderen. Sahne war um seinen Mund herum verschmiert.

Emma war überwältigt. „Ihr habt nichts dagegen einzuwenden?"

Ihre Mutter setzte sich wieder hin. „Wie Vadder schon sagt, ihr kennt euch schon so lange. Ihr habt beide schwere Zeiten durchmachen müssen. Beide seid ihr allein. Es ist doch wunderbar, dass ausgerechnet ihr beide euch gefunden habt.“ Sie sah Thies an. „Und für den Kleinen ist es auch schön, wenn wieder Fröhlichkeit ins Haus kommt. Sven, nimm es mir nicht übel, du weißt bestimmt, wie ich das meine. Wir alle werden Sandra nie vergessen, und Thies schon mal gar nicht. Aber … sie ist ja nun mal nicht mehr hier. Er hat in dir einen Vater, der für ihn da ist, der ihn in den Arm nehmen kann, wenn er traurig ist oder sich das Knie aufgeschlagen hat. Doch auch Ablenkung ist wichtig, und die wird er jetzt wieder mehr erhalten, denke ich.“

„Das weiß ich doch alles. Glaube mir, ich habe lange über alles nachgedacht. Auch, ob wir das überhaupt dürfen.“

„Natürlich dürft ihr“, rief ihr Vater. „Und wenn einer was anderes sagt, hat er keine Ahnung.“

Eine Weile aßen alle stumm ihren Kuchen und hingen ihren Gedanken nach. Mit allem hätte Emma gerechnet, aber nicht damit, wie leicht es ging. Es fühlte sich einfach richtig an.

Der nächste Tag war der Tag vor Beginn ihres Praktikums. Heute würde die zweite Hälfte des Kuchens zum Einsatz kommen, und vor diesem Termin war Emma sogar noch nervöser als gestern. Es regnete schon wieder, und so holte Sven sie mit dem Auto ab. Die Kuchenplatte hielt sie während der Fahrt in der Hand.

„Mir ist ganz schlecht“, gab sie zu, ehe sie ausstieg.

„Mir auch. Aber es nützt ja nichts, da müssen wir jetzt durch. Also komm.“

Sie stiegen aus und gingen zum Haus von Svens Eltern. Thies öffnete die Tür und erwartete sie bereits. Sven nahm ihn auf den Arm, und gemeinsam betraten sie das Haus.

„Emma, wie schön, dass du mal wieder herkommst", rief Margarete. Der Kaffeetisch war bereits gedeckt und sah richtig festlich aus. Sogar zwei Kerzen brannten, und Margarete hatte eine besonders schöne Tischdecke ausgewählt.

„Ah, den Kuchen hab ich schon vermisst", sagte Heinz aus vollem Herzen.

„Es hat dir gar nicht geschadet, mal ein paar Tage darauf zu verzichten", wandte seine Schwiegertochter ein.

„Sie ist immer so streng", klagte Heinz und zwinkerte Emma zu.

Mit klopfendem Herzen setzte sich Emma hin. Ob die Stimmung gleich auch noch so entspannt wäre, nachdem sie ihre Neuigkeit verkündet hatten?

„Was habt ihr denn?", fragte Margarete verwundert. „Greift doch zu."

„Äh, vorher müssen wir euch was mitteilen", sagte Sven. Er wirkte ganz blass.

„Was denn?", fragte Heinz. Er hatte schon ein Stück Kuchen auf dem Teller liegen und wollte gerade den ersten Bissen nehmen.

Die Szene von gestern wiederholte sich, nur seitenverkehrt. Sven griff nach Emmas Hand. „Wir sind jetzt zusammen."

Margarete häufte seelenruhig Sahne auf ihren Kuchen. „Und *das* macht ihr so spannend? Das wusste ich doch längst. Los, Kinder, esst."

Sven starrte verwirrt von ihr zu seinem Vater und weiter zu seinem Opa. Er öffnete den Mund, um etwas zu sagen, und schloss ihn wieder.

Seine Mutter legte ihm eigenhändig ein Stück Kuchen auf den Teller. „Iss schnell, bevor dein Großvater alles verschlingt und du nichts mehr abbekommst."

„Ich habe eben Entzugserscheinungen", erwiderte Heinz. Dann tätschelte er Emmas Hand und grinste. „Scheun, dich jetzt in der Familie zu haben, Deern. Dann brauche ich mir um den Nachschub ja keine Sorgen mehr zu machen."

„Heinz!", schimpfte Margarete. Dann sah sie Sven an. „Wir haben doch Augen im Kopf. Ihr versteht euch so gut. Seit dein Bild in seinem Zimmer hängt, Emma, schläft Thies wie ein Engel. Ich bin froh, dass ihr euch gefunden habt." Damit begann sie zu essen.

Emma fiel ein Stein vom Herzen, nein, eher ein Felsbrocken. Diesmal schmeckte der Kuchen besonders gut. Sie wunderte sich, wie einfach alles war. Nun ja, zumindest seit den Anfangsschwierigkeiten. Hatten sie und Sven sich zuvor viel zu viele Gedanken und Sorgen gemacht? Sahen die Leute alles wesentlich entspannter, als sie befürchtet hatten? Wie hätte sie selbst reagiert, wenn eine Freundin ihr erzählt hätte, dass sie sich in einen jüngst verwitweten Mann verliebt hatte? Sie war sicher, dass sie eine gewisse Skepsis an den Tag gelegt hätte. Oder nicht?

Aber was sollte sie sich darüber den Kopf zerbrechen. Alles war gut gegangen, weder ihre noch Svens Eltern hatten ihnen den Kopf abgerissen.

Nach dem Essen zog Thies Emma an der Hand zu seinem Zimmer. Zum ersten Mal sah sie das Bild wieder, das sie gemalt hatte. Sandra lächelte ihr sanft entgegen. Musste sie, Emma, nicht ein schlechtes Gewissen ihr gegenüber haben? Immerhin nahm sie jetzt den Platz in der Familie ein, der Sandra zustand. Oder sah sie alles viel zu sentimental?

Thies lenkte sie ab, indem er ihr all sein Spielzeug zeigte, seinen Playmobil-Bauernhof, seinen Traktor, den Fußball und das Malbuch mit den schönen Bildern.

„Hier ist das Tollste", sagte er schließlich und kramte in einer Schublade. Dann hielt er ihr ein selbstgemaltes Bild entgegen.

„Wow", lobte sie. „Das ist ja super geworden. Fast noch besser als das Bild an der Wand." Thies hatte ihr Bild abgezeichnet, hatte seine Mutter, seinen Vater und sich selbst gemalt, unter einer Wolke. Es glich mehr einem bunten Gekritzel, aber mit etwas Fantasie konnte man die Familie darin erkennen. „Du musst es unbedingt an die Wand hängen", schlug sie vor.

Thies hielt das Bild seinem Papa hin. Der nahm ein Stück Tesafilm und hängte es an einem freien Stück der Wand auf.

„Siehst du?", sagte Emma. „Nun hast du zwei Bilder, die dich trösten."

Der Kleine nickte ernsthaft. Doch schon wandte er sich neuen Themen zu und holte einen Karton mit einem Puzzle. „Hilfst du mir? Es ist ganz schön schwer."

„Klar. Zusammen schaffen wir das auf jeden Fall." Emma kniete sich neben Thies auf den Boden. Sie spürte Svens Blicke auf sich und sah auf. Er sah liebevoll zu ihr herunter. In diesem Augenblick wünschte sich Emma, die Zeit anhalten zu können. Dieser

Moment war perfekt. Wenn es doch immer so bleiben könnte.

Am Morgen ihres großen Tages erwachte Emma früh. Sie brauchte mehr Zeit als sonst im Bad, um den bestmöglichen Eindruck zu machen, um seriös und vertrauenserweckend zu wirken.

Zu ihrer Überraschung erschien ihre Mutter, kurz bevor sie los musste. „Ich fahre dich eben mit dem Wagen hin. Es ist windig, wenn du mit dem Rad fährst, ist deine Frisur gleich hinüber."

„Ach, das ist lieb von dir. Ich bin so aufgeregt! Es ist ja nur ein Praktikum, aber es hängt viel davon ab."

„Das wird schon werden, keine Sorge. Du kannst so gut mit Kindern umgehen, und zumindest eine deiner Kolleginnen kennst du auch schon. Sophie arbeitet doch noch da, oder?"

„Ja. Komm, lass uns gleich fahren, ich kann keinen Augenblick länger warten."

Wenige Minuten später hielt ihre Mutter vor dem Kindergarten. „Ruf an, wenn du Feierabend hast, dann hole ich dich wieder ab. Du solltest dir ohnehin langsam Gedanken darüber machen, ein Auto zu kaufen, es geht auf den Herbst zu."

„Das habe ich vor. Okay, ich melde mich, bis später."

Mit wild klopfendem Herzen stieg Emma aus. Die Kinder wurden erst eine Stunde später gebracht, damit sie noch Zeit hatte, die Kolleginnen und die Räumlichkeiten kennenzulernen. *„Die lütten Moor-Racker"* stand über der Eingangstür.

Zu ihrer Überraschung wurde die Tür von innen geöffnet, kurz bevor sie danach greifen konnte.

„He, ich freu mich so, dass du hier bist", rief Sophie und ließ Emma an sich vorbeigehen.

„Hallo. Ich mich auch. Aber ich bin so aufgeregt."

„Ach was, dazu besteht doch gar kein Anlass. Du wirst dich wohlfühlen bei uns. Die Kinder sind alle so lieb. Und die Kolleginnen natürlich auch. Komm, wir sind fast die ersten. Ich bringe dich zu Martina und zeige dir anschließend alles."

„Moin, Emma", grüßte Martina. „Schön, dass Sie hier sind, herzlich willkommen. Bisher kennen wir uns ja nur vom Telefon. Übrigens duzen wir uns hier alle. Also wenn Sie nichts dagegen haben …"

„Natürlich nicht. Das gefällt mir auch viel besser." Martina wirkte sympathisch und kompetent. Emma schätzte sie auf Mitte Vierzig. Da der Kindergarten während der Ferien geschlossen war, hatte sie bisher mit ihrer neuen Chefin nur telefoniert und sie noch nicht persönlich kennengelernt.

„Ja, dann wünsche ich dir viel Spaß. Sieh dich um, ehe die ersten Kinder gebracht werden. Für einige ist es ja heute der erste Tag."

„Das wird noch einige Tränen geben", befürchtete Sophie. „Gut, dann komm, ich führe dich herum. Es gibt drei Gruppenräume mit den Namen *Blaumeise, Rotkehlchen* und *Grünfink.* Zu jeder Gruppe gehören ungefähr zwölf bis vierzehn Kinder im Alter zwischen knapp drei und sechs Jahren. Du wirst als Praktikantin überall mal hineinschnuppern, damit du alle kennenlernst. Die Abläufe sind überall die Gleichen."

Die Zimmer waren freundlich und farbenfroh eingerichtet. Die kleinen Tische und Stühle aus bemaltem Holz ließen Emma lächeln, sie wirkten wie Zwergenmöbel. An den Wänden hingen selbstgemalte Bilder der Kinder, und in Schränken und Regalen lagerten allerlei Spielzeuge, Malsachen, Kinderbücher und Kisten. Auch das Badezimmer brachte Emma zum Schmunzeln. Die Waschbecken und Toiletten waren klein und sehr niedrig. Sie fühlte sich tatsächlich wie Schneewittchen im Haus der sieben Zwerge.

Es gab noch einen Ruheraum, falls einzelne Kinder müde wurden, eine kleine Turnhalle und natürlich einen großen Garten mit Sandkasten, Rutsche, Klettergerüsten und Schaukeln.

Nach und nach trudelten die anderen Mitarbeiterinnen ein. Emma lernte Tanja, Susanne und Maria kennen, die Vollzeit-Erzieherinnen, außerdem Birgit, die wie Sophie halbtags arbeitete, und sogar Sabine, für die sie sozusagen die Vertretung übernahm, kam vorbei, um sie zu begrüßen. Sie war im sechsten Monat schwanger, ihr Bauch wölbte sich bereits deutlich sichtbar hervor. Der Anblick traf Emma wie ein Messerstich, und einen Moment lang war sie geschockt. Plötzlich stand ihr wieder ihr Verlust vor Augen, stellte sie sich vor, dass ihr Leib inzwischen bereits einen ähnlichen Umfang hätte, wäre das Schreckliche nicht geschehen.

Schnell riss sie sich zusammen, ehe die anderen etwas mitbekamen. Niemand hier wusste etwas von ihren Fehlgeburten, nicht einmal Sophie hatte sie davon erzählt. Es sei denn, Birte hatte geplaudert, was Emma ihr durchaus zutraute.

„Gut, Emma, am besten kommst du erstmal zu uns", schlug Tanja vor, die Gruppenleiterin der *Grünfinken*, denen auch Sophie angehörte. „Gleich kommen die ersten Kinder. Für die Neuankömmlinge wird es natürlich besonders aufregend. Bereite dich auf Tränen und Geschrei vor, die ersten Tage sind für manche Kinder ziemlich schwierig. Sieh dir heute erst einmal an, was wir machen, wie wir mit den Kindern umgehen und sie beschäftigen. Dann wirst du ganz von allein in deine Aufgabe hineinwachsen."

Hoffentlich, dachte Emma. Es war ihr ungeheuer wichtig, dass sie alles richtig machte und gut mit den Kindern auskam, und natürlich mit deren Eltern.

Wenige Minuten später kam sie nicht mehr zum Nachdenken. Wie ein wilder Sturm rannten die ersten Kinder über den Flur. Sie waren schon länger hier und kannten sich, schrien und riefen durcheinander, bestürmten die Erzieherinnen mit Fragen und warfen Emma neugierige Blicke zu.

„Hier haben wir Moritz, Torben, Sofia, Magdalena und Annkathrin", stellte Sophie ihre Schützlinge vor. Sie sind alle schon mindestens ein Jahr hier, manche schon länger. Am ersten Tag für die Neuankömmlinge regeln wir es immer so, dass sie eine Stunde nach den alteingesessenen Kindern eintreffen, damit dann bereits ein wenig Ruhe eingekehrt ist." Sie lachte, als Moritz sie am Arm zog und ihr unbedingt etwas erzählen wollte. „Du siehst ja, wie es hier zugeht. Keine Sorge, das ist nur am ersten Tag nach den großen Ferien so schlimm. Später läuft alles in ruhigeren Bahnen. Mehr oder weniger." Damit wandte sie sich Moritz zu, dem sich die anderen Kinder gleich anschlossen.

Immer mehr Kinder trafen ein und liefen selbständig zu ihren Gruppenräumen. Bald konnte sich Emma deren Namen nicht mehr merken, zumal sie zusätzlich diverse Eltern kennenlernte und immer wieder erklären musste, dass sie die neue Praktikantin sei. Einige Mütter und Väter kannte sie, darunter auch Birte und ihre anderen Freundinnen, aber viele waren ihr auch unbekannt.

Endlich ebbte der Ansturm ab. In ihrer Gruppe *Grünfink* saßen die Kinder auf den kleinen Stühlen im Kreis und erzählten von ihren Ferienerlebnissen. Emma saß ebenfalls auf einem der Zwergenstühle und fühlte sich pudelwohl. Mehrere Kinder hatten bereits Zutrauen zu ihr gefasst, und einigen hatte sie schon dabei geholfen, ihre Hausschuhe anzuziehen.

„Gleich kommen die neuen Kinder", kündigte Tanja schließlich an. „Bestimmt erinnert ihr euch noch an euren ersten Tag hier, oder?"

„Ja", riefen alle.

„Dann wisst ihr ja bestimmt auch noch, dass es nicht ganz einfach war, wenn eure Mamas einfach weggingen und ihr allein hierbleiben musstest, oder?"

„Ja", wiederholten alle. Emma blickte in strahlende kleine Gesichter und hätte in diesem Moment nirgendwo anders sein wollen.

„Also werdet ihr die neuen Kinder ganz lieb willkommen heißen und ihnen alles zeigen, in Ordnung?"

„Ja", erscholl es begeistert zum dritten Mal.

Kurz darauf klopfte es an der Tür, und die erste Mutter brachte ihre kleine Tochter herein. Schüchtern blieb das dunkelhaarige Mädchen nah bei ihr stehen, während sie sich hinkniete und leise zu ihr sprach. Tanja ging zu ihr hin und stellte sich vor, und zu Emmas Erstaunen gingen mehrere Kinder mit, fassten das kleine Mädchen an der Hand und lächelten es an.

Emma war gerührt. Wie liebevoll die Kleinen miteinander umgingen. Sie fühlte sich immer wohler und wurde immer sicherer, den perfekten Beruf für sich gefunden zu haben.

Plötzlich schlug ihr das Herz bis zum Hals, denn Sven stand mit Thies in der Tür. Tanja nahm die beiden in Empfang, und es fiel Emma schwer, sitzenzubleiben und abzuwarten. Am liebsten wäre sie zu beiden hingelaufen, hätte Sven geküsst und Thies eigenhändig hereingeführt. Sie hatten sich jedoch geeinigt, ihr kleines Geheimnis zumindest heute, am ersten Tag, noch zu bewahren.

Thies sah sich unsicher um, sah all die vielen fremden Kinder – und entdeckte sie. „Emma", rief er begeistert und lief zu ihr.

„Hallo, Thies." Sie strich ihm über den Kopf. „Wie schön, dass du hier bist. Es wird dir gefallen."

Er nickte. „Wenn du hier bist, auf jeden Fall."

Tanja sah sie leicht irritiert an. „Na, du kennst ja schon jemanden, Thies", sagte sie, bevor sie sich Sven zuwandte. „Am besten gehen Sie einfach, solange er abgelenkt ist. Heute sind es ja nur zwei Stunden, das hat bisher noch jedes Kind geschafft. Zudem war er ja schon ein paar Monate bei uns, bevor ..." Sie brach ab.

Sven suchte Emmas Blick, und sie erwiderte ihn, während Thies immer noch bei ihr stand. Sie nickte ihm zu, und schnell schloss er die Tür hinter sich. Zu Emmas Erstaunen machte es Thies gar nicht so viel aus, dass sein Vater plötzlich nicht mehr da war. Allerdings kannte er die Abläufe im Kindergarten ja auch schon, wenn es auch schon acht Monate her war, seit er zuletzt hier war. Er wusste, dass er am Ende des Tages auf jeden Fall wieder abgeholt werden würde.

Das kleine Mädchen jedoch, das Jasmin hieß, weinte bitterlich, sobald ihre Mutter gegangen war. Mehrere Kinder versuchten, es zu trösten, und strichen ihm über den Kopf oder den Rücken.

„Kommt, Kinder", rief Tanja und klatschte in die Hände. „Wir zeigen Jasmin und Thies, womit sie hier spielen können. Dann sind sie bestimmt gleich nicht mehr traurig."

Die folgenden zwei Stunden vergingen wie im Flug, und Emma verlor blitzschnell ihr Herz an all die Kinder. Bald saßen die ersten auf ihrem Schoß, während sie ihnen vorlas, und besonders Thies wich kaum von ihrer Seite. Viel zu schnell wurden die neuen Kinder schon wieder abgeholt. Jasmin warf sich ihrer Mutter in die Arme und weinte schon wieder, diesmal vor Erleichterung. Thies hingegen maulte. „Warum muss ich jetzt schon nach Hause?", fragte er Margarete, die ihn abholte. „Ich will hierbleiben, bei Emma."

„Morgen kommst du doch schon wieder her", erklärte Emma. Das Herz ging ihr auf bei den Worten des kleinen Jungen. Widerwillig folgte er Margarete, nachdem diese Emma ein herzliches Lächeln geschenkt hatte.

Später half Emma noch beim Auftragen des Mittagessens, das täglich von einer Köchin für die Ganztagskinder zubereitet wurde.

„Wir haben die Vormittags- und die Nachmittagsgruppen", erklärte Tanja. „Fast alle Kinder sind nur halbtags hier. Ein paar, momentan sind es drei, bleiben jedoch den ganzen Tag hier, weil ihre Eltern arbeiten und keine Zeit haben. Für die bieten wir ein

Mittagessen an. Du arbeitest ja vier Stunden täglich, das wäre jeweils die Vormittags- oder die Nachmittagsgruppe. Ich würde dich aber auch gern einmal für die Mittagszeit einteilen, damit du alle Abläufe kennenlernst."

„Gern. Es hat mir so viel Spaß gemacht, dass ich am liebsten noch länger bleiben würde."

Tanja lächelte freundlich. „Wer weiß, was sich noch so ergibt. Wenn es dir in einigen Wochen immer noch gefällt, denk doch mal über eine Ausbildung nach beziehungsweise eine Umschulung."

„Ganz bestimmt."

„Super. Okay, dann machst du diese Woche bei der Vormittagsgruppe mit, kommende Woche bei der Nachmittagsgruppe und in der Woche darauf gruppenübergreifend über die Mittagszeit, danach beginnt alles wieder von vorn, einverstanden?"

„Natürlich, das klingt toll. Also dann, bis morgen." Emma schüttelte Tanja die Hand, winkte den Kindern noch einmal zu und verließ den Kindergarten.

Draußen atmete sie tief durch. Sie hatte gehofft und geahnt, dass es ihr gefallen würde, hatte jedoch nicht damit gerechnet, dass die Arbeit sie derart glücklich machen würde. Sie war so beschwingt, dass sie ihre Mutter nicht anrief, um sie abzuholen, sondern zu Fuß nach Hause ging.

Etwas später rief sie sie an. „Es war großartig", sagte sie begeistert und erzählte von ihren Erlebnissen.

„Und wie hat es Thies gefallen? Der hatte doch heute auch seinen ersten Tag, oder?"

„Es hat ihm gar nichts ausgemacht, als Sven gegangen ist. Er kam gleich zu mir."

„Das freut mich." Sie zögerte. „Habt ihr schon erzählt, dass ihr nun ein Paar seid?"

„Nein, zumindest heute, am ersten Tag, wollten wir es noch nicht sagen."

„Lasst euch noch ein paar Tage Zeit damit, das kann ich euch nur raten. Thies ist neu im Kindergarten, seit Sandra … Was meinst du, wie es aussieht, wenn herauskommt, dass seine Kindergärtnerin mit seinem Vater zusammen ist?"

„Das geht doch niemanden etwas an."

„Eben. Aber du kennst doch die Leute. Nachher glauben einige Eltern noch, du würdest Thies deshalb bevorzugen."

Nachdenklich legte Emma auf. Hatte ihre Mutter recht? Wäre es tatsächlich besser, sie würden ihre Beziehung noch etwas geheim halten?

Kapitel 19

Ihre erste Woche als Praktikantin war geschafft. Inzwischen kannte Emma die Namen aller Kinder und die meisten dazugehörigen Eltern. Die Kleinen hatten sie schnell akzeptiert, und Emma hatte alle Hände voll damit zu tun, im Garten mit ihnen zu spielen, ihnen vorzulesen, zu malen, die Schuhe an- und auszuziehen, ihnen bei Toilettengängen oder Händewaschen zu helfen, mit ihnen zu singen oder sie zu trösten.

Ihr Verhältnis zu Sophie jedoch war ein wenig abgekühlt. Natürlich hatte ihre Freundin mitbekommen, was für ein inniges Verhältnis Emma zu Thies hatte. Wieder und wieder hatte sie versucht, sie auszufragen, warum sie so gut mit dem Kleinen klarkam. Emma erklärte es mit der Freude des Jungen über das Bild seiner Mutter, das sie gemalt hatte. Dennoch meinte sie, Misstrauen in Sophies Augen zu lesen. Wäre es nicht langsam an der Zeit, den Leuten von ihrer Beziehung zu erzählen? Oder war es noch zu früh? Selbst für sie war ja alles noch so frisch, dass sie es mitunter kaum glauben konnte.

Jeden Abend kam Sven für eine Weile mit Thies vorbei. Der Kleine krabbelte inzwischen von allein auf Emmas Schoß, und als er eines Abends vertrauensvoll in ihrem Arm einschlief, hätte sie weinen können vor Glück. So hatte sie doch noch ein Kind bekommen.

Am Samstag war das Wetter vorübergehend besser, die Sonne schien und es wurde sogar wärmer.

„Lass uns an den Strand fahren", schlug Sven vor.

„Oh, ja", schrie Thies begeistert.

Sie packten Badesachen, Handtücher, Sandspielzeug und Verpflegung ein und fuhren nach Cuxhaven-Sahlenburg. Als sie durch die Dünen zum Strand gingen, dachte Emma daran, wie sie das Bild der schwarzen Regenwolken über dem Watt gemalt hatte. Wie anders hier heute alles wirkte. Der Himmel war blau, nur ein paar harmlose Wölkchen zogen langsam dahin, sie wirkten wie flaumige Wattebäusche. Es war Flut, die Sonne spiegelte sich freundlich in den kleinen Wellen. Überall in den Strandkörben saßen Urlauber, lasen oder sonnten sich. Einige badeten im Meer, und über allem kreisten die Möwen.

Immer noch war außer ein paar Küssen nicht mehr zwischen Emma und Sven geschehen. Es war ein komisches Gefühl für sie, sich ihm nun zum ersten Mal im Bikini zu präsentieren. Sie bemerkte seine heimlichen Blicke, auch wenn er versuchte, so zu tun, als sähe er nicht hin, während sie sich umzog. Doch sie kam gar nicht dazu, sich unsicher zu fühlen, denn Sven hatte Thies rasch ausgezogen. Nun trug er eine blaue Badehose, hielt Eimerchen und Schaufel in der Hand und sah Emma an.

„Hilfst du mir? Ich will eine Burg bauen."

„Na klar." Schnell kniete sich Emma in den weichen Sand und begann, gemeinsam mit Thies Sand aufzuhäufen. Sie spürte Svens Blicke auf sich, der sich in den Strandkorb gesetzt hatte, aber eine ganze Weile sagte niemand etwas.

„So hat Sandra auch mit ihm gespielt", erklärte er schließlich leise.

Emma sah zu ihm hoch. Sie wusste nicht, was sie darauf erwidern sollte.

„Ich danke dir", fuhr Sven fort. Sein Blick war so zärtlich und zugleich wehmütig, dass ein Schauder über Emmas Rücken lief.

„Wofür?"

„Dass du für uns da bist. Du kommst so gut mit Thies aus. Versteh mich nicht falsch. Ich werde Sandra niemals vergessen, aber sie ist nun einmal fort. Ich will nicht, dass du denkst, ich bin nur mit dir zusammen, weil ich eine Ersatzmutter für Thies brauche."

Erstaunt sog Emma die Luft ein. „Das hätte ich auch niemals gedacht."

„Du vielleicht nicht. Aber andere werden es denken, sobald sie von uns erfahren. Sie werden es aussprechen."

„Das weißt du doch gar nicht."

„Ich weiß es nicht, aber ich fürchte es. Jeden Tag, wenn ich Thies in den Kindergarten brachte, sprach mich der eine oder andere darauf an. Wie schwer es für mich sein muss, dem Jungen Vater und Mutter zugleich zu sein. Wie bewundernswert sie das finden. Wie hoch sie es mir anrechnen, mir nicht gleich eine neue Frau zu suchen, die die Mutterstelle für Thies annimmt, sondern dass ich stattdessen ihrem Andenken treu bleibe."

Emma erschrak. „Wirklich? Meinst du, es wäre besser, wir würden noch nichts von ... von uns erzählen?"

„Glaube mir, Emma, nichts würde ich lieber tun, als aller Welt zu verkünden, dass ich ein neues Glück gefunden habe, dass die Zeit der Schwärze und der

Trostlosigkeit ein Ende gefunden hat, dass ich überglücklich mit dir bin. Aber ich glaube, wir sollten das lieber noch für uns behalten, zumindest noch für eine Weile.“

„Okay, wenn du meinst.“ Emma nickte, doch ein schmerzhafter Stich durchfuhr sie. Übertrieb er nicht? Seine und ihre Eltern hatten so locker reagiert. Warum sollten die anderen das nicht auch tun? Sie waren beide allein, was lag da näher, als wenn sie sich zusammentäten?

Sven stand auf und kniete sich neben Emma und Thies. Sanft strich er über ihr Haar und lächelte sie liebevoll an. „Das hat doch nichts mit uns und unseren Gefühlen füreinander zu tun. Es ist nur ... noch so frisch zwischen uns, verstehst du? Und für Thies ist auch alles neu. Ich finde, wir sollten uns erst einmal selbst daran gewöhnen, nicht mehr allein zu sein, sondern wieder eine Familie zu haben, bevor wir uns den Beurteilungen der Welt stellen.“

„Und wenn Thies sich verplappert?“, fragte Emma leise, damit nur Sven sie verstand.

Er lächelte. „Okay, das ist dann das Zeichen dafür, dass der Zeitpunkt gekommen ist.“

Thies sah von einem zum anderen, als hätte er gespürt, dass über ihn gesprochen wurde. „Spielen wir weiter? Die Burg muss noch viel höher werden.“

„Gleich, mein Schatz“, erklärte Sven. „Emma und ich müssen nur noch etwas klären.“

Der Kleine widmete sich wieder seinem Spielzeug. „Okay.“

Sven beugte sich nah zu Emma. „Wollen wir es ihm sagen?“, flüsterte er ihr ins Ohr. „Also, dass du jetzt meine neue Freundin bist?“

„Das weiß er doch schon.“

„Er denkt dabei an eine Freundschaft wie zum Beispiel zwischen ihm und Kai. Ich meine aber, dass wir, nun, ein Paar sind, ganz offiziell. Und dass du damit immer für ihn da bist, wenn er Sorgen oder Kummer hat.“

Emma wurde es heiß und kalt zugleich. Vor Freude, aber auch vor Angst. Nun, wo das Wort *Paar* ausgesprochen war und in der Luft stand, ging ihr plötzlich die immense Verantwortung auf, die sie übernommen hatte, als sie sich mit Sven zusammentat. War sie dem gewachsen? Sie hatte doch überhaupt keine Erfahrung im Umgang mit Kindern, abgesehen von dem, was sie gerade im Kindergarten lernte. Plötzlich bekam sie Angst. Sie war ja nicht einmal in der Lage gewesen, ihr ungeborenes Kind beschützen zu können. Wie sollte sie dann für einen vierjährigen Jungen sorgen können?

„Emma?“, erkundigte sich Sven besorgt. „Ist alles in Ordnung?“ Vorsichtig fasste er nach ihrem Arm.

„Ja“, erwiderte sie.

„Meinst du damit, dass es dir gut geht, oder dass wir es ihm sagen sollten?“, bohrte Sven nach.

Emma holte tief Luft. „Beides.“

„Bist du sicher?“

Sie nickte.

Sven strahlte. Er zog seinen Sohn zu sich heran, und so saßen sie eng beisammen im warmen Sand. „Hör mal, Thies. Du weißt ja, dass die Mama im Himmel und ein Engel ist.“

Der Junge nickte ernsthaft, sein blondes Haar flog.

„Sie wird immer deine Mama bleiben und für immer über dich wachen. Aber Emma ist jetzt auch für dich da und hat dich sehr lieb. Wie findest du das?"

Thies sah erst seinen Vater, dann Emma an. Sein Blick war so prüfend, dass Emma das Gefühl hatte, er dringe bis in ihre Seele vor. Vielleicht tat er das; wer konnte schon sagen, über welche Fähigkeit kleine Kinder verfügten?

„Das weiß ich doch schon", verkündete er schließlich.

Emma starrte Sven verwirrt an. „So einfach ist das?", wisperte sie.

„Scheint so." Auch Sven wirkte irritiert. „Umso besser." Er begann erleichtert zu grinsen.

Thies ließ sein Sandspielzeug sinken. „Ich will baden gehen."

„Das heißt *ich möchte bitte*", rügte Sven.

Der Kleine sah Emma an. „Stimmt das?"

Emma nickte. „Ja, dein Papa hat recht. Man muss immer höflich sein."

„Okay." Dann griff Thies nach Emmas und Svens Händen und zog sie in Richtung Wasser.

Sven grinste Emma an. „Er hat es schnell begriffen. Er fängt schon an, uns gegeneinander auszuspielen."

„Er ist eben ein schlaues Köpfchen."

Sie erreichten das Wasser und gingen mit Thies an der Hand hinein. Es war kühl, und alle drei kreischten und lachten vor Spaß, als sie weitergingen. Es wurde nur sehr langsam tiefer, aber Thies war noch klein, und bald reichte ihm das Wasser bis zum Bauch, und eine Welle schwappte bis an seine Brust. Sven und Emma zogen ihn an den Händen aus dem Wasser und ließen ihn wieder sinken, immer wieder, und Thies schrie vor

Vergnügen. Anschließend, als es zu kalt wurde, gingen sie ans Ufer zurück und spielten am Wellensaum, zeichneten Muster in den Sand, das die nächste Welle wieder mit sich nahm.

Irgendwann begann Thies zu frieren. Emma hüllte ihn in ein weiches Badetuch und rubbelte ihn trocken. Sie fühlte tiefe Rührung in sich aufsteigen, als sie den schmalen, zerbrechlichen Kinderkörper unter ihren Händen spürte, für den sie nun auch die Verantwortung trug, und als sie in die blauen Augen blickte, die sie vertrauensvoll ansahen. Impulsiv drückte sie den Kleinen kurz an sich.

Sie zog Thies ein T-Shirt und eine kurze Hose an, bevor sie ihre mitgebrachten Sandwiches aßen. Fürsorglich wischte Emma mit einer Serviette Thies' Mund ab.

Sven beobachtete sie. „Du machst das großartig", lobte er.

Emma lachte. „Ich habe ja auch schon eine Woche Übung hinter mir. Was meinst du, wie viele Gesichter ich schon saubergewischt habe."

„Ich meine nicht nur das, sondern alles. Wie du mit ihm umgehst." Er grinste. „Und wie du mit mir umgehst."

„So?"

Sven nickte. „Und obendrein siehst du auch noch super aus." Seine Blicke glitten über ihren knapp bekleideten Körper.

Emma spürte, wie sie errötete. „Danke."

Er beugte sich zu ihrem Ohr. „Kommst du heute Abend mit zu mir?", flüsterte er.

„Klar", wisperte sie zurück.

An diesem Abend schlief Thies ein, sobald sein Kopf das Kissen berührte.

Sanft strich Sven über sein Haar. „Er ist völlig fertig. Das war ein toller Tag für ihn."

„Nicht nur für ihn." Auch Emma konnte es nicht lassen, über Thies' Wange zu streicheln. Wie zart seine Haut war.

Leise verließen sie das Kinderzimmer. In der Stube öffnete Sven eine Flasche Rotwein und schenkte ihnen ein. Ein Glas hielt er Emma hin. „Wollen wir anstoßen darauf, dass wir nun ein Paar sind?"

Emma nahm das Glas entgegen und nickte. „Und darauf, was für einen tollen Sohn du hast. Ich habe ihn schon tief in mein Herz geschlossen. Er hat so selbstverständlich darauf reagiert, als hätte er es schon lange gewusst."

„Kinder kriegen oft mehr mit, als wir ahnen." Klirrend stieß Svens Glas gegen Emmas. Sie sahen sich in die Augen, während sie tranken.

Dann stellten sie die Gläser auf den Tisch. Sven legte den Arm um Emmas Schulter, und sie lehnte sich an ihn. Eine Weile saßen sie schweigend da und genossen die Nähe des anderen. Die Gewissheit, nicht mehr allein zu sein, verursachte ein tiefes Glücksgefühl in Emma.

Und noch etwas anderes. Sie spürte, wie Sven sich leicht bewegte. Ein Kribbeln breitete sich zwischen ihnen aus. Plötzlich spürte sie Svens Wärme überdeutlich. Er drehte sich zu ihr herum und begann, sie zu küssen. Sacht strich seine Hand über ihr Gesicht. Emma erwiderte seinen Kuss und spürte, wie etwas in ihr erwachte, das sie schon lange nicht mehr gespürt hatte. Sie küsste Sven leidenschaftlicher, ließ ihre Hände auf Wanderschaft gehen, strich über seine Schultern, öffnete die Knöpfe seines Hemds.

Auch Sven atmete heftiger. Er drängte Emma zurück, schob ihr Shirt hoch und fuhr mit seinen Fingerspitzen über ihre Haut.

Emma verdrängte alle Gedanken daran, ob sie tun durften, was sie taten, ob es sich gehörte oder ob irgendjemand daran Anstoß nehmen könnte.

Sie spürte nur noch Svens Hände auf ihrem Körper, hörte seinen Atem, roch den Duft seiner Haut. Und als er sie auszog und sie umarmte, spürte sie nur noch ihn. Die Welt, das ganze Universum konzentrierte sich auf diesen Mann, der in sie eindrang und die Leere in ihr füllte. Mit neuer Zuversicht und Lebensfreude, mit neuer Hoffnung auf eine glückliche Zukunft, die sie in ihren finstersten Stunden schon aufgegeben hatte.

Als Emma am Sonntag erwachte, wusste sie für einen kleinen Moment nicht, wo sie sich befand. Dies war nicht ihr Schlafzimmer im Haus ihrer Tante. Und sie lag auch nicht in einem Bett, sondern auf einer Couch. Dann hörte sie die leisen Atemzüge hinter sich. Spürte die Arme, die sie von hinten umschlossen. Vorsichtig drehte sie sich um, damit sie Sven ansehen konnte. Sein blondes Haar war verstrubbelt, sein Atem ging ruhig und regelmäßig. Emma lächelte, als sie an die vergangene Nacht dachte. Ja, sie hatten ihre offizielle Erklärung vor Thies, dass sie nun ein Paar waren, noch ausgiebig gefeiert. Eine Flasche Wein hatten sie geleert und eine weitere zur Hälfte. Dreimal hatten sie miteinander geschlafen, ehe sie auf der Couch eingeschlafen waren.

„Ich werde das Bett gleich morgen auf den Sperrmüll werfen", hatte Sven versprochen. Weder er noch Emma wollten sich im ehemaligen Ehebett schlafen legen, in dem Sandra gelegen hatte. Es wäre nicht richtig gewesen. Das Bett war ihres gewesen und sollte es auch bleiben. „Wollen wir gemeinsam ein Neues aussuchen?"

Ein gemeinsames Bett mit Sven. Plötzlich bekam Emma Angst. Ging nicht doch alles etwas zu schnell? Noch vor wenigen Monaten war sie morgens neben Tobias aufgewacht und Sven neben Sandra. Andererseits hatten sie doch beide ebenfalls ein Recht auf ein neues Glück, oder? War Zeit da nicht zweitrangig? Mussten sie nicht jede Minute nutzen, die ihnen gegeben war?

Sie hatte genickt. Kurz darauf hatten sie sich erneut geliebt und waren anschließend in tiefen Schlaf gefallen. Nun bemerkte sie, wie Svens Lider flackerten.

„Du schläfst ja gar nicht mehr", sagte sie.

„Wie kann ich das, wenn so eine aufregende Frau neben mir liegt?" Sven küsste sie.

Als Emma spürte, wie erneut ein Feuer in ihr auszubrechen begann, hörte sie leise Schritte auf dem Fußboden.

„Wieso schlaft ihr denn gar nicht im Bett?", fragte Thies verwundert.

Im Liegen fuhr Emma herum und zog sich die Decke bis zum Hals. „Guten Morgen, Thies", grüßte sie. Der Kleine stand einen halben Meter von ihnen entfernt. Im Arm hielt er den Otter, den Emma ihm geschenkt hatte, und sah noch sehr verschlafen aus.

„Komm her", rief Sven und streckte die Arme nach ihm aus.

Thies kletterte auf die Couch und über Emma hinweg, bis er eine winzige Lücke zwischen ihnen fand und sich ausstreckte.

„Ganz schön eng hier", stellte Sven fest. „Ich glaube, das liegt daran, weil dieser junge Mann hier immer größer wird." Er kitzelte Thies.

Der Junge kicherte und wand sich. „Ihr habt ja gar nichts an", rief er verwundert.

„Uns war so warm", erklärte Sven.

Eine Weile lagen sie still da. Emma genoss das ungewohnte Gefühl, mit ihrem neuen Partner und zugleich mit seinem Sohn zu kuscheln. Das war doch zu schön, um wahr zu sein, oder?

„Ich hab Hunger", erklärte Thies schließlich.

Sven seufzte. „Da hast du dich auf etwas eingelassen, Emma. Gewöhn dich schon einmal daran: Dieser kleine Rabauke hier ist seit neuestem kaum satt zu bekommen. Er ist gefräßiger als eine ganze Horde Seehunde."

„Als ein Walross", erwiderte Thies.

„Als ein Blauwal", rief Sven.

Lachend standen sie auf. Emma wusste, dass Thies bis vor Kurzem noch gegessen hatte wie ein Spatz, und war glücklich, dass es ihm wieder gutging. Sie bekam Order, sich einfach nur auf einen Stuhl zu setzen und bedienen zu lassen.

„Papa kann das super", erklärte Thies. „Er hat das schon immer gemacht."

Ein winziger Stich durchzuckte Emma. Aber er war nicht mehr so schmerzhaft wie die Stiche zuvor. Sie waren eben keine normale Familie. Sie waren drei

Verletzte, voll Wunden und alter Narben. Aber auch diese würden heilen. Sie musste nur Geduld haben.

Kapitel 20

Die folgende Woche verlief ruhig und ereignislos. Emma begann, sich an den Gedanken zu gewöhnen, wieder in festen Händen zu sein. Im Kindergarten sah sie Thies diese Woche jedoch nicht, weil er in der Vormittagsgruppe war, sie jedoch die Nachmittagsgruppe betreute.

Ihre Mutter freute sich riesig über das Bild vom Meer, das sie ihr schenkte. Sie schien richtig gerührt zu sein, umarmte Emma und wollte sie gar nicht mehr loslassen.

„Was ist denn, Mama?", fragte Emma schließlich.

„Ich freue mich nur so."

„Über das Bild?" Wenn ihre Mutter wüsste! Heute hatte Emma ihr nur das erste Bild geschenkt, weitere würden folgen.

„Ja, das auch. Aber auch für dich. Wenn ich überlege, wie traurig du warst, als du hier angekommen bist. Und sieh dich jetzt an! Du strahlst richtig vor Glück."

„Ich bin auch glücklich. Sven ist so ein toller Mann. Und der kleine Thies ... Wir haben ihm gesagt, dass wir jetzt ein richtiges Paar sind und ich für ihn da bin, wenn er mich braucht." Immer noch erschien es Emma vollkommen unwirklich.

„Und, wie hat er reagiert?"

„Als wäre es das Selbstverständlichste der Welt. Er sagte, das wusste er doch schon längst.““

„Ach, ich freu mich so für euch, Kind.“ Plötzlich wurde ihre Mutter ganz ernst. „Und was sagen die anderen so? Deine Kolleginnen im Kindergarten, deine Freundinnen?“

„Von denen weiß es noch keiner. Sven meinte, wir sollten es noch eine Weile geheim halten, zumindest so lange, bis sich Thies gut im Kindergarten eingelebt hat.“

„Das halte ich für eine gute Idee. Du weißt ja, wie leicht sich die Leute das Maul zerreißen.“

„Das schon. Aber ich frage mich, wie lange wir warten müssen. Es ist so schwer. Ich bin so glücklich mit Sven und Thies, verstehst du? Am liebsten würde ich es herausschreien und der ganzen Welt davon berichten.“

„Das verstehe ich natürlich. Hat der Kleine denn noch nichts erzählt? In dem Alter verplappern sich Kinder doch so leicht.“

Emma schüttelte den Kopf. „Bei Sven und mir ist er sehr offen. Bei anderen jedoch ist er noch sehr introvertiert. Im Kindergarten spricht er noch nicht allzu viel.“

„Das bestätigt mich nur in meiner Meinung … wartet noch etwas.“

Emma seufzte.

Die Zeit verging wie im Flug. An einem Tag besuchte sie gemeinsam mit ihren Eltern ihre Tante in der Reha. Es ging ihr nun zunehmend besser, und sie konnte bereits an Krücken herumlaufen.

„Ich kann es kaum noch erwarten, wieder nach Hause zu kommen. Dein Bild hat mir sehr dabei geholfen, Emma. Immer, wenn ich Sehnsucht nach Hause bekam, hab ich es angesehen. Übrigens hat es jeder hier bewundert! Wenn du willst, kannst du mindestens zehn Aufträge annehmen."

„Oh wei! Ich komme ja jetzt schon mit der vielen Arbeit nicht mehr hinterher." Emma berichtete von ihrer Arbeit im Kindergarten und ihrer neuen Beziehung zu Sven. Die Arbeiten an den weiteren Bildern für ihre Eltern ließ sie aus, weil sie dabei waren und es hören konnten. Aber auch im Haus gab es viel zu tun. Emma wollte alles gründlich auf Vordermann bringen, ehe ihre Tante nach Hause kam, einschließlich Fenster putzen und den Garten auch vom kleinsten Unkraut befreien.

„Das ist doch nicht nötig, Kind", sagte Lisbeth. „Du brauchst dich doch nicht so unter Druck zu setzen. Wenn irgendwo ein Löwenzahn oder eine Brennnessel wächst, stört das niemanden, auch nicht ein paar eingetrocknete Wassertropfen auf der Fensterscheibe."

Sie war es so gewohnt von ihrem gemeinsamen Leben mit Tobias her, wollte sie erzählen. Seit sie nicht mehr berufstätig, sondern als Hausfrau zu Hause geblieben war, hatte sie es als ihre Pflicht und Aufgabe angesehen, alles picobello in Ordnung zu halten.

„Konzentriere dich lieber auf das, was dir Spaß bringt", fuhr Lisbeth fort. „Wenn du gern malst, dann mach das. Unter all den Aufträgen ist übrigens einer, den du dir wirklich mal anhören solltest. Unser Oberarzt meinte nämlich, dass sich ein paar deiner Bilder wunderbar an den Wänden hier im Flur machen würden."

„Wirklich?" Emma war überrascht.

Lisbeth nickte. „Du könntest ein wirklich gutes Geschäft machen. Sprich am besten mal mit ihm." Sie hielt ihr eine Visitenkarte hin. „Hier ist seine Telefonnummer."

Emma war überwältigt. „Danke." Tobias hatte ihre Malerei nie für voll genommen. „Nett", hatte er gesagt. Im besten Fall. Und sie hatte ihm geglaubt. Hatte angenommen, dass ihre Kunst für den privaten Zweck zu Hause gerade reichte, für mehr aber auch nicht. Was für ein Glück, dass sie von ihm weg war! Er hatte sie immer nur kleingemacht und ihr beinahe ihr gesamtes Selbstwertgefühl genommen.

„Aber mach dir keinen Stress, hörst du? Deine Arbeit im Kindergarten ist wichtig. Am wichtigsten ist jedoch deine neue Liebe. Du musst nur aufpassen, dass du dich zwischen alldem nicht aufreibst."

Als sie hergekommen war, hatte sie nichts gehabt außer Zeit und Ruhe. Nun schien es, als würde ausgerechnet das zur Mangelware werden. Aber wen kümmerte das schon. Sie war glücklich dabei.

Am folgenden Sonntag ging Emma mit Sven und Thies in Otterndorf in die Eisdiele. Man spürte, dass der Herbst nahte, die Tage wurden zunehmend kühler und dunkler. Dies war jedoch ein Sonnentag, als wollte der Sommer noch einmal zeigen, was er konnte.

Emma tauchte den Löffel in ihren Schokoladenbecher, während Thies begeistert seine Biene Maja betrachtete und Sven ein Stück Melone von seinem Früchtebecher aß. Diese Familienstunden waren Stunden des puren Glücks für Emma. Sven hielt ihr ein Stück Kiwi hin, das Emma vorsichtig mit den Lippen entgegennahm. Dafür gab sie ihm im Austausch etwas Sahne ab. Und dann beugte sich Sven vor und küsste sie. Thies sah von einem zum anderen und hielt Emma schließlich seine Eiswaffel hin. Lächelnd biss sie ein winziges Stück ab.

Ein Schatten fiel auf den Tisch. „Hey, Emma. Das ist ja ein Zufall." Vor ihr stand Birte mit Melissa, hinter ihr ihr Mann. Birte starrte sie neugierig an.

„Hallo. Ja, stimmt." Unsicher ließ Emma ihren Löffel sinken. Wieviel hatte Birte mitbekommen? Inzwischen war es ihr derart in Fleisch und Blut übergegangen, dass niemand etwas von ihrer Beziehung mitbekommen sollte, dass sie sich nun regelrecht ertappt vorkam und ein schlechtes Gewissen verspürte. Warum zum Teufel waren sie nicht vorsichtiger gewesen? Aber sie hatte zuvor niemanden Bekanntes hier entdecken können.

„Macht ihr einen Ausflug zusammen?", fragte Birte.

Emma ärgerte sich. Das war doch offensichtlich, was sollte die dämliche Frage? Sie mochte Birte, aber ihre Neugier und Tratscherei hatte sie damals schon genervt.

„Ja", erwiderte Sven. „Das schöne Wetter muss man noch ausnutzen. Wer weiß, wie lange es so bleibt."

„Ja, wer weiß." Birte sah ihn ganz merkwürdig an.

In Emmas Kopf rasten die Gedanken. Sollten sie ihr nicht sofort verraten, was los war? Dass sie ein Paar waren? Andererseits ging es sie gar nichts an, schon gar nicht nach so blöden Fragen. Aber wieviel hatte sie gesehen? Verdammt, sie hätten sich viel mehr vorsehen müssen. Doch dazu hatte Emma langsam keine Lust mehr, seit Wochen ging es schon so, und die Geheimnistuerei ging ihr zunehmend auf die Nerven.

„Dann macht euch noch einen schönen Tag.“ Birte wandte sich mit ihrer Familie zum Gehen. Als sie ein paar Schritte entfernt waren, beugte sie sich zu ihrem Mann und sagte ihm etwas, das Emma nicht verstehen konnte.

„Das war’s wohl jetzt mit unserem Geheimnis“, sagte sie. Der Appetit war ihr vergangen.

„Und wenn schon.“ Sven schob seelenruhig einen Löffel Erdbeereis in den Mund. „Es ist genug Zeit vergangen. Ich finde, wir sollten mit der Geheimniskrämerei aufhören.“

„Wirklich?“ Emmas Gesicht hellte sich auf.

Sven nickte. „Ich hatte nur keine Lust, es Birte eben zu sagen. Du kennst sie ja.“

„Geht mir genauso. Aber etwas sagt mir, dass es ein Fehler war. Ich habe ein komisches Gefühl bei der Sache.“

„Emma! Wir tun nichts Verbotenes!“ Sven legte seine Hand auf ihren Unterarm.

In dem Augenblick drehte sich Birte noch einmal um. Ein wissender Ausdruck trat in ihre Augen, ehe sie sich abwandte.

„Es kommt mir aber so vor“, erwiderte Emma.

„Unsinn. Dazu besteht kein Grund. Jetzt komm, iss dein Eis, es schmilzt ja schon.“

Er hatte ja recht. Sollte Birte doch reden, sollten es doch alle wissen. Dass sie zusammen waren, war das Natürlichste der Welt.

Dass etwas anders war, spürte Emma sofort, als sie am Montagmorgen den Kindergarten betrat. Martina und die anderen begegneten ihr normal. Sophie jedoch musterte sie von oben bis unten, grüßte kühl und verschwand zu den Schränken, um dort herumzukramen.

Emma folgte ihr. „Ist etwas?"

Sophie sah auf. „Wäre das nicht eher etwas, was du erklären müsstest?"

Emma wurde sauer. „Willst du mir nicht sagen, was du damit meinst?"

Sophie stand auf. „Du hast doch auch nichts gesagt."

„Wenn du auf Sven und mich anspielst ..."

„Ah! Endlich!"

„... das geht niemanden etwas an", ergänzte Emma. „Es ist unsere Privatsache, was wir tun oder lassen."

„Eben nicht!" Sophie funkelte Emma böse an. „Du arbeitest hier im Kindergarten. Jeder kennt jeden. Die Eltern vertrauen uns ihre Kinder an. Was meinst du wohl, was es für einen Eindruck macht, wenn eine unserer Praktikantinnen sich den erstbesten, alleinstehenden Vater schnappt und ...?"

„He, mal langsam. Ich habe mir niemanden geschnappt. Es hat sich so ergeben."

„Ergeben, ja? Das ist ja praktisch. Wo du doch rein zufällig noch keine Wohnung hier gefunden hast. Du hast ja noch nicht einmal danach gesucht."

„Weil ich bisher bei meiner Tante lebe, die ..."

„Ist ja auch viel einfacher so, was? Sich ins gemachte Netz setzen. Erst bei deiner Tante, jetzt bei Sven. Ihr solltet euch schämen."

Emma schnappte nach Luft. „Was ..."

„Alle beide. Du, weil du seine Lage ausgenutzt und dich bei ihm festgezeckt hast. Und er, weil … Seine Frau ist noch kein Jahr unter der Erde." Sophie schnaubte empört. „Vielleicht sucht er ja nur nach einer Mutter für seinen Sohn, weil ihm allein alles zu viel wird. Da kamst du ihm gerade recht." Sie schüttelte den Kopf. „Aber was soll ich mir darüber den Kopf zerbrechen."

„Eben! Es geht dich rein gar nichts an."

Sophie warf Emma einen vernichtenden Blick zu und rauschte an ihr vorbei nach draußen.

Emma stand da wie betäubt. Sie hatte mit etwas Gegenwind gerechnet, mit der einen oder anderen skeptischen Bemerkung. Aber mit einer derartigen Reaktion? Nein. Sie hörte Sophie draußen mit den anderen reden, und ihr Magen verkrampfte sich.

Als Sven Thies brachte, fühlte sie alle Blicke auf sich gerichtet. Niemand sagte etwas. Die Atmosphäre im Raum war jedoch wie elektrisch aufgeladen.

Arglos verschlimmerte Thies die Situation noch. Er lief auf Emma zu und warf sich in ihre Arme. „Mami", rief er und schmiegte sich an sie.

Plötzlich war Emma zum Heulen zumute. Dies hätte der schönste Augenblick ihres Lebens sein können. Dieser wunderbare kleine Junge, der zum ersten Mal richtig *Mami*' zu ihr sagte. Wie gern hätte sie den Moment genossen, hätte ihn eine Weile einfach nur gehalten und dem Nachklang des wunderschönen Wortes gelauscht.

Stattdessen spürte sie Blicke wie giftige Pfeile auf sich. Thies' kleiner Körper in ihrem Arm schien plötzlich eine unerträgliche Hitze auszustrahlen, und sie machte sich von ihm los. Glücklicherweise bemerkte der Junge es nicht, sondern entdeckte bereits das erste Spielzeug, das ihn interessierte, und lief darauf zu.

„Was geht hier vor?", fragte Sven irritiert und starrte von ihr zu Sophie und den anderen.

„Nichts", entgegnete Sophie und hob die Schultern.

Feige auch noch! „Wir reden später", sagte Emma leise.

Sven zögerte, doch Emma nickte ihm zu, und er ging. Dieser Vormittag wurde so schlimm, wie sie befürchtete. Die Erzieherinnen waren professionell und ließen sich nichts anmerken. Die Teilzeithelferinnen jedoch schienen sämtlich von Sophie aufgestachelt worden zu sein. Niemand sprach mit ihr.

Mittags rief Martina sie in ihr Büro. „Mir ist zu Ohren gekommen, dass es zu Unmut zwischen dir und den anderen Damen gekommen ist. Was ist denn da los?"

Rasch erzählte Emma ihr von ihrer Beziehung zu Sven und dass die anderen scheinbar ein Problem damit hatten.

Martina nickte wissend. „Vor Jahren hatten wir schon einmal ein ähnliches Problem. Eine unserer Mitarbeiterinnen hatte sich in einen Vater verliebt, dem die Frau davongerannt war. Doch dann stellte sich heraus, dass der inzwischen eine neue Beziehung hatte. Als die Mitarbeiterin das herausfand, machte sie der neuen Frau an seiner Seite das Leben zur Hölle."

„Du meinst, jemand hier ist heimlich in Sven verliebt?" Dieser Gedanke war Emma noch gar nicht gekommen.

„Gut möglich. Liebe verleitet ja zu den merkwürdigsten Taten. Also, Emma, ich habe nichts gegen eure Beziehung. Es ist allein eure Privatsache. Nur leider sehen das anscheinend einige hier ja anders. Und du bist noch neu hier. Die Eltern kennen dich noch nicht so gut wie die Anderen. Was, meinst du, geschieht, wenn ihnen das Gerede zu Ohren kommt?"

In Emmas Ohren begann es zu rauschen. „Sie werden sich gegen mich stellen."

Martina nickte. „Das befürchte ich. Hör zu. Ich will auf jeden Fall verhindern, dass du ins Visier irgendwelcher aufgestachelter Eltern gerätst. Für dich ist die Lage hier gerade ja auch alles andere als angenehm. Deshalb würde ich vorschlagen, dass ich dich vorerst beurlaube. Oh, keine Angst! Ich will dich nicht loswerden. Ich habe dich nämlich beobachtet. Du hast ein Händchen für die Kinder, sie haben dich sofort ins Herz geschlossen, du kannst wunderbar mit ihnen umgehen. Wenn sich alles beruhigt hat, möchte ich dich gern weiterbeschäftigen. Doch momentan scheint es mir das Beste für alle Beteiligten zu sein, wenn du für eine Weile pausierst."

Der Vorschlag versetzte Emma einen Schock, doch sie wusste, dass es das Schlaueste war, was sie gerade tun konnte.

Kurz darauf stand sie auf der Straße im auffrischenden Wind. Dieser Praktikumsplatz war ihre große Chance gewesen. Sie hatte die Arbeit mit den Kindern bereits lieben gelernt. Und nun sollte es eine miese Intrige tatsächlich schaffen, diesen Traum zu zerstören?

Wie betäubt ging Emma nach Hause. Sie ahnte, dass so schnell nichts wieder gut werden würde. Birte und Sophie schienen sich in ihre Ideen regelrecht verbissen zu haben und würden gewiss so schnell nicht wieder loslassen. Und die beiden hatte sie für ihre Freundinnen gehalten! Ob wirklich eine von ihnen heimlich in

Sven verliebt war? Kam daher die Idee mit der Überraschungsfeier für Thies? Und plötzlich kam sie, Emma, daher und machte alles zunichte? Denn so musste es auf die beiden wirken. Oder war alles ganz anders? Verurteilten sie sie dafür, weil es noch zu früh war, weil Sandra noch nicht lang genug tot war? Oder sahen sie es tatsächlich so, dass sie, Emma, Sven ausnutzte und sich ins gemachte Nest setzte? Steckte Neid hinter allem?

Nun, was sollte sie sich darüber den Kopf zerbrechen. Wieder einmal waren ihre Träume zerplatzt wie Seifenblasen.

Der Wind frischte immer mehr auf und trieb sie nach Hause in Tante Lisbeths Haus. In das Haus, in dem sie sich angeblich auch nur eingenistet hatte. Sie ließ sich ein heißes Bad ein, doch es entspannte sie nur wenig. Draußen wuchs der Wind zum Sturm heran. Der Sommer ging zu Ende. Gingen mit ihm auch die schönen Zeiten? Nach dem Bad stellte sich Emma vors Fenster und sah hinaus. Graue Wolken zogen rasch vorbei, die Bäume bogen sich im Sturm, Blätter und kleine Zweige flogen davon.

Ehe sie wusste, was sie tat, holte sie ihre Leinwand und begann zu malen.

All ihre Gefühle malte sie, die ebenso vom Gegenwind gebeutelt wurden wie die Bäume, Stücke ihrer Seele, die wie Zweige abgerissen und davongeweht wurden. Was blieb, waren weitere Narben.

Doch sie wusste, dass die Bäume sich erholen würden. Der Sturm würde vorüberziehen, und sie würden sich wiederaufrichten und weiterleben, als wäre nichts geschehen. Aber sie wusste auch, dass es immer wieder vereinzelte Bäume gab, die dem Sturm, dem Druck, nicht standhielten. Sie stürzten, entwurzelt, und waren am Ende.

Als welcher Baum würde sie sich erweisen?

Ihr Pinsel flog über die Leinwand wie der Wind, während es immer dunkler im Zimmer wurde. Morgen, wenn die Sonne wieder aufging, würde sie wissen, wie es weitergehen würde.

Kapitel 21

Wider Erwarten schlief Emma tief und traumlos. Als sie erwachte, war es kalt im Raum. Fröstelnd stand sie auf, um Teewasser aufzusetzen, bevor sie ins Bad ging, um sich zu waschen.

Ihr Blick fiel auf ihr Bild. Sie hatte es fertigbekommen. Draußen war es noch nicht ruhiger geworden, die Bäume beugten sich weiterhin dem Sturm, der an ihnen riss und zerrte. Fast meinte sie, den Schmerz zu fühlen, den sie litten. Der Himmel über ihnen und um sie herum war dunkel und bedrohlich. Es schien keine Hoffnung zu bestehen, dass sie das Unwetter heil überstehen könnten.

Doch über dem Horizont, weit entfernt, erkannte Emma auf ihrem Bild ein schwaches Licht, einen schmalen rosafarbenen Streifen.

Sie ließ die unbewusst angehaltene Luft aus ihren Lungen. Seltsamerweise fühlte sie sich besser.

Ihr Blick fiel auf das Telefon. Es blinkte. Wie es schien, hatte es gestern Abend oder während der Nacht einen Stromausfall gegeben. Jetzt, im Nachhinein, wunderte sie sich auch darüber, dass Sven sie gar nicht angerufen hatte. Nun, vielleicht hatte er es versucht. Sie sah auf ihr Handy. Der Akku war leer, so ein Mist. Sie schloss es rasch an. Tatsächlich hatte Sven ihr mehrere Nachrichten geschickt. Wie es ihr gehe, er mache sich Sorgen, und warum sie nicht ans Telefon gehe. Heute könne er wegen des Sturms nicht kommen, es sei zu gefährlich draußen, aber morgen würde er sich wieder melden.

Sie schrieb ihm zurück, dass alles in Ordnung sei und er sich keine Sorgen machen solle.

Nachdem sie geduscht und sich die Zähne geputzt hatte, schenkte sie sich eine Tasse Tee ein und setzte sich an den Küchentisch. Es würde ungewohnt werden, heute nicht in den Kindergarten zu fahren. Ob die Kinder sie vermissen würden? Sie würde sie auf jeden Fall vermissen, soviel stand fest.

Ihr kam eine Idee. Zeit hatte sie durch diesen Vorfall gerade im Überfluss. Lisbeth hatte doch vom Direktor der Reha-Klinik gesprochen. Sie kramte in ihrer Tasche und zog die Visitenkarte heraus. Und ehe sie weiter darüber nachdenken konnte, wählte sie die Nummer und stellte sich vor.

„Ah, Frau Hoffmann. Natürlich erinnere ich mich an das Gespräch mit Ihrer Tante. Ihr Bild hat mich umgehauen. Nein, wirklich, ich übertreibe nicht. Sie haben großes Talent."

„Vielen Dank." Und nun? Sie konnte ihn doch nicht so direkt auf sein Angebot ansprechen. Was, wenn Lisbeth es falsch verstanden und er nur einen Spaß gemacht hatte? Emma räusperte sich.

„Sicher haben Sie sehr viel zu tun", fuhr der Direktor fort und kam ihr so unwissentlich zu Hilfe.

„Na ja, es geht so. Ich ..."

„Hören Sie, was ich Ihrer Tante sagte, meinte ich auch so. Ohnehin muss die Klinik renoviert werden. Bei der Gelegenheit wollte ich auch die Bilder an den Wänden

austauschen. Nun haben wir leider kein allzu großes
Budget, und ich weiß ja nicht, wie viel Sie …“

„Von wie vielen Bildern sprechen wir denn?“

„Nun, sagen wir, erst einmal von zehn? Damit wäre
der Hauptflur schon einmal gut bestückt.“

Zehn Bilder? In Emmas Kopf begann es vor Aufregung zu rauschen.

„Es hängt allerdings auch ein wenig vom Preis ab, auf
den wir uns einigen können“, fuhr er fort.

„Schlagen Sie einen vor“, rief Emma spontan.

„Nun, wie ich bereits sagte, ist unser Budget ziemlich
schmal. Allerdings bin ich der Meinung, dass man
junge, talentierte Künstler unbedingt unterstützen
sollte. Deshalb wäre ich bereit, einen Teil Ihres Honorars aus eigener Tasche zu zahlen.“ Er lachte. „Immerhin hätte ich ja auch etwas davon, weil ich die Bilder
täglich sehe. Nun, sagen wir, zweihundert Euro pro
Bild? Bitte reißen Sie mir nicht gleich den Kopf ab, falls
das Angebot lachhaft ist!“

Sie sollte *zweitausend Euro* für ihre Bilder bekommen? Emma konnte es nicht fassen.

„Oh, äh, nein. Keine Angst. Ich bin einverstanden.“

„Das freut mich sehr!“

„Welche Motive schweben Ihnen denn vor?“

„Ach, besonders schön wären Nordsee-Szenen. Vielleicht zu unterschiedlichen Jahreszeiten und bei verschiedenen Witterungen, wissen Sie? Immerhin liegt
unsere Klinik an der See, das sollte in den Bildern auch
zum Ausdruck kommen. Wir haben auch Patienten, die
von weiter weg kommen, den Mittelgebirgen und so
weiter, und die nicht fit genug für Ausflüge an den

Strand sind. Gerade die würden sich bestimmt sehr über Bilder vom Meer freuen.“

„Das würde ich sehr gern machen. Die Nordsee ist ohnehin mein liebstes Motiv.“

Der Direktor lachte fröhlich. „Wunderbar. Dann sind wir uns einig?“

„Ja, gern. Ich freue mich.“

„Ich mich auch. Also gut, Frau Hoffmann, dann höre ich von Ihnen, wenn Sie die ersten Bilder fertig haben, oder?“

„Natürlich.“ Emma legte auf und saß eine Weile ganz still da. Dieses Angebot glich einem kleinen Wunder. Nein, einem großen. Es kompensierte ihren Kummer über den Vorfall im Kindergarten und ihre Beurlaubung nicht nur, sondern übermalte ihn mit reiner Freude. Sie konnte ihre unerwartet freie Zeit gut nutzen, würde einiges verdienen, und vor allem war es ein ungeheurer Schub für ihr wieder einmal am Boden liegendes Ego.

Schnell zog sie sich an, holte ihre Sachen und begann zu malen. Für einen Ausflug an den Strand war es heute zu stürmisch, aber sie hatte alle Bilder im Kopf, sah die dramatisch dunklen Wolken drohend über dem Horizont hängen, sah das aufgewühlte Meer mit den weißen Schaumkronen und der sprühenden Gischt und die schreienden Möwen über den Wellen.

So versunken war sie in ihre Arbeit, dass sie ihren Anruf bei Sven völlig vergaß. Erst, als ihr Handy klingelte, fiel es ihr wieder ein.

„Hallo, wie geht es dir?“, rief Sven. Die Sorge in seiner Stimme rührte Emma. „Ich konnte dich gestern nicht erreichen, und du bist ganz allein im Haus bei dem

Sturm. Tut mir leid, dass ich nicht gekommen bin, aber im Radio warnten sie davor, das Haus zu verlassen, es war einfach zu gefährlich und ..."

„Schon in Ordnung", unterbrach Emma ihn. „Mir geht es gut. Scheinbar hatte ich gestern Abend einen Stromausfall, deshalb konntest du mich nicht erreichen. Und mein Handy-Akku war leer, das hab ich erst heute Morgen festgestellt, sorry."

„Martina hat mich angerufen und darüber informiert, was da gestern im Kindergarten los war. Ehrlich, Emma, ich weiß nicht, was ich sagen soll. Ich habe mit skeptischen Meinungen gerechnet, vielleicht auch mit Geschimpfe von einer oder zwei Personen, aber mit *so etwas* ... Wirklich, ich bin schockiert. Dass du gleich beurlaubt wirst ... Ich hatte Sophie für eine Freundin gehalten. Und Birte ebenfalls. Aber wie es scheint, hatte sie nichts Besseres zu tun, als das mit uns gleich herumzutratschen. Vielleicht hätten wir wirklich vorsichtiger sein sollen. Tut mir leid, Emma."

„Es ist nicht deine Schuld. Wie lange hätten wir es denn noch verheimlichen sollen? Wir tun nichts Verbotenes, Sven."

„Das scheinen einige aber anders zu sehen. Martina meinte, Sophie hätte sich beschwert, dass es ... Nein, ich kann es dir nicht erzählen, Emma."

„*Was* hat sie gesagt, Sven?", bohrte Emma.

„Ich will dir nicht wehtun. Es ist alles schon schlimm genug."

„Sven!"

Er holte Luft. „Also gut. Sophie beschwerte sich bei Martina darüber, wie ehrlos du bist. Dich an einen frisch verwitweten, alleinerziehenden Vater heranzumachen, kaum, dass dessen Frau unter der Erde liegt.“

Die Worte schmerzten wie Messerstiche, obwohl Emma versucht hatte, sich dagegen zu wappnen. „Diese Heuchlerin“, fauchte sie.

„Wenn Martina dich nicht beurlaubt hätte, hätte ich darauf bestanden, dass du dort kündigst, Emma. Es ist nicht hinzunehmen, dass du derart mies behandelt wirst.“

„Martina war sehr neutral, auch die festangestellten Erzieherinnen.“

„Aber Sophie war alles andere als das. Sie hat all die anderen aufgestachelt. Die werde ich mir noch vornehmen, das verspreche ich dir.“

„Ach, lass doch, davon wird es nicht besser. Die kriegen sich auch wieder ein, wenn etwas Gras über die Sache gewachsen ist.“

„Ich kann das nicht so im Raum stehenlassen.“ Sven atmete tief durch. „Thies vermisst dich“, wechselte er das Thema. „Er hat gefragt, wo du heute gewesen bist.“

„Das tut mir leid. Ich vermisse ihn auch.“ Emma lächelte wehmütig. „Ausgerechnet er hatte gestern noch Öl auf das Feuer gegossen.“

„Wieso?“

„Du warst doch dabei, hast du es nicht mitbekommen?“

„Es war so laut. Ich weiß leider nicht, was du meinst.“

„Er … er hat mir das Schönste gesagt, das er hätte sagen können. Es war der glücklichste Moment für mich seit Langem. Und doch ging es damit erst richtig los.“

„Emma, nun sag schon!“

„Er hat mich bei der Begrüßung ‚Mami‘ genannt. Kannst du dir das vorstellen?"

Für einige Augenblicke blieb es still in der Leitung. Emma fürchtete schon, Sven hätte einfach aufgelegt. Zu spät war ihr eingefallen, was das für ihn bedeuten mochte. Sandra war Thies’ Mama. Wie mochte es sich für ihn anfühlen, wenn sein Sohn eine andere Frau so nannte?

„Das ist wunderschön", flüsterte er schließlich.

Eine Last fiel Emma von den Schultern. „Ja, das war es. Ich hätte diesen Moment so gern genossen. Er hatte sich an mich geschmiegt, es war so schön."

„Das hatte ich gesehen. Ich hab mich riesig darüber gefreut. Wie er dir schon vertraut! Nur was er sagte, hatte ich nicht verstanden, weil die anderen Kinder so laut waren."

„Zu dem Zeitpunkt hatte Sophie mir schon ihre Meinung über mich an den Kopf geballert. Du kannst dir sicher vorstellen, dass Thies’ Reaktion die Sache nicht gerade besser gemacht hat. Aber das ist mir egal. Er hätte mir gar nichts Schöneres sagen können."

„Das ist die richtige Einstellung, Emma. Trotzdem bin ich froh, dass du für eine Weile aus der Schusslinie heraus bist. Was willst du denn jetzt machen? Willst du abwarten, ob es besser wird, oder dir einen anderen Job suchen?"

„Oh, zumindest für eine Weile habe ich bereits einen."

„Wie meinst du das?"

Aufgeregt erzählte Emma ihm vom Angebot des Reha-Direktors.

„He, das ist ja großartig! Das ist ja noch viel besser als dieses Praktikum."

„Ja, nicht wahr? Weißt du, Tobias hat meine Malerei nicht ernst genommen. Die Bilder seien ganz nett, aber mehr auch nicht. Viele seiner Freunde reagierten sogar noch schlimmer. Deshalb sah ich es all die Jahre immer nur als Hobby an. Klar fand ich, dass es etwas Besonderes ist, und besonders das Bild, das ich an die Wand des Kinderzimmers gemalt habe ..." Ein schmerzhafter Stich durchfuhr Emma, als plötzlich alles wieder vor ihr entstand. Sie atmete mehrmals tief durch. „Also das Bild gefiel mir ganz besonders. Ich spürte einfach, dass es gut ist." Tobias hatte es noch gar nicht gesehen, fiel ihr ein. Jedenfalls nicht, soweit sie wusste. Sie hatte immer noch den Schlüssel für das Zimmer. Was sollte er auch damit? Die Wohnung war groß genug, er benötigte diesen Raum nicht.

„Das glaube ich dir gern. Das Bild von dem Wolf geht mir immer noch nicht aus dem Kopf. Es ist großartig, Emma."

„Danke. Was ich eigentlich sagen wollte, ist, dass das Malen mir immer geholfen hat, wenn es mir nicht gut ging. Als ich hierher zurückkam, war ich wirklich fertig. Die Fehlgeburt, es war ja schon meine dritte. Die Trennung von Tobias. Der Umzug, nachdem ich jahrelang in Berlin gelebt und mir dort ein neues Zuhause aufgebaut hatte. Es war nicht leicht. Das Malen war wie ein Ventil für mich. Ich konnte all meine Gefühle damit ausdrücken, verstehst du?"

„Ich denke, ja. Für mich ist es Thies. Immer, wenn ich dachte, ich kann nicht mehr, betrachtete ich ihn, wie er schläft. Oder nahm ihn auf den Arm, wenn er wach war. Es ist kaum zu glauben, wieviel Trost einem so ein kleines Wesen schenken kann."

„Ich vermisse euch“, sagte Emma leise. Sie spürte, wie ihre Augen feucht wurden vor Rührung.

„Bleib, wo du bist“, rief Sven. „Wir sind gleich bei dir.“

Wenige Minuten später konnte Emma die beiden Männer, die ihr Herz gewonnen hatten, in die Arme schließen. Nichts hatte sich je besser angefühlt. Sie nahm Thies’ auf den Arm, und er legte seine Ärmchen um ihren Hals.

„Das olle Telefonieren wird überbewertet“, sagte Sven und küsste sie auf den Mund. „Es redet sich doch viel schöner, wenn man sich dabei sehen kann.“

Gemeinsam richteten sie den Abendbrottisch her, während Thies an einem Bild malte.

„Er tritt schon in deine Fußstapfen“, stellte Sven fest und blickte seinem Sohn lächelnd über die Schulter.

„Zeig doch mal.“ Neugierig betrachtete Emma das Bild. Sie sah drei Strichmännchen, davon zwei mit gelben und eins mit braunen Haaren. Dahinter war alles blau. „Sind wir das, Thies?“, fragte sie.

Der Junge nickte ernsthaft und zeigte nacheinander auf die drei Männchen. „Papa, ich und du.“

„Und das Blaue?“

„Das ist das Meer.“

„Ah, wie schön. Du hast unseren Ausflug an die Nordsee gemalt. Das hat dir gefallen, nicht wahr? Wollen wir mal wieder so einen Ausflug machen?“

„Ja!“, rief er begeistert.

Sie aßen Brot mit Wurst und Käse, dazu gab es Tomaten und Gurkenscheiben. Das Essen für Thies schnitt Emma, wie es auch seine Oma tat, in kleine Häppchen. Beglückt sah sie zu, wie er sich eins nach dem anderen in den Mund schob.

„Eigentlich soll er ja lernen, allein zu essen", rügte Sven, lächelte jedoch dabei. „Ich schimpfe auch schon immer mit meiner Mutter."

„Ich will ihn doch nur etwas verwöhnen."

Sven beugte sich vor und küsste Emma. „Und das liebe ich so an dir."

Hinterher zeigte sie Sven das erste Bild, das sie für die Reha-Klinik malte, die Nordsee bei Sturm.

„Wow", rief er. „Man spürt förmlich den Wind auf der Haut und meint, das Salz in der Luft zu schmecken. Du wirst noch berühmt, Emma." Er zog sie an sich und küsste sie.

„Unsinn", wehrte sie ab.

Thies beobachtete sie aufmerksam, bevor er sich wieder über sein Bild beugte und weitermalte.

Kurzentschlossen ging Emma ins Nebenzimmer und holte das Wolfsbild. „Hier." Sie hielt es Sven hin.

Er starrte sie an. „Für mich?"

„Für wen denn sonst? Wenn es einer verdient hat, dann du."

„Ich weiß gar nicht, was ich sagen soll." Sven betrachtete das Bild lange. Dann zeigte er es seinem Sohn. „Sieh mal, was Emma für mich gemalt hat. Einen Wolf. Ist der nicht toll geworden?"

Thies nickte.

„Dafür ist sie extra ins Moor gefahren", erzählte Sven. „Dort hat sie den Wolf gesehen. Er hat dagestanden und sie beobachtet."

„Hattest du keine Angst?", fragte Thies gespannt.

„Doch, und wie. Aber er hat mir nichts getan. Ich bin nach Hause gefahren und habe ihn gemalt."

„Und darüber bin ich sehr froh." Sven küsste Emma.

Als die beiden eine halbe Stunde später nach Hause gefahren waren, saß sie noch eine Weile da und dachte darüber nach, wie schön der Tag noch geworden war. Wer hätte das nach dem gestrigen Desaster vermutet?

Nun würde doch noch alles gut werden. Sollten Sophie und die anderen doch reden. Irgendwann würde es ihnen zu langweilig werden, und sie würden sich ein neues Opfer suchen. Und falls sie nicht aufhörten, würde Emma sich eben einen anderen Job suchen. Notfalls gab es ja auch noch andere Kindergärten. Denn das Praktikum hatte ihr wirklich gut gefallen. Nun, man würde sehen, wie es weiterging. Mit ihren Bildern und mit Sven und Thies an ihrer Seite hatte sie schon alles, was sie brauchte.

Sie hatte noch ein wenig am Sturm-Bild weitergemalt, als das Telefon klingelte. Lächelnd legte sie den Pinsel beiseite. Das war bestimmt Sven. Sicher wollte er ihr noch einmal eine gute Nacht wünschen. Ihr Lächeln verging, als sie auf das Display sah. Mit einem Brummeln im Magen nahm sie das Gespräch an.

„Hallo", grüßte Tobias. „Störe ich? Ich muss mit dir reden."

„Worüber? Es ist doch alles gesagt."

„Nicht ganz. Du hast immer noch Sachen hier. Es wird Zeit, dass du sie abholst."

Verdammt, die hatte sie ganz vergessen. „Ach so. Tja, gerade sieht es schlecht aus. Erstens habe ich noch kein Auto, um sie zu transportieren, und zweitens weiß ich nicht, wohin ich sie stellen sollte. Ich habe noch keine eigene Wohnung."

„Wie bitte", rief Tobias pikiert. „Wo wohnst du denn, in einer Scheune oder einem Stall? Du bist seit Monaten weg und hast noch keine ...?"

„Ich bin Housesitterin bei meiner Tante. Bisher eilte es nicht. Auch wenn es dich nichts angeht."

„Dann stell die Sachen eben bei ihr hin, ihr werdet schon Platz dafür finden. Ansonsten muss ich sie wegwerfen."

„Warum hast du es denn auf einmal so eilig? Deine Wohnung ist doch groß genug, die paar Möbel nehmen doch bei dir kaum Platz weg."

„Nein, bisher nicht. Nun schon."

Emma horchte auf. „Was soll das heißen?"

„Tut mir leid, das ... das sage ich dir lieber nicht."

„Wieso nicht? Was ist los?"

„Nein, besser nicht, Emma. Sonst ... ich weiß nicht, wie du reagieren würdest. Nachher reißt es alte Wunden wieder auf oder so."

In Emma wurde es eiskalt. „Soll das heißen ...? Tobias, sag es mir!"

„Also gut, wenn du meinst. Constanze ist schwanger. Wir brauchen den Platz."

Alles begann sich um sie herum zu drehen. „Was sagst du da?" Die Worte schienen von weither zu kommen.

„Siehst du?", rief Tobias. „Ich wusste, dass du so reagieren würdest. Ich weiß, dass es schlimm für dich sein muss. Du hast unsere Kinder verloren, dreimal. Und nun werde ich doch noch Vater. Eine andere Frau trägt das Kind aus, das du ..."

Sagte er das gerade wirklich? Eine riesige Wut stieg in Emma empor.

„Du Schwein“, zischte sie. „Du weißt doch ganz genau, warum ich das Kind verloren habe. Nachdem ich entdecken musste, dass du mich betrügst. Du bist es, der die Schuld daran trägt.“

„Du machst es dir schön einfach, weißt du das? Was war denn mit den beiden Fehlgeburten davor? Da hatte ich nichts gemacht, was dich hätte aufregen können. Du konntest es einfach nicht, Emma. Du bist eben keine Mutter. Mach dir nichts draus. Du findest bestimmt etwas anderes, was dich ...“

Es fühlte sich an, als würde alles in Emma zu Eis erstarren. „Schmeiß die Sachen weg.“ Selbst ihre Stimme klirrte.

„Was?“

„Ich will nichts mehr haben, was deine Constanze angefasst haben könnte.“

„Das ist aber nicht schlau. Ich meine, arbeitest du denn? Oder lebst du wie hier einfach in den Tag hinein? Wovon lebst du? Du hast doch gar kein Geld, um dir neue Möbel kaufen zu können, oder? Deshalb hast du auch noch kein Auto, stimmt’s?“

„Was geht es dich eigentlich noch an? Wirf es weg, ich will es nicht mehr haben.“

„Und die Bilder?“

Verflucht. Die hatte sie vergessen. Es waren ihre ersten Werke. Keinesfalls wollte sie, dass er oder Constanze irgendetwas damit anstellten. Sie wegwarfen. Oder sie herumzeigten und darüber lästerten. *Hier, das hat meine Ex fabriziert. So ein Gekrakel, was? Sie bildet sich ein, sie hätte Talent. Dabei könnte ein Dreijähriger besser malen.*

„Da ist noch etwas", setzte Tobias hinzu, ehe Emma antworten konnte. „Der Schlüssel für das Kinderzimmer ist verschwunden. Bisher ist mir das nicht aufgefallen, ich habe ihn ja nicht gebraucht. Aber nun wollen wir das Zimmer einrichten. Wo ist der Schlüssel, Emma?"

Sie könnte einfach sagen, sie wüsste es nicht. Er wäre irgendwann verloren gegangen. Der Gedanke, dass Constanze das Bild sah, das sie einst für ihr eigenes Kind gemalt hatte, war Emma unerträglich. Sie konnte vor sich sehen, wie die Blondine die Nase rümpfen würde. *Das muss weg,* würde sie sagen. Und gehorsam würde Tobias überstreichen, was sie mit so viel Liebe für ihr Baby gezaubert hatte.

„Ich habe ihn", sagte sie.

„Dachte ich es mir doch. Du warst ja regelrecht besessen von dem Zimmer. Du musst ihn mir geben. Schick ihn einfach per Post her. Das Porto wirst du dir ja noch leisten können."

„Nein." So einfach würde sie es ihm nicht machen. „Ich komme und bring ihn dir. Und ich hole meine Bilder ab."

„Gut, wie du meinst. Je eher, desto besser."

Emma legte auf und sah auf die Uhr. Es war schon spät. Ob Sven schon schlief? Sie brauchte ihn jetzt, musste seine Stimme hören. Sie wählte seine Nummer.

„Emma", rief er erstaunt. „Ist etwas passiert? Ich dachte, du schläfst schon."

„Ich hoffe, ich habe dich nicht geweckt."

„Und selbst wenn, macht das nichts. Was ist denn los?"

„Immer, wenn ich denke, dass ich gerade sehr glücklich bin, passiert wieder etwas.“

„Du machst mir Angst! Sag mir doch, was …“

„Tobias hat angerufen.“

„Was will der denn noch? Es ist doch alles zwischen euch geklärt, oder?“

„Das dachte ich auch. Aber nun …“ Zu ihrem Entsetzen spürte Emma, wie ihr Tränen in die Augen schossen.

„He, Emma-Maus! Was hat er getan? Hat er dir gedroht? Was wollte er von dir?“

„Er … seine Geliebte, diese Constanze.“ Sie spuckte den Namen förmlich aus und begann zu schluchzen. „Sie ist schwanger. Tobias wird Vater!“

Eine Weile war Schweigen am anderen Ende der Leitung. „Was?“, flüsterte Sven schockiert.

„Ja! Kannst du dir das vorstellen? Kaum bin ich weg, hat er nichts Besseres zu tun, als die Erstbeste zu schwängern und mit ihr das Kind zu bekommen, das eigentlich meins hätte sein sollen.“ Emma wischte sich die Tränen von den Wangen. „Seinetwegen hab ich es doch verloren. Und nun …“ Sie weinte laut.

„Oh, Emma, Liebes. Soll ich kommen? Ich kann gleich bei dir sein.“

„Nein. Ist schon gut.“ Sie schniefte noch einmal und bemühte sich, zur Ruhe zu kommen. Dieses Arschloch war keine einzige Träne mehr wert. „Ich musste nur deine Stimme hören. Tut mir leid. Nun geht es mir schon besser.“ Ihr fiel etwas ein. „Ach ja, er will, dass ich meine restlichen Sachen hole. Er braucht jetzt den Platz“, setzte sie höhnisch hinzu.

„Hast du denn noch viel dort?“

„Nein. Das meiste hat er gekauft. Es sind nur Kleinigkeiten sowie ein Bücherregal, eine Anrichte und ein Telefontischchen. Ich hab ihm gesagt, er soll alles wegwerfen."

„Was? Warum denn?"

„Ich will die Sachen nicht mehr. Diese Constanze hat sie angefasst."

„Das ist doch Unsinn, Emma. Es wäre schade drum. Wie ich dich kenne, sind es hübsche Sachen. So was wirft man doch nicht einfach weg."

„Ich weiß doch gar nicht, wohin damit. Bei meiner Tante könnte ich sie vielleicht erst einmal unterstellen. Ach, es wird höchste Zeit, dass ich mir eine eigene Wohnung suche. Weißt du, so weit habe ich bisher noch gar nicht gedacht. Es hat keine Eile, dachte ich. Aber nun ... Ich werde mir einen neuen Job suchen und eine Wohnung. Und ein Auto muss ich mir auch kaufen. Wie soll ich sonst die Sachen transportieren?" Emma sprach immer schneller. Die Situation begann sie zu überfordern. Plötzlich spürte sie, dass sie noch nicht wieder so weit war. Ihre Wunden hatten begonnen, zu heilen. Jedoch waren sie noch nicht fest genug vernarbt, um derartigen Belastungen standzuhalten. Es war doch noch zu frisch. Oder die Wunden tiefer, als sie gedacht hatte.

„Ganz ruhig", sagte Sven. „Atme erst einmal durch. Das hat doch alles Zeit. Du kannst die Sachen erst einmal bei mir unterstellen, wenn du magst. Ich habe doch Platz genug. Hier sind noch zwei leere Zimmer. Es sollten mal Kinderzimmer werden ..." Er stockte, bemerkte wohl, was er gesagt hatte. „Oder Gästezimmer. Da passt alles rein. Und ein Auto brauchst du auch nicht sofort, weil ich dich nämlich fahre."

„Nein! Ich will dich nicht in die Sache hineinziehen.“

„Das hast du längst, Emma. Du hast mich eingefangen.“ Er lachte, und der Klang tat Emma unglaublich gut. Er beruhigte ihre angeschlagenen Nerven wie Balsam. „Wir beide sind jetzt füreinander da“, fuhr er fort. „Du hast mir schon so viel geholfen. Es wird Zeit, dass ich etwas davon wiedergutmachen kann.“

„Du musst nichts wiedergutmachen, du ...“

„Aber ich will. Keine Widerrede. Ich frage Markus, meinen Kollegen, ob er morgen mit mir tauschen kann. Wir haben uns schon öfters ausgeholfen und die Schichten getauscht.“

„Das ist wirklich nicht nötig.“

„Doch. Je eher wir die Sache hinter uns bringen, desto besser. Du bekommst doch nie Ruhe, so lange all das noch nicht abgeschlossen ist.“

Da hatte er allerdings recht. „Ich weiß gar nicht, was ich sagen soll.“

„Nur *gute Nacht*. Zeit, zu schlafen. Morgen haben wir viel vor.“

Kapitel 22

Wie versprochen erschien Sven zeitig am nächsten Morgen bei Emma.

„Und Thies?", fragte sie.

„Meine Mutter bringt ihn heute in den Kindergarten. Du brauchst dir also um nichts Sorgen zu machen. Komm, steig ein. Bringen wir es hinter uns."

Je näher Emma Berlin kam, wo sie so viele Jahre gelebt hatte, desto mulmiger wurde ihr zumute. Sie war froh, als sie in einen Stau gerieten und zwei Stunden lang nur im Schritttempo vorankamen. Inzwischen war es Zeit für ein Mittagessen, und sie machten eine Pause und aßen in einem griechischen Restaurant.

„Hast du Tobias schon angerufen und ihm gesagt, dass wir kommen?", fragte Sven.

Emma schüttelte den Kopf. „Je weniger ich mit ihm reden muss, desto besser. Ich nehme an, dass er nun, wo er mit Constanze richtig zusammen ist, eher von der Arbeit nach Hause kommt. Außerdem ist Freitag, da hat er ohnehin früher Feierabend."

„Na, das wird ja ein Schock, wenn wir plötzlich in der Haustür stehen."

„Umso besser. Er hat es ja so gewollt, oder?"

Als sie Berlin erreichten, gerieten sie in den Feierabendverkehr, und die Fahrt bis zu Tobias Haus zog sich. Immer bekannter wurden die Häuserzeilen, und Emma begann sich zu verkrampfen.

„Wie geht es dir?“, erkundigte sich Sven besorgt.

„Nicht besonders.“

„Ich bin wirklich froh, dass ich dich das hier nicht allein habe machen lassen.“

Emma lächelte schwach. „Ich auch.“ Sie drückte seine Hand. „Danke, dass du bei mir bist.“

„Immer.“

Nur noch wenige Straßen lagen zwischen ihnen und ihrem Ziel. Emma fixierte jeden Fußgänger, an dem sie vorbeifuhren, kontrollierte jedes Autokennzeichen. Sie bogen in ihre ehemalige Wohnstraße ein. Das Herz klopfte Emma nun bis zum Hals, und sie konnte kaum noch atmen.

„Da ist es.“ Sie wies mit dem Finger.

Tobias BMW stand bereits in der Einfahrt, sie hatte es ja geahnt. Sven hielt direkt dahinter und stellte den Motor ab.

Stumm betrachtete Emma das Haus, das jahrelang ihr Zuhause gewesen war. Bis es ihr von einer anderen Frau gestohlen wurde. Die hockte jetzt darin wie eine Spinne in ihrem Netz und starrte gewiss bereits aus dem Fenster.

Hinter den Gardinen schimmerte Licht. Emma fühlte sich beobachtet, als sie auf die Haustür zuging. Tobias hatte ein neues Namensschild gekauft. Wenn sie es vorher noch nicht richtig hatte realisieren können, dass dies nicht mehr ihr Zuhause war und es auch nie wieder werden würde, so hatte sie nun den Beweis dafür vor Augen. Statt ihrem stand dort Constanzes Name in verschnörkelten Goldlettern unter seinem. Mit bebenden Fingern drückte Emma den Klingelknopf. Was, wenn Constanze die Tür öffnete? Würde sie es ertragen, der Frau ins Gesicht zu sehen, die ihr alles genommen hatte?

Schritte näherten sich. Männerschritte. Emma atmete tief durch. Die Tür öffnete sich, und Tobias stand vor ihr.

„Emma", sagte er überrascht, sah an ihr vorbei auf Sven und wieder zu ihr. „Warum hast du nicht angerufen?"

„Ich hatte keine Lust." Sie bemerkte, wie müde er wirkte. Hatte er schon immer diese tiefen Linien um die Mundwinkel gehabt?

Tobias starrte sie an, Verwirrung und Empörung mischten sich in seinem Blick. Sven ignorierte er nach seinem ersten Blick völlig. „Was soll das heißen? Du kannst nicht einfach ..." Ein Blick über die Schulter. Hatte er etwa Angst, Constanze könnte sie hier entdecken?

„Du hast gesagt, ich soll meine Sachen so schnell wie möglich abholen. Und hier bin ich nun."

Er riss die Augen auf. Ärger verscheuchte die Müdigkeit aus seinen Augen. Schnell trat er aus der Tür und schloss sie hinter sich. Er musste wirklich Angst vor Constanze haben.

„Spinnst du?", zischte er. „Du kannst nicht einfach hier aufkreuzen, wie es dir beliebt."

„Nein? Du willst wohl nicht, dass ich deinem neuen Liebchen begegne, was? Hast dir gewünscht, ich würde ganz heimlich herkommen, wenn sie nicht hier ist, meinen Krempel holen und ebenso schnell und leise wieder verschwinden."

An seinem Blick erkannte sie, dass sie ins Schwarze getroffen hatte. „Nun bin ich aber hier, ganz schnell, so, wie du es dir gewünscht hast. Also komm, lass uns rein, dann sind wir auch ganz schnell wieder weg."

„Du sagtest doch, du willst die Sachen nicht mehr."

„Ich habe es mir eben anders überlegt."

Tobias starrte sie an. Emma sah ihm an, dass ihm die Worte fehlten. Das war kein Wunder. So kannte er sie nicht. Damals hatte sie immer getan, was er wollte, damit es keinen Grund für Ärger gab. Regelrecht harmoniesüchtig war sie gewesen. Das war nun vorbei. Kein Wunder, dass es ihn schockierte.

„Tobias? Wer ist denn da? Wo bleibst du? Dein Essen wird kalt."

Beim Klang von Constanzes Stimme stellten sich Emmas Nackenhaare auf. Diese Frau saß gerade an ihrem Tisch und aß von ihrem Geschirr ... Sie verspürte den Drang, an Tobias vorbeistürmen und diese Frau von dem Stuhl zerren, der ihr gehörte, hinaus aus dem Haus werfen, das ihr zustand.

Sven legte seine Hand auf ihre Schulter, als hätte er gespürt, was in ihr vorging. Sofort ging es Emma besser, und der irrsinnige Wunsch verschwand.

Tobias seufzte vernehmbar, trat zur Seite und wies ins Haus. „Du gibst ja doch keine Ruhe. Also komm rein und mach schnell, ja?" Er blickte über seine Schulter. „Ich komme sofort."

In dem Augenblick erschien Constanze im Flur und starrte ihnen neugierig entgegen. Fast hätte Emma bei ihrem Anblick laut aufgelacht. Wo war die aufreizende, sexy Blondine hin, die sie kennengelernt hatte? Diese

Constanze trug eine graue Jogginghose und ein gestreiftes Schlabbershirt, dazu Anti-Rutsch-Socken.

Ihre Arroganz jedoch hatte sie nicht abgelegt wie ihren Minirock und ihre hochhackigen Pumps. „Was will die denn hier?" Sie verzog den Mund, als hätte sie einen Brummer auf ihrem Kaviar entdeckt.

Jetzt verstand Emma, warum sie so ungelegen kam. Tobias wollte vermeiden, dass sie seine neue Geliebte sah, wie sie wirklich war. Er hatte gern mit dem aufgetakelten Sexpüppchen angegeben, um ihr zu beweisen, dass er jede Frau haben konnte, dass er es nicht nötig hatte, sich mit einer angeblich grauen Maus wie ihr abzugeben. Nun konnte sie ein Grinsen nicht mehr vermeiden.

„Hallo", grüßte Emma freundlich. „Wir kommen wohl ungelegen?" Sie lachte sich ins Fäustchen, dass sie nicht vorher angerufen und ihren Besuch angekündigt hatte. Dann hätten Tobias und Constanze Zeit gehabt, ihre Komödie weiterzuspielen, sie hätte sich wieder toll hergerichtet, und Tobias wäre ganz der stolze Gefährte dieser tollen Frau gewesen. Dieses Vergnügen hatte sie nun zunichtegemacht und in ihr eigenes verwandelt.

„Das kann man wohl sagen. Wir essen gerade."

„Lasst euch nicht stören." Es bereitete Emma ein geradezu teuflisches Vergnügen, Constanze einfach zu duzen. Sie wandte sich Sven zu und wies auf das erste Stück, das ihr gehörte. „Dies ist mein Telefontischchen, das können wir als erstes einladen."

Ihr fiel auf, wie staubig es war. „Puh", rief sie. „Tobias, du solltest deiner Putzfrau den Lohn kürzen, das Teil ist völlig verdreckt." Dann sah sie zu Constanze, die immer noch in der Tür zur Küche stand. „Ach nein, ich vergaß.

Du brauchst ja gar keine Putzfrau mehr, du hast ja eine neue Lebensgefährtin, die für alles zuständig ist." Sie fuhr mit dem Finger über das glatte Holz und pustete den Staub herunter.

Constanze sah sie entgeistert an. Rasch trat Tobias zu ihr, fasste ihre Schulter und schob sie in die Küche. „Komm, Liebes, lass dich davon nicht stören. Iss in Ruhe weiter, ich regele das hier." Er schloss die Küchentür und wandte sich an Emma. „Sie hat deine Sachen nicht saubergemacht", erklärte er und sah sie böse an. „Dafür sei sie nicht zuständig, hat sie gesagt. Und damit hat sie recht."

„Wenn du meinst." Emma nahm die Deko-Ananas, die darauf stand und augenscheinlich Constanze gehörte, und stellte sie auf den Boden. „Es macht keinen guten Eindruck, wenn man hier hereinkommt und als erstes den Staub sieht."

Sven trat vor und hob das Tischchen hoch. Auch in seinem Gesicht entdeckte Emma ein kaum verborgenes Schmunzeln.

Sie sah Tobias an und wies auf die Küchentür. „Du solltest sie nicht allein essen lassen, das ist unhöflich. Wir kommen auch allein klar."

„Das könnte dir so passen."

„Hast du etwa Angst, dass ich etwas von deinen kostbaren Sachen mitnehme? Oder gar etwas von deiner Geliebten? Nein, danke, kein Bedarf."

„Ich kenne den doch gar nicht." Mit einer Kopfbewegung wies Tobias auf Sven, der das Telefontischchen in den Wagen geladen hatte und gerade zurückkam. „Wo hast du den denn aufgegabelt? Stammt der auch aus deinem Kuhdorf? Zumindest sieht er danach aus."

Emma schmunzelte. „Und deine Constanze? Aus welchem Hochhaus-Ghetto kommt sie? Wenn ich mir ihren Kleidungsstil so ansehe ...“

Tobias blieb der Mund offenstehen.

Wortlos ging Emma an ihm vorbei ins Gästezimmer, wo ihr Bücherregal stand, gefolgt von Sven. Erleichtert sah sie, dass all ihre Bücher noch da waren. Ebenfalls verstaubt, aber wenigstens hatte Tobias sie nicht entsorgt. Sie klappte einen der Umzugskartons auf und stellte sie gemeinsam mit Sven hinein.

Neugierig betrachte er das eine oder andere Cover. „Du stehst auf blutrünstige Thriller?“, fragte er erstaunt. „Ich lerne ja völlig neue Seiten an dir kennen. Hier, den kenne ich.“ Er hielt ihr ein Buch entgegen. „Das habe ich auch gelesen. Und das hier auch. Scheint, als hätten wir den gleichen Geschmack.“

„Was, du liest auch blutrünstige Thriller?“, imitierte sie ihn. „Muss ich mir Sorgen machen?“

Sie lachten, bis unvermittelt Tobias in der Tür stand. „Geht das auch schneller?“

Emma schüttelte den Kopf. „Ich muss doch aufpassen, nur meine Bücher mitzunehmen. Nicht, dass ich eins von deinen erwische. Oder gar von Constanze.“ Sie riss die Augen auf. „Oder liest sie gar nicht? Ich finde, sie wirkt nicht wie ein Bücherwurm.“

„Wie lange braucht diese impertinente Person denn noch?“, hörte Emma Constanze von hinten keifen.

Mit schnellen Schritten trat Tobias ans Regal, betrachtete die Buchrücken und griff einige davon heraus. „So, das hier sind meine. Der Rest gehört dir. Macht schnell. Constanze braucht Ruhe, sie muss sich schonen.“

„Das kann sie doch. Sie kann in aller Ruhe essen, während wir hier arbeiten. Wir tun ihr doch nichts. Wenn sie sich aufregt, liegt das allein an ihr." Sie musterte Tobias von oben bis unten. „Na ja, vielleicht auch an dir. Du machst einen ja ganz nervös."

Für einen Moment dachte Emma, er würde sie schlagen. Heißer Zorn schoss aus seinen Augen. Sven bemerkte es ebenfalls und stellte sich vor sie. Doch Tobias wandte sich ab und rauschte aus dem Zimmer.

„Ich erkenne dich kaum wieder", sagte Sven und grinste. „Du bist ja eine richtige Kratzbürste."

„Soll ich dir was sagen? Ich habe gar nicht gewusst, dass ich das kann. So bin ich noch nie gewesen. Bisher war ich immer ganz lieb und unauffällig, wollte es jedem recht machen und bloß keinen Ärger. Ich sei harmoniesüchtig, hat Laura mir einmal erklärt, das ist meine Freundin hier in Berlin. Aber soll ich dir etwas sagen? Es tut gut, auch mal die Krallen auszufahren. Vorhin war mir richtig schlecht. Jetzt geht's mir super."

„Das sieht man, du strahlst richtig. Trotzdem bin ich froh, dass ich mitgekommen bin. Ich traue deinem Ex nicht über den Weg."

„Am besten kümmern wir uns gar nicht mehr um ihn, und um seine Neue schon gar nicht."

Das Regal war leer. Gemeinsam trugen Emma und Sven die Bücherkartons zum Auto. Weder Tobias noch Constanze hielten sie auf. Sie hatten die Küchentür geschlossen, aber Emma hörte sie drinnen miteinander sprechen. Nein, streiten. Sie grinste. Das strahlende Glück schien ja bereits erste Risse aufzuweisen.

Sven begann, das Regal auseinanderzuschrauben. Währenddessen ging Emma ins Wohnzimmer, wo ihre

Anrichte stand, das letzte ihrer Möbelstücke. Wie es schien, hatte Constanze wohl vergessen, dass sie ihr, Emma, gehörte, denn das Schränkchen war staubfrei. Auch hatte sie mehrere Dekoartikel darauf platziert, eins geschmackloser als das andere. Emma nahm sie und legte sie auf den Tisch. Dann sah sie in die Schubladen. Auch hier lagerten Sachen, die ihr nicht gehörten, Papiere, Gebrauchsanleitungen für mehrere elektrische Geräte, Schrauben und Nägel, eine Fotokamera … Auch diese Dinge legte Emma auf den Tisch. Zudem fand sie dort ihre schönen Kerzenleuchter, die zuvor auf dem Schränkchen gestanden hatten. Sie ließ sie in der Schublade.

Sven trat zu ihr. „So, das Regal ist auch verstaut. Ist das hier das letzte Stück?"

„Ja. Danach muss ich nur noch meine Bilder finden. Und natürlich meine Kleidung. Und dann können wir endlich verschwinden. Ich bin froh, wenn ich hier wegkomme."

„Schatz!", erklang Constanzes Stimme von der Tür her. Sie klang ganz schrill vor Empörung.

Tobias erschien neben ihr. „Was ist denn?"

„Was machen die da?" Mit dem Kopf wies Constanze auf die Anrichte.

„Was wir schon die ganze Zeit machen", erklärte Emma an seiner Stelle. „Wir nehmen meine Sachen mit."

„Aber die gehört dir nicht", schrie Constanze. Sie war ganz rot im Gesicht.

„Reg dich nicht auf", sagte Tobias, sichtlich um Ruhe bemüht, und streichelte hektisch ihren Arm, was ein Widerspruch an sich war. „Das ist nicht gut für dich."

„Was die machen, ist nicht gut für mich“, kreischte Constanze. „Die Anrichte ist das schönste Teil hier im Haus. Du hast gesagt, sie will die nicht mehr und sie gehöre jetzt uns.“

„Stimmt, das hat sie gesagt.“ Tobias bohrte seinen Blick in Emmas Augen, und sie erkannte aufkeimende Wut darin. „Du lässt sie hier“, bestimmte er. „Constanze hat recht. Du hast gesagt, dass du sie – und im Übrigen auch die anderen Sachen – nicht mehr haben willst.“

„Ich hab es mir anders überlegt.“

„Das ist Diebstahl“, beharrte Tobias.

Constanze schnaufte und sah von einem zum anderen.

„Ist es nicht.“ Emma griff in ihre Tasche. Wie gut, dass sie daran gedacht hatte, sie mitzunehmen. „Hier ist die Kaufquittung, ausgestellt auf meinen Namen.“ Sie sah Constanze an und wedelte mit dem Blatt. „Ich hab es Schwarz auf Weiß. Sie gehört mir, und ich nehme sie jetzt mit. Dein Schatz verdient doch genug Geld, er kann dir gleich morgen eine neue kaufen.“

Blitze schossen aus Constanzes Augen. „Nimm das Ding und verschwinde endlich. Und du hast recht: Wir haben genug Geld. Wir können uns viel schönere Dinge leisten als dein Teil da.“

„Na, dann ist doch alles gut.“ Emma zuckte die Schultern. Sie hätte ihrer ehemaligen Nebenbuhlerin gern geraten, ruhig zu bleiben und sich nicht aufzuregen. Sie wusste aus eigener Erfahrung, wie gefährlich es war, sich während der Schwangerschaft so in Ärger hineinzusteigern. Aber sie sagte nichts. Sie ahnte, nein, sie wusste, dass sie ohnehin nur giftige Erwiderungen zu hören bekommen hätte.

Gemeinsam hoben sie und Sven die Anrichte an und trugen sie zum Auto. Sie passte hinein, ohne dass sie sie auseinandernehmen mussten. Anschließend gingen sie noch einmal ins Haus. Ein letztes Mal, dachte Emma, dann wäre dieses Kapitel für immer abgeschlossen. Was für ein Glück.

„Habt ihr endlich alles?", erkundigte sich Tobias unfreundlich. „Damit wir endlich unseren Feierabend genießen können."

„Nur noch meine Kleidung und meine Bilder, dann sind wir weg."

„Ein Glück. Du weißt ja, wo sie sind. Und deine Klamotten habe ich bereits in Kartons gepackt, damit Constanze Platz im Schrank für ihre Sachen hat."

Es widerstrebte Emma, das Schlafzimmer zu betreten, in dem sie viele glückliche Nächte mit Tobias verbracht hatte, ehe sie von Constanze daraus vertrieben worden war.

„Du lässt diese Frau in unser Schlafzimmer?", kreischte Constanze empört.

Emma verdrehte die Augen. Sie hatte gehofft, dass sie endlich in der Küche geblieben war. Das durchsichtige Negligé, das sie einst hier vorgefunden hatte, war vom Bett verschwunden. Das Bett war nur notdürftig gemacht. Wie es schien, hatte sich Tobias mit seiner neuen Geliebten nicht gerade eine perfekte Hausfrau geholt. Sie ging zum Schrank, in dem ihre Bilder lagen.

„Nur noch die Bilder, dann ist sie weg", versuchte Tobias seine aufgebrachte Gefährtin zu beruhigen.

Sven trug bereits den ersten Karton mit ihrer Kleidung zum Wagen.

Emma öffnete den Schrank. Wo waren sie denn? Sie entdeckte Bettwäsche, Laken und Handtücher – aber keine Bilder. Dabei mussten sie hier liegen.

„Wo sind sie?", wandte sie sich an ihren Ex.

Er zuckte die Schultern. „Die müssen da sein. Ich hab sie jedenfalls nicht angefasst."

„Bist du dir sicher?" Emma schob einen Stapel Bettwäsche zur Seite, die sie nicht kannte. Auch die meisten Handtücher waren ihr unbekannt. Der Inhalt dieses Schranks trug ganz eindeutig Constanzes Handschrift. „Sie sind nicht hier", stellte sie fest.

„Dann weiß ich es auch nicht", rief Tobias genervt. „Wahrscheinlich hast du sie damals woanders hingestellt. Ich meine, durcheinander genug warst du ja."

Wut stieg in Emma empor. „Nein, das habe ich nicht. Sie waren immer hier."

„Warum zum Teufel sind dir diese Dinger denn so wichtig? Ganz ehrlich, Emma, es war doch nur ein naives Gekrakel."

Sie zuckte zusammen wie unter einem Schlag.

„Du bist nicht gerade ein Kunstkenner, was?", mischte sich Sven ein, der gerade den nächsten Karton holte. Emma erkannte, wie ärgerlich er war. „Dann wird es dich erstaunen, zu hören, dass Emma ihre Bilder inzwischen höchst erfolgreich verkauft, zu sehr guten Preisen."

Tobias und Constanze starrten Emma an, als wäre sie ein prähistorisches Wesen, das soeben aus dem Spiegel gestiegen war.

„Was?", entfuhr es Constanze. Sie war plötzlich ganz bleich geworden.

„Wo sind die Bilder denn nun?", fragte Emma.

„Ich weiß es nicht“, erwiderte Tobias. Er wirkte vollkommen verwirrt.

Emma wandte sich an Constanze. „Und du?“

Sie hob die Schultern. Plötzlich sah sie bockig aus, wie ein störrisches Kleinkind, und zog einen Schmollmund. „Ich konnte doch nicht ahnen, dass die hässlichen Dinger so viel wert sind.“

Tobias’ Kopf fuhr zu ihr herum wie der einer angreifenden Mamba. „Was soll das heißen?“

„Ich hab sie weggeworfen. Vor ungefähr zwei Wochen.“

„Bist du verrückt geworden?“

Auch Emma war schockiert. Es waren ihre ersten Werke gewesen. Sie wusste, dass sie seither große Fortschritte gemacht hatte, dass sie inzwischen viel dazugelernt hatte und wesentlich besser malte. Dennoch waren diese Bilder wertvolle Erinnerungen gewesen.

Doch als sie beobachtete, wie erbittert Tobias und Constanze nun stritten, sich in Rage redeten und mit roten Köpfen wild gestikulierten, wurde sie mit einem Mal ganz ruhig. Woran hätten diese Bilder sie denn erinnern sollen? An die Zeiten, an denen sie sich wertlos fühlte, weil Tobias es wieder und wieder geschafft hatte, sie kleinzumachen? An den dreimaligen Verlust ihrer Kinder? An ihre Einsamkeit, wenn niemand verstehen konnte oder wollte, wie traurig sie war, welch tiefes Loch der Tod ihrer Babys in ihr Herz und ihre Seele gerissen hatte?

Nein. Es war gut, dass die Bilder fort waren. Und es war gut, dass es Constanze war, die sie entsorgt hatte. Die Wirklichkeit hatte in Tobias’ neuerschaffenes Paradies Einzug gehalten.

Die beiden waren so vertieft in ihren Streit, dass sie nicht zu bemerken schienen, wie sich Emma und Sven an ihnen vorbeidrängten. Vor dem Haus atmete Emma tief durch.

„Tut mir leid wegen deiner Bilder“, sagte Sven leise. „Das hätte sie nicht tun dürfen.“

„Das dachte ich auch zuerst. Aber nun bin ich froh darum.“ Sie erklärte ihm, warum das so war.

„Dann ist ja alles gut. Das Kapitel ist abgeschlossen, Emma. Du musst diesen Kerl nie wiedersehen.“

„Doch, eine Sache gibt es noch.“ Sie griff in ihre Tasche und zog den Schlüssel für das Kinderzimmer heraus.

„Steck ihn doch einfach in den Briefkasten.“

Emma zögerte. „Ich würde dir so gern das Bild zeigen, das ich dort an die Wand gemalt hatte. Es ist wirklich wunderschön geworden.“

„Ich hätte es auch wirklich gern gesehen. Aber meinst du denn, wir hätten es genießen können? Du hast doch diese Furie erlebt, die sich dein Ex da geangelt hat. Sie hätte dabeigestanden und es schlechtgemacht, und sie hätte dir an den Kopf geworfen, dass sie schon Farbe gekauft hat, um es überzumalen. Hältst du das wirklich für eine gute Idee?“

Emma wusste, dass Sven recht hatte. Genauso würde es kommen. Wäre es nicht viel besser, sie würde das Zimmer mit dem Bild so in Erinnerung behalten, wie es war? Als Ort des Friedens und der Liebe, als zukünftige Heimat ihres ungeborenen Kindes.

„Du hast recht“, sagte sie leise. „Ich will mich nicht daran erinnern müssen, wie ihr Gekeife die wunderbare Atmosphäre des Raumes zerstört hat. Es ist Zeit, mit der

Vergangenheit abzuschließen. Endgültig. Und dazu gehört auch die Erinnerung an das Zimmer, das niemals das Zuhause meines Kindes werden wird." Zudem hatte sie Fotos von der Wand gemacht. So würde sie sich immer an das herrliche Bild erinnern, auch ohne den Raum noch einmal betreten zu müssen.

Sven legte den Arm um ihre Schulter und drückte sie an sich.

Emma lehnte sich an ihn und genoss das Gefühl des Schutzes und der Fürsorge. Eine Tür hatte sich in ihrem Leben geschlossen, im wahrsten Sinne des Wortes. Doch eine andere hatte sich dafür geöffnet, und dahinter lag etwas viel Schöneres als das, was sie hatte zurücklassen müssen.

Mit wenigen Schritten war sie beim Briefkasten, öffnete die Klappe und ließ den Schlüssel ohne Zögern hineinfallen. Es klapperte laut, und Emma hatte das Gefühl, dass dieser Klang endgültig den Schlusston für ihr bisheriges Leben darstellte. Sollte sie je in Versuchung geraten, wehmütig an ihre Zeit mit Tobias zu denken, würde sie sich an dieses Geräusch erinnern. Es war vorbei.

„Ich habe Hunger", sagte sie und legte ihren Arm um Svens Hüfte.

Gerade, als sie sich abwenden und zum Auto gehen wollte, erregte eine Bewegung hinter der Gardine ihre Aufmerksamkeit. Dort stand Tobias oder Constanze oder beide. Hatten sie das Geräusch des Schlüssels ebenfalls gehört? Bestimmt wollten sie sichergehen, dass sie endlich verschwunden waren.

Emma stellte sich auf die Zehenspitzen und küsste Sven auf den Mund. Erstaunt zog er sie an sich, und sie versanken in einem tiefen Kuss.

Als Emma wieder zum Fenster sah, hing die Gardine still, und die Schatten dahinter waren verschwunden.

Kapitel 23

Für die Nacht hatten sie sich ein Hotel genommen, und am nächsten Morgen saßen sie bei einem üppigen Frühstück und genossen das ungewohnte Urlaubsfeeling.

„Ich fühle mich wie neu geboren", erklärte Emma und biss in ihr Brötchen. „Endlich ist diese leidige Angelegenheit endgültig ausgestanden. Nun brauche ich nur noch einen neuen Job und eine Wohnung, und dann kann endlich mein neues Leben beginnen."

„Es hat doch längst begonnen", sagte Sven und sah sie zärtlich an. „Das mit dem Job eilt doch gar nicht. Erst einmal hast du mit dem Auftrag für die Bilder für die Reha-Klinik genug zu tun, und wer weiß, was sich danach ergibt? Bis dahin haben sich bestimmt auch die Wogen im Kindergarten wieder geglättet, und du kannst dein Praktikum fortsetzen. Zerbrich dir darüber doch noch nicht den Kopf."

„Über eine Wohnung aber schon. Ich habe meine Sachen im Wagen, die müssen ja irgendwo hin. Ich meine, danke, dass ich sie erst einmal bei dir unterstellen kann, aber das ist ja keine Dauerlösung. Und bald kommt meine Tante zurück. Ein paar Wochen möchte ich gern noch bei ihr bleiben, so lange, bis sie wieder richtig fit ist. Aber dann ..."

„Ehrlich gesagt hab ich mir schon ausgemalt, wo wir deine Möbel hinstellen können“, gestand Sven. Plötzlich sah er ganz verlegen aus.

Emma starrte ihn an. „Wie meinst du das?“

„Na ja.“ Er rührte in seinem Joghurt. „Es sind schöne Möbel, und ich sagte ja schon, dass ich genug Platz habe. Genug für drei.“

„Für *drei?*“ Emma hatte das Gefühl, gerade auf dem Schlauch zu stehen, während ein Teil von ihr innerlich zu jubilieren begann.

„Ja. Du suchst eine Wohnung, und ich habe reichlich Platz. Außerdem sind wir beide nun zusammen. Mehr noch, mit Thies sind wir eine Familie. Was kombinierst du daraus?“

„Ich ... ich soll bei dir einziehen?“ Die Zeit schien plötzlich stillzustehen.

„Genau. Warum denn nicht?“

„Tja, weil ...“ Es wäre zu schön, um wahr zu sein. Sie könnten endlich ihr Glück als Familie richtig genießen. „Denk doch dran, wie Sophie und die anderen schon reagiert haben, als sie hörten, dass wir zusammen sind. Was meinst du, sagen sie, wenn sie erfahren, dass ich bei dir eingezogen bin?“

„Das ist doch völlig egal. Lass sie reden. Es ist bloß der Neid, oder die Eifersucht, weiß der Teufel. Sie hören auch wieder auf damit.“

„Aber ...“

„Emma, willst du dir wirklich von dem blöden Gerede dein Glück verderben lassen? *Unser* Glück? Denk doch an Thies, wie er sich freuen würde, wenn du bei uns lebst. Und denk an deinen Ex, der dich einfach von einem Tag auf den anderen durch eine andere ersetzt hat. Meinst du, dass er sich um irgendein Gerede schert?“

„Nein.“

Sven griff nach ihrer Hand. „Ich möchte dich bei mir haben, Emma. Denk noch einmal nach. Wir sind beide durch die Hölle gegangen. Wir haben beide jemanden verloren, den wir geliebt hatten, mit dem wir unsere Zukunft verbringen wollten. Beide mussten wir uns aus den Scherben unseres zerbrochenen Glücks herausziehen, ganz allein. Bis wir uns gefunden haben. Da waren wir nicht mehr allein. Es war ein Wink des Schicksals, dass wir uns auf dem Deich über den Weg gelaufen sind, Emma. Ein Zeichen. Nenn es, wie du willst. Aber wir beide, wir gehören zusammen. Ich spüre das.“

Wie tief seine Augen waren. Emma versank darin. Sie sah die tiefen Gefühle, die Sven für sie hegte. Sie las den Schmerz, den er erlitten hatte, sah die Narben auf seiner Seele. Sie erkannte, dass er dasselbe fühlte wie sie. Hatte er nicht recht? Was hatten sie denn zu verlieren? Und hatten nicht gerade sie endlich auch ein wenig Glück verdient?

Sie nickte und spürte, wie ihr Tränen in die Augen traten, Tränen des Glücks. „Okay“, flüsterte sie. „Versuchen wir es.“

Der Anruf kam, als sie sich seit einigen Stunden auf der Rückfahrt befanden. Diesmal kamen sie gut durch, hatten bisher keinen Stau. Sven nahm ihn auf der Freisprechanlage entgegen.

„Gott sei Dank, dass ich dich erreiche", rief Margarete und schluchzte.

Ein Schauder lief über Emmas Rücken. Sie wusste es. Gerade noch war sie glücklich gewesen. Es war an der Zeit, dass wieder eine Katastrophe eintraf.

„Was ist denn los?", fragte Sven angespannt.

„Thies ist weg", schluchzte seine Mutter.

„Was?"

Emma gefror das Blut in den Adern. Sie sah den kleinen Jungen vor sich, mit fröhlichem Lachen und zerzaustem Haar. Verschwunden? Was sollte das heißen?

„Er war in seinem Zimmer und hat gemalt. Ich habe ihn noch gefragt, was er malt. ,*Die Nordsee*', sagte er. ,*Das ist aber ein schönes Bild*', hab ich gesagt. Dann bin ich wieder in die Küche gegangen und hab weitergekocht. Und als ich ihn zum Essen holen wollte ... war er weg."

„Das kann doch nicht sein." Emma sah, wie Sven schluckte und versuchte, ruhig zu bleiben. „Vielleicht ist er auf Toilette? Seit er in den Kindergarten geht, will er das immer allein hinkriegen."

„Ich habe doch schon überall gesucht." Margarete weinte laut. „Er ist nirgends im Haus."

„Dann im Garten." Sven drückte das Gaspedal weiter durch, der Wagen beschleunigte.

„Da sind die Männer gerade am Suchen. Auf Rufen reagiert er jedenfalls nicht. Ich habe extra Nudelauflauf für ihn gekocht, den mag er doch so gern. Er würde sofort kommen, wenn er das hört." Sie schluchzte erneut. „Aber er kommt nicht. Das bedeutet, dass er nicht hier ist."

„Er kann sich doch nicht in Luft aufgelöst haben." Sven sah in den Rückspiegel, setzte den Blinker und überholte einen Lkw, dann noch einen, und blieb gleich auf der linken Spur. „Sucht weiter, ja? Fragt bei den Nachbarn. Vielleicht ist er zu einem Freund gegangen. Ich komme zurück, so schnell ich kann. Wir haben schon über Dreiviertel der Strecke geschafft, es ist nicht mehr weit."

„Ja. Aber fahr vorsichtig. Ich könnte es nicht ertragen ..." Sie weinte schon wieder.

Sven legte auf. Schockiert betrachtete ihn Emma von der Seite. „Es wird sich bestimmt alles aufklären", versuchte sie, ihn zu beruhigen. „Es wird ihn ja keiner aus seinem Zimmer entführt haben."

„Und wenn er weggelaufen ist?"

„Warum sollte er das denn machen? Er war doch seit einiger Zeit stabil, oder ist er doch noch nachts aufgewacht und hat geweint?"

„Nein. Er schien in Ordnung zu sein. Aber man weiß ja nie, was in so einem kleinen Kerl vor sich geht." Sven sah starr geradeaus, während er viel zu schnell über die Autobahn schoss. „Es hat so viel geregnet, die Wettern sind voller Wasser."

Emma blieb fast das Herz stehen vor Schreck. „Bitte mal den Teufel nicht an die Wand", flüsterte sie.

War es ihr Schicksal, die Kinder zu verlieren, die sie liebte? Brachte sie anderen Menschen, insbesondere Kindern, Unglück?

Der Rest der Fahrt verlief in angespanntem Schweigen. Jeder hing seinen eigenen Gedanken, Ängsten und Befürchtungen nach. Immer wieder sah Emma Sven von der Seite an. So sorgenvoll hatte sie ihn noch nie gesehen. Sie wusste, was er dachte. Seine Frau hatte er schon verloren. Wenn er nun auch noch seinen Sohn verlor ...

Schließlich preschte er auf den Hof, dass der Sand aufspritzte. Leute standen herum, vereint in einer großen Gruppe.

Heinz, Horst und Margarete kamen ihnen entgegengelaufen, kaum dass sie aus dem Auto gesprungen waren.

„Wir haben ihn immer noch nicht gefunden“, schluchzte Margarete.

„Wo habt ihr denn überall gesucht?“, schrie Sven voller Angst.

„Auf dem ganzen Hof, in den Ställen, in der Scheune, auf dem Heuboden ... Auf dem Grundstück ist er nicht. Wenn er allerdings im Maisfeld ist, kann es sein, dass wir ihn nur noch nicht gefunden haben.“ Der Mais stand kurz vor der Ernte und war über mannshoch. Dort hätte sich der Kleine mit Leichtigkeit verstecken können. Aber warum sollte er das tun?

„Du sagtest, er hat gemalt, bevor er verschwand?“, hakte Emma nach.

Margarete nickte unter Tränen. „Ja, die Nordsee. Das ganze Bild war blau, und da waren drei Strichmännchen. Ich nehme an, dass ihr das sein solltet.“ Sie sah Sven und Emma an und brach erneut in Tränen aus. „Ich hätte ihn nicht alleinlassen dürfen. Ich bin kochen gegangen! Warum habe ich ihn nicht mit in die Küche genommen? Oh, wenn ihm etwas zugestoßen ist, das würde ich mir nie verzeihen!“

Emma umfasste ihre Schultern. „Ihm ist bestimmt nichts passiert." Eine Idee nahm Gestalt in ihr an. „Ich glaube, ich weiß, wo er sein könnte", sagte sie.

„Was? Wo denn?" Sven, Margarete und die anderen starrten sie an.

„Komm mit", rief sie Sven zu und winkte. Schnell lief sie zum Auto, und sie sprangen hinein.

„Wohin wollt ihr denn?", rief Heinz. Der alte Mann machte einen ganz verwirrten Eindruck.

„Ich hoffe, dass ich mich nicht irre", antwortete Emma. „Wenn ich recht habe, sind wir gleich wieder da." Sie hatten keine Zeit zu verlieren.

Sven gab Gas, ehe sie sich anschnallen konnte. „Wohin?", fragte er, während er den Wagen vom Hof lenkte.

„Zu unserem Deich."

Er sah sie von der Seite an. „Was? Warum denn?"

„Es ist der kürzeste Weg zum Meer, oder? Und Thies weiß das."

„Ja, schon, aber ..." Er riss die Augen auf. „Du könntest recht haben. Oh, Emma, wenn das stimmt ..." Mit quietschenden Reifen raste er davon.

Der Weg war nicht weit, dennoch schien er sich ewig auszudehnen. Mit Angst im Herzen überprüften sie jeden einzelnen Meter, den Radweg, der parallel zur Straße verlief, die Böschung daneben, die Weiden und Pappeln dahinter. Von Thies war nichts zu sehen.

Vor dem Deich stoppte Sven den Wagen, und sie sprangen heraus und rannten hinauf. Oben angekommen erstreckten sich vor ihnen die Dünen und dahinter die aufgewühlte Nordsee. Frischer Wind schlug ihnen entgegen, große Wolken zogen über dem Meer heran.

Und dort, winzig vor der grandiosen, schier endlosen Natur, entdeckten sie den Kleinen. Ganz versunken saß er im weichen Sand der Dünen, den Kopf über ein Blatt Papier gesenkt, das blonde Haar vom Wind zerzaust.

„Da ist er", rief Sven, und aus seiner Stimme klang so gewaltige Erleichterung, dass es Emma fast das Herz zerriss.

Reines Glück überwältigte sie. Sie sah Sven an, und er riss sie stürmisch in seine Arme. In seinen Augen schimmerten Tränen. Dann nahmen sie sich bei den Händen und gingen auf den Jungen zu.

Er war so vertieft, dass er sie nicht kommen hörte. Kurz sah er auf, als betrachte er das Meer, bevor er sich wieder über das Papier beugte. In der Hand hielt er einen Stift, und Emma erkannte, dass er zeichnete. Sven wollte schneller laufen, doch es gelang ihr, ihn aufzuhalten. Ganz tief nahm sie den Anblick des kleinen Jungen in sich auf, der ganz allein in den Dünen vor der weiten Nordsee saß, den blonden Schopf über seine Zeichnung gebeugt, ganz versunken in seine Arbeit, während der Wind die Wolken über den wilden Himmel jagte. Es schien, als würde er dorthin gehören, aufzugehen in der Schönheit der Landschaft.

Dann erreichten sie den Kleinen, und Emma hörte Sven weinen, während er neben Thies in die Knie sank. Ganz fest hielt er seinen Sohn an sich gedrückt und wiegte ihn hin und her. Emma hockte sich neben die beiden in den Sand. „Bin ich froh, dass wir dich gefunden haben", rief sie und strich dem Kleinen über den Kopf.

„Ich krieg keine Luft mehr, Papa", ächzte Thies.

Zögernd ließ Sven ihn los. „Was machst du denn für Sachen? Du kannst doch nicht einfach weglaufen."

„Ich bin nicht weggelaufen. Ich will doch nur das Meer malen. So wie Emma."

„Du hast doch schon so ein schönes Bild davon gemalt", sagte Emma, während sich ihr Herz verkrampfte. In gewisser Weise hatte sie es also doch zu verantworten, dass Thies verschwunden war. „Dazu brauchst du doch nicht extra hinzulaufen."

„Ich wollte die Seehunde sehen", erklärte er. „Sonst kann ich sie nicht malen." Er sah Emma an. „Du hast den Wolf auch gesehen, den du für Papa gemalt hast."

Mit bangem Herzen sah Emma Sven an. Würde er es ihr übelnehmen, dass sie Thies mit ihrer Malerei auf so dumme Gedanken gebracht hatte? Nein, keinerlei Groll lag in seinem Blick.

„Hier gibt es keine Seehunde, Thies", erklärte er.

„Aber Emma hat sie doch auf das Bild gemalt, das in meinem Zimmer hängt."

„Ach, Thies." Sanft drückte Emma den kleinen Körper an sich. Der Junge hielt ganz still. „Natürlich gibt es Seehunde in der Nordsee. Nur eben nicht hier, an diesem Strand."

„Und wie soll ich sie dann malen?"

Sven sah Emma an. „Ich hätte da eine Idee. Wir fahren mit dem Schiff zu den Seehundbänken, was haltet ihr davon?"

„Ja", schrie Thies begeistert.

„Und wenn wir mal ein paar Tage Zeit haben, könnten wir nach Helgoland fahren", schlug Emma vor. „Auf der Düne liegen die Kegelrobben, wenn sie schlafen.

Man kommt nah heran. Da kannst du sie wunderbar abzeichnen."

„Oh, ja", rief Thies. Wie seine Augen leuchteten.

Als sie mit Thies auf den Hof zurückkehrten, lagen sich alle vor Erleichterung in den Armen.

„Woher hast du gewusst, wohin er wollte?", erkundigte sich Margarete.

„Ich habe kombiniert. Er hat die Nordsee gemalt. Und er liebt Seehunde. Auf dem Bild, das ich für ihn gemalt habe, sind auch Seehunde. Also wird er sich gedacht haben, dass er sie hier am Meer gleich findet."

„Ach, Emma, wie gut, dass wir dich haben." Margarete schloss sie ganz fest in die Arme.

Niemand machte ihr Vorwürfe, klagte sie an, den Kleinen auf dumme Ideen gebracht zu haben. Eine Riesenlast fiel Emma von den Schultern.

Kapitel 24

Der Herbst war ins Land gezogen. Morgens lag dichter Nebel über den Wiesen und abgeernteten Äckern. Krähen und Dohlen krächzten in den täglich kahler werdenden Bäumen, die gen Süden ziehenden Formationen der Graugänse und Störche waren längst vom Himmel verschwunden.

Seit einigen Wochen lebte Emma bereits bei Sven und Thies, und alles war so harmonisch, dass sie sich oft fragte, wie sie zuvor die Interessenslosigkeit und Gefühlskälte von Tobias so lange hatte ertragen können.

Ein paar Wochen lang war sie noch bei ihrer Tante geblieben, nachdem diese aus der Reha zurückgekommen war. Anfangs lief sie noch an Krücken, inzwischen konnte sie jedoch auch ohne Gehhilfe wieder normal laufen und ihren Haushalt selbständig erledigen.

„Du kannst doch hierbleiben", hatte sie wieder und wieder gesagt. „Klar, ich habe nicht viel Platz, aber das kleine Gästezimmer kannst du dir gern für dich herrichten."

Emma war ihr sehr dankbar für das Angebot, lehnte jedoch ab. „Du hast dich hier so schön eingerichtet, und ich weiß doch, wie sehr du die Ruhe schätzt. Du bist gern allein, und das kann ich gut verstehen. Ohne deine Unterstützung und dein Haus wäre ich niemals so schnell wieder auf die Beine gekommen."

Lisbeth lächelte verschmitzt. „Nun ja, zu einem Großteil liegt das sicher auch an einem gewissen Mann und
seinem süßen Sohn. Wirklich, Emma, ich freu mich riesig für euch, und ich wünsche euch alles Glück der
Welt." Sie zwinkerte. „Und zu eurer Hochzeit kann ich
ohne Krücken kommen, ist das nicht großartig?"

Nur ihr Fahrrad hatte Lisbeth nicht mehr angerührt.
Das war aber auch nicht mehr nötig, weil sich Emma
inzwischen einen kleinen Ford Fiesta gekauft hatte. Damit übernahm sie die Einkäufe für ihre Tante, damit
diese nicht mehr auf dumme Gedanken kam.

Emmas Einzug bei Sven und Thies glich einem kleinen Fest. Lisbeth, ihre und Svens Mutter sowie sie
selbst hatten Kuchen gebacken, mit denen man eine
Armee hätte verköstigen können. Heinz' Blutzucker-
spiegel stieg in ungeahnte Höhen, und Thies bekam
Bauchschmerzen, aber alle waren glücklich, und das
war das Wichtigste.

Zur Feier ihres Einzugs hatte Emma ein Bild für Margarete und Horst gemalt. Der Anblick des kleinen Jungen in den Dünen vor dem wilden Himmel hatte sie, obwohl er so großen Schrecken verursacht hatte, inspiriert. Gleich am nächsten Tag hatte sie zu malen begonnen, und nun bildete sein winziger Blondschopf über
dem Blatt Papier inmitten der urwüchsigen Natur, die
ihn umgab und in der er aufzugehen schien, den Mit-
telpunkt. Dieses Bild hatte Svens Eltern und Heinz zu
Tränen gerührt und zierte seitdem den Flur.

Nur ein Wermutstropfen trübte Emmas Glück. Sophie blieb unversöhnlich. Und solange das so war,
wollte sie ihr Praktikum im Kindergarten nicht fortsetzen.

Martina bedauerte das sehr. „Die anderen haben sich inzwischen wieder beruhigt. Ich hatte mit jeder Mitarbeiterin Einzelgespräche. Auch mit einigen der skeptischen Eltern habe ich gesprochen. Sie haben alle eingesehen, dass sie dir Unrecht getan haben, Emma. Bis auf Sophie. Ich habe keine Ahnung, was ihr Problem ist. Es tut mir leid."

Nein, unter diesen Umständen wollte Emma nicht wieder dort arbeiten. Sie ahnte, dass Sophie, sobald sie wieder arbeitete, erneut beginnen würde, Stimmung gegen sie zu machen.

Doch Martina gab nicht auf. Immer wieder rief sie Emma an und versuchte, sie zur Rückkehr zu bewegen.

„Ich habe darüber nachgedacht, mich von Sophie zu trennen, Emma. Ich weiß nicht, was mit ihr los ist. Seit einiger Zeit hat sie ständig schlechte Laune und wird auch mit den Kindern immer ungeduldiger. Einige Eltern haben sich bereits über sie beschwert. Sie war immer eine sehr gute Mitarbeiterin, die hervorragend mit den Kindern auskam und auch zu den Eltern einen guten Draht hatte. Ich verstehe das nicht."

Emma ließ sich dennoch nicht erweichen. Sie wollte nicht schuld daran sein, dass Sophie ihren Job verlor. In dem Fall würde ihre ehemalige Freundin wahrscheinlich zu einem richtigen Gegenschlag ausholen. Und für solche Sachen hatte Emma einfach keine Nerven mehr.

Natürlich hätte sie zu gern wieder dort gearbeitet und eine Umschulung begonnen. Der Verkauf ihrer Bilder für die Reha-Klinik hatte zwar gutes Geld in ihre Kasse gespült, doch danach war erstmal nichts mehr gekommen. Es war also keine Einkunftsquelle, auf die man sich verlassen konnte. Sie brauchte einen festen Job, es nützte alles nichts.

Zweimal hatte sie Birte beim Einkaufen getroffen. Beim ersten Mal hatten beide so getan, als bemerkten sie sich nicht, während sie sich heimlich beäugend schnell aus dem Weg gegangen waren. Es hatte Emma einen Stich versetzt. Sie war so glücklich, endlich wieder zu Hause zu sein, in ihrer Heimat zu leben. Und nun dämpfte diese Sache mit ihren ehemaligen Freundinnen ihre Freude.

Beim zweiten Mal schien die Begegnung ähnlich zu verlaufen, doch dann gab sich Birte einen Ruck und kam auf Emma zu. Emma wartete mit klopfendem Herzen, was sie zu sagen hatte. Würde sie sie jetzt sogar hier, mitten im Supermarkt, vor den anderen Kunden beschimpfen?

Es kam ganz anders. „He", grüßte Birte leise. „Wie geht's dir?"

Verwirrt starrte Emma sie an. „Soweit gut." Sie wartete. Was hatte Birte vor?

„Du, wegen dieser Sache." Sie starrte auf ihre Schuhspitzen und knetete nervös ihre Hände. Schließlich sah sie wieder auf und Emma ins Gesicht. „Das war blöd von mir. Ich hatte kein Recht dazu, solche Dinge zu behaupten. Tut mir leid."

Emma war sprachlos. Mit allem hatte sie gerechnet, aber nicht mit einer Entschuldigung.

„Stimmt. Das war wirklich blöd, und niemand von euch hatte ein Recht dazu."

Birte wies mit dem Kopf zu dem kleinen Café hinüber, das sich im Eingangsbereich des Geschäfts befand.

„Wollen wir uns nicht hinsetzen und einen Kaffee trinken? Im Sitzen redet es sich leichter.“

„Meinetwegen.“

„Was ich dir jetzt sage, hast du nicht von mir, okay?“, fragte Birte leise, nachdem sie sich gesetzt hatten. „Und versteh mich bitte nicht falsch, ich will mich dadurch nicht reinwaschen. Ich hatte Sophie erzählt, dass ich euch gesehen habe, also Sven und dich. Wie ihr euch gegenseitig mit Eis gefüttert und geküsst habt. Ehrlich, ich hatte mir gar nichts Böses dabei gedacht. Na ja, überrascht war ich schon, weil ihr ja beide schlimme Erlebnisse hinter euch hattet. Aber im Grunde hatte ich es euch gegönnt, wirklich. Tja, leider erzählte ich es Sophie. Dabei hätte ich doch wissen müssen, wie die darauf reagiert.“

„Wieso?“ Emma war immer noch misstrauisch. Der Kaffee wurde gebracht, und sie warteten, bis die Bedienung wieder verschwunden war.

„Also, wie gesagt, wenn dich jemand darauf anspricht, weißt du von nichts, in Ordnung? Du lässt mich da raus.“

„Klar.“

Birte beugte sich über den Tisch nah zu Emma. „Sophie ist schon lange in Sven verliebt. Auch schon, als Sandra noch lebte. Weißt du, in ihrer Ehe steht es nicht zum Besten. Ihr Mann fährt zur See und ist oft monatelang weg, und sie weiß nicht, was er treibt, wenn er nicht zu Hause ist. Sie hat sich inzwischen regelrecht in die Vorstellung verstiegen, dass er sie betrügt und in jedem Hafen eine Andere hat. Und als feststand, dass Sandra schwer erkrankt ist, hat sie sich plötzlich in Sven verliebt. Keine Ahnung, vielleicht hatte sie gedacht, dass sie sich gegenseitig bemitleiden könnten oder sowas. Dann starb Sandra, und ab dem Tag hoffte Sophie, dass sie Sven für sich gewinnen könnte. Die Idee mit der Geburtstagsfeier für Thies stammte übrigens auch von ihr."

„Und dann kam ich", ergänzte Emma. Nun wurde ihr so einiges klar. Sie erinnerte sich an Sophies glänzende Augen, wenn sie Sven ansah, sowohl bei der Feier als auch im Kindergarten, wenn er Thies brachte. Und an ihr Misstrauen, weil sie, Emma, so gut mit dem Kleinen klarkam.

Birte nickte. „Klar waren wir im ersten Augenblick alle überrascht. Auch Lisa und Verena. Die beiden hatte Sophie übrigens auch auf ihre Seite gezogen. Sie kann sehr überzeugend sein, wenn sie will. Was da zwischen Sven und dir abgeht, gehe überhaupt nicht, wie könntet ihr nur. Sandra ist kaum unter der Erde, schon sucht er sich eine Neue, und du hättest es dir sehr leicht gemacht und bei ihm eingenistet, lauter solche Sachen. Es war die pure Eifersucht, Emma. Und es tut mir wirklich leid, dass ich mich habe mitreißen lassen. Weißt du, du warst so lange weg von hier, ich dachte, wir sehen dich nicht wieder, und dann warst du plötzlich wieder hier, nachdem du jahrelang in Berlin gelebt hast. Ich dachte, du wärst nun völlig abgehoben und wolltest mit uns Landeiern ohnehin nichts mehr zu tun haben."

„So ein Unsinn. Hier bin ich zu Hause, und hier fühle ich mich wohl. Berlin ist großartig, gar keine Frage. Aber es ist eben nichts für mich. Ich brauche Grün um mich herum. Und Ruhe."

„Und die gute alte Landluft", setzte Birte hinzu und wirkte schon fröhlicher. „Es geht doch nichts über eine ordentliche Prise Gülle."

Emma sah sie an, und plötzlich brachen beide in Gelächter aus. Spontan griff Birte nach Emmas Hand. „Ich bin wirklich froh, dass wir uns ausgesprochen haben. Und ich verspreche dir, ab sofort nichts mehr auf Sophies Gerede zu geben. Ist denn jetzt alles wieder in Ordnung zwischen uns?"

Sie wirkte völlig aufrichtig. Emma nickte. Plötzlich fühlte sie sich unsagbar glücklich. Zumindest eine ihrer Freundinnen hatte sie zurück. Jeder machte mal Fehler. „Ich finde, wir sollten zur Feier des Tages mal richtig leichtsinnig sein", rief sie.

„Was meinst du?", fragte Birte neugierig und mit Vorsicht im Blick.

„Wir bestellen noch einen zweiten Kaffee, oder vielleicht sogar einen Sekt! Was meinst du?"

„Wow! Das ist wirklich leichtsinnig. Ich weiß nicht, ob das gutgeht." Birte kicherte. „Aber okay, riskieren wir es."

Das gemeinsame Lachen tat unheimlich gut und erlöste Emma von einer schweren Last.

Ein paar Tage später brütete Emma im Internet über Stellenanzeigen von Kindergärten im Landkreis. Sie war entschlossen, ihre Umschulung zur Erzieherin nun durchzuziehen. Und wenn es wegen Sophie nicht hier in Coppum ging, dann vielleicht in Otterndorf, Hemmoor oder Cuxhaven, auch wenn sie es bedauerte, weil es ihr hier besonders gut gefallen hatte. Doch zu ihrer Enttäuschung war nichts zu finden. Sie weitete ihre

Suche aus und fand tatsächlich eine interessante Stelle
– im Norden Hamburgs. Das war von Coppum aus eine
halbe Weltreise, sie würde den halben Tag nur im Auto
oder Zug sitzen und ein Vermögen an Fahrtkosten aus-
geben.

Das Klingeln des Telefons riss sie aus ihren Überlegungen.

„Hallo, hier ist wieder mal Martina. Ich weiß, ich gehe
dir bestimmt schon schrecklich auf die Nerven."

„Quatsch. Immerhin hast du nun schon, lass mich
mal rechnen ... seit rund drei Wochen nicht mehr angerufen." Emma lachte. „Ist natürlich nur Spaß. Na, wie
geht's euch so? Sind alle Knirpse gesund?"

„Ja, das schon." Ein langes Aber lag in der Luft. „Mir
sind gleich drei Mitarbeiterinnen zugleich krank geworden. Alle seit heute. Grippe. Die Welle rollt."

„Oh, je."

„Das Problem ist, dass wir morgen mit den Kindern
nach Otterndorf an den Strand fahren und Drachen
steigen lassen wollen. Darauf freuen sie sich schon seit
Tagen und reden von nichts anderem mehr. Der Bus ist
bestellt, alles ist geplant – und nun droht alles ins Wasser zu fallen."

Es stimmte, auch Thies war schon ganz aufgeregt und
plapperte unentwegt vom bevorstehenden Ausflug.
Sven hatte ihm einen tollen Drachen gekauft, in Form
eines richtigen Drachen mit einem langen Schwanz,
der sich in der Luft S-förmig wand. Sie wagte kaum,
sich seine Enttäuschung vorzustellen. Natürlich war er
schon mehrmals mit ihr und Sven zum Drachensteigen
gewesen, aber es war noch etwas anderes, mit all seinen Kindergartenfreunden unterwegs zu sein und

damit zu prahlen, wer den besten Drachen hätte und welcher am höchsten stieg.

„Das wäre sehr schade", erwiderte Emma nachdenklich.

„Ich mag ja kaum noch fragen ... Aber könntest du nicht einspringen? Ich würde den Kleinen so gern die Enttäuschung ersparen. Meine Teilzeitmitarbeiterinnen arbeiten ohnehin schon Vollzeit, trotzdem fehlt uns dringend noch jemand."

Emma überlege. „Und Sophie? Ist sie noch da?"

Martina seufzte. „Ich habe befürchtet, dass du nach ihr fragst. Sie ist noch gesund und morgen mit dabei. Also gut, tut mir leid, ich dachte, einen Versuch ist es wert. Mach es gut und ..."

„Ich komme."

„Was?" Martina schrie das Wort ins Telefon.

Emma lachte. „Falls du mir nicht zuvor das Gehör raubst. Es geht um die Kleinen. Sie freuen sich so darauf. Und sie sollen ihr Vergnügen haben."

„Ach, Emma, du ahnst gar nicht, welche Last du mir da von den Schultern nimmst. Im Übrigen steht mein Angebot nach wie vor. Du kannst sofort wieder bei uns anfangen, und dieses Mal nicht nur als Praktikantin, sondern als Umschülerin. Wenn du magst."

Plötzlich schlug Emmas Herz schneller. Warum eigentlich nicht? Sollte sie sich wirklich von einer missgünstigen Person ihre Lebenspläne zerstören lassen? Dieser Kindergarten war perfekt, lag nah an ihrem Zuhause, sie mochte die Kinder und kam mit den anderen gut aus. Sophie würde sie einfach links liegenlassen.

„Ja", sagte sie kurzentschlossen.

„Was *ja*?" Martina hielt hörbar den Atem an.

„Ich mach's."

„Ja!", schrie nun Martina. „Endlich!"

Emma lachte und fühlte sich herrlich befreit. Die Entscheidung war gefallen.

Gleich darauf fuhr sie zum Kindergarten, um ihren Arbeitsvertrag zu unterschreiben.

Am Morgen darauf betrat sie mit klopfendem Herzen den Kindergarten. Doch ihre Befürchtungen bewahrheiteten sich nicht. Alle waren äußerst freundlich zu ihr, viele schienen ein schlechtes Gewissen zu haben, und die Kinder hatten sie wirklich vermisst. Thies brachte sie gleich mit. Er war überglücklich, dass er Emma nun auch im Kindergarten wieder jeden Tag sehen würde. Nur Sophie begrüßte sie nicht, sondern strafte sie mit Missachtung. Das war Emma nur recht.

Eine Stunde später saßen alle im Bus und fuhren nach Otterndorf. Als Emma inmitten der aufgeregten Kinderhorde den Deich hochstieg, hätte sie jubeln können. Ja, genau so wünschte sie sich ihr Leben. Von der Deichkrone aus bot sich ein herrlicher Weitblick über das grüne Deichvorland, und weit voraus erstreckte sich die weitläufige Elbmündung, die hier in die Nordsee überging. Fern am gegenüberliegenden Ufer erkannte man einen gewaltigen Windpark mit dutzenden, wenn nicht hunderten Windrädern. Eine frische Brise wehte Emma entgegen, die bereits die Kühle des aufziehenden Winters ahnen ließ.

Emma half einem Kind mit seinen Handschuhen, einem anderen war die Mütze vom Kopf geflogen, und bei einigen hatten sich die Schnüre ihrer Drachen verheddert. Dutzende Kinder rannten über das Gras, den

Blick gen Himmel gerichtet, wo Adler, Eulen, Pokémon und Spiderman ihre Kreise zogen.

Emma hatte ihre Blicke überall. Die Kinder erschienen ihr wie ein wuseliger Ameisenhaufen, rannten hierhin und dorthin, stolperten, sprangen wieder auf und rannten ihren Drachen hinterher. Langsam näherten sie sich der Wasserkante. Es war Flut. Hier an dieser Stelle gab es keinen Sandstrand, sondern große Steine befestigten das Ufer und trennten es vom Meer.

„Passt gut auf, Kinder, und geht nicht zu nah ans Wasser heran", rief Tanja warnend. Gehorsam liefen einige Kinder mit ängstlichen Blicken zurück auf die Wiese.

Emma erkannte Sophie, die ein Stück abseits stand und auf etwas in ihrer Hand starrte. Hatte sie etwa ihr Smartphone mitgenommen? Sie schien so vertieft zu sein, dass es sogar eine Weile dauerte, bis sie bemerkte, dass ein Junge an ihrer Jacke zupfte und sie etwas fragte. Unwillig, wie es wirkte, ließ sie das Handy sinken und sagte etwas zu dem Kind. Sie hatte nicht mal einen Blick für ihre Tochter Kati. Emma bemerkte, dass die kleine Maja ein Problem mit ihrem Drachen hatte, einem Einhorn. Sie bekam ihn einfach nicht in die Luft, so schnell sie auch rannte.

Emma ging zu ihr hinüber. „Komm, Maja, ich helfe dir." Gemeinsam mit dem Mädchen rannte sie los, prüfte im Laufen die Windrichtung, und tatsächlich gelang es ihr, das Einhorn zwei, drei Meter hoch in die Luft zu bekommen. Maja jubelte. „Lauf schnell", rief Emma. Das Einhorn stieg noch höher. Lächelnd beobachtete Emma es eine Weile, bis sie woanders gebraucht wurde.

Während sie dem kleinen Torben seine Kapuze wieder aufsetzte und einen zufriedenen Blick von Martina auffing, bemerkte sie Sophie. Sie hatte sich endlich ihrer Tochter zugewandt und half ihr mit ihrem Drachen. Während Emma zusah, wie Sophie neben Kati herlief, um deren Drachen in die Luft zu bekommen, bedauerte sie, wie es zwischen ihnen gekommen war. In ihren Kinder- und Jugendjahren hatte sie Sophie für eine wirklich gute Freundin gehalten. Hätte sie anders gehandelt, wenn sie um deren Gefühle für Sven gewusst hätte? Ob er etwas davon ahnte?

Sophie wandte sich ab und sah schon wieder auf ihr Smartphone. Bemerkte sie denn nicht, dass Kati viel zu nah am Wasser lief? Das Mädchen blickte unentwegt in den Himmel und zu ihrem Drachen.

„Kati, Vorsicht", rief Emma. Das Mädchen hatte bereits den Spazierweg erreicht, der unmittelbar neben dem Ufer verlief. Das Wasser stand heute ungewöhnlich hoch, die großen Steine sahen nur wenige Zentimeter heraus. Plötzlich erschienen Emma die grauen Wellen bösartig und gierig, wie sie heranschwappten, genau auf das Kind zu.

Sie bemerkte, dass niemand auf das Mädchen achtete, nicht einmal Sophie, die ihr am nächsten stand, jedoch wie gebannt auf ihr Display starrte. „Kati", schrie Emma. „Weg vom Wasser!" Das Mädchen hörte sie nicht, niemand hörte sie. Ihre Kolleginnen waren mit den anderen Kindern beschäftigt, die sich ein ganzes Stück weiter in Richtung Deich und damit in Sicherheit befanden.

Instinktiv lief Emma auf Kati zu. Das Mädchen war ihr inzwischen ein gutes Stück voraus, lief immer noch auf dem Weg parallel zum Ufer. Ihr Drachen stand wirklich gut in der Luft, und Emma meinte, ihr Lachen zu hören. Wenn sie nur nicht so nah am Wasser wäre!

Dann stolperte Kati über einen in den Weg ragenden Stein. Sie ruderte mit den Armen, kämpfte um ihr Gleichgewicht, ließ die Schnur ihres Drachen jedoch nicht los. Der Wind fuhr hinein, zerrte an ihrer Hand, und sie stürzte. Ihr spitzer Schrei war so laut, dass sich alle alarmiert zu ihr umsahen.

Emma sah, wie Kati fiel. Es gelang ihr, sich mit den Händen abzustützen und somit nicht aufs Gesicht zu fallen. Doch die Steine waren nass und rutschig. Ihre Hände rutschten ab, eine Welle schwappte vor – und zog das Mädchen mit sich. Zu Emmas Entsetzen verschwand das Kind in den grauen Fluten.

Später konnte Emma nicht mehr sagen, was sie gedacht oder gefühlt hatte. Sie reagierte instinktiv. Sie wusste, die anderen waren zu weit entfernt, um schnell zu helfen. Emmas Füße waren im Wasser, ehe sie nachdenken konnte. Eisig schloss sich das kalte Wasser um ihre Haut. Sie beugte sich hinunter, um auf allen Vieren weiter zu krabbeln. Es nützte Kati nichts, wenn sie ebenfalls ausglitt und ins Wasser stürzte. Das Mädchen war inzwischen etwa anderthalb Meter von ihr entfernt und rührte sich nicht, vielleicht hatte es wegen der Kälte das Bewusstsein verloren.

Jede Sekunde zählte. Hinter sich hörte Emma aufgeregte Stimmen, das erschrockene Schreien der Kinder.

„Nimm meine Hand, Emma", rief Tanja, die ihr nun am nächsten war.

Inzwischen stand Emma bis zu den Oberschenkeln im eisigen Wasser, aber immer noch gelang es ihr nicht, Katis Jacke zu fassen zu kriegen. Die nächste Welle zog sie noch weiter von sich fort.

Emma fasste nach Tanjas Hand, die nun ihrerseits bis zu den Knöcheln im Wasser stand und auf den glatten Steinen balancierte. Emma beugte sich so weit vor, wie sie konnte, doch Kati trieb immer weiter weg.

„Kati", kreischte Sophie. Endlich schien sie den Blick von ihrem Smartphone abgewandt und begriffen zu haben, was hier gerade geschah. Sie rannte ans Ufer und blieb stocksteif stehen, die Hand nach ihrer Tochter ausgestreckt.

„So geht es nicht", klagte Emma verzweifelt und fasste einen Entschluss. Alle schrien durcheinander, die Kinder weinten, Sophie brüllte immer wieder den Namen ihrer Tochter. Und Thies schrie „Mami!" Seine Stimme klang verzweifelt und voller Angst.

Emma befreite sich aus Tanjas festem Griff und machte einen Hechtsprung ins Wasser. Sie durfte nicht darüber nachdenken, was alles geschehen könnte oder was in Thies vorging, als sie versank. Welche Ängste er durchstehen musste, nun auch seine zweite Mutter zu verlieren.

Als ihr Kopf eintauchte, fürchtete sie, das Bewusstsein zu verlieren, so kalt war es. Doch dann brach sie durch die Wasseroberfläche und holte Luft. Der Schwung hatte sie nah an Kati herangetragen. Ein weiterer kräftiger Zug brachte sie direkt zum besinnungslosen Mädchen. Mit festem Griff packte sie die Jacke und schwamm zurück ans Ufer. Tanja und Martina zogen Kati aus ihren Armen, Susanne half ihr über die rutschigen Steine ans Ufer.

Schon lag das Mädchen im Gras, während Martina sanft auf ihre Wangen klopfte und ihre Atmung überprüfte.

„Hat sie noch Puls?", hörte Emma jemanden fragen.

„Ja, ganz schwach."

Jemand war bei ihr, half ihr, ihre nasse Jacke auszuziehen. Emma begann zu zittern, so heftig, dass sie kaum noch richtig atmen konnte. Sie erkannte Susanne, die ihr aus ihrem Pullover half und sofort in ihre eigene, warme Jacke einwickelte.

„Du bist eine Heldin, Emma", sagte sie.

Jedenfalls meinte Emma, diese Worte zu vernehmen. Ganz sicher war sie nicht, weil es in ihrem Kopf wie wild zu rauschen begann. Sie meinte auch, Sophie immer wieder den Namen ihrer Tochter rufen zu hören, während sie neben ihr im Gras kniete.

Jemand drückte ihr einen Becher mit heißem Tee in die Hand, und nach einiger Zeit schwächte sich das Rauschen in ihren Ohren ab. Auch ihr Blick klärte sich. Sie erkannte Rettungssanitäter und Notärzte, die den Deich hinunter und auf sie zuliefen. Sie hörte Kati husten, hörte erleichtertes Aufatmen, „Gott sei Dank"-Rufe.

Und sie sah Thies neben sich stehen und zu ihr aufsehen. Seine Augen waren riesengroß vor Furcht. „Geht's dir gut, Mami?", fragte er zaghaft.

Da sank Emma in die Knie und umschlag seinen kleinen Körper, so fest sie konnte. Sie fühlte seine Arme um ihren Hals, seine tränenfeuchte Wange an ihrer und seinen raschen Atem in ihrem Ohr.

„Ja", sagte sie in sein weiches Haar hinein. „Alles in Ordnung. Mach dir keine Sorgen, ja?"

Da weinte er.

Gleich darauf waren die Notärzte und Sanitäter da, hüllten sie und Kati in warme Decken und trugen sie, obwohl sie protestierte, zum Rettungswagen.

Während sie zum Krankenhaus gefahren wurde, dachte Emma zurück an ihre andere Fahrt in einem Rettungswagen. Damals war der schlimmste Tag ihres Lebens gewesen, und sie hatte geglaubt, nun wäre alles zu Ende. Doch stattdessen hatte es damals begonnen. Ihr neues Leben.

An diesem Abend saßen Emma und Sven gemeinsam mit Thies auf dem Sofa und sprachen über den heutigen Vorfall. Zwei Stunden nach ihrer Einlieferung hatte sie nach Hause gewollt. „Ich muss zu meinem Sohn“, hatte sie erklärt und war entgegen dem Willen des Arztes aufgestanden. „Er braucht mich. Er hat alles mitangesehen und ist völlig schockiert. Ich muss ihm erklären, was genau geschehen ist.“

Ihr Sohn. Selten hatte sie etwas Schöneres sagen dürfen.

Nun, wo sie erholt und aufgewärmt auf der Couch saß, kletterte der Kleine auf ihren Schoß und schmiegte sich an ihre Brust.

„Kati geht es besser“, berichtete Sven. „Martina hatte gerade noch einmal angerufen, als du in der Badewanne warst. Der Kindergarten bleibt für den Rest dieser Woche geschlossen. Die Kinder sollen sich von ihrem Schreck erholen, und ihre Mitarbeiterinnen ebenfalls. Sie war sehr besorgt und befürchtet, dass du es dir nach diesem Vorfall anders überlegt hast und doch nicht mehr bei ihr arbeiten willst.“

Emma lächelte. „Jetzt noch lieber als zuvor.“

Sven sah sie an, dann seinen Sohn. „Deine Mami ist eine Heldin", erklärte er dem Kleinen. „Ohne sie hätte es Kati nicht aus dem Wasser geschafft. Sie hat sie gerettet."

„Ohne Mami wäre Kati jetzt auch ein Engel", sinnierte Thies.

Sven nickte. Dann sah er wieder Emma an, und sein Blick war dunkel vor Liebe und Bewunderung. „Deine Mami ist auch ein Engel", sagte er leise.

Thies sah ihn verwundert an. „Aber wie geht das? Sie ist doch gar nicht im Himmel, wo die Engel leben."

„Es gibt auch Engel auf der Erde. Sie sind sehr schwer zu erkennen. Aber manchmal hat man Glück und findet einen." Er umarmte Emma und Thies mit aller Kraft.

„Ich bin nur froh, dass ich Kati im Wasser gefunden habe", sagte Emma leise. „Es war trüb und aufgewühlt, man konnte kaum etwas sehen."

„Mich hast du auch gefunden", sagte Thies.

Sven sah Emma zärtlich an. „Sie scheint ein Talent dafür zu haben, verlorene Kinder wiederzufinden."

Emma lehnte ihren Kopf an Svens Schulter. „Dabei dachte ich bis vor Kurzem noch, ich hätte ein Talent dafür, Kinder zu verlieren", sagte sie so leise, dass nur er sie verstand.

„So etwas darfst du niemals denken. Du bist eine großartige Mutter."

Abrupt sprang Thies auf und zog an Emmas Hand. „Komm mal mit, Mami."

Immer noch löste dieses Wort ungeahnte Gefühle der Zärtlichkeit und Liebe in Emma aus. Ob es jeder Mutter so ging, wenn ihr Kind sie damit ansprach?

Der Kleine zog sie in sein Zimmer und blieb vor dem großen Bild stehen, das sie gemalt hatte. Er wies auf den Platz neben sich auf dem Bild. „Da gehörst du hin."

Emma hielt erstaunt die Luft an. „Wie meinst du das?"

Thies sah sie an. „Du bist meine neue Mami, oder?"

„Ja, das bin ich." Emma spürte, wie ihre Augen vor Rührung feucht wurden, und blinzelte.

„Dann musst du dich da hinmalen. Wir sind doch eine Familie."

Emma konnte es nicht fassen. Fragend sah sie zu Sven. Der schien ebenso überrascht zu sein.

„Deine beiden Mamas sollen auf einem Bild sein?", vergewisserte er sich.

Thies nickte. „Meine erste Mama im Himmel und meine neue Mami hier, bei mir. Dann hab ich zwei Mamas, die beide Engel sind, und beide beschützen mich. Und dich." Damit schmiegte er sich an seinen Papa.

„Das ist eine wunderbare Idee, Thies", flüsterte Sven.

Gleich am nächsten Tag machte sich Emma ans Werk und malte sich selbst. Es war ein seltsames Gefühl, sich dort zu sehen, auf dem Bild der Liebe. Und es war das wunderbarste Gefühl, das sie sich vorstellen konnte.

Am folgenden Tag rief Martina an und erkundigte sich nach Emmas Befinden.

„Mir geht's wieder gut, danke. Wie geht es Kati?"

„Besser. Sie steht noch unter Schock, aber sie wird sich erholen. Hat sich Sophie bei dir gemeldet, Emma?"

„Nein." Das hatte sie nicht getan, weder sich bedankt noch erkundigt, wie es ihr ging. Kein einziges Wort war von ihr gekommen. Inzwischen war es Emma auch egal, sie war fertig mit ihr, auch wenn es sehr traurig war.

„Sophie wird uns verlassen", erklärte Martina.

„Was? Wieso denn?"

„Zuerst einmal hat sie ohnehin eine Rüge bekommen, weil sie nicht gut genug auf die Kinder, ganz besonders auf Kati, geachtet hat. Sie hing ja die ganze Zeit am Smartphone, ich weiß nicht, ob dir das auch aufgefallen war. So etwas wie gestern hätte niemals passieren dürfen. Dass es ausgerechnet ihr eigenes Kind war, das ins Wasser fiel, ist ein starkes Stück. Es beweist nur, wie unaufmerksam sie gewesen ist. Trotzdem hätte ich ihr nicht gekündigt, sondern sie wäre mit einer Abmahnung davongekommen. Aber nun kam alles ganz anders. Sophie wird von hier weggehen."

„Weggehen?"

„Ja. Sie hat sich von ihrem Mann getrennt und geht mit Kati nach Lüneburg. In ihrer Ehe hatte es schon lange gekriselt. Soweit ich weiß, hat sie dort bereits eine neue Stelle gefunden."

„Oh. Das sind ja mal Neuigkeiten."

„Tja, für dich Gute, schätze ich. Nun nimm dir aber erstmal genug Zeit, um dich zu erholen. Und bereite sich schon einmal seelisch auf deinen ersten richtigen Tag im Kindergarten vor."

„Wie meinst du das?"

„Du bist eine Heldin, Emma. Nicht nur für die Kinder, sondern für uns alle. Dein erster Tag, wenn deine Umschulung beginnt, wird ein Fest für uns alle."

Tatsächlich wurde dieser Tag unvergesslich. Sogar die Presse war gekommen, um ein Interview mit Emma zu führen. Es war ihr ein wenig peinlich. Dennoch

konnte sie ein Gefühl des Stolzes nicht ganz unterdrücken. Viel stärker jedoch war das Gefühl der Dankbar-
keit, das sie durchströmte, als sie in die strahlenden Gesichter der Kinder sah.

Kapitel 25

Es war ein eisiger Wintertag im Februar, als Emma morgens aufstand und ihr unvermittelt so schlecht wurde, dass sie es gerade noch schaffte, zur Toilette zu rennen. Während sie danach um Luft rang, stürzten gleich zwei erschreckende Erinnerungen auf sie ein.

Sie sah sich selbst im Badezimmer in Berlin, ein mit Lippenstift verschmiertes Hemd in der Hand, während die Krämpfe sie überfielen, die ihr kurz darauf ihr Baby nahmen.

Und sie hörte Tobias' schmerzerfüllte Stimme am Telefon. Ungefähr zwei Monate, nachdem sie ihre Sachen aus seinem Haus abgeholt hatten, kurz nach dem Vorfall mit Kati, hatte er sie angerufen.

„Constanze hat unser Kind verloren", sagte er leise.

Emma stand wie erstarrt. „Was?"

„Sie hat nichts gemacht, hat sich weder überfordert noch etwas Falsches gegessen, zu viel Sport gemacht oder sonst irgendetwas, was dem Baby hätte schaden können. Sie hat sich sogar krankschreiben lassen, damit sie sich zu Hause schonen kann und keinen Stress hat."

„Oh, Tobias, das tut mir so leid!" Emma meinte es ehrlich. Sie wusste aus eigener, leidvoller Erfahrung, wie sehr es wehtat, ein Kind zu verlieren, auch, wenn es noch gar nicht geboren war.

„Die Ärzte meinten, es gäbe unzählige Gründe für einen Abort im frühen Stadium. Sie haben Constanze gründlich untersucht und nichts feststellen können. Sie ist vollkommen gesund." Er machte eine kurze Pause. „Sie … sie gibt mir die Schuld daran. Sie behauptet, es wären meine Spermien, mit denen etwas nicht in Ordnung ist, weil du bereits drei Kinder verloren hast und sie nun auch eines." Er klang, als würde er gleich weinen. „Ich wollte nur, dass du das weißt, Emma. Ich weiß doch, wie schlecht du dich gefühlt hattest und dass du dich für unfähig gehalten hast, ein Kind auszutragen." Er schluchzte tatsächlich. „Und ich war dir nicht gerade eine Stütze. Es tut mir leid."

„Ist schon gut", erwiderte sie automatisch. Doch stimmte das wirklich? War alles wieder in Ordnung? Sie dachte an Constanze, an ihre Arroganz und dass sie ihr den Verlobten gestohlen hatte. Und sie dachte daran, wie es ihr jetzt gehen mochte, sah sie im Bett liegen, verweint und verzweifelt.

Ja, es stimmte. Es war wieder gut. Tobias und Constanze taten ihr leid. Aber sie konnte nun ohne Groll an sie denken.

„Ich wünsche euch alles Gute", sagte sie. Und legte auf. Dieses Kapitel war tatsächlich erledigt.

Ein anderes jedoch begann gerade erst. Das ahnte sie, als sie aufstand und sich den Mund mit Wasser spülte. Behutsam legte sie ihre Hand auf ihren Bauch. Natürlich spürte sie noch nichts. Doch sie fühlte, nein, sie wusste es: In ihr wuchs ein neues Leben heran.

An diesem Abend überraschte sie Sven mit einem Schwangerschaftstest.

Irritiert betrachtete er das weiße Stäbchen in ihrer Hand. „Was ist das?"

Stumm hielt sie ihm die Gebrauchsanweisung entgegen. Seine Augen weiteten sich. „Soll das heißen …?"

„Das wissen wir, wenn wir den Test gemacht haben."

Er starrte sie an. „Ich weiß nicht, ob ich das überlebe. Ich bin auf einmal ganz zittrig."

Emma lachte. „Frag mich mal. Komm, lass uns den Test sofort machen. Die Ungewissheit ist das Schlimmste."

Selten waren wenige Minuten so langsam vergangen wie die, bis sie das Ergebnis ablesen konnten.

Anschließend lagen sie sich in den Armen. In Emma mischten sich unglaubliches Glück und pure Angst zu einem nervenaufreibenden Cocktail. Was, wenn sich alles wiederholte? Wenn sie auch ihr viertes Kind verlor?

Sven schien ihre Gedanken zu lesen. „Diesmal geht alles gut", sagte er ruhig und strich ihr eine Haarsträhne aus der Stirn. „Ich weiß es."

Hatte es wirklich an Tobias gelegen? Emma klammerte sich an diese Hoffnung.

Vier Monate später war sie immer noch schwanger und trug stolz ihren noch kleinen, aber doch schon sichtbaren Bauch vor sich her.

„Ich glaube, jetzt können wir es Thies verraten", sagte sie am Abend, als sie sich in Svens Arme schmiegte. „Er hat mich schon gefragt, ob ich zu viel esse, weil ich immer dicker werde." Sie lachte.

„Diesen Glauben wollen wir ihm mal gleich wieder austreiben", rief Sven und strich mit der Hand vorsichtig über die Wölbung ihres Bauchs. „Was sagt der Gynäkologe? Du warst doch heute da, oder?"

Emma nickte. „Alles ist so, wie es sein soll. Nur ob Thies eine Schwester oder einen Bruder bekommt, konnte man noch nicht erkennen."

„Ich glaube, ihm ist beides recht." Sven drückte sie fest an sich.

Am nächsten Tag traten Emma und Sven mit Thies vor das Familienbild an seiner Wand.

„Meinst du, dass da irgendwo noch Platz ist?", fragte Sven.

„Wofür denn?"

„Nun, sag erst, ob da noch jemand hinpassen würde."

Prüfend betrachtete der Kleine das Bild. Dann nickte er. „Hier, vor uns drei passt noch was hin. Ich stelle mir vor, es wäre ein Seehund. Wir könnten ihn alle zusammen halten."

Emma lachte. „Gut, dann werde ich da noch etwas hinmalen."

„Aber es wird kein Seehund", wehrte Sven ab.

„Was dann? Ein Hund vielleicht?", riet Thies mit bettelndem Blick.

„Was hältst du denn von einem Geschwisterchen?", fragte Emma.

Thies starrte von ihr zu Sven. „Ein Baby?"

Beide nickten.

Der Kleine betrachtete erneut das Bild. „Kann ich dann mit ihm spielen?"

„Sobald es etwas größer geworden ist – klar."

„Dauert das lange?"

„Nicht allzu sehr, nein."

„Gut." Thies nickte. „Dann mal da das Baby rein." Er wies mit dem Finger. „Und da hinten am Strand ist noch Platz für einen Hund, siehst du?"

Emma betrachtete prüfend das Bild. „Hm, es müsste aber schon ein kleiner Hund sein. Für einen großen reicht der Platz nicht aus."

„Ein kleiner reicht ja auch."

Emma und Sven wechselten stumme Blicke. Schließlich strich Sven seinem Sohn übers Haar. „Auch den sollst du bekommen."

Thies jubelte, und Emma lachte befreit. Sie war durch die Hölle, durch das tiefe Tal der Depression und Verzweiflung gegangen. Und nun stand sie nicht nur vor einem Bild vom wunderbaren Meer und von einem Engel. Nein, sie fühlte sich, als wäre sie im Himmel angekommen. Und als Sven seinen Arm um sie legte und Thies sich an sie schmiegte, wusste sie, dass es sich nicht nur so anfühlte.

ENDE

Glossar

Plattdeutsch – Deutsch:
To Hus = zu Hause
Lütt = klein
Dat hett mi = das hat mir
Se hett wedder toveel inholt = Sie hat wieder zu viel eingekauft
Deern = Mädchen/Frau
Ick hepp mi decht = Ich habe mir gedacht
Ick bün froh = Ich bin froh
Wat schall ick seggen = Was soll ich sagen
Ick hepp di ja schon vertellt = Ich hab dir ja schon erzählt
dree tosomen = drei zusammen
Vertellt = erzählt
Dat mok ick = Das mache ich
Moin = Guten Morgen/Guten Tag/Guten Abend/Hallo
Tofreden = zufrieden
Schietbüdel = Kosewort für ein Kleinkind, Hosenscheißer
Lüüd = Leute
Dumm Tüch = Dummes Zeug, Unsinn
Kiek mol wedder in = Guck mal wieder herein/Komm mal wieder vorbei
Nich lang schnacken = Nicht lange reden
Scheun = Schön

Das könnte dir auch gefallen

Hochzeitsgeschenke, Traummänner und andere Überraschungen
Dolores mey
E-Book-ISBN: 978-3-96087-943-5
Print-ISBN: 978-3-96817-189-0

(K)ein Trauzeuge zum Verlieben ...

Catherine ist beruflich erfolgreich, allerdings könnte ihr eher unaufgeregtes Leben ein kleines bisschen mehr Würze vertragen. Da kommt die Hochzeit ihrer besten Freundin gerade recht, um Cathi aus ihrem Schneckenhaus zu holen, in das sie sich nach einer herben Bruchlandung in Sachen Liebe verzogen hat. Und ehe sie sich versieht, plant sie als Trauzeugin das Hochzeitsgeschenk des Brautpaares – und das gestaltet sich schwieriger als gedacht. Muss sie sich doch mit Tom, dem Trauzeugen des Bräutigams, arrangieren. Eigentlich hält sie von Typen wie Tom, die nur auf den nächsten One-Night-Stand aus sind, wenig – wenn er nur nicht so verdammt attraktiv wäre!

Das Herz Irlands
Suzanna Cahill
E-Book-ISBN: 978-3-96087-058-9
Print-ISBN: 978-3-96817-142-5

Zwischen Liebe, Freundschaft und den Schatten der Vergangenheit ... Der neue Roman für Fans von romantischen Familiensagas

1919 tobt der Unabhängigkeitskrieg in Irland. Maureen träumt von einem Leben in Frieden und möchte der Armut Irlands entkommen. Eine Flucht nach Amerika scheint ihr der einzige Ausweg, doch dann müsste sie ihre große Liebe zurücklassen ...
Als die junge Amerikanerin Caitlin Jahre später vor ihrem untreuen Verlobten nach Irland flieht, hofft sie dort, in der Heimat ihrer Vorfahren, auf andere Gedanken zu kommen. Auf der Suche nach Ablenkung findet sie im Haus ihres Onkels alte Briefe und Dokumente ihrer Urgroßeltern, die ihr große Rätsel aufgeben. Neugierig macht sie sich auf die Spurensuche und kommt hinter ein Geheimnis, das ihre Familie zerstören könnte. Und dann ist da auch noch Aidan, der ihr nicht mehr aus dem Kopf gehen möchte ...

Verliebt in den Highlands
Ladina Bordoli
E-Book-ISBN: 978-3-96087-066-4
Print-ISBN: 978-3-96817-223-1

**Ein schottischer Lord und eine chaotische Modedesignerin
Die romantische Liebesgeschichte in den Highlands**

Das Leben von Modedesignerin Lara wird plötzlich auf den Kopf gestellt, als ihre fünfzehnjährige Nichte in ihre Obhut gegeben wird. Da Tonya droht, auf die falsche Bahn zu geraten, bittet Lara den highländischen Lord Tristan McAlister um Hilfe, der auf seinem Schloss schwer erziehbare Jugendliche aufnimmt, um ihnen zu helfen. Tristan, den alle nur den Cowboy nennen, ist es überhaupt nicht recht, dass Lara mit in die Highlands kommt. Denn Angehörige – und erwachsene Damen insbesondere – sind auf dem Schloss nicht willkommen. Lara muss im idyllischen Städtchen Lairg residieren, doch so einfach gibt sie sich nicht geschlagen! Sie beschattet das Schloss und trampelt dabei nicht nur von einem Fettnäpfchen ins nächste, sondern stellt auch fest, dass der wilde Schotte umwerfend attraktiv ist ...